ANLAGE Z

Die in diesem Roman erwähnten Schauplätze, Orte und Straßennamen sind teilweise real. Die Nennung der Hotels und Gastronomiebetriebe erfolgt mit Genehmigung der jeweiligen Inhaber bzw. Betreiber. Die Handlung und sämtliche Charaktere entspringen allerdings allein der Fantasie des Autors. Ähnlichkeiten mit verstorbenen oder lebenden Personen wären rein zufällig und sind nicht beabsichtigt.

Hans-Joachim Wildner

ANLAGE Z

HARZKRIMI

Bibliografische Information der Deutschen Nationalbibliothek

Die Deutsche Nationalbibliothek verzeichnet diese Publikation in der Deutschen Nationalbibliografie; detaillierte bibliografische Daten sind im Internet über **http://dnb.d-nb.de** abrufbar.

Anlage Z

ISBN 978-3-947167-56-2

Dieser Titel ist auch als eBook erhältlich
in den Formaten ePub und MobiPocket (Kindle).

Abbildungsnachweise:

Umschlagmotiv: Schickert-Werke im Bau
© Foto Lindenberg & Sohn, Bad Lauterberg
3215-4 | fotolindenberg.de
Stacheldraht (Umschlag) © galdzer
6189942 | depositphotos.com
Hintergrund (Umschlag) © rawpixel
3224651 | pixabay.com
Porträt des Autors © Ania Schulz
as-fotografie.com

Lektorat & DTP:
Sascha Exner

Verlag:
EPV Elektronik-Praktiker-Verlagsgesellschaft mbH
Obertorstr. 33 · 37115 Duderstadt · Deutschland
Fon: +49 (0)5527/8405-0 · Fax: +49 (0)5527/8405-21
E-Mail: mail@harzkrimis.de

Prolog
Konzentrationslager Mittelbau Dora
März 1945

~~~

Bedrückende Stille in der Gegenwart des Todes hing bleiern über dem Platz. Die Mündungsöffnungen zweier Maschinengewehre zeigten drohend von den Wachtürmen des Lagertores auf das Halbrund des Appellplatzes. Ihre Hände auf dem Rücken verschränkt, schritten SS-Wachleute in schwarzen Uniformen durch die Reihen. Wie Wölfe, die ihre paralysierte Opferherde belauerten und jederzeit zuschlagen konnten, schlichen sie durch die Gassen der blockweise angetretenen Häftlinge. Hier und da blieben sie stehen, sahen sich um und klappten mit ihren Schlagstöcken selbstgefällig gegen die Lederstiefel. Tock tock. Mit jedem Schlag zuckten einige der Häftlinge zusammen. Jeder kannte die schmerzliche Wirkung dieser Züchtigungsinstrumente. Keiner wagte, sich auch nur zu räuspern, wenn ein Wachmann nahe an ihm vorüberschritt. Diese täglichen Zählappelle nutzten die Aufseher gerne als weitere Schikane, vor allem, wenn jemand fehlte, und das war nichts Außergewöhnliches. Fast täglich verhungerten Männer, starben an Erschöpfung, wurden zu Tode geprügelt oder erschossen. Die Bestandslisten der Gefangenen gaben selten den aktuellen Stand wider. Trotzdem wurde jedes Mal Fluchtalarm ausgelöst und die Kapos bekamen Befehl, in den Stollen, den Wohnblöcken und dem Lagergelände nach ihnen zu suchen. Zwei Häftlinge wurden diesmal vermisst. Bis die Suche eingestellt wurde, konnten Stunden vergehen. Niemand durfte währenddessen den Platz verlassen. ›Strafstehen‹ nannte die Wachmannschaft diesen ausgedehnten Appell.

Alfred Bleß nahm anstelle seiner Füße nur noch ein taubes Gefühl wahr. Die Holzpantinen und feuchten Fußlappen konnten gegen die Kälte kaum etwas ausrichten. Seit Stunden verharrten sie im ›Stillgestanden‹ in diesem nasskalten Schneegestöber. Er steckte seine Hände unter den Saum der Jacke und drückte sie gegen die Hose, um wenigstens etwas Gefühl in seinen Fingern zu behalten. Die quälende Ungewissheit, wie lange die Tortur diesmal dauern würde, machte die Männer mürbe. Hunger und Müdigkeit steigerten zusätzlich den Drang, endlich in die Baracken zu kommen, die nicht nur Schutz vor dem Wetter, sondern auch vor der Willkür unbeherrschter SS-Schergen bot, die sich am Schikanieren wehrloser Menschen ergötzten. Alfreds Körper versuchte sich mit heftigem Muskelzittern aufzuwärmen. Doch die Nässe und Kälte fraßen sich unaufhaltsam durch die Kleidung bis auf die Knochen, obwohl er inmitten des angetretenen Blocks stand, wo sich die Körper wie Pinguine im Schneesturm gegenseitig etwas wärmten.

Damals, zu Hause, hatte Alfred gerüchteweise von Arbeits- und Konzentrationslagern der Nazis gehört. Jedoch konnte er sich das überhaupt nicht vorstellen und hatte Gemunkel darüber als Halbwahrheiten von Wichtigtuern abgetan. Aber nun erlebte er die grausame Wirklichkeit am eigenen Leib, und diese Wahrheit überstieg seine Vorstellungskraft bei weitem. Er war erschüttert, welche Gräueltaten auf deutschem Boden verübt wurden und dass Menschen wie diese SS-Leute sich zu solchen Unmenschen entwickelten. Es waren doch ebenfalls Familienväter unter ihnen, die ihre Frauen und Kinder liebten, sie zärtlich und fürsorglich behandelten. Wieso konnten sich diese Menschen in Bestien verwandeln? Alfred war fassungslos. Was erzählten diese uniformierten Teufel ihren Familien, wenn sie zum Feierabend gefragt wurden, was sie heute gemacht hätten und wie ihr Tag gewesen war? Was würden sie antworten?

Wer ihn dieser Qual ausgeliefert hatte, ahnte er, und er hatte sich geschworen, den Denunzianten eines Tages zur Verantwortung zu ziehen. Wenn es eine höhere Gerechtigkeit gab, dann musste er diesen Wahnsinn überleben. Eine hinterhältige Intrige hatte ihn in diese Hölle gebracht, ohne Verfahren, ohne Verteidigung, ohne Rechte. Wo Rechtlosigkeit und Terror herrschen, gedeihen Rache und Vergeltung. Wenn er überlebte, würde er sich holen, wofür er unschuldig gelitten hat. Der Gedanke daran gab ihm Kraft, an ein baldiges Ende dieser Folter und Demütigungen zu glauben. Für ihn gab es keine Vergebung.

In der Reihe vor ihm stand der Häftling mit der aufgenähten Nummer 28314. Jakub Zajac, ein Pole, mit dem er sich die Holzpritsche in Block 18 teilte. Jakub hatte bereits acht Jahre in verschiedenen KZs verbracht und Deutsch gelernt. Er kannte das Lagerleben mit allen Facetten. Von ihm hatte Alfred manchen Kniff abgeguckt, wie man SS-Leute austricksen konnte, um möglichst nicht aufzufallen. Jakub wurde 1943 von Buchenwald ins Lager ›Dora‹ nahe

Nordhausen verlegt. Er erzählte Karl vom Siechtum im Querstollen 39, der unterirdischen Raketenfabrik im Kohnstein, das er erlebt und, bisher zumindest, überlebt hatte, bevor das Barackenlager fertiggestellt war. Sie mussten sich diese kalte Höhle mit achthundert Häftlingen und ebensovielen Ratten teilen. Jakub besaß offenbar die Zähigkeit und den unbändigen Überlebenswillen einer Katze.

»Was man uns hier antut, darf nicht ungesühnt bleiben«, murmelte er jedes Mal vor sich hin, wenn die Schreie von gefolterten Häftlingen aus dem ›Bunker‹ nach draußen drangen und wie schauerliche Gespenster durch das Lager krochen. »Die Gesichter und Namen dieser Teufel sind unauslöschlich in meinem Kopf eingebrannt. Und ich werde Zeuge sein, wenn diese Henkersknechte ihre gerechte Strafe erhalten. Der Tag wird kommen, an dem auch für uns die Sonne wieder aufgeht«, hatte Jakub einmal gesagt.

»Sollen wir so lange warten oder wollen wir ihr ein Stück entgegengehen?«, gab Alfred zurück.

Jakub hatte Alfred nachdenklich angesehen. Dann griente er. »Die Idee gefällt mir. Ich denke, bald werden wir eine Gelegenheit bekommen«, sagte er.

Die Gedanken an Flucht und Genugtuung belebten Alfreds Durchhaltevermögen, und er spürte, dass trotz der täglichen Erniedrigungen die Flamme seiner Selbstachtung nicht völlig erlosch.

Überleben war die einzige Prämisse, die an diesem Schreckensort zählte. Er wollte auf keinen Fall enden wie der Häftling, der ihm in der Gruppe auf der anderen Straßenseite gegenüber stand. Ein Mann, bis auf die Knochen ausgemergelt und dem Hungertod nah. Der Sträflingsanzug hing an ihm herunter, wie an einem Kleiderständer aufgehängt. Sein Gesicht wirkte wie ein mit Haut überzogener Totenkopf. Alfred empfand Mitleid mit diesem vollständig entkräfteten Menschen, den nur noch der nackte Selbsterhaltungstrieb an der Selbstaufgabe hinderte. *Schafft er es noch zurück in die Baracke?*, dachte Alfred, als der Mann auch schon wie ein Kartenhaus in sich zusammensackte. In der Reihe, in der er gestanden hatte, wurde es kurzzeitig unruhig, aber sofort nahmen alle erneut Haltung an, ohne sich um den Mann zu kümmern, der vor ihren Füßen lag. Als sei es nichts Besonderes, kam ein Wachmann gemächlich herbei und stellte sich neben den sterbenden Mann, der ihn aus todesverängstigten Augen ansah. »Steh auf, du Schwein!«, brüllte der SS-Mann. Dann knüpfte er bedächtig das Pistolenhalfter auf, zog die Waffe heraus, lud sie durch und richtete sie auf den Kopf des Mannes, der mit letzter Kraft flehentlich seine Hand nach ihm ausstreckte. Ein Schuss zerriss die Stille und hallte als Echo vom Kohnstein zurück. Die Hand des Mannes fiel schlaff auf die dünne Schneedecke, die sich unter seinem Kopf rot färbte. Die Stille kehrte auf den Appellplatz zurück und wurde noch bedrückender als zuvor, und Schnee fiel wie nasse Watte auf den toten Körper nieder.

Alfred sah auf den kahl geschorenen Hinterkopf von Jakub, und er ahnte, welches Drama sich in diesem Moment dahinter abspielte. Nach und nach kamen die Kapos zurück und verschwanden in der Wachstube. In Alfred keimte Hoffnung auf. Er schielte hinüber zu seiner Baracke mit der Nummer 18. Er sehnte sich nach etwas Wärme, einem Stück Brot und einen Becher Tee. Aber er musste noch eine halbe Stunde ausharren, bis endlich der Befehl aus dem Lautsprecher gebrüllt wurde: »Wegtreten!«

Wie eine zähe Masse löste sich die Formation der Häftlinge auf und bewegte sich in alle Richtungen zu den Blocks. Alfred Bleß stöhnte bei jedem Schritt. Das Stehen und die Kälte hatten die Gelenke steif werden lassen. Der dünne Tee war längst kalt geworden, das Brot hart, aber Hunger und Durst gaukelten den Geschmacksnerven etwas vor, was sich wie Genuss anfühlte.

Gegen neun Uhr, bevor das Licht ausgeschaltet wurde, fragte Heinrich Müller, der als Blockältester für die Ordnung in der Baracke verantwortlich war: »Ist jemand krank?«

»Giovanni geht es nicht gut«, rief einer der Kameraden. Der Italiener klagte über krampfartige Bauchschmerzen und Durchfall. Er lag fiebrig auf dem Bettgestell.

»Ich werde ihn morgen krank melden«, sagte Heinrich.

»Armer Teufel, wenn er den Morgen noch erlebt«, flüsterte Jakub zu Alfred. »Ruhr«, mutmaßte er, »die hat hier schon manche hingerafft.«

Punkt neun wurde es in der Baracke stockfinster. Die Männer krochen in die dreistöckigen Holzgestelle, für die die Bezeichnung Bett blanker Hohn war. Sie lagen auf den Brettern wie aufgereihte Heringe. Die durchgelegenen Strohsäcke und harten Decken wärmten nur unzureichend. Automatisch rückten sie enger zusammen. War die Tortur der zwölfstündigen Arbeit, der Schläge, Tritte und Demütigungen für einige Stunden unterbrochen, begannen nun die Qualen der Nacht. Die Gedanken an zu Hause, an die Familie, an das Leben in Bad Lauterberg, das nur wenige Kilometer entfernt war. Alfred sah seine Frau Lisa vor Augen, wie sie an ihrer Nähmaschine saß, Hemden und Hosen für ihn und Karl, seinen fünfjährigen Sohn, nähte. Hatte man sie in Sippenhaft genommen? Musste die Familie für ihn mitleiden? Kein Brief, keine Nachricht – nichts. Er war von seinem alten Leben abgeschnitten. Würde er sie je wiedersehen? Die Ungewissheit quälte ihn bis in die Träume hinein, jeden Abend, jede Nacht.

Jakub schien auch nicht zu schlafen. »Wie alt bist du?«, flüsterte er.

Alfred drehte sich zu ihm. »Achtundzwanzig.«

Jakub schwieg einen Moment, dann sagte er: »Dann hast du dein Leben noch vor dir.«

»Ich habe mein Leben hinter mir, wie alle hier, und ob es danach weitergeht ...« Alfred ließ den Satz unvollendet im Raum hängen.

»Weshalb bist du hier?«, wollte Jakub wissen.

»Seltsam«, sagte Alfred, »das hat mich der SS-Mann bei der Aufnahme auch gefragt?«

»Und, was hast du geantwortet?«

»Ich habe ihm geantwortet: Sagen Sie es mir. Das hat mir zehn Stockhiebe eingebracht.«

»Und was hast du dann gesagt?«

»Dass ich das Opfer einer Intrige bin. Dafür gab es noch einmal zwanzig Hiebe.«

»Intrige? Erzähl mir davon«, sagte Jakub.

»Ich bin einem Arbeitskollegen, der wertvolle Betriebsmittel unterschlagen hat, auf die Schliche gekommen und habe ihn zur Rede gestellt. Einige Tage später stand die Gestapo vor meiner Tür und durchsuchte das Haus. Vom Garten aus führt ein uralter Bergwerksstollen in den Hang, in dem wir Gartengeräte abstellen. Dort haben sie wehrzersetzende Flugblätter gefunden und mich gleich abgeführt.«

»Warum hast du das mit der Unterschlagung nicht der Werksleitung gemeldet?«, fragte Jakub.

»Ich wollte mich erst absichern und habe alles in einem Tagebuch dokumentiert. Als Beweis habe ich sogar die gefälschten Lieferscheine gezinkt und die Nummern notiert. Dann kam die Gestapo.«

»Und wo kamen die Flugblätter her?«

»Keine Ahnung, die wurden mir untergeschoben, um mich klein zu machen. Aber ich weiß von wem, und falls ich hier je wieder rauskomme, kaufe ich mir diesen Dreckskerl. Eins sag ich dir, der wird mit seinem Millionenschatz nicht glücklich.«

»Klingt spannend. Wo ist der Schatz geblieben?«

»Liegt höchstwahrscheinlich noch im unterirdischen Tanklager, wo er alles versteckt hat. Ich weiß nicht, wie er die Sachen da rausschmuggeln will. Alle Werksangehörigen werden streng kontrolliert.« Jakub fragte nicht weiter.

»Und was hast du in Polen gemacht? Ich meine, bevor sie dich verschleppt haben?«, wollte Alfred nun wissen. Jakub gab keine Antwort. »Jakub?« Er war eingeschlafen.

Um vier Uhr dreißig wurde die Tür aufgerissen. Der Blockführer kam hereingestürmt, ein lang gezogener Pfiff aus der Trillerpfeife schmerzte. »Raus, ihr faulen Säcke!«, brüllte er und verschwand sogleich zur nächsten Baracke. Alle sprangen aus den Betten, nur Giovanni blieb liegen. Die Blicke ruhten fragend auf Heinrich Müller.

»Giovanni, steh auf.« Heinrich rüttelte ihn, doch der Italiener reagierte nicht. Heinrich fühlte den Puls, dann sah er in die Runde der umstehenden Kameraden und schüttelte den Kopf. Giovanni hatte es nicht geschafft. »Er ist noch warm, deshalb werde ich es erst nach dem Appell melden, damit wir seine Ration noch bekommen«, bestimmte Heinrich Müller.

»Und wenn sie misstrauisch werden und gleich nachsehen, dann sind wir am Arsch. Dann müssen wir die nächsten zwei Tage schmachten«, gab Jakub zu bedenken.

»Ich weiß«, sagte Heinrich, »aber seht euch an, jede Scheibe Brot hilft uns.« Er schaute sich in der Baracke um und sein Blick streifte jeden einzelnen Kameraden. Niemand protestierte.

Zwei Mann liefen zum Küchenblock, um die Essenrationen zu holen. Jeder bekam zwei Scheiben Brot, etwas Wurst und Tee. Die Schwächsten unter ihnen sollten die Ration von Giovanni bekommen. Sie schlangen das dürftige Essen in sich hinein und eilten hinaus, um pünktlich um fünf Uhr auf dem Appellplatz anzutreten. Blockweise wurden die Gesamtstärke sowie Ausfälle wegen Krankheit oder Tod gemeldet. Heinrich meldete für Block 18 einen arbeitsunfähigen Schwerkranken. Der SS-Mann schleuderte Müller einen Blick entgegen, der zu verstehen gab: »Du lügst.«

Alfred lief vor Angst ein eiskalter Schauer über den Rücken. *Der Fuchs hat uns erwischt,* dachte er.

»Wenn du mich angelogen hast, war das eure letzte Mahlzeit für heute«, fauchte der Uniformierte und machte Anstalten, die Baracke 18 zu kontrollieren.

»Halt!«, rief der Lagerkommandant, der unerwartet auf den Stufen des Wachgebäudes stand. »Keine Fisimatenten heute. Es gibt neue Produktionsvorgaben. Seht zu, dass die Horde an die Arbeit kommt!«, befahl er.

Der SS-Mann drehte sich um. »Schafft ihn zum Krankenblock, aber im Laufschritt«, zischte er Heinrich Müller an. Der bestimmte sofort zwei Mann, die Giovanni dorthin bringen sollten. Der Lagerarzt würde seinen Tod feststellen und nicht nachfragen. Tote wurden wie Abfall behandelt, auf einer Karre zum Krematorium geschoben und später die Asche in den Wald gekippt.

Neue Produktionsvorgaben hatte der Kommandant gesagt. Alfred war sicher, dass das die Stückzahl der V2 betraf, die nochmals erhöht werden sollte. Daraus konnte man eine gute und eine schlechte Nachricht ableiten. Die Schlechte war, der Arbeitsdruck würde noch unerträglicher werden. Mehr Stockhiebe und weniger Pausen. Andererseits bedeutete es aber auch: man brauchte mehr Waffen, weil die eigenen Verluste stiegen. Der Feind wurde also stärker und würde hoffentlich diesen wahnwitzigen Krieg bald beenden – das war die gute Nachricht. Alfred spürte an der Reaktion seiner Kameraden, dass sich in ihren Köpfen ähnliche Gedanken umtrieben.

Die Appellaufstellung formierte sich zu den eingeteilten Arbeitsgruppen um, die von den Aufsehern zum Lagertor hinaus und weiter zu den Fahrstollen der unterirdischen Fabrik im Laufschritt getrieben wurden. Keuchend kamen sie am Eingang des Fahrstollens B an. Dort übernahmen sie die Kapos und führten sie in den Tunnel hinein, in dem Gleise für Güterzüge verlegt waren. Die einzelnen Produktionsanlagen verteilten sich auf zahllose Querstollen, in denen die Arbeitstrupps eingesetzt wurden.

Alfred graute jedes Mal vor diesem Stollenlabyrinth. Immer, wenn ihm die stickige Luft hier drinnen entgegenwehte, glaubte er, den Hauch des Todes zu spüren. Es kam ihm vor, als sei es der Atem der Menschen, die sich beim Bau der Anlage zu Tode schuften mussten. Und das Sterben hatte noch kein Ende gefunden. Es wurden sogar extra Häftlinge zum Wegschaffen von Leichen abgestellt.

Der Kapo brachte Alfred zum Stollen 22. Links und rechts standen lange Reihen von Dreh- und Fräsmaschinen. Manche der Geräte schienen im Spänegewirr zu versinken, das sich um sie herum auftürmte.

Mit einem Stoß in den Rücken schubste der Kapo ihn in die Halle hinein. »Wenn ich wiederkomme, ist das alles sauber, verstanden? Späne nach draußen und Boden fegen, und wehe dir, ich finde nachher noch ein Spänchen«, drohte er und verschwand.

Alfred sah sich um. Er stand allein in der Halle und wunderte sich, warum die Maschinen nicht besetzt waren, es sollte doch ab sofort mehr produziert werden. Nur auf dem Fahrstollen herrschte reger Betrieb. *Vielleicht hat die Abteilung vorgearbeitet und die Leute werden anderswo dringender gebraucht,* mutmaßte er. *Um so besser für mich,* überlegte er weiter. Er holte sich Besen, Schaufel und einen Handwagen und begann die Späne aufzuladen. Jede Fuhre wurde von der Wache am Eingang gründlich kontrolliert. Nachdem die Metallabfälle abgefahren waren, begann Alfred die Halle auszufegen. Auf Knien klaubte er alles Mögliche unter den Werkbänken und Schränken hervor. Holzteile, Schrauben, ölige Lappen und tote Ratten. Als er mit dem Handfeger schmierigen Staub unter einem Blechschrank hervor fegte, lag mit einem Mal eine Pistole vor seinen Knien, eine, wie sie die SS-Leute trugen. Völlig verdreckt und fast unkenntlich. Er traute seinen Augen kaum und fuhr erschrocken hoch. Alfred sah sich um und erschrak zum zweiten Mal. Wie aus dem Nichts stand plötzlich ein SS-Aufseher hinter ihm. Alfreds Herz raste vor Angst. *Wenn der die Waffe bemerkt, bin ich geliefert.*

»Steh hier nicht rum, du fauler Sack«, schrie er ihn an und verpasste ihm einen Stockhieb auf den Rücken. Alfred zuckte zusammen und stieß im selben Augenblick die Pistole mit dem Fuß unter den Schrank zurück. »Beweg deinen Arsch oder brauchst du noch ein paar Hiebe?«

Alfred kniete sich sofort wieder hin und setzte seine Arbeit fort. Nach einer Weile traute er sich, vorsichtig aufzublicken. Der Aufseher war verschwunden. Alfred atmete auf, erhob sich und schob den Abfallwagen vor den Blechschrank. Sein Herz hämmerte, als wolle es aus der Brust springen. Was sollte er jetzt tun? Einfach unbeachtet liegen lassen? Womöglich würde der Kapo sie bei der Kontrolle finden und Alfred zur Rede stellen. Nein, das wäre zu gefährlich, und einfach woanders in eine Ecke werfen, würde unter Umständen andere Kameraden in Schwierigkeiten bringen. Mit nach draußen schmuggeln? So gut wie unmöglich. Alfred Bleß wurde mit einem Mal klar, er hatte ein dickes Problem und mit dem Fund der Pistole voll in die Scheiße gegriffen. *Scheiße,* dieses Wort schoss ihm wie ein Geistesblitz durch den Kopf. Scheiße kontrollierten sie nicht. Das wäre eine Möglichkeit, die Waffe nach draußen zu bringen, und dann würde er weiter sehen. Zum Arbeitsende wurden jedes Mal zwei Mann abgestellt, um die Latrinen in einer Klärgrube auf dem Außengelände zu entleeren. Entsorgen wollte er die Waffe trotzdem nicht, wer weiß, wozu sie einmal nützlich sein könnte. Er dachte ja immer noch an Flucht, zusammen mit Jakub. Dabei konnte die Pistole eine Lebensversicherung sein.

Alfred nahm sich ein Blatt Ölpapier, was überall an den Maschinen herumlag, riss ein Stück ab und wickelte die Pistole darin ein. Dann steckte er sie mit dem Rest in seine Hosentasche und ging zum Verbindungsstollen zwischen den Querstollen 31 und 32, der als Latrinenraum genutzt wurde. Es stank bestialisch hier drinnen. Deshalb war es der einzige Platz, an dem man vor den SS-Schergen Ruhe hatte. Alfred zog seine Hose herunter und setzte sich auf das Brett, das über dem abgeschnittene Ölfass lag. Er sah sich um. Niemand sonst teilte das Geschäft mit ihm. Rasch zog er das Ölpapierbündel aus der Tasche und ließ es in das Fass fallen. Mit einem Gesteinsbrocken, die hier überall herumlagen, markierte er das Fass mit einigen Schrammen. Dann zog er seine Hose wieder hoch und lief zurück.

Um achtzehn Uhr heulte die Sirene durch das Stollensystem. Die Häftlinge strömten aus den Querstollen und eilten zum Sammelpunkt am Ausgang des Fahrstollens. Diejenigen, die zuletzt ankamen, wurden üblicherweise mit dem Entleeren der Latrinenfässer abgestraft. Alfred ließ sich heute bewusst Zeit, um für diese unbeliebte Arbeit mit eingeteilt zu werden. Er hoffte auf eine Gelegenheit, die Pistole unbemerkt ins Lager zu schleusen. Weiter vorne erblickte er Jakub, der ihn mit angedeutetem Kopfschütteln ansah, als er mit einem anderen Kameraden zum Scheißetransport eingeteilt wurde. Jakub deutete mit einem verstohlenen Blick auf die SS-Leute, die auffällig nervös wirkten. Irgendetwas war im Gange.

Als der Häftlingszug abmarschiert war, luden Alfred und der Andere die acht Fässer auf einen Plattenwagen und zogen ihn nach draußen. Das gesamte Außengelände war nur durch Tarnbeleuchtung dürftig erhellt. Die Fenster der Gebäude waren abgedunkelt. *Fliegerwarnung,* dachte Alfred und verstand nun die Nervosität der SS. Vor der Kläranlage stand ein Handwagen mit drei Leichen beladen. Niemand schien sich darum zu kümmern. *Arme Kerle,* bedauerte Alfred die toten Kameraden, *so will ich auf keinen Fall enden, niemals.* Er dachte bei diesem Anblick an Olaf Köhler, mit dem er noch ein Hühnchen zu rupfen hatte.

Sie kippten die Fässer nacheinander in die Grube. Alfred nahm das markierte Fass als letztes. »Du kannst schon ins Lager gehen, den Rest erledige ich alleine«, sagte Alfred. Der Kamerad sah ihn erstaunt an, ließ sich aber kein zweites Mal auffordern und verschwand. Alfred wickelte sich ein weiteres Stück Ölpapier um die Hand, griff in das Fass und zog das Bündel heraus. Er warf es in die dünne Schneematschdecke und reinigte es, so gut es ging von der stinkenden Masse. Das Papier warf er zurück in das Fass und kippte es in die Grube. Dann wusch er sich flüchtig die Hände im Schnee, blicke sich noch einmal um und steckte die Pistole in die Hosentasche.

»He, du da«, rief jemand. Alfred blieb wie erstarrt stehen. Aus dem Dunkel kam ein SS-Mann auf ihn zu. »Du bringst die Toten da in den Leichenbunker«, befahl er.

Alfred ließ den Plattenwagen mit den Fässern zurück, griff die Deichsel des anderen Wagens und zog los. Vor der Kommandantur standen einige SS-Leute zusammen und rauchten. Wie auf Zuruf schauten sie auf einmal zum Himmel hinauf. Alfred blieb stehen und hörte ein entferntes Brummen, was sich bald darauf verstärkte und schließlich zu einem ohrenbetäubenden Heulen anwuchs.

Bomber, dachte Alfred und nutzte die Ablenkung der SS-Leute, um die Pistole unter die Leichen zu schieben. Die Bomberflotte entfernte sich in Richtung Osten. Über Nordhausen blitzten Mündungsfeuer der Flaks auf, die Sekunden später als dumpfe Donner herüberschallten. Am Lagertor winkten die Wachleute ihn unbehelligt durch.

Der Leichenbunker war ein überdachter Platz, auf dem die Toten zwischengelagert wurden, bevor man sie zum Krematorium brachte oder abtransportierte. In dieser Nacht wollte Alfred die Waffe hier abholen.

Nachdem in den Baracken der Strom schon eine Weile abgeschaltet war, stupste Alfred Jakub an. »Ich habe eine Pistole«, flüsterte er ihm zu.

Jakub schlug die Augen auf. »Du hast was?«

»Nicht so laut«, zischte Alfred. »Habe ich unter einem Schrank gefunden«, sagte er kaum hörbar.

»Zeig mal«, sagte Jakub.

»Liegt noch im Leichenbunker. Hole ich heute Nacht«, erklärte Alfred.

»Wenn sie dich damit erwischen, bist du reif«, meinte Jakub. »Und wo willst du sie verstecken?«

»In der Barackenlatrine. Da sucht kein Schwein«, antwortete Alfred.

Jakub schien nachzudenken. Dann sagte er: »Es kann jedenfalls nicht schaden, eine Waffe in Hinterhand zu haben. Für alle Fälle.«

Alfred kämpfte gegen die Müdigkeit an. Nach Mitternacht, wenn alle im Lager tief schliefen und selbst die Wachen vor sich hin dösten, wollte er sich zum Leichenbunker schleichen. Alfred gähnte. *Nur nicht einschlafen.* Seine Gedanken trugen ihn nach Hause zu Lisa und Karl. *Wie groß der Junge inzwischen geworden war? Nur nicht einschlafen.*

In der Nacht weckte ihn das Heulen eines weiteren Bombergeschwaders. Alfred ärgerte sich, dass er eingeschlafen war. Kurz darauf grollte Flakfeuer von Nordhausen herüber. Dieser Moment schien eine gute Gelegenheit zu sein, sein Vorhaben durchzuführen. Er stieg vorsichtig von der Pritsche, zog sich an und tippelte auf Zehenspitzen hinaus. Das Lager war stockdunkel. Er drückte sich dicht an der Barackenwand entlang zur Rückseite, lauschte und huschte über den Weg zu einer Baumreihe hinüber. Sie bot ihm Deckung bis zum nächsten Gebäude. Dann ein Stück durch ein Wäldchen und noch ein paar Schritte bis zum Leichenbunker. Im Schutz eines Baumstammes lauschte er noch einmal nach verdächtigen Geräuschen. Er hörte Stimmen. Aus der Dunkelheit leuchtete Zigarettenglut auf. Männer der SS-Nachtwache standen am Leichenbunker zusammen. Sie hatten verbotenerweise ihre Posten verlassen, um zu schwatzen. Hier, in der fühlbaren Nähe ihrer Schandtaten, würden ihre Vorgesetzten sie zuletzt suchen. *Scheinheilige Drecksbande,* dachte Alfred, drückte sich an die Rückseite des Baumes und konnte ihrem Gespräch lauschen.

»... das muss die Hölle gewesen sein«, sagte einer.

»Dresden existiert nicht mehr«, wusste ein anderer zu berichten.

»Der Führer hat uns den Endsieg versprochen. Was wird aus unserem Vaterland?«, fragte ein Dritter.

»Sieht so ein Sieg aus? Hamburg, Berlin, das Ruhrgebiet, Magdeburg und nun auch Dresden. Frag lieber, was aus uns und unseren Familien wird, wenn Amis und Russen kommen«, gab der Erste zu bedenken.

»Und was machen wir dann mit den Häftlingen? Ich sag euch: Die werden sich fürchterlich rächen und später wichtige Zeugen sein, wenn man uns vor Gericht stellt.«

»Ja, besonders an dir, du Sadist«, meinte einer. Sie kicherten.

»Unsinn«, widersprach der Dritte, »der Kommandant hat gesagt, in dem Fall gibt es eine Endlösung.«

Die Kälte der Winternacht kroch an Alfred hoch. Er bewegte seine Füße ein wenig.

»Lasst uns verschwinden«, sagte einer der Wachmänner, »ich habe eben was gehört.« Sie warfen ihre Zigaretten in den Schnee und stapften davon.

Alfred wartete einen Moment und schlich unter das Dach. Der Handwagen stand noch dort, wo er ihn abgestellt hatte. Er tastete zwischen den steifen Körpern nach der Waffe und musste nicht lange suchen.

Zurück in der Baracke empfing ihn miefige Luft. Schnarchen und heiseres Atmen erfüllte den Raum. Alfred ging zur Latrine in der Barackenecke, ein abgeteiltes Plumpsklo ohne Tür. Die Exkremente fielen in eine Grube, die von Zeit zu Zeit abgepumpt wurde. Er unterdrückte seinen Ekel, griff durch die Öffnung und tastete den Hohlraum darunter ab. Seitlich fühlte er einen Mauervorsprung. Alfred zupfte einige Papierblätter von dem Nagel, wickelte die Pistole darin ein und legte sie auf der Mauerecke ab. Die Waffe existierte einfach nicht, da sie offenbar niemand vermisste.

Ende März änderte sich alles. Appelle fanden kaum noch statt, und wenn, dauerten sie nicht lange. Die SS-Leute liefen wie aufgescheuchte Hühner herum.

»Sieh dir diese Angsthasen an. Sie haben die Hosen voll, weil sie wissen, dass es zu Ende geht«, sagte Jakub, als sie zur Fabrik geführt wurden. Dort herrschte allgemeines Chaos. Anstatt Teile zu schleppen und an Maschinen zu helfen, mussten sie bergeweise Aktenordner nach draußen bringen. Das Führungspersonal lief aufgeregt durch die Gänge, gab Anweisungen, die Minuten später widerrufen wurden.

»Unsere Zeit ist gekommen«, flüsterte Jakub, der zusammen mit Alfred auf dem Außengelände die Akten verbrennen musste. »Du solltest das Ding – du weißt schon, was ich meine – bereithalten.«

»Hast du einen Plan?«, fragte Alfred.

Jakub nickte.

Eines Tages, kurz nach Beginn der Nachtruhe sagte Jakub: »Dienstag nach Ostern ist es so weit.«

»Warum gerade nach Ostern?«, fragte Alfred.

»Wir brauchen ein paar Tage, um uns gut vorzubereiten«, antwortete Jakub.

Am Dienstag nach Ostern, es war der 3. April 1945, wurden zwei Arbeitsgruppen zum Abbau eines Teilelagers im Stollen 31 eingesetzt. Alfred und Jakub gehörten dazu. Die abgebauten Regale und Bauteile mussten zum Stollen 25 gebracht werden. Warum, hatte man ihnen nicht gesagt, aber das interessierte auch niemanden – außer Jakub und Alfred.

»Heute muss es passieren«, zwinkerte Jakub seinem Kameraden zu. Der nickte zustimmend. Kurz danach meldete sich Alfred zum Latrinengang ab und versteckte dort die Pistole hinter den Fässern.

Als die Feierabendsirene heulte, holte Alfred die Waffe. Jakub wartete im Stollen 31.

»Jakub«, flüsterte Alfred, als er zurückkam. Er zog ein Stück zusammengerolltes Ölpapier unter seiner Jacke hervor. Jakub sah ihn fragend an.

»Für den Fall, dass sie mich schnappen, habe ich eine letzte Bitte an dich«, erklärte Alfred. Er überreichte seinem Kameraden die Rolle. »Wenn du es nach Hause schaffst, dann schick das hier meiner Familie.«

»Was ist das?«, wollte Jakub wissen.

»Eine Nachricht. Vielleicht hilft es ihnen. Nur zur Sicherheit, falls ich nicht durchkomme.«

»Ich verspreche es dir, mein Freund«, sagte Jakub, umarmte ihn kurz und steckte das Ölpapier unter seine Jacke.

Um den Anschein zu erwecken, sie hätten eine Aufgabe zu

erledigen, nahmen sie irgendein Regalteil auf und trugen es zusammen den Fahrstollen entlang in Richtung Querstollen 25. Die SS-Aufseher guckten misstrauisch, ließen sie jedoch gewähren. Alfred atmete erleichtert durch, erschreckte aber im nächsten Moment.

»Wo wollt ihr damit hin? Es ist Antreten befohlen«, rief unverhofft ein Kapo hinter ihnen her.

»Das soll noch rasch in den 25er«, sagte Jakub und beachtete ihn nicht weiter.

»Beeilt euch«, gab er zurück und verschwand im schwachen Licht der Notbeleuchtung, die dieser Tage häufiger eingeschaltet wurde.

Im Stollen 25, in dem Teile der Raketenhülle lagerten, packten sie das Regalteil zu den anderen und sahen sich unauffällig um. In der Nähe hörten sie Stimmen, die stetig lauter wurden, anscheinend SS-Leute. Die Männer konnten jeden Augenblick aus der Dunkelheit auftauchen und unangenehme Fragen stellen. Alfred fürchtete, dass eine Begegnung mit der SS zu diesem Zeitpunkt ihren Fluchtplan zunichtemachen würde. Aus der entgegengesetzten Richtung erschienen zwei rote Lichter, begleitet vom klingelnden Poltern der Eisenbahnräder eines Güterzuges. Alfred und Jakub suchten Deckung in dem Querstollen. Die Güterwagen schoben sich vor den Eingang des Lagerstollens und hielten mit ohrenbetäubendem Quietschen. Alfred und Jakub nutzten diese Gelegenheit und krochen in eine der wie riesige Rohre aussehenden Raketenhüllen. Die Güterwagen setzten sich mit einem Ruck wieder in Bewegung und rollten zurück. Alfred und Jakub hielten den Atem an. Hatten die SS-Leute sie noch bemerkt und würden nach ihnen Ausschau halten? Aber es blieb ruhig, trotzdem verharrten beide in ihrem Versteck. Vielleicht hatten sie Glück und ihr Verschwinden fiel nicht auf, ansonsten würden die Kapos bald ausschwärmen, um sie zu suchen. Erst nach Mitternacht wollten sie es wagen, über einen Notstollen, den Jakub schon vor Jahren ausgekundschaftet hatte, herauszukommen. Der Stollen führte zum Steinbruch auf der Ostseite des Kohnsteins, direkt in die Freiheit – aber dieser Ausgang wurde konsequent bewacht.

Bald echote Hundegebell durch das Stollenlabyrinth. Alfred griff Jakub an den Arm, als wenn er sagen wollte: »Jetzt sind wir dran.«

»Beweg dich nicht«, flüsterte Jakub, »selbst Hundenasen sind in diesem Gestank überfordert.«

Alfreds Herzschlag beschleunigte, er schloss die Augen und erwartete das nahe Ende. Man würde sie auf der Stelle erschießen. Das Gebell wurde lauter. Sie mussten jetzt genau vor dem Lagerstollen sein. Alfred hielt den Atem an. Jakub lag wie ein Toter neben ihm. Sie hörten die Hunde an ihrer Röhre herumschnüffeln. Alfred spürte Todesangst und seine Gedanken überschlugen sich. Panisch hechelte er nach Luft, sein Herz hämmerte. Dann wurde es allmählich ruhiger, das Suchkommando zog weiter. Alfred hätte vor Erleichterung schreien können.

»Nicht bewegen! Sie können zurückkommen«, wisperte Jakub. Sie blieben noch bewegungslos liegen. Es fühlte sich wie eine Ewigkeit an. Alfred schmerzten die Gliedmaßen. Die Kapos kamen nicht zurück.

Obwohl sie keine Uhr hatten, glaubte Jakub, es sei an der Zeit aufzubrechen. Vorsichtig krochen sie aus der Röhre heraus. Es schien alles ruhig zu sein, nur die Belüftungsventilatoren rauschten gleichmäßig durch die Gänge. Im Halbdunkel der Notbeleuchtung schlichen sie weiter, immer tiefer in den Berg hinein. In der Nähe des Notstollens gab es eine in den Fels gehauene Taverne, in der ein Wasch- und Umkleideraum für Zivilbedienstete eingerichtet war. Für draußen brauchten sie auf jeden Fall Zivilklamotten.

»Wo lassen wir diese Drecksklamotten?«, fragte Alfred.

»Die nehmen wir mit«, antwortete Jakub.

»Wozu?« Alfred wunderte sich.

»Wirst du dann sehen«, sagte Jakub und ging voran.

Unbehelligt erreichten sie den Raum. Sie mussten nicht einmal Spinde aufbrechen, die Arbeitskleidung hing seitlich an Haken, sogar die Mützen lagen dabei. Darunter konnten sie ihre kahl geschorenen Köpfen verbergen. Sie durchsuchten die Taschen und fanden etwas Geld und eine Zigarettenschachtel.

»Bisher lief alles zu glatt«, meinte Jakub, »irgendetwas ist hier im Busche. Wo sind die Wachen?«

»Ich glaube, die bereiten sich auf das Ende vor. Würde mich nicht wundern, wenn die Führungsmannschaft schon getürmt ist«, antwortete Alfred.

Sie gingen vorsichtig weiter. Bis zum Notstollen waren es nur noch wenige Meter.

»Der wurde als Fluchtweg angelegt«, erklärte Jakub, »deswegen ist er nicht verschlossen, wird dafür aber rund um die Uhr bewacht.«

»Was machen wir mit denen?«, fragte Alfred.

»Wir müssen sie entwaffnen und mitnehmen«, sagte Jakub.

»Mitnehmen? Spinnst du?«, protestierte Alfred.

»Nur so weit, dass sie keinen Alarm schlagen können.«

Als sie näher herankamen, sah Alfred zwei Wachen mit vor dem Bauch hängenden Maschinenpistolen.

»Bist du bereit?«, fragte Jakub.

Alfred schluckte. »Eigentlich nicht, aber es gibt kein Zurück mehr«, sagte er.

»Also, wir machen es wie besprochen.«

Alfred nickte. Jakub nahm die Pistole. Alfred hielt die Zigarettenschachtel in der Hand. Dann gingen beide zielstrebig auf die Wachleute zu.

»Kann ich mal Feuer bekommen«, fragte Alfred einen der beiden SS-Leute. Der schaute ihn verwundert an, holte dann aber ein Feuerzeug aus der Tasche. »Wollt ihr auch eine?« Alfred hielt die Schachtel hin.

Als der Wachmann das Feuerzeug entzündete, griff Jakub seinen Arm und drehte ihn auf den Rücken, mit der anderen Hand drückte er ihm die Pistole an den Kopf. Alfred packte im selben Augenblick die Maschinenpistole des anderen, schlang blitzschnell den Trageriemen um dessen Hals und drehte ihn mit der Waffe wie einen Knebel zu. Völlig perplex übergab der erste Wachmann seine Waffe. Jakub lud sie durch und richtete sie auf den Zweiten, während er den anderen mit der Pistole bedrohte. Ohne Gegenwehr ließ auch der sich entwaffnen. Alfred zog den Ladehebel durch und hielt beide in Schach. Jakub band ihnen die Hände mit einem Draht auf den Rücken zusammen. Plötzlich drang Sirenengeheul von draußen durch den Stollen – Luftalarm. *Deshalb hielt sich kaum SS in der unterirdischen Anlage auf. Sie mussten in die Verteidigungsstellungen rund um das Gelände,* konstatierte Alfred.

»Hier entlang!«, zischte Jakub und schickte sie voraus in den Notstollen. Kurz vor dem Ausgang band er sie los und forderte sie auf, die Häftlingskleidung anzuziehen. Die beiden SS-Leute sahen sich verängstigt an. Sie wussten, dass sie darin Freiwild waren. »Auf der Flucht erschossen«, würde man später ihren Tod rechtfertigen.

Draußen wütete die Hölle. Der Himmel über Nordhausen brannte. Die Bombenexplosionen ließen den Untergrund beben. Unbeeindruckt dieses Infernos trieb Jakub die beiden Gefangenen über das Steinbruchgelände. An einem Werkstattgebäude standen Baumaschinen. Daneben, unter einem Überdach, fand Alfred einen Treibstoffkanister. Jakub befahl den SS-Leuten, ihre Uniformen damit zu verbrennen. Danach jagte er beide in Richtung des Lagers.

»Dreht ihr euch einmal um, seid ihr tot«, rief Jakub ihnen nach und schoss eine Salve in die Luft. Die SS-Leute rannten wie die Hasen davon.

»Ab hier werden wir unserer Wege gehen«, sagte Jakub, »ich werde mich nach Osten durchschlagen. Der Krieg wird sicher nur noch einige Tage dauern.«

»Danke, Kamerad. Alles Gute für dich«, verabschiedete sich Alfred, dann lief er davon. Er wollte das Chaos des Bombenangriffes nutzen, um möglichst weit seinem Heimatort Bad Lauterberg näher zu kommen. Nur dreißig Kilometer trennten ihn von Zuhause. Dreißig Kilometer, die zur Endlosigkeit werden konnten.

Scharzfeld
Montag, 1. Dezember 1947

Ein lang gezogenes Kreischen begleitete den abbremsenden Personenzug, bis er mit einem Ruck zum Stehen kam. »Scharzfeld, hier ist Scharzfeld«, quäkte die Stimme aus dem Lautsprecher. Alfred nahm seinen Rucksack auf, stieg von der Waggonplattform auf den Bahnsteig hinunter und sah sich um. Drei weitere Reisende verließen ebenfalls den Zug, gingen lächelnd auf ihre Abholer zu und verschwanden in dem roten Backsteingebäude. Auf ihn wartete keiner. Wer sollte auch? Schließlich wusste niemand, dass er zurückkommen würde. Er fühlte sich abgestellt, wie der Karren mit Koffern und Kisten, der vor dem Gepäckwagen stand. Ein scharfer Wind blies über den Bahnsteig und wirbelte den Schnee wie Staub auf. Außer dem Schaffner, der mit der Signalkelle unter dem Arm an der Waggonreihe entlangschritt, war kein Mensch zu sehen. Alfred schlug seinen Mantelkragen hoch, durchquerte das Bahnhofsgebäude und blieb einen Augenblick auf dem Vorplatz stehen. Von den Gleisen dröhnte der Auspuffdonner der anfahrenden Dampflokomotive herüber.

Alfred Bleß konnte es noch nicht fassen. Vor vier Jahren hatte ihn die Gestapo abgeholt, kurz verhört und ohne Gerichtsverfahren ins KZ Mittelbau Dora gesteckt. Einfach so. Ein Politischer, einer, der das Volk aufhetzt und den Endsieg sabotiert, während tapfere deutsche Soldaten an der Front ihr Leben riskieren, hatte man ihn beschimpft. Zur Verteidigung gab man ihm kaum Gelegenheit, die Flugblätter waren zu belastend. Vier lange Jahre. Drei davon im KZ, bis ihm die Flucht gelang. Amerikaner hatten ihn kurz danach aufgegriffen und in das Internierungslager nach Garmisch-Partenkirchen gebracht, weil sie ihn für einen Raketentechniker hielten. Vier Jahre vom alten Leben und der Familie abgeschnitten. Täglich den Tod vor Augen.

Diese Hölle hatte er einem Mann zu verdanken, Olaf Köhler. Ein Krimineller, der sich durch Unterschlagung von Firmeneigentum bereichern wollte, der ihn denunziert hatte, um von seinen verbrecherischen Machenschaften abzulenken. Olaf Köhler, dieser Name löste Wut und Rachegefühle in ihm aus. Bei diesem Namen brodelte es in Alfred und seine innere Stimme schrie nach Gerechtigkeit und Genugtuung. *Olaf Köhler, ich bin zurück, du wirst dafür bezahlen,* wollte er in diesem Augenblick am liebsten laut herausschreien – aber er blieb beherrscht und ruhig wie der verlassene Bahnhofsvorplatz.

Der Pfiff der Lokomotive schallte aus der Ferne herüber und rüttelte ihn aus seinen Gedanken. Er atmete die frostige Luft tief ein und machte sich auf den Weg ins Dorf hinunter.

Wie war es seiner inzwischen Familie ergangen? Hatten sie die Kriegszeit unbeschadet überstanden? Würde sein Sohn ihn wiedererkennen? Und seine Frau Lisa, nach deren Nähe er sich sehnte, wie würde sie ihn nach dieser langen Zeit empfangen? Würde alles wieder wie früher werden? Alfreds Herz schlug heftiger, er hatte Angst, ihr unverhofft gegenüberzutreten. Gab es am Ende einen anderen Mann?

Alfred hatte sich vorgenommen, zuerst seine Eltern in Scharzfeld aufzusuchen, um zu erfahren, wie es um Lisa und dem Jungen stand. Es wäre sicher ein Schock für sie, ihnen unvorbereitet gegenüber zu treten. Nein, das wollte er ihnen nicht zumuten. Er schulterte den Rucksack und machte sich auf den Weg. Immer die

Harzstraße entlang. Wenige Menschen begegneten ihn unterwegs, ab und zu trotte ein Pferdefuhrwerk vorüber. Seine Eltern wohnten in der Bremkestraße. Als er dort einbog, begannen seine Beine leicht zu zittern und wollten den Dienst verweigern. Alfred stützte sich an einem Zaun und atmete ein paar Mal tief durch. Mit pochendem Herzen stand er schließlich vor dem Haus. Ein niedriges Fachwerkhaus mit grüner Tür. Alles sah aus wie immer. Alfred ging zögerlich die zwei Trittstufen hinauf und drehte an der Türklingel. Kurz darauf hörte er Schritte, dann wurde geöffnet. Ein kleiner Junge stand vor ihm und sah ihn verwundert an. Alfred erkannte ihn sofort und musste den aufkommenden Gefühlssturm unterdrücken, um die Tränen zurückzuhalten. Er ging in die Hocke.

»Hallo Karl, weißt du, wer ich bin?«, fragte er mit bebenden Lippen.

Karl sah ihn mit einem erstaunten Blick an und schüttelte den Kopf.

»Wer ist denn da?«, hörte Alfred seine Mutter im Hintergrund rufen. Er erhob sich und sah sie den Flur entlang nach vorne kommen. Plötzlich blieb sie stehen, schlug die Hände vor den Mund und stieß einen gedämpften Schrei aus. »Alfred!«, schrie sie, lief auf ihn zu und fiel ihm um den Hals. »Alfred, mein Junge. Du lebst.« Sie umklammerte ihn, als müsse sie sich an ihm festhalten.

»Oh, mein Gott, Alfred!«, hörte er seinen Vater rufen, der ihn ebenfalls umfasste. Sie standen einen Moment in stiller Umarmung. »Lasst uns reingehen«, schlug Alfreds Vater vor. Sie gingen in die Küche.

»Setz dich, du hast sicher Hunger. Es gibt kaum etwas zu essen, aber eine Scheibe Brot ist noch übrig.«, sagte die Mutter und kramte aufgeregt im Schrank herum. Karl stellte sich neben seinen Opa, hielt sich an dessen Jacke fest und schaute Alfred schüchtern an.

»Ist Lisa zu Hause in Lauterberg?«, fragte Alfred.

Augenblicklich unterbrach seine Mutter ihr Tun am Küchenschrank. Beklemmende Stille erfasste den Raum. Alfreds Mutter drehte sich zu ihm um. Ihre Gesichtszüge verhärteten sich und ihre Augen funkelten unter den Tränen, die unvermittelt in dicken Tropfen an ihre Wangen herunterrollten. Alfred erschrak und sah seinen Vater an, dessen Gesicht ebenfalls zu einer Maske erstarrt schien. Er schob Karl sanft beiseite, ging ins Wohnzimmer und kam mit einem Brief zurück, den er wortlos seinem Sohn überreichte. Mit zittriger

Hand fummelte Alfred den Brief aus dem Kuvert und faltete ihn auf. Es handelte sich um ein Amtsschreiben. Alfred las:

```
Konzentrationslager Dachau
Kommandantur II

Herrn Alfred Bleß

Ihre Ehefrau Lisa Bleß, geboren am 23.5.1920 zu
Bad Lauterberg, ist am 15.1.1944 an den Folgen von
Bauchwassersucht im hiesigen Krankenhaus verstorben.
Die Leiche wurde am 18.1.1944 im staatlichen Krematorium
eingeäschert.

Der Totenschein ist anliegend beigefügt.


                    SS-Sturmbannführer
                    H. Helmrich
```

Alfred hätte am liebsten seine Wut und Verzweiflung herausgeschrien, aber mit Rücksicht auf Karl verwand er den Schmerz in seiner Brust und drückte befreiend die Faust auf den Tisch.

»Mama, ich kann jetzt nichts essen«, sagte er.

»Schon gut, du musst dich ausruhen. Oben haben wir ein Zimmer für dich hergerichtet«, antwortete sie und brachte ihn in das geräumige Dachzimmer, das früher einmal ein Abstellraum gewesen war. »Wir haben nie die Hoffnung aufgegeben, dass du zurückkommst«, sagte sie, umarmte ihn kurz und ließ ihn allein.

*

Eine Tasse Malzkaffee stand am Morgen dampfend vor Alfred. Er trank einen Schluck und blickte dabei aus dem Küchenfenster. Dünne Eisbänder säumten die Ufer der Bremke, die mittig der Straße in ihrem Kanalbett dahinfloss.

»Was ist geschehen?«, fragte Alfred und wandte sich seiner Mutter zu. Sie legte Brot und Messer beiseite.

»Nachdem sie dich abgeholt hatten, haben wir Lisa und den Jungen zu uns geholt. Zwei Tage danach kamen sie und haben Lisa abgeführt. Sie haben ihr Komplizenschaft unterstellt. Die Todes-nachricht war das Einzige, was wir von ihr je wieder gehört haben. Wenn sich Ortsgruppenleiter Heinrich Schulze damals nicht für uns verbürgt hätte, ich weiß nicht, was sie mit uns gemacht hätten.« Ihre Stimme versagte und sie wischte sich mit der Schürze die Augen. »Jedes Mal, wenn der Postbote klingelte, blieb uns das Herz stehen. Karl gab uns Kraft, das alles auszuhalten.«

Alfred stellte sich hinter seine Mutter und legte tröstend die Hände auf ihre Schultern. »Ihr hättet das Zimmer nicht herrichten müssen, wir ... äh ... ich meine ich habe doch noch das Haus«, sagte Alfred.

»Das Haus ... ja ... das weißt du noch gar nicht. Das haben sie euch weggenommen«, erklärte seine Mutter.

»Wie weggenommen?«, fragte Alfred nach.

»Enteignet«, sagte seine Mutter. »Verräter hätten im Reich kein Recht auf Eigentum, haben sie gesagt.«

Alfred musste sich setzen. Er fühlte sich nach dieser Nachricht niedergeschlagen. »Sie müssen es mir zurückgeben. Ich werde gleich heute zur Kommandantur gehen«, sagte er.

»Papa wird mit Heinrich Schulze reden. Er hat immer noch Einfluss«, sagte seine Mutter.

»Zum Glück ist mir Karl geblieben«, sagte Alfred und trank ei-nen Schluck von dem dünnen Muckefuck.

»Weißt du, wer jetzt in dem Haus wohnt?«, fragte Alfred.

»Nein, ich kenne die Leute nicht. Man sagt, es soll ein rück-sichtsloser Geschäftsmann sein, der mit allem handelt, was sich zu Geld machen lässt oder sich zum Tauschen eignet«, antwortete seine Mutter.

Am Abend spielte Alfred mit Karl ›Mensch ärgere dich nicht‹, als sein Vater von der Arbeit kam. Er setzte sich zu ihnen an den Kü-chentisch.

»Ich habe heute mit Heinrich Schulze gesprochen«, begann er zu berichten, »im Moment kann er nicht viel tun. Die Kommandan-tur sagt: Der Status quo bleibt solange eingefroren, bis die Besitzver-hältnisse aller Immobilien geklärt sind, und das kann dauern. Unter Umständen sogar Jahre. Du solltest auf jeden Fall einen Antrag auf Klärung stellen.«

Alfred setzte seinen Spielstein einige Felder weiter und gab Karl den Würfel. »Kennst du den jetzigen Besitzer?«

»Ein gewisser Köhler. Soll ein überzeugter Nazi gewesen sein«, antwortete sein Vater.

Alfred schreckte bei diesem Namen auf. »OLAF Köhler?«, rief er entsetzt.

»Ja. Kennst du ihn?«, fragte sein Vater.

Alfred sprang auf und lief gereizt in der Küche hin und her. »Und ob ich den kenne. Das ist der Mann, der mir die Flugblätter untergeschoben hat. Ein Verbrecher ist das, dem ich das KZ zu verdanken habe und der Lisa auf dem Gewissen hat. Er hat mein Leben zerstört, das Schwein. Und nun hat er sich auch noch unser Haus unter den Nagel gerissen. Wenn ich den in die Finger kriege, ich weiß nicht, was ich dann mache.« Alfred spürte seine Wangen glühen.

»Tu nichts Unüberlegtes, Junge«, sagte sein Vater.

»Mach dir keine Sorgen«, antwortete Alfred, »aber er wird dafür bezahlen, das schwör ich dir.«

*

Mittwoch, 3. Dezember 1947

〜〜〜

Alfred fühlte sich von diesem Tag an wie gelähmt und verlor sich in düsteren Gedanken. Erfüllt von Hass und dem Wunsch nach Vergeltung, trieb es ihn die nächsten Tage nach Bad Lauterberg in die obere Hauptstraße, wo das Haus stand, das Lisa von ihren Eltern geerbt hatte. Ein älteres Fachwerkhaus, dicht am Hang des Kummel gebaut. In gemeinsamer Anstrengung hatten sie es nach ihren Vorstellungen renoviert und eingerichtet. Sie waren stolz auf ihr Heim gewesen, in dem Karl und später noch ein Geschwisterchen aufwachsen sollten. Alfred dachte an die glücklichen Tage zurück, die niemals wiederkehren würden. Olaf Köhler, dieser skrupellose Naziverbrecher, hatte ihm die Familie und die Zukunft genommen. Köhler galt als kleines Licht unter den Nazischergen und wurde ohne Aufhebens entnazifiziert, hatte Alfreds Vater erfahren. Ein Mitläufer, der rechtlich kaum anzugreifen sein würde.

Aus der Deckung verschneiter Büsche auf der gegenüberliegenden Straßenseite beobachtete Alfred das Haus. Es war kaum wiederzuerkennen. Neuer Anstrich und neue Fenster. Vor dem Eingang protzte ein säulengestütztes Vordach. Der schmiedeeiserne Zaun, der das Grundstück umschloss, wirkte ungastlich. Aus dem Schornstein stieg Rauch in die winterliche Luft. *Er hat das wertvolle Metall zu Geld gemacht und sich damit ein angenehmes Leben finanziert, während mein Lebensglück zerstört ist,* dachte Alfred. *Diese Ungerechtigkeit schreit zum Himmel und nach Vergeltung.* Seine Hände verkrampften sich zur Faust, bis es schmerzte. Ein unglaubliches Gefühl von Wut stieg in ihm auf. Er kämpfte dagegen an, um einen klaren Kopf zu bewahren. In tiefe Verbitterung versunken spähte er zu dem Haus und erschrak beinah, als die Tür geöffnet wurde. Ein Mann, mit langem Wollmantel bekleidet, trat auf das Eingangspodest und blickte prüfend zum wolkenverhangenen Himmel. *Olaf Köhler,* schoss es Alfred durch den Kopf. Er fixierte seinen Widersacher wie ein Raubtier, das seiner Beute auflauert. Köhler setzte einen Hut auf, streifte sich Handschuhe über und schritt bedächtig die drei Eingangsstufen hinunter. Am liebsten wäre Alfred ihm an die Gurgel gesprungen und hätte ihn gewürgt. Sein Hass gegen diesen Mann saß tief, aber er durfte jetzt nicht unüberlegt handeln, denn Olaf Köhler musste büßen. Langsam und quälend sollte er zugrunde gehen, und Alfred würde seinen Untergang genießen.

Olaf Köhler überquerte die Straße und ging dicht an den Büschen vorbei, hinter denen Alfred geduckt stand und den Atem anhielt. Köhler schlug den Weg zum Masttal ein, das unterhalb des Höhenzuges Scholben lag. Alfred wartete einen Moment, zog dann seine Mütze tiefer ins Gesicht und folgte dem verhassten, ehemaligen Arbeitskollegen in unverfänglichem Abstand. Köhler ging auf ein Gelände zu, das Alfred von früher noch als Brachland kannte. Es hatte die Größe eines Fußballfeldes und war nun von einem Maschendrahtzaun umgeben. Olaf Köhler schloss das Tor auf und verschwand in einer Holzbaracke, die neben dem Eingang stand. Alfred suchte erneut Deckung in einem nahegelegenen Gebüsch und inspizierte das Gelände. Er erkannte Bagger, Lkws und Traktoren, die wie eingefroren herumstanden. Was hatte Köhler damit vor? Betrieb er ein Baugeschäft, oder handelte er mit Baumaschinen? Beides wäre eine gute Geschäftsidee, gerade jetzt in der Nachkriegszeit, wo vieles neu aufgebaut werden musste.

Aus dem Ofenrohr, das durch die Barackenwand nach oben übers Dach führte, quoll jetzt Rauch empor. Olaf Köhler schien allein zu sein. Alfred hatte große Lust, ihm unvorbereitet gegenüberzutreten. Auf das Gesicht war er gespannt. Köhler würde zu Stein erstarren, als hätte er in die Augen der Hydra geblickt, wenn er Alfred vor sich sehen würde.

Warum nicht gleich?, dachte er. *Olafs Qualen sollen heute beginnen und ihn bis ins Grab begleiten.* Alfred trat aus dem Gebüsch hervor, schlug mit seiner Mütze den Schnee von der Jacke und ging mit entschlossenem Schritt auf die Baracke zu. An der Tür hing ein Schild: Olaf Köhler – Baumaschinen. Alfred öffnete ohne anzuklopfen und trat ein. Olaf Köhler saß an seinem Schreibtisch und blickte auf. Seine Augen weiteten sich und starrten Alfred an. Er brauchte offenbar einige Sekunden, um zu begreifen, wer vor ihm stand. Dann sprang er mit einem Satz auf, der Stuhl kippte polternd nach hinten. Köhler stand da wie ein Rekrut beim Befehlsempfang. Alfred schob sein Kinn nach vorn, biss auf die Zähne und bohrte seinen Blick durch Olafs Augen bis ins Gehirn. Olaf Köhler wagte nicht einmal zu blinzeln. Sein Gesicht wurde aschfahl und der Brustkorb hob und senkte sich im Rhythmus der beschleunigten Atmung.

»Alfred, du?«, brachte er stammelnd hervor.

Alfred antwortete nicht. Seine Miene traf den Mann, der sein Leben ruiniert hatte, mit Wut und Verachtung.

»Du ... du bist wieder da?«, stotterte Olaf verlegen. Alfred starrte weiterhin stumm in seine Augen und genoss Olafs Nervosität und Hilflosigkeit, die sich in seiner Mimik widerspiegelten. Alfred wusste, dass seine Rückkehr für Olaf eine gravierende Wende in dessen Leben bedeutete. Olaf Köhler rang sichtlich um Fassung, aber Alfred ließ nicht locker und fixierte ihn wie eine Schlange. Dann trat er näher an den Schreibtisch heran.

»Dafür wirst du bezahlen, du Schwein«, zischte er durch die Zähne.

Olaf wich einen Schritt zurück und stieß gegen den umgefallenen Stuhl. Er richtete ihn zittrig auf.»Was willst du?«, fragte er kleinlaut.

»Ich will Wiedergutmachung«, antwortete Alfred und ließ seinen Blick nicht von ihm.

»Wie?«, fiepste er, sodass seine Stimme in einer Tonhöhe mündete, die einen Hustenreiz bei ihm auslöste.

»Du wirst mir das Haus zurückgeben und lebenslang eine Rente zahlen. Wie viel, werde ich dir noch mitteilen.«

»Rente? Wovon?«

»Willst du mich für dumm verkaufen?«, fauchte Alfred ihn an. »Du hast Millionenwerte an die Seite geschafft. Lass uns nachsehen, ob noch alles da ist.«

»Da kommt niemand mehr heran«, antwortete Olaf.

»Verarsch mich nicht, du Drecksack. Du hast es doch längst beiseitegeschafft.« Alfred umging den Schreibtisch und stellte sich dicht vor seinen Kontrahenten.

»Die Amis haben alles gesprengt. Da ist kein Durchkommen mehr«, sagte Köhler.

»Das ist dein Problem, nicht meins. Du wirst bezahlen, ansonsten lasse ich dich hochgehen.« Alfred ließ Olaf einige Sekunden Zeit zum Überlegen. »Und außerdem«, fuhr er fort, »ich habe alle Beweisunterlagen für deine Unterschlagungen an einem sicheren Ort. Wenn die ans Tageslicht kommen, bist du fällig.«

Olaf holte tief Luft. »Ich werde sagen, dass ich damit den Kriegsnachschub schwächen wollte. Sie werden mir einen Orden verpassen«, entgegnete er.

»Meinst du? Und wenn sie dich nach Uwe Morich fragen, was wirst du dann sagen?«

Olafs Gesicht begann auf einmal zu glühen. Er packte Alfred unvermittelt am Kragen und schüttelte ihn. »Was weißt du über ihn?«, schrie er.

Alfred geriet bei der Berührung außer sich. »Nimm deine dreckigen Pfoten von mit, du Nazisau«, fauchte er zurück. Olaf Köhler krallte sich verbissen an seinem Kragen fest und rüttelte ihn durch. Alfred spürte einen unaufhaltsamen Adrenalinschub durch seinen Körper jagen und verlor die Beherrschung.

Niemand hörte das Poltern und Rumoren zweier kämpfender Männer. Bald darauf wurde es still in der Baracke und der Rauch aus dem Ofenrohr versiegte allmählich.

Bad Lauterberg
3. Oktober 2017

~~~

»Feigling!«, rief Justin vom oberen Rand der Geröllhalde herunter, die den Höhleneingang fast vollständig verschüttet hatte. Nur der obere Bereich der Felsenöffnung war frei geblieben. Justin hatte Mühe, sich auf den lockeren Gesteinssplittern zu halten und trampelte haltsuchend von einem auf das andere Bein. Mit jedem Schritt lösten sich Gesteinssplitter und glitten nach unten. »Komm jetzt. Ich kann schon reingucken!« Er winkte seinem Freund David, der unterhalb des Gerölls im Gestrüpp stand mit der Taschenlampe in der Hand, heraufzukommen.

»Ich weiß nicht«, druckste David ängstlich, »ich habe gehört, da sind Fledermäuse drin, und die Viecher kann ich gar nicht ab.«

»Du Weichei, mit dir kann man echt nicht auf Entdeckungstour gehen. Nächstes Mal frage ich Tim, der hat mehr Mumm als du. Los jetzt!«

David schaute unschlüssig zu seinem Kumpel hinauf. Dann legte er schließlich sein Mountainbike neben Justins in das Unterholz und kletterte auf allen vieren den bröckeligen Hang nach oben.

»Na endlich«, sagte Justin erleichtert.

Als David ihn erreicht hatte, zielte er mit der Taschenlampe in die Höhle hinunter. Viel konnten sie nicht erkennen, weil sie noch oberhalb der Höhlendecke standen.

»Wir müssen da runter«, meinte Justin, machte einen Schritt nach vorn und schlidderte auf den Schuhsohlen, wie auf einem Skateboard stehend, nach unten. Dort angekommen schaute er zurück. »Los, trau dich. Geht ganz einfach«, rief er David zu. Der zog sein Basecap weiter in die Stirn und folgte seinem Kumpan in gleicher Manier. »Na also. Geht doch«, sagte Justin großspurig. »Vielleicht finden wir ja noch Raketenteile hier drin. Wär doch echt krass, eh?«

»Glaub ich nicht. Die haben doch früher keine Raketen hier gebaut«, erwiderte David.

»Aber Raketentreibstoff, hat mein Dad gesagt. Der kannte die Schickert-Werke noch, bevor hier alles plattgemacht wurde«, erzählte Justin angeberisch. »Und ich sag dir was, wo Treibstoff hergestellt wird, muss er auch ausprobiert werden. Hier gab es Raketen, hundertpro.«

David klappte den Schirm seiner Basecap nach oben.

»Mein Vater und mein Opa kannten das Werk auch, aber die haben nie von Raketen gesprochen, und Brüllo übrigens auch nicht«, entgegnete er.

Arno Sander, Lehrer für Geschichte und Politik, hatte bei den Schülern der KGS den Spitznamen ›Brüllo‹ weg. Seiner kräftigen Stimme wegen, die während des Unterrichts durch die Flure der Schule schallte, dass man glaubte, in einer Kaserne zu sein. Er war nicht beliebt, eher gefürchtet, aber seine Drillpädagogik hatte schon so manchen durch die Abiprüfung traktiert.

»Mann, Alter! Woher auch, das war doch alles supergeheim hier, aber wir beide, du und ich, wir werden das Gelände durchkämmen und Beweise sichern. Und diesem Gehirnpimper Sander werden wir zeigen, dass Lehrer auch nicht alles wissen. Nach den Ferien werden wir dem Bilder präsentieren, dass ihm die Arschbacken wackeln.«

»Ich glaube eher, dass meine wackeln. Wenn mein Vater nämlich davon Wind bekommt, was ich hier treibe, kann ich mich warm anziehen«, sagte David.

»Quatsch nicht! Nimm dir ein Beispiel an Indiana Jones, der hat auch nicht ständig rumgejammert«, maulte Justin ihn an. Er leuchtete mit der Stablampe in die Dunkelheit des Höhlenganges. »Da lang!«, sagte er im Befehlston.

Schroffer Fels und feuchter Boden tauchten im LED-Licht vor ihnen auf, das einige Meter weiter der Berg zu verschlucken schien. Aus der Höhlendecke ragten verrostete Metallstücke heraus, an denen vor langer Zeit mal Rohre oder Kabel befestigt gewesen sein mussten. Es wirkte alles seltsam geheimnisvoll. Sie gingen tiefer hinein. Die Luft wurde zunehmend kühler und feucht. David steckte die Hände in die Hosentaschen.

»Indiana Jones hatte einen Ekel vor Schlangen«, sagte Justin.

»Fledermäuse mochte er auch nicht besonders«, ergänzte David und blieb stehen.

»Mach dir nicht in die Hose. Komm weiter!« Justin ließ ihn stehen. Plötzlich sah er eine vom Rost angefressene Rohrleitung an der Decke hängen. »David, hier ist was«, rief er zurück.

David kam näher. »Wo die wohl hinführt?«, fragte er staunend.

»Zu den Raketen, wohin sonst«, antwortete Justin und folgte der Leitung, bis sie in einer Halle ankamen. Hier endete das Rohr wie abgeschnitten. Justin leuchtete umher. Auf dem Boden erschienen Reste von Betonfundamenten und Eisenteile im Lichtkegel der Taschenlampe. An den Felswänden hingen einige Blechkästen, mit Schaltern und kaum noch erkennbaren Zeigerinstrumenten. Gekappte Kabelstränge baumelten unten aus den Kästen heraus.

»Und wo sind die Raketen?«, fragte David.

»Wart's doch ab, oder glaubst du, die liegen hier einfach so rum. Die sind gut versteckt. Vielleicht da hinten.«

Er leuchtete ans andere Ende der Halle, wo der Höhlengang sich fortsetzte. Der Gang war enger als der erste. Gleich hinter der Öffnung entdeckte Justin eine schmale Abzweigung, durch die ein Mann sich gerade hindurchzwängen konnte. Für die Jungs kein Hindernis. Justin ging mutig zwei Schritte hinein und leuchte den Gang entlang. Nicht weit entfernt schien der Stollen in eine andere Halle zu münden.

»Da hinten ist ein Hohlraum«, rief Justin, »lass uns nachsehen.« Er ging zielstrebig weiter. David folgte. Der Raum war leer, nur nackter Fels. Justin zielte mit dem Licht zur Decke. »Was ist das?«, fragte er. Die Decke schien sich zu bewegen.

»Scheiße«, schrie David. »Fledermäuse!«

»Ihh!«, schrien sie wie aus einem Mund und rannten los, als sei eine Meute scharfer Hunde hinter ihnen her. Sie hasteten den engen Stollen entlang und weiter den Gang ab, den sie gekommen waren. Nur raus hier. Justin glaubte, den richtigen Weg zu laufen, der sie nach draußen führte. Aber schon bald musste er feststellen, dass er sich geirrt hatte. Längst hätten sie das Rohr an der Decke finden müssen, aber da war kein Rohr mehr. Stattdessen stolperten sie erneut in einen ausgehöhlten Raum hinein und blieben erschrocken stehen. Justin schwenkte mit der Stablampe ringsum. Die Höhlenkammer war noch komplett bestückt mit Leitungen, fremdartigen Geräten, Schaltschränken und großen Tanks. Alles war von Korrosion befallen. Die Tankbehälter waren von Rost überzogen, der sich teilweise durch das Blech gefressen hatte. Mit großen Augen bestaunten sie ihre Entdeckung.

»Was ist das?«, fragte David.

»Ein geheimes Treibstofflager«, flüsterte Justin, so, als wenn niemand etwas mitkriegen sollte. »Die Raketen können nicht mehr weit sein«, fügte er noch hinzu.

»Hör auf mit deinen blöden Raketen. Ich will hier wieder raus!«, meckerte David.

Justin ließ sich nicht beirren. »Was wohl in den Tanks war?«

Er bückte sich, nahm einen Stock auf und klopfte damit an die Wand des großen Behälters. Das dünne, poröse Blech des Tankbodens zerbröselte in kleine Stücke und etwas Hölzernes klapperte ihnen wie übergroße Mikadostäbe vor die Füße. Justin leuchtete auf den Boden und schrie im selben Moment auf. David kreischte ebenfalls los. Ein gespenstisches Echo schallte durch die Gänge und Hallen der Höhle. Panisch rannten beide los in den nächsten Ausgang hinein. Nichts wie weg hier, nur raus aus diesem dunklen Verlies. Sie stießen sich an den scharfen Felskanten und spürten vor Angst kaum Schmerzen. Justin folgte blindlings seinem Instinkt. Sein Denkapparat war durch den Schreck wie blockiert. Er lief durch den Stollen, durch die Halle in den nächsten Gang hinein. Weiter, nur weiter. David stolperte förmlich hinterher. Plötzlich tauchte das rostige Rohr an der Decke auf. Justin verlangsamte seine Schritte. Erleichtert folgten sie der Leitung, die sie bis kurz vor den Ausgang brachte. Dann standen sie kurzatmig vor dem Geröllhaufen. Justins Herz pochte. Geschafft. Davids Gesicht leuchtete knallrot. Er sah Justin stumm an und deutete auf den vermeintlichen Stock, den er in der Höhle aufgehoben hatte. Justin schaute auf das, was er in der Hand hielt, und warf es im selben Augenblick mit einen »Ähh!« weit von sich weg. Beide sprangen auf die Geröllhalde und versuchten dem Grauen zu entfliehen, aber ihre wild nach oben staksenden Beine fanden kaum Halt. Das Geröll rutschte unter ihren Füßen weg wie loser Sand. Mühsam kämpften sie sich hinauf.

Entsetzt und außer Atem sahen sie sich an. »War das eben ein menschlicher Knochen?«, fragte David.

»Ich glaub schon. Würde zu den anderen und dem Totenkopf passen«, meinte Justin und verzog angeekelt das Gesicht.

»Was machen wir jetzt?«, fragte David.

»Zur Polizei gehen, was sonst?«, meinte Justin.

»Spinnst du? Dann kommt alles raus. Mein Dad verpasst mir zwei Wochen Computer- und Handyverbot. Bloß das nicht«, echauffierte sich David.

»Na und? Wir können doch nicht so tun, als hätten wir nichts gesehen«, gab Justin zu bedenken.

»Wieso nicht?«, fragte David in einem Tonfall, der die Antwort bereits enthielt.

»Weil wir hier höchstwahrscheinlich ein Verbrechen entdeckt haben, du Knalltüte«, gab Justin schroff zurück.

»Was wäre, wenn wir heute nicht hier gewesen wären?« David guckte seinen Schulkameraden stur an. »Ich sags dir: Das Skelett würde weiterhin in Frieden ruhen und kein Hahn würde danach krähen. Also, wen interessiert das?«

»Sag mal, merkst du`s noch?«, blaffte Justin ihn an. »Irgendjemand vermisst den Toten doch sicher, und die Angehörigen wären uns dankbar, dass wir ihn gefunden haben.«

»Die Angehörigen vielleicht«, erwiderte David, »und die Verbrecher? Die werden sich an uns rächen wollen. Mann, die Sache ist zu heiß für uns. Deine dämlichen Raketen bringen uns in größte Schwierigkeiten.«

Justin überlegte einen Moment. »Vielleicht hast du recht. Wir können ja bei der Polizei einfach mal nachfragen, ob irgendjemand vermisst gemeldet ist. Was meinst du?«

»Ich glaub, dir ist die Kappe verrutscht? Die sind doch nicht blöd, die kommen uns sofort auf die Schliche«, gab David zu bedenken.

»Trotzdem, wir können das nicht einfach beiseite wischen. Fragen kostet nichts«, beharrte Justin auf seiner Meinung.

David gab nach. »Okay, aber wenn mein Handy weg ist, kann ich dafür solange auf deiner Playstation rudern.«

»Geht klar«, stimmte Justin zu.

Halb rutschend, halb laufend stiegen sie den Hang hinab, nahmen ihre Räder auf und schlichen sich dicht am Fuße des Bischofshals' entlang. Im Schutz der Büsche erreichten sie ungesehen das alte Pförtnerhaus, das neben dem Verwaltungsgebäude nach dem Abriss der Hallen noch stehen geblieben war. Erst dort stiegen sie auf ihre Mountainbikes, überquerten die Straße und radelten über den Radweg in die Bad Lauterberger Aue.

Eine Viertelstunde später klingelte Justin an der Eingangstür des Polizeikommissariats an der Scharzfelder Straße.

»Wie kann ich euch helfen?«, fragte die nette Polizistin, die ihre dunklen Haare als Pferdeschwanz trug. *Simon* las Justin auf dem Namensschild an ihrem Uniformhemd. Neben ihr, an einem Schreibtisch, saß ihr Kollege vor einem Bildschirm und blickte kurz auf.

Justin und David traten einen Schritt näher an den Tresen heran.

»Wir wollten nur mal fragen, ob jemand als vermisst gemeldet ist«, sagte Justin kleinlaut. Er fühlte dabei ein unangenehmes Kribbeln im Bauch. *Wer weiß, was sie damit lostreten würden,* dachte er und bereute sogleich, dass er nicht auf David gehört hatte. Verlegen sah er seinen Schulkameraden an, der mit knallroten Ohren dastand. *Wenn Indiana Jones sie so sehen würde – peinlich!*

»Warum wollt ihr das wissen?«, fragte die Polizistin nach.

»Och, nur so«, druckste Justin, »ist nicht so wichtig. Entschuldigung.« Er packte David am Arm und zerrte ihn zum Ausgang.

»Moment, ihr Zwei!«, rief die Beamtin ihnen nach. Die beiden Jungs blieben erschrocken stehen und drehten sich um. »Man fragt doch nicht einfach zum Zeitvertreib nach Vermissten. Also, raus mit der Sprache! Oder habt ihr was ausgefressen?«, hakte sie nach.

»Nee, wirklich nicht«, stotterte David, »es ist nur, weil ...«

»Weil was?«, mischte sich ihr Kollege nun ein und schaute mit strengem Blick herüber.

Die beiden Jungs sahen sich fragend an. Justin nickte zustimmend, als wenn er andeuten wollte: »Sag es ihnen ruhig.«

»Weil wir oben im Odertal auf dem Schickertgelände waren, und da haben wir ...«, David schluckte und stammelte weiter, »... da haben wir zufällig ein Skelett gefunden.«

Der Polizist und seine Kollegin guckten sich verdutzt in die Augen.

»Ein Skelett? Hab ich das gerade richtig verstanden?«, fragte der Polizist.

»Hmhm«, murmelte Justin kleinlaut.

»Was für ein Skelett?«, wollte er genauer wissen.

»Na ja, ein Totenkopf lag dabei, also von einem Menschen«, erklärte Justin. Der Polizist stand unvermittelt auf, trat an den Tresen und sah die beiden mit einem unmissverständlichen *Verarscht-uns-ja-nicht*-Gesichtsausdruck an. Justin las *Pohl* auf seinem Namensschild.

»Wo genau liegt das Skelett?«, wollte Frau Simon wissen.

»In einer Höhle«, antwortete Justin. David nickte bekräftigend.

Pohl kniff die Augen zusammen. »Wissen eure Eltern von eurer Höhlenexpedition?«, fragte er.

Justin und David wurden verlegen.

»Nicht direkt«, druckste Justin.

»Das heißt, sie wissen nichts davon«, stellte Pohl richtig.

Er stützte sich auf den Tresen. Justin erinnerte diese Positur an ihren Lehrer ›Brüllo‹. Die beiden Jungs wichen automatisch einen Schritt zurück, als Pohl Luft holte.

»Sagt mal, seid ihr noch zu retten?«, wetterte er. »Wisst ihr, wie gefährlich das ist?« Beide Jungs nickten im Gleichtakt.

»Okay«, sagte Pohl, »es war richtig, zu uns zu kommen, aber bevor wir jetzt einen groß angelegten Einsatz anzetteln, fahren wir erst einmal zusammen dorthin und ihr zeigt uns die Höhle.«

Justin und David waren aufgeregt. Es würde ihre erste Fahrt in einem richtigen Polizeiauto sein. Sie kamen sich mächtig wichtig vor, hatten jedoch keine Ahnung, welche Folgen ihre Höhlenexpedition noch haben würde.

Herzberg
Mittwoch, 4. Oktober 2017

〜〜

»Ralf!« Etwas kitzelte an seinem Ohrläppchen. Eine Fliege? Er wedelte mit der Hand danach. »Ralf!« Jetzt biss die Fliege zu, er schreckte hoch.

»Psssst! Wach auf, Schatz«, hörte er eine vertraute Stimme dicht an seinem Ohr.

»Elke, was ist denn?«

Seine Frau lag über ihn gebeugt und berührte sein Ohr mit ihrem Mund.

»Das kitzelt.« Ralf Brauer drehte den Kopf etwas zur Seite.

»Sei mal still! Hörst du das auch?«, fragte sie.

»Wenn du mir am Ohr rumknabberst, kann ich nichts hören«, sagte er genervt. »Vielleicht ist eines der Kinder am Kühlschrank. Lass mich schlafen.«

»Es kommt von draußen.« Sie verharrte einen Augenblick, ohne zu atmen. Ralf Brauer lauschte nun ebenfalls und vernahm ein Kratzgeräusch, scheinbar vom Garten oder der Terrasse kommend.

»Das ist die Katze von nebenan oder ein Waschbär«, flüsterte er und drehte sich auf den Rücken.

»Oder ein Einbrecher«, erwiderte Elke.

Plötzlich heulte die Alarmsirene los. Brauer sprang mit einem Satz aus dem Bett.

»Du rührst dich nicht von der Stelle. Ich sehe nach.«

Er schlich aus dem Schlafzimmer, weiter über den Flur zum Wohnzimmer. Durch die Schlitze der Jalousie leuchtete das Licht der Außenbeleuchtung, die öfters von Katzen oder Fledermäusen ausgelöst wurde.

»Was ist denn los?«, Patrick und Annika kamen die Treppe herunter. Brauer drehte sich zu ihnen um und legte den Finger auf den Mund. »Still!«, sagte er im Flüsterton. Sie verharrten einen Moment. Die Außenbeleuchtung schaltete wieder aus.

»Soll ich die Polizei rufen?«, fragte Elke, die aus der Schlafzimmertür lugte.

»Ich bin die Polizei«, sagte Ralf, »ich seh mal draußen nach.«

»Sei vorsichtig! Diese Einbrecherbande ist bewaffnet«, riet Elke.

Seit Wochen trieb sich eine Bande, die auf Wohnungseinbrüche spezialisiert war, im südlichen Harzvorland herum. Das Fachkommissariat, dem Brauer vorstand, ermittelte in dieser Einbruchserie. Sie hatten inzwischen herausgefunden, dass es sich um eine gut organisierte Bande handelte, die ihre Zusammensetzung und die Orte ihrer Raubzüge ständig änderte.

Brauer schaute auf die Uhr, es war kurz vor drei. Er zog sich eine Jacke über den Pyjama und holte seine Dienstwaffe aus dem kleinen Tresor im Wohnzimmerschrank. Dann stellte er die Alarmsirene ab und verließ das Haus durch die Vordertür. Die Nachbarn waren durch den Alarm ebenfalls geweckt worden. In einigen Fenstern brannte Licht. Mit der Waffe in Anschlag schlich er zwischen Garage und Giebelwand entlang zum Garten. Im Schutz der Hausecke sah er sich um und lauschte. Nichts Verdächtiges. Vorsichtig näherte er sich der Terrasse. Die Beleuchtung schaltete sich ein. Ralf blieb stehen und sicherte. Dann untersuchte er die Jalousie. Die unterste Lamelle zeigte eine verbeulte Druckstelle. Offenbar hatte der Einbrecher versucht, sie nach oben zu drücken, was die Sperre verhinderte und den Alarm auslöste. Der hatte den Eindringling dann endgültig vertrieben. Brauer wollte sich gerade aufrichten, als plötzlich ein Schatten über ihn fiel. Blitzschnell drehte er sich um und zielte mit der Waffe auf die Person, die unverhofft hinter ihm stand.

»Ich bin es, Ralf«, sagte eine männliche Stimme.

Brauer erkannte seinen Nachbarn. »Mensch, Karl-Heinz, du bist es«, sagte er erleichtert und steckte rasch die Pistole in die Jackentasche.

»Alles okay bei euch?«, fragte der Nachbar.

»Irgendein Amateureinbrecher hat versucht, bei uns einzudringen. Nun guck dir die Jalousie an, die ist hin«, antwortete Ralf verärgert und richtete sich auf.

»Es gibt eben keine anständigen Gauner mehr«, sagte der Nachbar.

»Zum Glück habe ich vor einigen Wochen die Alarmanlage einbauen lassen. Man denkt ja immer, es trifft nur die Anderen.«

»Übrigens, ich habe deine Kollegen verständigt«, sagte der Nachbar.

»Ist okay, kann nicht schaden, wenn die die Gegend abfahren und die Augen offen halten«, meinte Ralf. Beide gingen nach vorne. In der Einfahrt hatten sich die anderen Nachbarn eingefunden und umringten Elke und die Kinder.

»Das soll doch wohl jetzt kein spontanes Straßenfest werden, oder?«, sagte Ralf und lachte. »Danke, für eure Anteilnahme«, fügte er noch hinzu.

»Das mit dem Straßenfest finde ich gut. Ich habe noch eine Kiste Bier im Keller«, meinte Karl-Heinz.

»Nix da. Ihr geht jetzt schön nach Hause und schlaft weiter«, sagte Ralf.

»Spielverderber«, lachte die Nachbarin von gegenüber. Murmelnd wollte sich die Runde gerade auflösen, als das Polizeiauto vorfuhr. Zwei Beamte stiegen aus. Ralf Brauer begrüßte sie, berichtete über den Vorfall und bat sie mit hereinzukommen. Sie sollten sich die Aufnahme der Überwachungskamera ansehen.

»So, Leute, ab in die Betten. Das mit dem Straßenfest behalten wir mal im Hinterkopf«, sagte Brauer und wartete, bis seine Nachbarn in ihren Häusern verschwanden. Danach führte er seine Kollegen ins Haus, schaltete den Fernseher und das Aufnahmegerät ein und spulte die Aufnahme bis zum Tatzeitpunkt zurück. Das Bild zeigte eine verlassene Terrasse. Ab und zu flog ein Insekt an der Kameralinse vorbei. Plötzlich leuchtete das Fernsehbild überblendet auf, als die Terrassenbeleuchtung durch den Bewegungsmelder eingeschaltet wurde. Als sich die Kamera auf die geänderte Belichtung eingestellt hatte, zeigte sie eine Person, die erschrocken stehenblieb. Sie war dunkel gekleidet und trug ein Kapuzenshirt. Das Gesicht lag durch die Kapuze im Schatten und war kaum zu erkennen. In der Hand hielt sie eine Sporttasche. Die Gestalt prüfte kurz die Umgebung, holte ein Brecheisen aus der Tasche und machte sich an der Jalousie zu schaffen. Plötzlich sprang der Kapuzenmensch auf und rannte in die Dunkelheit des Gartens hinein.

»Nach Einbruchprofi sah das nicht aus«, meinte der Polizeikollege.

»Anscheinend ein Neuling«, vermutete Brauer. »Ich werde von der Aufnahme eine Kopie machen und im Präsidium den Technikern zur Auswertung geben.«

»Alles klar«, sagte der zweite Polizist, »wir werden die Gegend noch einmal abfahren.«

»Danke, Kollegen. Wir sehen uns später«, verabschiedete Brauer die beiden und brachte sie an die Haustür. Er hing die Jacke an die Garderobe und schloss die Dienstwaffe im Tresor ein. »Marsch ins Bett. Die Nacht ist nur noch kurz«, sagte er gähnend.

Elke kuschelte sich an ihn. »Ich werde keine Nacht mehr ruhig schlafen können«, sagte sie. »Hoffentlich fasst ihr die Bande bald.«

»Der gehörte nicht zur Bande, das war ein Amateur. Der kommt nicht wieder«, versuchte er sie zu beruhigen.

»Und die Bande?«, gab sie zu bedenken.

»Die schnappen wir, bevor die überhaupt an Herzberg denken. Schlaf jetzt.«

Elke drückte sich enger an ihn. »Müssen wir jetzt schlafen?«, flüsterte sie mit einem sanften Unterton und küsste sein Ohr.

»Was sonst? Ich muss früh raus, die Gangsterbande dingfest machen«, antwortete er.

»Ich wüsste da etwas Besseres«, sagte sie und strich ihm sanft über den Rücken. Ralf drehte sich zu ihr und zog sie an sich. Er roch ihre Haut, atmete ihren Atem, spürte ihre Wärme und ihren Körper und wurde eins mit ihr.

Polizeiinspektion Northeim
Mittwoch, 4. Oktober 2017

≈

Ralf Brauer war spät dran. Er eilte die Treppe der Polizeiinspektion hinauf und betrat das Büro. »Morgen«, warf er kurz angebunden in den Raum und schlurfte geradewegs zu seinem mit einer Glaswand abgeteilten Arbeitsplatz. Er ließ die Aktentasche neben den Schreibtisch fallen, warf sein Jackett über die Lehne und schaltete den Rechner ein. »Gibt`s was Neues von unserer Räuberbande?«, fragte er und verbarg ein Gähnen hinter vorgehaltener Hand. Weder Ina noch Steffen, die vor ihren Bildschirmen saßen, antworteten. Nach einer Weile tauchte Ina vor seinem Schreibtisch auf. Sie stellte ihm einen Pott Kaffee vor die Nase.

»Guten Morgen, Herr Brauer«, sagte sie förmlich, »gab es Stress mit deiner Frau?«

Brauer nippte schlürfend an seinem Kaffee. »Wie kommst du denn da drauf?«, fragte er zurück und tippte dabei das Passwort in die Tastatur.

»Das seh ich deiner Fliege an. Immer wenn der Propeller schief hängt, hängt auch euer Hausfrieden schief, so gut kenne ich dich mittlerweile.«

»Quatsch! Gar nichts hängt schief. Elke schlief noch, als ich aus dem Haus ging. Wir hatten eine unruhige Nacht«, erklärte er.

»Soso. Was habt ihr denn getrieben? Erzähl mal«, fragte sie mit zweideutigem Unterton. Steffen stand jetzt auch in dem Glaskasten.

»Das geht dich gar nichts an, du neugierige Pute. Aber wenn ihr es genau wissen wollt: Während ihr beide in euren Himmelbettchen geträumt habt, habe ich einen Wohnungseinbrecher gejagt.«

Steffen und Ina sahen sich überrascht an.

»Und, wo ist er?«, fragte Steffen.

Brauer tat unschuldig. »Wer?«

»Na, der Einbrecher«, meinte Steffen.

»Der ist entwischt«, gab Brauer zu.

»Herzlichen Glückwunsch, Herr Hauptkommissar«, frotzelte Steffen.

Brauer lachte, dann erzählte er von dem nächtlichen Abenteuer. Anschließend griff er in seine Aktentasche, zog eine DVD heraus und reichte sie Steffen.

»Das ist eine Kopie der Videoaufzeichnung. Gib sie bitte in die Technik. Die sollen das auswerten. Vielleicht können wir den Täter identifizieren.«

»Mach ich«, sagte Steffen. »Glaubst du, dass der zu der Bande gehört?«, fragte er nach.

»Nee, so blöd, wie der sich angestellt hat, glaube ich das nicht. Der muss neu im Geschäft sein, aber dusselig wie der ist, hält der sich nicht lange«, meinte Brauer.

»Ich habe allerdings etwas Neues«, sagte Steffen genüsslich. Brauer sah ihn mit einem *Na-nun-sag-schon*-Blick an. »Die Lauterberger Kollegen haben heute Morgen angerufen. Zwei halbwüchsige Jungs haben gestern Nachmittag ein Skelett gefunden.«

»Wo?«

»In einer Höhle im Bischoffshals.«

»Nie gehört. Wo ist das denn?«

»Das ist der Höhenzug, der an das ehemaligen Schickertgelände angrenzt«, erklärte Steffen.

Brauer lehnte sich zurück. »Schickert – Schickert. Habe ich schon mal gehört«, überlegte er. »Ist das das Gelände gegenüber der HM-Ranch?«

»Genau das«, bestätigte Steffen.

»Was für eine Ranch?«, fragte Ina neugierig dazwischen.

»Harz-Mountains Ranch«, wiederholte Steffen, jede Silbe betonend. »Das ist das Vereinsheim der Freizeit-Cowboys«, erklärte er.

»Nie gehört«, gab Ina zu.

»Das hätte mich allerdings auch gewundert. Bis Bad Lauterberg reicht dein Horizont offenbar nicht«, stichelte Steffen und verdrehte die Augen dabei.

»Dein Horizont reicht vielleicht weiter, aber er ist viel schmaler, nämlich so schmal wie ein Google-Fenster, du Hirni«, keifte Ina zurück.

»Letzte Warnung!«, fuhr Brauer dazwischen. »Ich habe schlecht geschlafen und keinen Bock auf eure Nettigkeiten. Klar?« Ina und Steffen verstummten. »Ist das klar?«, wiederholte Brauer.

»Ja, entschuldige, Ralf«, sagte Steffen kleinlaut.

»Nicht bei mir, bei Ina«, forderte Brauer.

»Entschuldigung«, raunte er kaum hörbar. Ina warf ihren Kopf in den Nacken und verschanzte sich hinter ihrem Computer. Steffen

Richter schlich sich sichtlich schuldbewusst zu seinem Schreibtisch. Ralf Brauer blätterte seine E-Mails durch, als sein Telefon läutete. Die Nummer seines Vorgesetzten Martin Neumann erschien auf dem Display.

»Guten Morgen Martin«, begrüßte er ihn.

»Morgen Ralf, kannst du mal grad herunterkommen?«, fragte Neumann und Brauer glaubte, eine ernste Besorgnis in der Stimme seines Chefs herauszuhören.

»Ja, ich bin gleich bei dir«, antwortete Brauer und legte auf. Er verließ seinen Glaskasten, stellte sich am Waschbecken vor den Spiegel und drehte seine Fliege in die korrekte Lage.

»Ich muss mal grad zu Neumann runter«, gab er seinen beiden Mitarbeitern Bescheid. In der Tür blieb er kurz stehen. »Dass ihr euch in der Zwischenzeit nicht gegenseitig an die Gurgel geht!« Er warf ihnen einen mahnenden Blick zu.

»Keine Bange, es wird wie ein Unfall aussehen«, sagte Ina.

»Es wird wie ein bestialischer Mord aussehen«, erwiderte Steffen. Ina streckte ihm die Zunge raus.

»Komm rein, Ralf«, rief Neumann, als Brauer an die Bürotür klopfte. Brauer trat ein. »Setz dich«, sagte Neumann.

»Was ist denn los? Du machst ein Gesicht wie auf einer Beerdigung.« Brauer rückte den Stuhl näher an den Schreibtisch.

»Kein Wunder«, begann Neumann zu erklären, »es ist mindestens genauso traurig.« Er unterbrach kurz und hantierte nervös mit dem Kugelschreiber. »Es geht um Thomas Berger. Gestern Abend hat mich seine Frau zu Hause angerufen. Thomas musste mit dem Notarzt ins Krankenhaus gebracht werden. Sie sagte, er sei plötzlich in sich zusammengesackt und ins Koma gefallen.«

»Was?«, rief Brauer entsetzt aus. Die schockierende Nachricht wandelte seinen Gesichtsausdruck augenblicklich in eine Trauermiene. Er sah seinen Chef betroffen an. »Gestern hatte ich noch mit ihm über die Einbrüche gesprochen. Er zeigte keinerlei Anzeichen von einer drohenden Attacke. Haben die Ärzte schon etwas herausgefunden?«

»Sie vermuteten zunächst ein Gehirnaneurysma, aber das ist noch nicht bestätigt«, antwortete Martin Neumann.

»Thomas wird also für längere Zeit ausfallen«, sagte Brauer.

Neumann nickte. »Ja, darauf müssen wir uns einstellen und

deshalb habe ich dich hergebeten. Ich möchte, dass du die Vertretung übernimmst.«

Brauer strich sich mit beiden Händen über sein unrasiertes Gesicht. »Warum überträgst du Beate nicht diese Aufgabe. Sie wartet doch schon lange auf eine Bewährungschance. Das wäre eine Gelegenheit«, schlug er vor.

»Ich wusste, dass du damit kommst«, sagte Neumann, »aber du kennst sie. Beate ist eine gute Polizistin und Thomas` rechte Hand, aber das macht sie noch lange nicht zu einer guten Chefin. Mit ihrem ungebremsten Ehrgeiz würde sie alles an sich reißen und mir das gesamte FK 1 demoralisieren. Nein, Ralf. Du machst das!«

Brauer beobachtete seinen Chef eine Weile. »Ja, das verstehe ich, Martin«, druckste Brauer, »aber du kennst mein Problem, weswegen ich damals um die Versetzung ins FK 2 gebeten hatte.«

»Natürlich, Ralf, aber was soll ich machen? Ich habe keinen anderen mit deiner Kompetenz, und du weißt, das LKA und speziell Polizeirat Trüter haben ein wachsames Auge auf uns. Ich kann mir keine Fehlschläge leisten, und deshalb brauche ich dich.«

Brauer kannte Martin Neumann schon seit der Polizeischule. Martin war ein Vorzeigechef, er gab klare Anweisungen und setzte sie auch durch. »Ablehnung ist ausgeschlossen?«, fragte Brauer mit einem Lächeln.

»Völlig ausgeschlossen!«, bekräftigte Neumann.

»Das wird Beate nicht gefallen«, meinte Brauer.

»Sie weiß es bereits«, sagte Neumann.

»Und?«, fragte Brauer.

»Stell dich auf eine widerspenstige Mitarbeiterin ein, die jede Gelegenheit nutzen wird, dir ein Bein zu stellen«, antwortete Neumann und verzog dabei etwas die Mundwinkel.

»Brauchst gar nicht so zu grinsen«, sagte Brauer, »ich tue es nicht für dich, sondern für Thomas, nur damit du es weißt.«

»Ich weiß«, sagte Neumann. Brauer stand auf und ging zur Tür.

»Ralf«, rief Neumann ihm nach.

Brauer drehte sich um. »Noch was?«, fragte er.

»Danke«, sagte Neumann.

»Du hast von dem Skelettfund in Bad Lauterberg gehört?«, fragte Brauer, um wieder zum Tagesgeschäft zu kommen.

»Ja. Ist nun dein Fall«, sagte Neumann.

Brauer nickte stumm und verließ das Büro. Auf der Treppe

nach oben blieb er kurz stehen und überlegte. Ina und Steffen waren wie Feuer und Wasser und forderten oft sein Führungsgeschick. Aber was wäre, wenn ein Streber wie Steffen und eine Karrierefrau wie Beate aufeinandertreffen? Würden die beiden sich gegenseitig neutralisieren oder ergänzen? Oder würden sie sich einen Wettstreit um die Vorherrschaft in der zweiten Reihe leisten? Brauer fühlte sich unwohl bei dem Gedanken daran. Die beiden würden sein Führungsgeschick übergebührlich herausfordern.

Brauer nahm die nächsten Stufen und musste an Thomas Berger denken. Er tat im leid, obwohl beide nie dicke miteinander waren, aber sie respektierten sich als Polizisten und Kollegen. Hirnaneurysmen verliefen oft tödlich oder hinterließen irreparable Schäden, wusste Brauer noch von einer Weiterbildung zum Thema ›Leichenschau‹. Thomas war verheiratet und hatte einen siebzehnjährigen Sohn, von dem er oft voller Stolz erzählte. Was musste die Familie jetzt erleiden? Gedankenverloren betrat er das Büro.

»Bist du auf einer Beerdigung gewesen?«, spielte Ina unterschwellig auf seinen Gesichtsausdruck an.

»Ich brauch' noch einen Kaffee«, sagte Brauer und berichtete die Neuigkeiten, die er gerade erfahren hatte. Ina stellte ihm einen Pott auf den Schreibtisch.

»Das ist ja schrecklich«, bemerkte sie.

»Ich kann das noch gar nicht glauben. Erst gestern habe ich ihn noch lachen gesehen«, sagte Steffen. Brauer nahm einen Schluck Kaffee. »Übrigens, Ralf«, sagte er, während er an seinen Platz ging.

Brauer setzte die Tasse ab. »Ja?«

Steffen drehte sich um. »Mach dir keinen Kopf wegen Beate. Wenn einer diese Giftnudel in den Griff kriegt, dann bist du das«, meinte er. Brauer griente.

»Dann werde ich mal gleich damit anfangen«, sagte er forsch und wählte Beates Dienstapparat.

»Jakobi«, meldete sie sich mit herrischer Stimme.

»Ralf hier. Kannst du mal eben zu mir kommen?«, fragte Brauer.

»Du weißt über Thomas Bescheid?«, fragte sie barsch zurück.

»Deswegen möchte ich mit dir reden«, sagte Brauer.

»Und ich habe deswegen keine Zeit. Weißt du, was hier los ist?«, erwiderte sie scharf.

»Wann hast du Zeit?«, fragte Brauer.

»Wirst du dann erfahren.« Sie legte auf.

Brauer sah Steffen mit einem Kopfschütteln an. »Einfach aufgelegt«, sagte er, »was sagt man dazu.«

»Ich glaube, ich muss mir diese Alphazicke mal vorknöpfen«, empörte sich Steffen und machte Anstalten, gleich zu ihr zu gehen.

»Du bleibst hier!«, sagte Brauer, als Steffen bereits in der Tür stand. Dann wurde er dienstlich: »Ist die Höhle abgesperrt?«

»Welche Höhle?«, fragte Steffen fahrig.

»Die in Bad Lauterberg, mit dem Skelett«, antwortete Ina und Brauer nickte dazu.

»Ach so die. Ja, das haben die Kollegen gestern gemacht«, sagte Steffen.

»Okay!« Brauer überlegte einen Moment. »Alarmier bitte die Untertagerettung der Bergwacht, Spurensicherung und einen Gerichtsmediziner, möglichst einen mit anthropologischen Kenntnissen. Hoffentlich haben die beiden Jungs nicht allzu viele Spuren zerstört.«

»Geht klar«, bestätigte Steffen Richter, ging zu seinem Platz und telefonierte.

»Apropos Jungs. Die will ich auch dort sprechen«, fügte Brauer hinzu. »Ina, übernimmst du das?«

»Geht klar, Chef«, rief sie und griff sogleich zum Telefon.

»Um vierzehn Uhr ist Tatortbegehung. Die Lauterberger Kollegen bereiten alles vor«, meldete Steffen.

»Gut. Dann lass uns fahren, damit wir nichts verpassen.« Brauer zog sein Jackett von der Stuhllehne und schlüpfte hinein. »Ina, wir bleiben in Verbindung, falls etwas ist«, sagte Brauer im Vorbeigehen. »Und gib Neumann Bescheid«, fügte er noch an.

»Was ist mit Beate?«, fragte Steffen, als sie die Treppe hinunterstiegen.

»Sie scheint sehr beschäftigt zu sein. Hat keine Zeit, wie sie sagte.«

»Okay, da kann man nichts machen«, kommentierte Steffen mit einem leicht sarkastischen Unterton.

»Will ich auch nicht«, meinte Brauer, »wer nicht dabei ist, darf auch nicht spitzzüngig kritisieren.«

Vor den Garagen der Dienstfahrzeuge warf Brauer Steffen die Schlüssel zu. »Ich nehme an, du möchtest gerne fahren«, sagte er, weil er wusste, dass Steffen ein leidenschaftlicher Autofahrer, aber leider ein nerviger Beifahrer war, dem es nie schnell genug voranging.

»Du weißt, ich kann dir nichts abschlagen«, lächelte Steffen verschmitzt und schob das Garagentor hoch.

»Aber denk daran, wir sind in Northeim, nicht in Monte Carlo«, mahnte ihn Brauer vor zu großem Übereifer.

»Jetzt fang doch nicht schon wieder damit an. Ich sitze ja noch gar nicht im Auto«, beschwerte sich Steffen und drückte auf die Fernbedienung. Steffen fuhr den Mercedes aus der Garage und ließ Brauer zusteigen.

Sie fuhren schon eine Weile, ohne dass Brauer nach einer Unterhaltung zumute war. »Du bist ja heute gesprächig wie ein Schwarm Heringe«, bemerkte Steffen.

»Entschuldige«, sagte Brauer, »ich muss laufend an Thomas Berger denken. Armer Kerl.«

»Wie lange kennt ihr euch schon?«, fragte Steffen.

»Schon eine Ewigkeit, mehr als zwanzig Jahre.« Brauer schaute gedankenverloren aus dem Seitenfenster. »Hoffentlich schafft er es«, fügte er nach einer Weile noch hinzu.

»Ja, hoffentlich«, bekräftigte Steffen. Betroffen saßen sie eine Zeit lang in Gedanken vertieft nebeneinander.

Kurz vor dem festen Blitzer am Auekrug bremste Steffen den Wagen ab und beschleunigte gleich danach wieder. »Eine interessante Interpretation der Geschwindigkeitsbeschränkung«, bemerkte Brauer, »glaubst du, dass du damit durchkommst?«

»Bisher hat's immer geklappt«, lachte Steffen, reduzierte dann aber die Fahrt auf die zulässigen achtzig.

Am nördlichen Ortsrand von Bad Lauterberg steigt die B 27 leicht an und schlingt sich dann in einer abfallenden Linkskurve um die Spitze des Bischofshals'. Die Kurve mündet in einer Gerade, die direkt am Schickert-Gelände vorbeiführt. Schon auf der Steigung geriet der Verkehr ins Stocken.

»Bitte nicht, so kurz vorm Ziel«, meckerte Steffen vor sich hin und trommelte ungeduldig am Lenkrad.

»Ich glaube, was Geduld bedeutet, muss ich dir noch einmal erklären«, erwiderte Brauer.

»Aber bitte ein andermal, Herr Hauptkommissar. Im Moment bin ich wenig aufnahmefähig«, merkte Steffen an. »Nun fahrt endlich«, rief er genervt durch die Windschutzscheibe.

»Im Moment gibst du dich eher unfähig, Herr Kommissar«, mahnte Brauer an. In dem Augenblick löste sich der Stau wie im

Nichts auf. »Es geht weiter, Herr Vettel. Brauchst du eine Extraeinladung?«, frotzelte Brauer.

Steffen gab Gas. Als sie die Anhöhe passiert hatten, wurde ihnen klar, warum der Verkehr stockte. Gaffer, die den ungewöhnlichen Polizei- und THW-Aufmarsch auf dem Schickert-Gelände beobachteten, hatten den Rückstau verursacht. Ein Beamter stand jetzt am Straßenrand und forderte mit kreisenden Armbewegungen die Fahrer zum zügigen Weiterfahren auf. Wer trotzdem seiner Sensationsbegierde nachgab, wurde aufgeschrieben. Das wirkte.

»Da vorne, gegenüber der Western-Ranch, ist die Zufahrt.« Brauer zeigte auf ein Gittertor, an dem eine junge Polizeibeamtin stand, die sie mit einer Handbewegung zum Anhalten aufforderte. Steffen fuhr heran und ließ die Seitenscheibe herunter. Er musterte sie einen Moment.

»Guten Tag. Sind Sie neu im Staatsdienst? Ich kenne Sie nicht.«, grüßte Steffen. »Ich bin Kommissar Richter und neben mir sitzt Hauptkommissar Brauer.«

Sie bekam rote Wangen, als Steffen, der als ausgesprochener Frauentyp galt, sie dabei anlächelte.

»Würden Sie mir trotzdem bitte Ihre Marken zeigen?«, forderte sie dienstbeflissen.

»Natürlich«, sagte Steffen. Beide zückten ihre Dienstmarke und hielten sie zum Seitenfenster hinaus.

»Danke«, sagte sie und winkte zum Weiterfahren.

»Übrigens, die Uniform steht Ihnen ausgezeichnet«, schickte Steffen noch hinterher, bevor er die Scheibe schloss.

Brauer legte den Kopf schief und sah seinen Kollegen überrascht an. »Wach auf, du kleiner Richard Gere-Verschnitt. Das ist eine richtige Frau und keine getunte Corvette.«

»Ich hab es bemerkt und deine Anspielung auch«, entgegnete Steffen schnippisch.

»Tatsächlich?«, frotzelte Brauer. »Das ist ja mal was Neues. Ich dachte, du könntest dich nur für schicke Autos begeistern.«

»Denkste«, mäkelte Steffen, »manchmal auch für schicke Frauen.«

»Ich bin von den Socken«, sagte Brauer.

»Aber, wenn ich recht überlege«, wandte Steffen ein, »stell dir die Frau in einer knallroten Corvette vor.«

»Ich fass es nicht«, erwiderte Brauer. »Bleib du lieber bei den Blechkarossen. Die Frau, die zu dir passt, muss nach Öl und Benzin stinken.«

Sie passierten das Tor und vor ihnen öffnete sich ein weiter Kiesplatz, der von halbhohem Gras umsäumt wurde, das, je weiter außen, in Gestrüpp und schließlich in Buschwerk überging. Die übrige Fläche war wild bewachsen mit Bäumen und Büschen.

Auf dem Kies standen bereits, wie eine Wagenburg zusammengestellt, zwei Streifenwagen, ein Polizeibus, zwei THW-Fahrzeuge, der Einsatzwagen der Bergwacht und ein Leichenwagen. Steffen stellte den Mercedes hinter dem Polizeibus ab. In der Mitte der Wagenburg stand ein Pulk bunt Uniformierter. Martina Simon vom Kommissariat Bad Lauterberg, die Brauer noch von den Ermittlungen im Bankraub kannte, verließ die Gruppe und kam ihnen entgegen. »Guten Tag, die Herren«, begrüßte sie die beiden Kollegen, »wir wollten nicht ohne euch beginnen.«

»Das ist sehr umsichtig von dir. Ich würde auch gerne mit den beiden Höhlenkindern reden. Sind sie beide anwesend?«

»Ja, sitzen im Bus, mit ihren Müttern«, sagte Martina.

»Das ist gut. Ich spreche nur eben kurz zu den Leuten und erkläre das Vorgehen«, sagte Brauer und ging ein paar Schritte auf die Gruppe der Einsatzkräfte zu. Er spürte, wie zunächst die Augen seine Fliege musterten, aber das war er inzwischen gewohnt und es störte ihn kaum noch. Nur, wenn Leute unmanierlich bemerkten: »Einen Kriminalkommissar habe ich mir aber ganz anders vorgestellt«, konnte er schon mal sauer reagieren.

»Herr Brauer? Einen Moment bitte«, rief unverhofft eine Frauenstimme hinter ihm. Er drehte sich um. Eine Frau kam mit hastigen Schritten auf ihn zugeeilt. Um ihren Hals baumelten eine Ausweishülle und eine Fotokamera.

»Frau Moor, Sie sind es«, bemerkte Brauer. Melanie Moor war Journalistin beim Harzkurier und für ihre Hartnäckigkeit berüchtigt. Brauer kannte sie nur zu gut. Manchmal ging sie ihm mit ihren bohrenden Fragen mächtig auf die Nerven. »Ihnen entgeht aber auch nichts«, bemerkte er, als sie vor ihm stand.

»Das wäre auch das Ende meiner beruflichen Laufbahn als Journalistin«, erwiderte sie und reichte ihm und Steffen Richter die Hand. »Die Öffentlichkeit hat schließlich ein Recht darauf, zu erfahren, was in ihrer Region passiert. Haben Sie schon Informationen für mich?«

»Frau Moor, Sie sind wieder einmal schneller als die Polizei erlaubt.

Wir müssen uns selbst erst ein Bild machen. Danach werde ich Ihnen gerne Auskunft geben«, antwortete Brauer und wandte sich den Einsatzkräften zu.

»Meine Damen und Herren«, begann er, um die Aufmerksamkeit vorsorglich von seiner Fliege abzulenken. »Guten Tag. Ich bin Ralf Brauer und neben mir steht mein Mitarbeiter Steffen Richter. Vielen Dank, dass Sie da sind. Sie wissen, um was es geht? Oder hat jemand Fragen zum Einsatzzweck?« Niemand meldete sich. »Okay, also wir gehen folgendermaßen vor. Zuerst spreche ich zusammen mit Herrn Reiche von der Bergwacht mit den beiden Jungs, die uns hoffentlich genau sagen können, wo das Skelett liegt. Jede Aktion unter Tage wird aus Sicherheitsgründen von den Herren der Untertagerettung begleitet. Zuerst geht das THW rein und sorgt für Licht. Die Spurensicherung geht mit und achtet darauf, dass der Tatort möglichst unberührt bleibt. Wenn die Beleuchtung steht und alles abgesichert ist, macht die Spurensicherung ihre Arbeit.« Brauer kratzte sich am Kopf. »Ich hoffe, die Jungs haben nicht zu viel verändert. Einer der Jungs sollte möglichst mitgehen, quasi als Höhlenscout. Alles klar?«

»Alles klar«, murmelte es aus der Menge.

»Dann knöpfen wir uns die beiden Höhlenforscher mal vor«, sagte Brauer.

Sie stiegen zusammen mit Wolfram Reiche in den VW-Bus. Auf der Rückbank saßen die beiden Jungs neben ihren Müttern und blickten ängstlich drein, als die drei Männer den Bus betraten. Brauer legte eine freundliche Miene auf, begrüßte die Anwesenden lächelnd und stellte sich und die Anderen vor. Dann richtete er sich an die beiden Frauen.

»Vielen Dank, Frau Schönfeld und Frau Peix, dass Sie gekommen sind. Ihre beiden Jungs haben eine wichtige Entdeckung gemacht.« Er sah die Halbwüchsigen dabei an, deren Augen zu leuchten anfingen. »Wir müssen nun klären, wer der Tote ist und ob ein Verbrechen vorliegt, was bei dem ungewöhnlichen Fundort zu vermuten ist«, erklärte er, »deshalb müssen wir einige Fragen stellen.« Brauer sah die Jungs dabei an und nickte ihnen zu. Die nickten brav zurück. »Wer möchte zuerst gefragt werden?« Sie rührten sich nicht. »Also, um eines klarzustellen«, sagte Brauer gewichtig, »die verdiente Standpauke habt ihr sicher bereits erhalten, die spare ich aus. Wir brauchen jetzt eure Hilfe.« Zögerlich kam eine Hand nach oben.

»Du bist wer?«, fragte Brauer.

»Justin Peix«, sagte der Junge. Er trug ein T-Shirt mit der Aufschrift: *Mein Papa ist stärker als deiner!* Brauer musste schmunzeln.

»Wie alt bist du, Justin?«

»Ich bin vierzehn«

»Wo gehst du zur Schule?«

»KGS, achte Klasse, Gymnasialzweig.«

»Warum habt ihr euch denn ausgerechnet diese Höhle für eure Abenteuer ausgesucht?«

Justin druckste. »Wir wollten die Raketen finden, die hier noch irgendwo rumliegen«, sagte er.

»Raketen? Wie kommt ihr denn auf so was?«

»Hier war früher eine Rüstungsfabrik der Nazis«, sagte der Junge aufgeregt.

»Und statt der Raketen habt ihr ein Skelett gefunden«, konstatierte Brauer. Justin nickte.

»Habt ihr sonst noch etwas gefunden oder vielleicht sogar mitgenommen?«, fragte Steffen Richter nach.

»Nein, das heißt doch«, stotterte Justin, »da lag ein Stock, mit dem ich gegen den Tank geschlagen habe. Als wir zurückliefen, merkten wir, dass es ein Knochen war. Ich habe ihn weggeworfen.«

»Könnte der von dem Skelett stammen?«, hakte Brauer nach.

»Bestimmt«, meinte Justin.

»Könnt ihr Herrn Reiche die Stelle zeigen, wo die Knochen liegen?«, fragte Brauer.

»Ich geh da nicht mehr rein«, rief der andere Junge dazwischen, »da sind Fledermäuse drin.«

»Du bist David Schönfeld, nicht wahr?« Der Junge nickte.

»David, du musst da nicht reingehen, wenn du dich fürchtest«, beruhigte Brauer ihn. »Ich gehe mit«, bot Justin sich an.

»Okay, wenn deine Mama einverstanden ist«, sagte Brauer.

»Ja, ja, natürlich. In ihrer Begleitung kann ja nichts passieren«, stimmte Frau Peix zu. »Aber allein gehst du nie wieder in eine unbekannte Höhle!«, ermahnte sie ihren Sohn. Justin blickte geläutert drein.

»Vielen Dank, Frau Peix«, sagte Brauer und wandte sich an Justin. »Also Justin, du wirst Herrn Reiche den Weg zu der Fundstelle zeigen. Mehr musst du nicht tun.«

»Ja, mach ich«, sagte er begeistert. »Na dann, auf geht`s«,

schloss Brauer die Befragung. Sie stiegen aus.

Vom Platz bis zum Eingang der Höhle hatte sich bereits durch den Einsatz der Hilfskräfte ein Trampelpfad durch das Buschwerk gebildet. Brauer, Steffen Richter, Wolfram Reiche und Justin stapften über die niedergetretenen Sträucher zum Eingang der Höhle. Die Mannschaften des THW und der Bergwacht hatten inzwischen am Fuß der Geröllhalde ihre Ausrüstungen bereitgelegt. Scheinwerfer, Kabel, Stromaggregat, Seile und eine Trage für den Fall, dass jemand verletzt wird. Das THW hatte Leitern an die Geröllwand gelehnt. Eine, die hinauf, und eine weitere, die auf der anderen Seite hinunter in die Höhle führte. Jeder bekam einen Schutzhelm verpasst. Justin strahlte vor Stolz, als er den Helm angepasst bekam.

»Du bist jetzt der wichtigste Mann«, bemerkte Brauer und gab ihm einen anerkennenden Klaps auf die Schulter.

Zwei Mann der Untertagerettung gingen voraus. Ihre Helme waren mit Kopflampen ausgestattet. Dann folgte Hans Sommer von der Spurensicherung, drei Mann vom Technischen Hilfswerk, dann Justin und Wolfram Reiche.

»Wollen Sie nicht mitkommen?«, fragte Wolfram Reiche die beiden Kriminalbeamten.

»Nein. Jeder, der den Tatort betritt, hinterlässt eigene Spuren, die zu falschen Ergebnissen führen können. Deshalb gilt bei uns: Nur so viele, wie unbedingt nötig. Wir beide schauen uns das hinterher an.«

Das Stromaggregat surrte. Fünf jugendliche Nachwuchskräfte des THW bildeten eine Kette und führten das Stromkabel nach. Brauer und Steffen Richter stiegen auf den Kamm der Geröllhalde und schauten auf den Eingang des Stollens. Die Gruppe, mit Wolfram Reiche und Justin vorweg, tauchte ins Dunkel der Höhle ein.

Etwas zwanzig Minuten später kamen Reiche und Justin zurück. »Wir haben die Stelle erreicht«, rief der Einsatzleiter der Bergwacht von unten. Sie kamen die Leiter hinauf.

»Gut gemacht«, lobte Brauer den Jungen.

»Die Beleuchtung wird noch aufgebaut, dann können Ihre Leute rein«, sagte Reiche.

»Okay«, erwiderte Brauer, »ich schicke Ihnen gleich den Rest der Spurensicherung. Führen Sie sie bitte vor Ort.«

Brauer brachte Justin zurück und verabschiedete sich von den zwei Frauen und den Jungs. »Ihre Söhne sind großartig. Passen Sie gut auf sie auf.« Er zwinkerte den Müttern zu, die den kleinen Seitenhieb offensichtlich verstanden hatten.

»Wie sieht's aus? Schon irgendetwas aus der Unterwelt gehört?«, fragte Brauer, als er wieder oben auf der Halde stand.

»Die Spurensicherung hat die Knochen eingesammelt und den Fundort dokumentiert. Ein Armknochen lag dicht am Eingang, den hatte der Junge für einen Stock gehalten. Er muss sich ordentlich erschrocken haben, als er erkannte, was er da in der Hand hielt«, antwortete Steffen.

»Ich hoffe, das war den beiden Halbstarken eine Lehre, und den Eltern auch. Es hätte sonst was passieren können«, echauffierte sich Brauer.

Im Dunkel des Höhleneinganges erschienen die Leute der Spurensicherung in ihren weißen Kapuzenoveralls. Mit den Schutzhelmen machten sie einen noch befremdlicheren Eindruck. Sie trugen einen Metallsarg hinauf.

»Wollen Sie schon mal ein Auge hinein werfen?«, fragte Hans Sommer und grinste dabei. »Ist kein schöner Anblick«, fügte er noch hinzu.

»Das sind Tote nie«, antwortete Brauer kühl, »aber ich möchte Dr. Scheffler nicht vorgreifen.«

Allein der Gedanke, Tote ansehen zu müssen, bereitete ihm Unbehagen. Seit einem schrecklichen Kindheitserlebnis lösten Blut und Leichen traumatische Erinnerungen bei ihm aus, die er schwer in den Griff bekam. Das ging so weit, dass er Schwindelgefühl und Brechreiz bekam und sogar in Depressionen abdriften konnte. Wäre dieses Trauma früher aufgetreten, er hätte nie den Beruf eines Polizeibeamten ergriffen. Deshalb hatte er sich später in das FK 2 versetzen lassen. Mit Mord wollte er möglichst wenig zu tun haben, aber er merkte bald, dass sich die Arbeit der Polizei nicht scharf trennen ließ. Außer Martin Neumann wusste niemand von seinem Problem. Eine psychologische Behandlung brachte sein Erlebnis an die Oberfläche und er fand zusammen mit dem Arzt heraus, wie er damit umgehen kann. Seither trägt er ständig eine Fliege, so wie sie sein Großvater immer getragen hatte. Dieses Kleidungsstück wirkte bei psychischem Druck wie eine Schmerztablette. Und nun musste ausgerechnet Berger ausfallen und er hatte die Mordopfer wieder am

Hals. »Armer Kerl.«

»Falls Sie mich damit meinen, kann ich Ihnen nur beipflichten«, sagte eine kräftige Stimme.

Brauer wandte sich um. »Dr. Scheffler, sie kommen wie gerufen«, sagte er und reichte ihm die Hand.

»Haben Sie ja auch«, erwiderte er und sah auf den Sarg, der vor dem Leichenwagen stand. Scheffler war ein Mittfünfziger, hager, mit weißgrauen Haaren. Seine Erscheinung erinnerte Brauer an Doc Brown aus dem Kinofilm *Zurück in die Zukunft*.

»Und wenn Sie mir keine Leiche präsentieren, die mich als Pathologe herausfordert, dann können Sie auf meinen Bericht warten, bis sie schwarz werden.«

»Das Zuordnen der einzelnen Knochenteile zu den beiden Köpfen, wird allein schon eine Herausforderung sein«, mischte sich nun Hans Sommer ein. Die Augen der Umstehenden schwenkten wie auf Kommando zu Hans Sommer.

»Haben Sie ZWEI gesagt?«, fragte Brauer überrascht.

»Allerdings«, bestätigte Sommer.

»Wo kommt denn der Zweite auf einmal her?«, wollte Steffen Richter wissen.

»Beide aus einem verrosteten Tank. Der Rost hatte sich im Lauf der Jahre teilweise durch den Boden gefressen, sodass ein Knochen herausgefallen war, den Justin als Stock angesehen hatte. Damit hatte er in dem Blech herumgestochert, wobei es zerbröselte und weitere Knochen herausfielen, bis auf wenige und den anderen Kopf«, erklärte Sommer.

»Na, wenn das keine Herausforderung ist, Doktor Scheffler?«, stichelte Brauer.

»Wir werden sehen«, sagte Scheffler, »bitte öffnen Sie den Sarg.«

Die beiden Beamten der Spurensicherung nahmen den Deckel herunter. Brauer schluckte und wagte einen vorsichtigen Blick hinein. Ihm bot sich ein grauenhaftes Bild. An einigen Knochen hingen mumifizierte Gewebeteile. Auf den Totenköpfen waren noch Haare, und die Augenhöhlen schienen ihn anzustarren. Brauer wandte sich ab.

»Na, genug gesehen?«, meinte Doktor Scheffler und streifte sich Latexhandschuhe über. Dann trat er vor den Sarg und murmelte unverständlich vor sich hin, während er den Inhalt inspizierte.

»Nun, was meinen Sie?«, fragte Brauer nach einer Weile.

Doktor Scheffler blickte auf. »Der eine Schädel zeigt eine deutliche Fraktur auf, die von einem stumpfen Gegenstand verursacht sein könnte und in dem Ausmaß tödlich war. Der andere Schädel ist soweit okay. Nur das Zungenbein ist gebrochen, was auf einen Tod durch Erwürgen hindeutet. Einer der Toten muss einen Unfall gehabt haben, das linke Schlüsselbein und der linke Oberarm waren gebrochen. Ansonsten werden Sie sich etwas gedulden müssen, bis ich Ihnen genauere Daten liefern kann«, sagte Scheffler. »Außerdem brauchen wir DNA-Analyse, um die Skelettteile zuordnen zu können. Erst danach kann ich Geschlecht und Alter ermitteln.«

»Und den Todeszeitpunkt«, ergänzte Steffen.

Doktor Scheffler rückte seine Brille zurecht. »Herr Richter«, begann er knurrig, »wissen Sie, wie aufwendig es ist, den Todeszeitpunkt anhand von Skeletten festzustellen? Wenn Sie Glück haben, kann ich Ihnen einen Zeitrahmen nennen, aber dazu muss ich die Umweltbedingungen in der Höhle kennen, und wer sagt uns, dass die Leichen von Anfang an dort lagen?« Er sah Steffen und Brauer abwechselnd an und zog die Stirn kraus.

»Aber den Todeszeitpunkt von Ötzi konnte man doch auch bestimmen«, wandte Steffen ein.

Doktor Scheffler lachte gekünstelt. »Ja, mit der Radiokarbonmethode, ein teures Verfahren. Ich glaube nicht, dass Sie das genehmigt bekommen. Im Übrigen liegt der Anwendungsbereich zwischen 300 und 60.000 Jahren, also das wird uns wenig nützen.«

»Mit welcher Genauigkeit könnten Sie denn deren Todeszeit bestimmen?«, fragte Brauer nach.

»Wie gesagt, ich muss die Bedingungen in der Höhle wissen – Temperatur und Luftfeuchtigkeit. Unter der Annahme, dass sie nach Eintritt des Todes in der Höhle lagen, höchstens auf zehn Jahre genau«, sagte Scheffler.

»Wir haben auch Reste von Kleidungsstücken gefunden«, mischte sich Hans Sommer ein, »vielleicht helfen die uns weiter.«

»Ja, vielleicht, aber selbst wenn wir wissen, um welche Mode es sich handelt und wann sie hergestellt wurde, wären wir auch nicht unbedingt genauer«, entgegnete Brauer. Er wandte sich an Doktor Scheffler. »Wann können wir mit ersten Ergebnissen rechnen, Doktor?«

»In vier bis sechs Wochen. Eher in sechs«, sagte Doktor Scheffler.

»WAS?!« Brauer strich sich durch die Haare. »Haben Sie eine Ahnung, was uns dieser Fall für Arbeit machen wird? Keinerlei Täterspuren, keine Identität der Opfer, wenn es denn ein Tötungsdelikt war, liegt es länger als zehn Jahre zurück...«

Doktor Scheffler unterbrach ihn: »Länger als dreißig Jahre, mein lieber Herr Brauer, so viel kann ich Ihnen schon sagen.«

Ralf Brauer legte seine Hand an die Stirn und sah seinen Kollegen Steffen Richter an. »Dreißig Jahre«, wiederholte Brauer. »Hast du das gehört, Steffen, da hast du noch in die Windeln geschissen.« Brauer lief mit gesenktem Kopf ein Stück auf und ab und blieb dann stehen. »Möglicherweise ist der Mörder selbst längst verstorben.« Er holte tief Luft und pustete sie durch die zusammengepressten Lippen aus. »Solche Fälle liebe ich. Sie machen nur Arbeit und führen zu keinem Abschluss.« Er wandte sich wieder an Doktor Scheffler. »Doktor, ich möchte diese Sache so schnell wie möglich von der Backe haben. Können Sie das Verfahren nicht beschleunigen? Ich muss der Staatsanwaltschaft schließlich etwas vorlegen.«

»Herr Brauer«, entrüstete sich Doktor Scheffler, »glauben Sie, die Gerichtsmedizin in Göttingen wartet nur auf Ihre Leichen oder Skelette? Unsere Kühlfächer sind voll davon.«

Brauer strich sich erneut über die Haare. »Okay, nach dreißig Jahren kommt es auf sechs Wochen auch nicht mehr an. Vielleicht sind Sie so nett und halten uns auf dem Laufenden.«

»Ich kann Ihnen vorab den Zahnstatus liefern. Wenn Sie Glück haben, finden Sie darüber die Identität heraus«, sagte Doktor Scheffler.

»Das wäre zumindest ein Ansatz«, entgegnete Brauer zufrieden.

»Und nun möchte ich mir den Fundort ansehen«, bat Doktor Scheffler.

Hans Sommer und Wolfram Reiche begleiteten sie in die unterirdische Anlage, die jetzt gut ausgeleuchtet war. Ein großzügiger Gang aus nacktem Fels führte etwa fünfzig Meter in den Berg und mündete in einer geräumigen Kammer. Rohrleitungen, Betonfundamente, aus denen abgeschnittene Trägerstummel herausstanden, und abgetakelte Schaltschränke ließen auf eine ehemalige produktive Nutzung dieser Höhle schließen.

»Hier entlang«, sagte Wolfram Reiche und ging am Ende der Kammer in einen weiterführenden Stollen voraus. Die Anderen folgten ihm. Nach einigen Metern fiel Brauer ein schmaler Durchbruch auf, der von dem Hauptstollen abzweigte.

»Wo führt dieser Gang hin?«, fragte er und zeigte auf den engen Durchstich.

»Da ist nichts weiter. Nur ein Hohlraum, der von Fledermäusen besiedelt ist«, antwortete Reiche und setzte seine Führung fort. Nach ungefähr einhundert Metern gelangten sie in eine Halle, die teilweise ausgemauert war. Von der Decke und den Wänden tropfte es. Die Luft fühlte sich kühl und feucht an. An der hinteren Wand lagen drei verrostete Tanks. Seitlich standen Schaltschränke und Steuerpulte. An der Decke führten Rohrleitungen und Kabel zu den Tanks und Schaltanlagen.

»Hier«, Hans Sommer zeigte auf den rechten Behälter, »hier drin lagen die Skelette.« Brauer und Steffen gingen näher heran. »Jemand muss die Leichen von oben durch die Deckelöffnung hineingeworfen haben«, sagte Sommer.

Brauer inspizierte die Öffnung, die circa eineinhalb Meter über dem Boden lag. »Selbst für einen kräftigen Mann schwierig«, überlegte Brauer laut.

»Können ja auch zwei gewesen sein«, mutmaßte Steffen.

Doktor Scheffler klappte ein Messgerät auf und stellte es auf eines der Schaltpulte. »Thermometer und Hygrometer«, erklärte er.

Brauer und Steffen Richter schritten den Raum ab und sahen sich um. »Gab es irgendwelche Auffälligkeiten?«, fragte Brauer Hans Sommer.

»Nein! Nichts, Sie sehen ja selbst.« Er machte eine ausladende Handbewegung.

»Kein Wunder, nach so langer Zeit in dieser Umwelt«, bemerkte Brauer. »Was wurde früher hier eigentlich produziert?«, wollte er wissen.

»Ich weiß es nicht«, gab Wolfram Reiche zu, »ich habe mich nie damit beschäftigt. Es war im Dritten Reich ein Rüstungsbetrieb, mehr ist mir nicht bekannt.«

»Was sagen Ihre Messgeräte?«, fragte Brauer Doktor Scheffler.

»Acht Grad und fast achtzig Prozent Luftfeuchtigkeit. In solchen Höhlen ist das Klima das ganze Jahr über annähernd konstant. Damit lässt sich einfacher rechnen«, erklärte er. »Also ich habe, was ich brauche.« Er packte sein Gerät ein.

»Gut, dann lassen Sie uns zurückgehen«, schlug Brauer vor.

Sie brachen auf. An der Abzweigung, die zu der Fledermauskolonie führte, blieb Brauer stehen. »Ich würde doch gerne einen Blick hinein werfen«, sagte er zu Wolfram Reiche.

»Kein Problem«, sagte Reiche, »kommen Sie.« Er schaltete seine Helmlampe ein und zwängte sich durch den engen Durchgang. Brauer und Steffen folgten. Ein muffiger Geruch wehte ihnen entgegen. Im Licht der Lampe öffnete sich eine Kaverne von der Größe einer Lkw-Garage. Der Hohlraum war offensichtlich künstlich angelegt worden, obwohl keinerlei Anzeichen auf eine technische Nutzung erkennbar waren. Wolfram Reiche leuchtete zur Decke, die sich zu bewegen schien. »Harmlose Insektenfresser«, sagte er.

»Das müssen tausende sein«, staunte Steffen, »aber was riecht hier so komisch?«

»Ihr Kot«, sagte Reiche und leuchtete zum Boden. »Sie stehen darauf«, ergänzte er.

»Ihh«, rief Steffen und hob abwechselnd seine Füße, als wolle er den Kontakt damit vermeiden.

»Ist guter Blumendünger. Sie können sich gerne eine Tüte voll mitnehmen«, sagte Wolfram Reiche.

»Hören Sie bloß auf«, lehnte Steffen ab.

»Leuchten Sie mal bitte dort rüber«, sagte Brauer ungeachtet des abschweifenden Gespräches zwischen Steffen und Reiche. Gegenüber des schmalen Einganges erschien keine massive Felswand im Lichtkegel, sondern Geröll, als sei dort die Decke eingebrochen. »Ist das ein Einsturz?«, fragte Brauer.

»Das wäre ungewöhnlich«, meinte Wolfram Reiche. »Wir befinden uns hier in einem festen Grauwackefels, der stabil genug ist und nicht gestützt werden muss. Sieht eher nach einer Sprengung aus.«

»Geht es dahinter weiter?«, erkundigte sich Brauer.

»Keine Ahnung. Die Bergwacht hat zwar von fast allen Harzer Höhlen und Bergwerken Grund- und Seigerrisse, aber nichts über diese unterirdischen Anlagen. Die Fabrik war streng geheim. Kaum jemand wusste, was hier wirklich hergestellt wurde«, erklärte er.

Brauer nickte. »Ja, das stimmt wohl. Die Schickert-Werke sind immer noch geheimnisumwoben«, sagte Brauer.

»Ich denke, wir sollten die Fledermäuse nicht weiter stören«, drängte Wolfram Reiche zum Aufbruch und leuchtete zum Durchgang.

»Klar«, bestätigte Brauer, »ich habe auch genug gesehen, lassen Sie uns gehen.« Er sah sich nach Steffen um. »Steffen, kommst du?«

Keine Antwort. »Steffen?«

»Ihr Kollege ist sicher vor den Fledermäusen geflüchtet«, meinte Wolfram Reiche. Sie verließen die Höhle. Brauer fand Steffen draußen auf der Geröllhalde im Gespräch mit Martina Simon und Doktor Scheffler.

»Na? Hast wohl vor den Fledermäusen das Flattern gekriegt?«, scherzte Brauer. Steffen antwortete nicht und griente nur verächtlich. Brauer und Wolfram Reiche kletterten hinauf. »Abrücken, Leute. Einsatz für heute beendet!«, sagte Brauer. »Der Zugang bleibt bis auf weiteres abgesperrt!«, wies er an. »Könnt ihr das übernehmen, Martina?«, fragte er seine Lauterberger Kollegin.

»Ich kümmere mich darum«, sagte sie.

Inmitten des Platzes, wo die Fahrzeuge geparkt waren, stand Frau Moor, von Leuten des THW und der Bergrettung umringt. Sie stenografierte Notizen auf ihrem Schreibblock. Als sie Brauer und Steffen erblickte, winkte sie ihnen mit wedelndem Notizblock zu.

»Herr Brauer, warten Sie«, rief sie ihm zu und ließ ihre Gesprächspartner zurück.

»Sie scheinen ja bereits bestens im Bilde zu sein«, bemerkte Brauer.

»Herr Brauer, seien Sie nicht immer so abweisend. Ich bitte um mehr Verständnis für die Arbeit der Presseleute, die sich von Ihrer kaum unterscheidet. Wir wollen doch beide der Wahrheit auf den Grund gehen, und dazu brauchen wir Antworten«, erklärte sie und positionierte ihren Notizblock. »Apropos Antworten. Was haben Ihre Ermittlungen bisher ergeben?«, fragte sie geradeheraus.

Brauer berichtete ihr den aktuellen Stand, und das war nicht viel.

»Gehen Sie von einem Gewaltverbrechen aus?«, wollte sie wissen.

»Das können wir zur Zeit weder ausschließen noch bestätigen. Dazu müssen wir den Bericht der Pathologie abwarten.«

»Was ist Ihre Theorie, Herr Brauer? Was geht Ihnen bei solch mysteriösen Fällen durch den Kopf?« Sie sah ihn an, als hoffe sie auf eine Kracherstory.

Brauer lächelte: »Frau Moor, Sie wissen doch: An Spekulationen und Dramatisierungen wird sich die Polizei nicht beteiligen, aber Sie können uns helfen, die Identität der Toten zu klären.«

»Ja, gerne. Und wie?«, fragte sie mit funkelnden Augen.

»Schreiben Sie einen interessanten Bericht über den Fund und unseren Einsatz und bringen Sie zum Schluss einen Aufruf, ob jemand vom plötzlichen Verschwinden eines Angehörigen betroffen ist, der seit Jahrzehnten vermisst wird«, schlug Brauer vor.

»Das mache ich gerne«, sagte sie bereitwillig, »aber dann habe ich etwas gut bei Ihnen.«

»Ich schreibe Ihnen keinen Gutschein über die Herausgabe vertraulicher Informationen, aber ich könnte zu gegebener Zeit Ihre Fragen großzügig beantworten.«

»Ich werde Sie daran erinnern, Herr Brauer«, sagte sie und lief zu den Einsatzkräften zurück.

Brauer und Steffen gingen zum Auto.

Odertalsperre
Mittwoch, 4. Oktober 2017

Wie selbstverständlich stieg Brauer auf der Beifahrerseite in den Dienst-Mercedes. An der Ausfahrt des Geländes stand noch die junge Polizistin. Steffen winkte ihr mit unauffälligen Fingerbewegungen zu. Sie lächelte. Steffen setzte den Blinker und bog in die B 27 in Richtung Bad Lauterberg ab.

»Ich könnte noch auf ein schönes Eis«, meinte Brauer.

»Während der Dienstzeit?«, wandte Steffen vorwurfsvoll ein.

Brauer verdrehte die Augen. *Kennt dieser Mensch denn nur Dienst und Autos?*, dachte er und schüttelte den Kopf. »Nicht zum Vergnügen, sondern als motivierende Beigabe einer Open Air Dienstbesprechung, wenn es dich beruhigt.« Brauer schaute aus dem Seitenfenster, um sein Grinsen zu verbergen.

»Wenn ich eingeladen werde?«, stellte Steffen zur Bedingung.

»Bist du«, sagte Brauer, »bieg da vorne rechts ab in die Einkaufsstraße. Die Eisdiele dort hat leckeres Eis, original italienisch.«

Steffen parkte den Wagen ein Stück weiter auf einem der Parkstreifen. Die Sommerhitze an diesem späten Nachmittag stand brütend zwischen den Häuserzeilen. Sie setzten sich in den Schatten eines Sonnenschirmes und studierten die bunte Eiskarte. Ein junges Mädchen mit dunklen Haaren und gesundem Teint erschien kurz darauf am Tisch. Ihr Blick streifte Brauers Fliege und blieb bei Steffen hängen.

»Haben Sie schon gewählt?«, fragte sie schüchtern lächelnd.

»Ich hätte gerne den Früchtebecher«, sagte er. Sie kritzelte auf ihrem Notizzettel herum.

»Ich nehme zwei Kugeln Amarena-Kirsch, ohne Sahne«, bestellte Brauer.

Sie notierte wieder. »Sehr gerne.« Sie lächelte Steffen noch einmal flüchtig zu und verschwand im Laden.

»Angenehm, hier zu sitzen«, bemerkte Brauer. »Es gibt übrigens keine Vorschrift, die den Ort von Dienstbesprechungen vorgibt«, fügte er augenzwinkernd hinzu.

»Sicher, aber Eisdielen, Cafés und Kneipen sind als Büroersatz schon ein wenig anstößig, meinst du nicht?«, gab Steffen zu bedenken.

»Was glaubst du, wie viele Ermittlungserfolge bei Gesprächen in solchen Lokalitäten erzielt wurden?«, hielt Brauer dagegen. »Du bist außergewöhnlich dienstbeflissen, das schätze ich an dir, aber man muss auch einmal Fünfe gerade sein lassen. Wir machen keinen Dienst nach Stechuhr, und deshalb können wir uns diese Freiheit nehmen, ohne ein schlechtes Gewissen haben zu müssen.«

Die Bedienung brachte das Eis. Während Steffen in dem Früchtebecher löffelte, verfolgten seine Augen die vorbeifahrenden Autos. Ein unangenehmes Motorenbrummen übertönte plötzlich die Betriebsamkeit der Straße und lenkte nun auch Brauers Aufmerksamkeit auf die Fahrbahn. Ein roter Sportwagen rollte mit röhrendem Auspuff im Schritttempo heran. Als er dicht an ihrem Tisch vorüber brummte, erkannte Brauer den Fahrer.

»Wow«, gab Steffen bewundernd von sich, »der neue Ford Mustang, zweikommadrei Liter, dreihundert PS. Der macht locker zweihundertdreißig Spitze.«

»Was du alles weißt«, bemerkte Brauer, »aber mich interessiert mehr der Fahrer als das Auto.« Brauer guckte dem Mustang hinterher.

»Wieso? Kennst du den?«, fragte Steffen.

»Und ob. Felix Köhler, der Sohn von Wolfgang Köhler, ein alter Bekannter, schon vor meiner Zeit bei der Kripo. Hat etliche Male im Knast gesessen. Betrügereien, Diebstahl, Drogen, das volle Programm. Ist heute ein angesehener Geschäftsmann in Bad Lauterberg«, führte Brauer aus und wandte sich wieder seinem Eis zu.

»Kann doch sein, dass er geläutert ist und den gerechten Pfad gefunden hat?«, mutmaßte Steffen.

Brauer lachte kurz auf. »Glaub mir, der ist kein Pfadfinder. Der ist mit allen Wassern gewaschen. Vertickt Schrott und gebrauchte Baumaschinen, hauptsächlich nach Polen. Sein Vater soll ein gefürchteter Nazi mit krimineller Ader gewesen sein«, sagte Brauer und kratzte den Rest Eis aus der Schale. »Aber irgendetwas läuft da noch im Hintergrund, sonst könnte er sich nicht dieses feudale Leben leisten«, ergänzte er.

»Was soll denn da laufen?«, fragte Steffen nach.

»Wenn ich das wüsste, säße er längst wieder hinter Gittern«, versicherte Brauer. »Ich vermute Drogen, kann sein, dass auch einige Damen für ihn anschaffen gehen. Den hatte Neumann, als er noch nicht Chef war, im Visier, aber er konnte ihm nie etwas nachweisen«, fügte Brauer hinzu.

»Und was macht Felix Köhler?«, fragte Steffen.

»Der arbeitet in der Firma seines Vaters mit. Gibt sich gerne als Playboy, dieser alte Angeber«, meinte Brauer.

»Dann hat der sicher noch mehr schicke Autos, oder?«, wollte Steffen wissen.

Brauer hielt den Kopf schräg. »Warum bist du eigentlich kein Automechaniker geworden? Wenn du gerade mal nicht an die Arbeit denkst, dann hast du nur noch Autos im Kopf. Andere Männer in deinem Alter gehen ab und zu mal aus und amüsieren sich«, sagte Brauer.

»Ralf, bitte. Jetzt fang nicht schon wieder damit an«, entgegnete Steffen genervt.

»Entschuldige Steffen, ich wollte dir nicht zu nahe treten, aber als dein Chef und Kollege mache ich mir Gedanken.«

»Gedanken? Worüber? Du musst dir um mich keine Gedanken machen«, beschwerte sich Steffen.

»Bleib locker Steffen«, versuchte Brauer zu beruhigen, »ich meine, weil du oft überreagierst, besonders Ina gegenüber.«

»Lass Ina aus dem Spiel. Das ist allein meine Sache, und mein Privatleben geht dich nichts an.« Steffen sprang auf und stapfte davon. Brauer sah noch, wie er ein Stück weiter in einem Geschäft verschwand, vor dem ein Zeitungsständer stand. Brauer winkte die Bedienung heran und drückte ihr das Geld in die Hand. »Stimmt so«, sagte er und eilte seinem Kollegen nach.

Das Geschäft erwies sich als Buchhandlung. Brauer betrat den Laden und war von der behaglichen Atmosphäre, die der Verkaufsraum ausstrahlte, angetan. Eine blonde Dame mit rot geschminkten Lippen lächelte ihn über den Computerbildschirm hinweg freundlich an. »Guten Tag, schauen Sie sich ruhig um«, sagte sie und richtete ihre Aufmerksamkeit zurück auf den Bildschirm.

Brauer sah sich um und entdeckte Steffen in einer Nische, in der Kinderbücher auslagen. Er stand vor den Regalen und blätterte in einem Buch. Brauer trat neben ihn. In selben Moment kam die freundliche Bedienung hinzu und fragte: »Wie alt ist denn das Kind?«

»Zweiunddreißig«, sagte Brauer, sah Steffen von der Seite an und griente verschmitzt. Die blonde Frau schaute im ersten Moment irritiert, konnte sich dann aber das Lachen nicht verkneifen. Steffen klappte das Buch zu und presste die Lippen fest zusammen, um nicht mitlachen zu müssen. Vergeblich.

»Bücher für die älteren Kinder haben wir hier drüben«, sagte die Verkäuferin schlagfertig und wies auf einen Auslagentisch. »Harzkrimis, Fantasy und Thriller, alles, was der Harz an Bösewichten zu bieten hat, finden Sie dort.«

»Nein danke, davon haben wir mehr als genug. Vielleicht ein andermal«, sagte Steffen.

»Wir sind von der Kripo«, erklärte Brauer der Verkäuferin.

»Ahh, verstehe«, sagte sie. »Kann ich sonst noch etwas für Sie tun?«

Brauer überlegte einen Moment. »Haben Sie zufällig Bücher oder Schriften über die ehemaligen Schickert-Werke?«

Sie schüttelte den Kopf. »Nein, da muss ich leider passen«, sagte sie, »aber wenn Sie darüber Informationen brauchen, dann wenden Sie sich am besten an unseren Archivkreis. Der trifft sich jeden Dienstag im Ritscherhaus, dort wo auch das Heimatmuseum untergebracht ist. Die können Ihnen ganz bestimmt weiterhelfen.«

»Archivkreis – guter Hinweis. Danke«, sagte Brauer. Beide verließen die Buchhandlung. Draußen blieb Brauer stehen. »Tut mir leid, Steffen. Ich wollte dich nicht verärgern«, sagte er und hielt ihm die Hand zur Versöhnung hin. Steffen schlug ein. »So, nun aber nichts wie zurück ins Büro«, sagte Brauer.

Sie marschierten zum Auto und hatten es fast erreicht, als zahlreiche Martinshörner über den Ort schallten. Das Getöse wurde lauter und entfernte sich dann in Richtung Norden.

»Ist nicht unsere Baustelle«, meinte Ralf Brauer, »klingt nach Feuerwehr«. Sie hatten gerade die Autotüren geöffnet, als Brauers Handy klingelte. »Büro« erschien auf dem Display. »Ja, was ist, Ina?«, meldete er sich.

»Wo seid ihr gerade?«, fragte sie.

»Noch in Bad Lauterberg, sind aber auf dem Weg zurück. Ist was passiert?«

»Kommt darauf an. Kennst du die Odertalsperre?«, fragte Ina.

»Natürlich, was ist damit? Machs nicht so spannend«, drängelte Brauer.

»Die Kollegen aus Bad Lauterberg haben gerade angerufen. Jemand hat in dem See ein versunkenes Polizeiauto entdeckt. Ich habe gleich nachgeforscht, ob eines vermisst wird. Wird aber nicht«, berichtete Ina.

»Hat etwa ein Taucher den Wagen gefunden?«

»Nein, ein Mountainbiker. Der Wasserstand ist zur Zeit extrem niedrig. Das Dach mit dem Blaulicht guckt heraus«, erklärte Ina. »Wenn es das Auto ist, das ich vermute, dann ...« Ina konnte den Satz nicht zu Ende sprechen.

»Fress ich einen Besen«, vollendete Brauer.

»Na dann, guten Appetit«, antwortete sie.

»Alles klar, Ina. Gut gemacht. Das sehen wir uns einmal an«, sagte Brauer und drückte das Gespräch aus. »Einsteigen«, forderte er Steffen auf. Der sprang ins Auto.

»Was sehen wir uns an?«, wollte er wissen, während er den Motor startete. »Ich verstehe nur Taucher und Wagen.«

»In der Odertalsperre liegt ein Polizeiauto«, informierte Brauer seinen Kollegen. Der sah ihn mit großen Augen an. »Na, dämmert's?«, fragte Brauer.

Steffen begriff Brauers Anspielung. »Ich werd verrückt, wenn er das ist.«

»Das ist er, woll'n wir wetten?«, zeigte Brauer sich zuversichtlich.

»Deshalb der Feuerwehreinsatz«, meinte Steffen. Brauer nickte.

»Feierabend ade. Auf zur Odertalsperre.« Steffen fuhr los.

Fast am oberen Ende der Sperre sahen sie auf der gegenüberliegenden Uferstraße schon die Feuerwehrfahrzeuge und einen Polizeiwagen. Steffen lenkte den Dienstwagen über die Erikabrücke und stoppte hinter der Fahrzeugreihe. Jens Pohl, Schichtleiter des Kommissariats Bad Lauterberg, kam auf sie zu.

»Hallo, Herr Brauer. Sie suchen doch immer noch das Polizeiauto vom Bankraub in Bad Lauterberg. Vielleicht liegt es dort im Wasser. Scheint ein VW T5 zu sein«, sagte er und führte die beiden Kommissare zu der Stelle, von wo aus das Dach des versunkenen Autos zu sehen war.

Brauer hoffte, dass der Polizeitransporter, den die Bankräuber bei ihrem dreisten Überfall in Bad Lauterberg benutzt hatten, endlich ans Licht kam. Er hatte alle Polizeidienststellen im Harz gebeten, nach einem verdächtigen Polizei-Mannschaftswagen vom Typ VW T5 Ausschau zu halten. Daraufhin musste er sich einiges an Gewitzel anhören. »Na das wird spaßig«, hatten die Kollegen gefrotzelt, »wenn wir jetzt eine Fahndung nach den eigenen Wagen herausgeben, wird jeder Einsatz eines T5 gleichzeitig einen Kontrolleinsatz zur Folge haben.« Brauer hatte damals die verdrehten Augen seiner Kollegen förmlich sehen können.

»Gönnt euch doch auch mal ein wenig Spaß«, hatte Brauer gekontert, aber wenig Lacher bekommen. Er musste eingestehen, dass kaum ein anderes Fahrzeug weniger Misstrauen erweckte als ein Polizeiauto. Das wussten auch die Bankräuber, die mit ihrer Verkleidung die Bankangestellten und die Polizei an der Nase herumgeführt hatten. Dieser Fall saß wie ein Stachel in seinem Kopf. Wenn es sich tatsächlich um das gesuchte Auto handelte, konnte er die Ermittlungsakte endgültig schließen. »Hoffentlich haben Sie recht. Das wäre das fehlende Puzzleteil«, antwortete Brauer seinem Kollegen Jens Pohl.

Vom oberen Rand der steilen Böschung schoben die Feuerwehrleute Leitern bis zum Wasserspiegel hinunter. Der Einsatzleiter der Feuerwehr gab lauthals Anweisungen und wandte sich dann den drei Polizeibeamten zu. »Wir haben Taucher angefordert, um mögliche Opfer herauszuholen, bevor wir mit der Bergung beginnen«, informierte sie der Einsatzleiter.

»Das heißt, bis das Auto an Land ist, wird es noch eine Weile dauern«, mutmaßte Brauer.

»Sie müssen so lange nicht warten«, meinte Jens Pohl, »ich halte

Sie auf dem Laufenden.«

»Danke, und viel Erfolg bei der Bergung.« Brauer und Steffen gingen zurück zum Auto.

Der Rückweg führte sie noch einmal an dem Gelände der ehemaligen Schickert-Werke vorbei. Die Einsatzfahrzeuge waren allesamt abgerückt.

»Glaubst du, dass die beiden Skelette mit dem damaligen Werk in Verbindung stehen?«, fragte Steffen.

»Das kommt darauf an, welchen Todeszeitpunkt die Pathologie herausfindet. Das Kriegsende liegt mehr als siebzig Jahre zurück, aber selbst wenn sie nur seit dreißig Jahren tot sind, wie Doktor Scheffler meinte, kommen schwierige Ermittlungen auf uns zu. Jedenfalls müssen wir zuallererst nach offenen Vermisstenfällen suchen. Da kannst du gleich morgen mit anfangen.«

Herzberg
Donnerstag, 5. Oktober 2017

»Was hast du denn so früh am Morgen vor?«, fragte Brauer seine Tochter Annika, die sich im Trainingsanzug an den Esstisch setzte und nach einem Brötchen hangelte.

»Wonach sieht's denn aus?«, fragte sie schnippisch zurück.

»Also für mich sieht das nach einer modischen Verirrung aus«, sagte er mit einem schelmischen Lächeln.

»Och, Papa. Echt eh.« Er erntete einen bösen Blick.

»Entschuldigung. Dann erklär mir diesen pseudosportlichen Look bitte.«

»Ra-half!« Elke, seine Frau, sah ihn ermahnend an und gab ihm mit ihrem Tonfall zu verstehen, er solle es nicht übertreiben.

»Schon gut, ich habe verstanden. Ich wollte nur witzig sein«, sagte er beschwichtigend und bestrich seine Brötchenhälfte mit Butter.

»Ha ha, sehr witzig«, erwiderte Annika. »Nur damit du es weißt. Ich werde in den Ferien etwas joggen. Das ist gesund und hält schlank. Solltest du auch einmal probieren«, gab sie zu verstehen.

Brauer schaute an sich herunter. »Also mit der Figur kann ich es mit anderen Männern in meinem Alter noch locker aufnehmen«, gab er zurück.

»Na ja, es geht gerade noch«, warf Patrick, sein Sohn, ein.

»Wo ist eigentlich die Zeitung?«, fragte Brauer.

»Steckt sicher noch im Kasten und wartet darauf, geholt zu werden«, antwortete Elke.

Brauer wandte sich an seine Tochter. »Würdest du bitte? Ist gut für die Figur«, sagte er.

Annika ließ hörbar das Messer fallen und stapfte nach draußen. Sie kam mit der gefalteten Zeitung zurück und legte sie ihrem Vater vor den Teller. »Ich geh jetzt joggen«, sagte sie, drehte sich um und verschwand nach draußen.

»Allein?«, rief Brauer hinter ihr her, bekam aber keine Antwort. Er hörte nur noch die Haustür ins Schloss fallen.

»Falls du es noch nicht bemerkt hast, deine Tochter ist bereits siebzehn«, stellte Elke klar.

Brauer faltete die Zeitung auf. Die Titelseite war mit der Schlagzeile ›Skelettfund auf dem Schickert-Gelände‹ überschrieben. Ein Bild der Einsatzfahrzeuge und ein weiteres vom Höhleneingang, füllten die Seite fast aus.

»Hört mal zu«, sagte Brauer und las laut vor:

Skelettfund auf dem Schickert-Gelände
Bad Lauterberg. Zwei Jugendliche machten am Dienstag, den 3. Oktober 2017, in einer Höhle des ehemaligen Schickert-Geländes einen grausigen Fund. Die beiden abenteuerlustigen Schüler vermuteten in einem der Gänge im Bischofshals Raketenreste und betraten, mit Taschenlampen ausgerüstet, die unterirdische Anlage. Statt Raketen fanden die beiden Dreizehnjährigen Überreste einer Tankanlage aus der Zeit des ehemaligen Rüstungsbetriebes. Aus einem verrosteten Behälter fiel ihnen ein Totenkopf vor die Füße. Sie meldeten den Fund der Polizei, die sofort den Höhleneingang sperrte und eine Bergung einleitete. Am Bergungseinsatz am Mittwoch, den 4. Oktober 2017, wurden die Polizeiinspektion Northeim, das THW, die Bergwacht sowie die Untertagerettungsmannschaft alarmiert. In dessen Verlauf stellte sich heraus, dass es sich sogar um zwei Skelette handelte. Nach erster Einschätzung des anwesenden Pathologen der Gerichtsmedizin Göttingen muss der Tod beider Personen vor mehr als dreißig Jahren eingetreten sein. Ein Sprecher der Polizei teilte dem Harzkurier mit, dass aufgrund des besonderen Fundortes und Verletzungsspuren an den Schädeln ein Gewaltverbrechen nicht auszuschließen sei. Die Identität der Toten sei noch völlig unklar. In diesem Zusammenhang

bittet die Kriminalpolizei um Mithilfe der Bevölkerung. Wer über das plötzliche Verschwinden eines Menschen aus dem Kreis von Angehörigen, Freunden, Bekannten oder Nachbarn von vor über dreißig Jahren etwas weiß, möge sich bitte bei der Polizeiinspektion Northeim oder jeder anderen Polizeidienststelle melden.

»Lohnt es sich, nach dieser langen Zeit überhaupt noch zu ermitteln? Der Mörder lebt vielleicht selber nicht mehr«, kommentierte Patrick den Artikel.

»Mord verjährt nicht, und deshalb müssen wir all diesen Fragen nachgehen. Letztendlich entscheidet die Staatsanwaltschaft, ob Ermittlungen eingeleitet werden«, erklärte Brauer.

»Klingt spannend«, meinte Patrick.

»Ja, manchmal ist es wie im Kino, aber leider nur manchmal«, sagte Brauer. Er ging ins Bad, putzte die Zähne und machte sich fertig.

An der Haustür vollzog sich das allmorgendliche Ritual. Elke richtete seine Fliege und drückte ihm einen Kuss auf die Wange. »Sei vorsichtig«, gab sie ihm mit auf den Weg. Sie wartete, bis er mit seinem BMW aus der Einfahrt fuhr, winkte ihm kurz zu und ging zurück ins Haus. Er blinzelte in die Morgensonne, die purpurrot hinter dem Kleinen Teichtalskopf aufstieg. *Was wäre ich nur ohne diese Familie,* dachte er zufrieden und bog von der Nordhäuser Straße nach rechts in die Dr.-Frössel-Allee ein.

*

Das Büro kam ihm ungewöhnlich ruhig vor an diesem Morgen. Steffen saß hinter seinem Schreibtisch und schaute gedankenverloren auf den Bildschirm des PCs. Im Hintergrund schlürfte die Kaffeemaschine vor sich hin.

»Morgen«, grüßte Brauer und blieb mitten im Raum stehen.

»Morgen, Ralf. Bin auch gerade rein, der Kaffee ist noch nicht ganz durch«, antwortete Steffen oberflächlich.

»Hat Ina was vor, oder wo steckt sie?«

Für gewöhnlich kam Brauer als Letzter ins Büro. Er ging weiter zu seinem Glaskasten, wie seine abgeteilte Büroecke genannt wurde, und drückte die Starttaste seines PCs.

»Keine Ahnung, sie hat nichts gesagt«, rief Steffen ihm zu.

»Sie wird sicher gleich kommen, sonst hätte sie angerufen«, sagte

Brauer, als die Tür aufging und Ina hereinkam.

»Mahlzeit«, sagte Steffen provozierend. Ina reagierte nicht auf die Stichelei.

»Guten Morgen«, grüßte sie freundlich, ging zum Fenster und öffnete einen Flügel. »Das ist ein Mief hier drin. Dass ihr dabei arbeiten könnt«, bemerkte sie.

»Das ist kein Mief, sondern Arbeitsatmosphäre, aber wenn man erst kurz vor Mittag zum Dienst erscheint, muss man sich darüber nicht wundern«, entgegnete Steffen.

Ina schaute auf ihre Armbanduhr. »Dir ist die Arbeitsatmosphäre anscheinend nicht gut bekommen, wenn du jetzt bereits an Mittagspause denkst«, konterte Ina. »Es ist neun Uhr.«

»Hör ich da ein Gewitter aufziehen?«, fragte Brauer mit ermahnendem Unterton.

»Keine Sorge, das verzieht sich gleich wieder«, sagte Ina und ließ sich auf ihren Bürostuhl nieder.

Brauer tippte das Passwort in die Tastatur, startete das E-Mail-Programm und schrieb einen Bericht über den Einsatz auf dem Schickert-Gelände. Zum Schluss stellte er die obligatorische Frage, ob die Staatsanwaltschaft ein Ermittlungsverfahren einleiten wolle, und adressierte die Mail an Staatsanwalt Dr. Henrik, mit Kopie an Martin Neumann und Beate Jakobi. Er wusste, dass Ermittlungen nach Jahrzehnten eines Verbrechens so gut wie nie zum Erfolg führten. Die Spuren hatten sich längst aufgelöst, Zeugen waren kaum zu finden und wenn, waren ihre Erinnerungen verblasst. Brauer drängte sich keineswegs um diesen Fall, denn mit der Einbrecherbande hatte seine Abteilung genug am Hals. Nachdem er die Mail versendet hatte, fiel ihm der Einbruchversuch bei sich zu Hause ein.

»Steffen«, rief er, »frag in der Technik bitte mal nach, ob sie in meinem Überwachungsvideo etwas Brauchbares gefunden haben.«

»Geht klar, Chef«, sagte er und verließ das Büro. Beinah wäre er mit Beate Jakobi zusammengeprallt, die in dem Augenblick zur Tür hereingestürmt kam. Sie schoss an ihm vorbei und geradewegs auf Bauers Schreibtisch zu. Mit beiden Händen stützte sie sich auf die Tischkante, ihr Gesicht glühte.

»Stellst du dir so unsere Zusammenarbeit vor, indem du mich übergehst? Oder willst du mich kaltstellen?«, blaffte sie ihn an.

»Ich will dich nicht kaltstellen, und unsere Zusammenarbeit stelle ich mir natürlich anders vor«, entgegnete Brauer in ruhigem

Ton, um die Schärfe aus der Konfrontation zu nehmen.

»Und warum werde ich über neue Fälle nicht informiert?«

»Ich wollte ja mit dir reden und alles abstimmen, aber du hast mich am Telefon abblitzen lassen wie einen Schuljungen. Erinnerst du dich?« Brauer blieb auch diesmal gelassen.

»Kannst du dir nicht vorstellen, dass ich nach der Nachricht über Thomas etwas von der Rolle war?«

»Ich kann mich da gut hineinversetzen und weiß, dass Arbeit am besten gegen Mitleid hilft«, entgegnete Brauer. »Hast du inzwischen etwas über seinen Zustand gehört?«

»Ich habe mit seiner Frau telefoniert. Unverändert.« Beate seufzte leise und schnäuzte sich die Nase.

»Setz dich«, sagte Brauer. Ina kam herein und stellte ihr einen Kumpen Kaffee auf den Schreibtisch. Beate schenkte Ina kaum Beachtung und nahm Platz.

»Wenn du zu meinem Bericht noch Fragen hast? Jederzeit«, bot Brauer an. Beate schlürfte an der Tasse. »Falls uns Dr. Henrik mit Ermittlungen beauftragt, wirst du die Moko leiten«, schlug er noch vor.

»Wer sonst«, gab sie selbstsicher zurück, stand auf und verließ das Büro. An der Tür rannte sie Steffen direkt in die Arme, der gerade zurückkam.

»Nicht so stürmisch, junge Frau. Ich möchte Stück für Stück erobert werden«, scherzte Steffen. Beate warf ihren Kopf in den Nacken und verschwand im Flur.

»Was ist denn mit der los?«, fragte Steffen.

»Ach, kennst sie doch. Die kriegt sich bald wieder ein«, meinte Brauer mit einer abwinkenden Handbewegung. Dann zeigte er auf die Ausdrucke, die Steffen in der Hand hielt. »Und? Was haben unsere Computerfreaks gefunden?«

Steffen breitete die drei Fotos auf Brauers Schreibtisch aus und griente dabei. Sie zeigten das vergrößerte Gesicht des Einbrechers. »Erkennst du ihn?«, fragte Steffen.

Brauer lachte kurz auf. »Sie da, sieh da. Unser Spezi Piccolo. Er will wohl jetzt bei den Großen mitmischen?«

»Ich denke, wir sollten ihm mal auf die Finger hauen. Was meinst du?«, schlug Steffen vor.

»Ich meine, wir sollten ihm baldigst in den Arsch treten, bevor er sich um Kopf und Kragen bringt. Einbruch ist eine Nummer zu groß für ihn. Nicht umsonst heißt er Piccolo.«

Ina erschien neugierig in der Glastür zu Brauers Büro. »Piccolo? Was ist denn das für 'n Vogel?«, fragte sie.

»Ist 'ne diebische Elster«, erklärte Brauer, »und altbekannter Kleinganove. Ladendiebstahl, Taschendiebstahl und Gelegenheitsdeals. Seine Mutter ist Italienerin und war selbstständige Edelnutte in Göttingen. Der Fuchs weiß genau, wie weit er gehen kann, um dem Knast zu entwischen. Deshalb wundert's mich, dass er sich plötzlich an Einbruch wagt. Da ist was faul. Wir sollten ihn gelegentlich aufsuchen.«

»Wohnt der noch in Osterode?«, fragte Steffen.

»Ja, in Freiheit bei seiner Mutter, die gelegentlich alte Kundschaft bedient und sich damit über Wasser hält.«

*

Brauers Telefon läutete. Die Nummer der Wache erschien auf dem Display. Er nahm ab. »Ja, Brauer.«

»Guten Morgen, Herr Brauer, Kruse hier. Ich habe eine Frau Morich in der Leitung. Sie ruft wegen des Skelettfundes an.«

»Danke, stellen Sie durch.« Es knackte in der Leitung. »Kripo Northeim, Brauer«, meldete er sich. Es kam keine Antwort, nur leise Atemgeräusche und eine unverständliche Männerstimme im Hintergrund waren zu hören.

»Hallo, wer ist da?«, fragte Brauer nach.

»Brigitte Morich«, kam schüchtern herüber.

»Guten Morgen, Frau Morich. Was kann ich für Sie tun?«, fragte Brauer. Er musste abermals etwas länger auf eine Antwort warten.

»Entschuldigung, Herr Kommissar, mein Sohn hat in der Zeitung den Bericht über den Skelettfund gelesen. Er meinte, ich sollte die Polizei anrufen, weil mein Vater seit vielen Jahren vermisst wird«, sagte sie.

Brauer deutete Steffen an, er solle sich setzen.

»Frau Morich, haben Sie etwas dagegen, wenn ich das Telefon auf laut stelle, damit mein Kollege Herr Richter mithören kann?«

»Nein, ich habe nichts dagegen«, sagte sie. Brauer drückte die Lautsprechertaste.

»Guten Morgen, Frau Morich. Ich bin Steffen Richter.«

»Guten Morgen«, antwortete sie.

»Können Sie mir sagen, seit wann genau ihr Vater vermisst

wird?«, fragte Brauer.

»Ja, seit dem 23. April 1943. Das war ein Karfreitag«, sagte sie.

»Dreiundvierzig herrschte noch Krieg. Da wurden viele vermisst. Ihr Vater war doch sicher Soldat«, entgegnete Brauer.

»Ja, das heißt, nein. Also, er musste auf den Schickert-Werken hier in Bad Lauterberg arbeiten«, antwortete sie.

Brauer sah Steffen an und nickte ihm zu. »Darüber würde ich gerne mehr erfahren. Können wir uns zu einem Gespräch treffen?«

»Ja, aber ich habe kein Auto, weil ich schlecht gucken kann, außerdem bin ich auf einen Rollator angewiesen«, sagte sie.

»Kein Problem. Wir kommen zu Ihnen. Sagen Sie mir, wann es Ihnen passt und wo Sie wohnen.«

»Ich wohne in Bad Lauterberg, im Steinweg. Würde es nächste Woche gehen, da hat mein Sohn Spätschicht und ich würde ihn gerne dabei haben. Dienstag um zehn?«

»Ja, gerne. Bis Dienstag dann.« Brauer legte auf.

»Darauf bin ich gespannt«, sagte Steffen, »vielleicht eine erste Spur.«

Großes Langental
Montagnacht, 9. Oktober 2017

Im Scheinwerferlicht des Škoda Yeti erschien der Forstweg wie ein grüner Tunnel, der sich bergan schlängelte. Nach geschätzt einem Kilometer erreichten die beiden Männer, Vater und Sohn, eine Wegekreuzung. Der Alte fuhr den Wagen seitlich von dem Forstweg herunter und zwischen das Gestrüpp, das den Weg säumte. Beide stiegen aus. Den VW Golf, der ihnen mit Abstand gefolgt war, bemerkten sie nicht.

»Hier geht's lang«, sagte der Fahrer und leuchtete mit einer Taschenlampe auf einen fast zugewucherten Pfad, auf dem er weiter in den Wald hinein stapfte. Sein Sohn folgte dichtauf. Im Lichtkegel der LED-Lampe tauchten bald die Konturen eines Blockhauses aus dem Dunkel auf. Die einstige Lichtung hatten sich Büsche und Brombeerhecken längst zurückerobert und die verwitterte Hütte hinter sich verdeckt. Das Haus machte einen morschen Eindruck.

Flechten und Moos bedeckten die Außenwände und das Dach. Die Fenster waren mit Brettern vernagelt.

»Was ist das für eine Hütte?«, fragte der Sohn.

»Die diente früher wahrscheinlich als Schutzhütte für Forstleute, bevor der Harz zum Nationalpark erklärt wurde. Habe ich vor vielen Jahren zufällig beim Holzmachen entdeckt«, antwortete sein Vater, öffnete das Vorhängeschloss und schob den quietschenden Riegel zur Seite. Sie traten ein. Er schaltete eine batteriebetriebene Laterne ein, die auf dem Tisch stand. Drinnen wirkte das Haus aufgeräumter. Der Raum war spärlich möbliert. Tisch, vier Stühle und ein niedriger Schrank. In der Ecke ein rostiger Kanonenofen, mehr nicht.

»Warum hast du mich in diese gottverdammte Hütte geschleppt«, fragte der junge Mann. Der Alte schaute seinen Sohn mit einem Blick an, dass dieser erschrak. »Vater, was ist?«

»Junge«, sagte der Alte in einem Ton, als müsse er den Weltuntergang verkünden, »es ist soweit.«

»Mann, du machst mir Angst, wenn du so sprichst. Was meinst du damit?«

Der Alte ging wortlos zum Schrank, öffnete die Tür und brachte eine Blechkassette hervor. Er schloss sie auf, entnahm ein Briefkuvert und fünf Hefte und legte sie seinem Sohn auf den Tisch. Die Hefte entpuppten sich als in Pappdeckel gebundene Kladden. Auf den Etiketten stand mit Tinte geschrieben: 1943 / A.B. Das Kuvert war adressiert an: Meine Familie.

»Was ist das?«, fragte sein Sohn.

»Lies zuerst den Brief, dann wirst du alles verstehen«, sagte sein Vater und zog ein dreiseitiges Schriftstück aus dem Umschlag.

Sein Sohn sah ihn einen Moment fragend an, bevor er sich dem Papier zuwandte und las. Die Stille im Raum wurde beklemmend. Mit jeder Seite des Briefes verhärteten sich die Gesichtszüge des jungen Mannes. Nach der letzten Seite verbarg er seine Augen in den Händen und stützte die Unterarme auf die Tischplatte.

»Eines der gefundenen Skelette in der Höhle am Schickert-Gelände ist dein Großvater«, fügte der Alte hinzu.

»Das ist ja furchtbar«, murmelte er, sichtlich erschüttert. »Warum erfahre ich das erst jetzt?«

»Ich brauchte den Beweis, und nun kommt endlich alles ans Licht«, erklärte der Alte.

»Was ist mit den Heften?«, fragte der Sohn.

»Das sind seine Tagebücher. Du kannst sie später lesen. Sie liefern den Beweis für die Unterschlagung und Lüge, die unserer Familie die Zukunft genommen hat.« Dann erzählte er seinem Sohn zusammengefasst vom Inhalt der Tagebücher.

»Das muss man doch zur Anzeige bringen«, sagte der Junge.

»Wen willst du dafür jetzt noch zur Rechenschaft ziehen?«, gab der Alte zu bedenken. Der Junge stand auf und lief aufgeregt durch die Hütte. Dann blieb er stehen. »Sag endlich was!«, forderte der Alte.

»Das darf nicht ungesühnt bleiben. Wir holen uns, was uns zusteht«, sagte der Junge entschlossen.

»Das wollte ich von dir hören«, erwiderte der Alte.

»Hast du einen Plan?«, fragte der Junge.

»Schon als Heranwachsender quälten mich Rachegefühle in meinen Träumen, und ich dachte unentwegt über Vergeltung nach. Seitdem feile ich fast jede Nacht daran herum. Hundertfach lief alles bereits in meinem Kopf ab, als würde es wirklich geschehen. Hundertfach genoss ich die Genugtuung, zumindest im Traum.« Der Alte bemerkte, wie er sich in Rage steigerte und nahm seine Stimme zurück. »Aber nun ist es endlich so weit«, sagte er ruhig.

»Verstehe. Deswegen hast du mich hierher gebracht«, begriff der Junge jetzt.

»Deshalb sind wir hier«, wiederholte der Alte. »Aber zu niemandem ein Wort. Zu niemandem«, wiederholte er eindringlich. »Diese Hütte ist unsere Tarnung.« Sein Sohn nickte.

»Und wo liegt das Zeug?«, fragte der Junge.

»Es gibt keinen Plan. Wir müssen versuchen, nach der Beschreibung in den Tagebüchern uns selbst einen zu zeichnen«, antwortete der Alte.

»Jetzt?«, vergewisserte sich der Sohn. Der Alte nickte.

Gegen Mitternacht fuhren sie zurück.

～～

Wolfgang Köhler stand am Fenster seines Büros und beobachtete die Zufahrt zu seinem Firmengelände, das etwas fünfzig Meter abseits der Scheerenberger Straße lag. Das Anwesen hatte er in den Sechzigerjahren günstig ersteigern können, nachdem der Vorbesitzer, ein uralter Schmiedebetrieb, pleitegegangen war. Sein Handelsgeschäft mit gebrauchten Baumaschinen blühte und das Areal im Bad Lauterberger Masttal platzte aus allen Nähten. Dieses Firmengelände war ideal. Es bot genügend Platz für Maschinen und Lkws. Die zugehörige Halle mit Werkstatt und angrenzendem Bürotrakt hatte er nur renovieren und für seine Zwecke herrichten müssen. Schon damals ein Schnäppchen, und Fördermittel vom Land gab`s noch obendrauf. Was ihm jedoch am meisten gefiel, war, dass das Grundstück sichtgeschützt hinter einem alten Baumbestand lag. Es musste nicht jeder mitbekommen, was sich dort abspielte.

Köhler erwartete Besuch von tschechischen Geschäftsfreunden, die sich überraschend angemeldet hatten. Er lief nervös vor dem Fenster auf und ab und schielte zwischenzeitig immer wieder hinunter. Diese Geschäftsfreunde waren von der Sorte, auf die man sich nicht unbedingt freut. Die Geschäftsbeziehungen mit ihnen waren zwar äußerst lukrativ, jedoch nicht legal und daher spannungsgeladen. Köhler hatte keine Ahnung, was sie von ihm wollten. Aus seiner Sicht gab es kein Gesprächsbedarf, es lief doch alles glatt. Er kaufte von der tschechischen Firma gebrauchte Baumaschinen, arbeitete sie auf und verkaufte sie in der ganzen EU weiter.

»Sandra, Felix, sie kommen!«

Seine Tochter und sein Sohn kamen aus den angrenzenden Büros nun ebenfalls ans Fenster und schauten neugierig nach unten. Zwei schwarze Limousinen näherten sich in mäßigem Tempo auf der Zufahrtsstraße. Alle drei eilten nach unten. Die beiden Mercedes S-Klasse hielten hintereinander vor dem Eingangsportal. Aus den rückwärtigen Türen erschienen je zwei in schwarzen Anzügen gekleidete Hünen, die ihre Augen hinter undurchsichtigen Sonnenbrillen verbargen. Sie schauten sich argwöhnisch um, postierten sich dann links und rechts des Einganges und nickten stumm in

Richtung der Autos. Erst jetzt wagten sich die Beifahrer heraus. Sie trugen ebenfalls schwarze Anzüge, jedoch keine Sonnenbrillen. Der Ältere von beiden, Köhler schätzte ihn auf Mitte fünfzig, kam mit offenen Armen lächelnd auf ihn zu. Er fasste ihn an den Oberarmen.

»Wolfgang, ich freue mich, dich endlich persönlich kennenzulernen. Ich bin Jiri Jelinek, aber für dich Jiri«, sagte er in akzentfreiem Deutsch und umarmte Köhler mit Bruderkuss. »Und dieser junge Mann«, er zeigte auf seinen Begleiter, »ist Lukas Ducek. Er ist bei uns für den Versand zuständig und ein enger Vertrauter der Familie.«

Köhler quälte ein gekünsteltes Lächeln hervor. Er wusste, die Freundlichkeit dieses Mannes war nur Tarnung. Jiri galt als skrupelloser Mafiosi, der für seine Geschäfte über Leichen ging. Wer sich mit ihm einließ, war mit ihm verbunden, bis der Tod sie trennte.

»Herzlich willkommen«, erwiderte Köhler, »ich freue mich ebenfalls, euch in unserer Firma begrüßen zu können.« Er schob seinen Sohn weiter nach vorne. »Das ist Felix. Er ist für die Technik zuständig und ein Genie auf seinem Gebiet«, lobte er ihn.

»Felix! Ich freue mich.« Er umarmte ihn ebenfalls.

Dann legte Köhler seinen Arm um die Hüfte seiner Tochter. »Sandra ist die gute Seele des Betriebes. Sie erledigt alles Kaufmännische und hält uns den Rücken frei«, sagte er.

»Sandra!« In Jiris Stimme klang Bewunderung. »Sie sind eine sehr attraktive Frau, wenn ich das sagen darf.«

Sie gab ihm die Hand. »Guten Tag«, sagte sie kühl.

Köhler machte eine einladende Handbewegung. »Bitte tretet doch ein«, sagte er und hielt die Tür auf. Felix ging voraus und führte sie nach oben ins Büro seines Vaters. Zwei der Männer mit Schwarzenegger-Figur blieben vor der Eingangstür stehen. Die anderen beiden bewachten die Bürotür von innen. Köhler bat seine Besucher, an dem ovalen Besprechungstisch Platz zu nehmen.

»Unsere Geschäftsbeziehungen haben sich positiv entwickelt«, begann Jiri unaufgefordert das Gespräch und kam sogleich auf den Punkt. »Ich würde das Geschäft gerne ausweiten, da der Markt stetig wächst. Deshalb sind wir hier.« Er sah den Köhlers, die ihm gegenübersaßen, nacheinander aufmerksam in die Augen. »Bisher war das Volumen eher geringfügig.« Er beobachtete Köhler und schien auf seine Reaktionen zu achten.

»Was stellst du dir vor?«, fragte Köhler.

»Größere Mengen in weniger Lieferungen«, antwortete Jiri.

»Klingt wie ein Perpetuum mobile«, meinte Köhler.

»Sattelzug mit Tankauflieger. Verstehst du, was ich meine?«, erklärte Jiri knapp.

Köhler schluckte. »Mit einer Ausweitung wächst das Risiko für uns, entdeckt zu werden. Die Polizei beobachtet den Markt genau, deswegen sollten wir die Transportart auf keinen Fall ändern«, gab Köhler zu bedenken.

»Die Gewinne steigen mit dem Risiko, das solltest du als Geschäftsmann wissen«, entgegnete Jiri. »Wir reden dann nicht mehr über zehn- oder hunderttausend. Dann geht es um Millionen. Und du bist dabei.«

Köhler strich sich nachdenklich übers Kinn. »Wenn die Bullen etwas spitz kriegen, dann gehe ich nicht für Monate oder Jahre, sondern für Jahrzehnte in den Bau, und meine Familie mit. Nein, ich bin nicht interessiert«, lehnte er ab.

Jiris Blick verhärtete sich augenblicklich. »Nicht interessiert, sagst du«, wiederholte er zynisch. »Heißt das, wir sind keine Freunde mehr? Sandra, Felix, was sagt ihr zu eurem Vater?«

Köhler kochte über. Er schlug mit der Hand auf den Tisch. Die beiden Hünen an der Tür machten einen Schritt nach vorne und fixierten Köhler wie gereizte Hunde.

»Lass meine Kinder da raus. Über Geschäfte entscheide ich!«, gab Köhler scharf zurück.

Jiri Jelinek blieb gelassen. »Du solltest dir bei der Polizei mehr Respekt verschaffen, damit sie dich in Ruhe lassen«, sagte er. »Es bleibt dabei, der Tankwagen wird nächste Woche geliefert. Abwicklung wie immer«, fügte er unmissverständlich hinzu und erhob sich. Seine Bodyguards flankierten ihn bis zum Auto. Sie stiegen ein, Türen klappten, kurz darauf rollten die beiden Limousinen vom Hof.

Bad Lauterberg
Dienstag, 10. Oktober 2017

~~~

»Ihr seid heute um zehn mit Frau Morich in Bad Lauterberg verabredet«, rief Ina hinter ihrem PC hervor.

»Ja, danke. Ich habe es nicht vergessen«, antwortete Brauer, »ich hoffe, die Frau hat interessante Neuigkeiten für uns.«

Inas Blondschopf tauchte neben dem Bildschirm auf. Sie stützte ihr Kinn in die Hände und lugte verträumt ins Leere. »Stellt euch das mal bildlich vor. Da wird ein geliebter Mensch Jahrzehnte lang vermisst und plötzlich tauchen Skelette auf, und noch dazu mit deutlichen Tötungsspuren. Welches Drama hat sich damals abgespielt? Was steckt hinter alledem? Was geht in den Angehörigen jetzt vor? Das ist doch Stoff für einen Thriller.«

Steffen, der seinen Schreibtisch gegenüber hatte, sah sie bissig an.

»Du guckst zu viele Schnulzenfilme, das verblendet den Blick auf Fakten« wies er sie zurecht. »Wir sind hier nicht in Hollywood, sondern in Northeim, in der Polizeistation.«

»Wobei ich da gelegentlich keinen Unterschied merke, wenn ich euch beiden manchmal erlebe«, bemerkte Brauer. Er zog seine Jacke von der Stuhllehne. »Komm, Steffen, auf geht's nach Bad Lauterberg.« Brauer wollte sein Büro gerade verlassen, als das Telefon klingelte. »Muss das jetzt sein?«, maulte er vor sich hin. Er nahm ab. »Brauer.«

»Gerichtsmedizin Göttingen, Scheffler. Guten Morgen, Herr Brauer.«

»Guten Morgen, Doktor Scheffler. Ich hoffe, Sie haben gute Nachrichten.«

»Eine gute und eine merkwürdige«, antwortete der Pathologe.

»Die Gute immer zuerst«, meinte Brauer.

»Unvorhergesehenerweise habe ich einige Studenten bekommen, die eifrig mitgearbeitet haben und die einzelnen Knochen den Skeletten zuordnen konnten. Das war die Gute. Nur das Fragment eines kleinen Fingers ist übrig. Das ist die Merkwürdige«, berichtete Scheffler.

»Übrig? Wie meinen Sie das?«, fragte Brauer nach.

»Die beiden Skelette sind komplett, nur zwei Glieder eines kleinen

Fingers sind zu viel«, erklärte Doktor Scheffler.

»Das ist allerdings merkwürdig«, bemerkte Brauer. »Rechts oder links?«, wollte er noch wissen.

»Rechts«, sagte Doktor Scheffler.

»Konnten Sie noch DNA-Material sichern?«, fragte Brauer weiter.

»Höhlenleichen verwesen normalerweise durch Pilzbefall innerhalb von Wochen. Zum Glück für Sie lagen die Toten in einem Tank, dadurch sind geringe Mengen DNA-Material und Kleidungsreste erhalten geblieben«, erläuterte Scheffler. »Sie sollten sich das ansehen.«

»Das werde ich in den nächsten Tagen machen. Vielen Dank für den Zwischenbericht.« Brauer legte auf.

»Was ist merkwürdig?«, fragte Steffen.

»Erzähle ich dir unterwegs. Wir müssen los«, drängte Brauer zum Aufbruch.

Von der Scharzfelder Straße bog Steffen links ab in den Steinweg, der sich als reine Wohnstraße präsentierte. Mehrere Blocks in früher Nachkriegsarchitektur, aber farblich aufgefrischt, reihten sich beidseitig dieser ruhigen Nebenstraße. Auf der linken Seite fanden sie die gesuchte Hausnummer.

Ralf Brauer überflog das Klingelschild und drückte bei Morich. Sie warteten. Steffen wollte gerade ein weiteres Mal klingeln, als sich eine Stimme im Lautsprecher meldete. »Wer ist da, bitte?«

»Steffen Richter und Ralf Brauer«, antwortete Steffen.

»Ich öffne. Erster Stock links, aber treten Sie sich bitte Ihre Füße ab«, sagte die Stimme und sogleich summte der Türöffner und schien nicht mehr aufzuhören. Erst als sie ihre Schuhe auf dem Abtreter gesäubert und das untere Treppenpodest erreicht hatten, verstummte das Geräusch. Das Treppenhaus roch frisch nach Reinigungsmittel. In der Türöffnung der oberen Etage wartete eine Frau, auf einen Rollator gestützt. Brauer schätzte sie auf Ende sechzig. Ihre aschgrauen Haare hingen glatt herunter. Hinter den dicken Gläsern ihrer Brille erschienen ihre Augen unnatürlich vergrößert.

»Frau Morich?«, vergewisserte sich Brauer.

»Guten Morgen, Herr Brauer und Herr Richter. Kommen Sie herein, aber ziehen Sie bitte ihre Schuhe aus«, sagte sie.

Brauer und Steffen taten, was sie verlangte, stellten ihre Schuhe akkurat vor die Tür und traten ein. Kaffeearoma strömte ihnen sogleich um die Nasen. Sie führte beide ins Wohnzimmer, das altdeutsch eingerichtet war und auf Brauer spießig wirkte. Ein Mann, Mitte dreißig, erhob sich aus einem der Sessel.

»Ich bin Ingo Morich«, stellte er sich vor und reichte beiden die Hand.

»Nehmen sie doch Platz. Ich bringe Ihnen sofort etwas Kaffee«, sagte Frau Morich und verschwand.

»Meine Mutter war furchtbar aufgeregt, als ich ihr von dem Zeitungsbericht erzählte«, begann Ingo Morich, während er kurz auf Brauers Fliege fixiert war und dann zu Steffen schaute.

»Ihr Vater, Uwe Morich, verschwand am 23. April 1943 spurlos. Meine Großmutter, also seine Frau, hatte diesen Schicksalsschlag nie überwunden. Sie starb vor fünf Jahren.«

Frau Morich kam mit einem Tablett herein und stellte es auf den Tisch. »Erzähl weiter, Ingo«, forderte sie ihren Jungen auf, goss Kaffee in die Tassen und verteilte sie.

»Sechs Jahre später lernte sie ihren zweiten Mann kennen. Um ihn heiraten zu können, musste sie ihren vermissten Mann für Tod erklären lassen. Das ist ihr überaus schwergefallen, und sie hat zeit ihres Lebens unter Selbstvorwürfen gelitten. Was, wenn er doch nicht tot ist, hat sie immer wieder gefragt.«

Ingo Morich räusperte sich und trank einen Schluck Kaffee. Brauer und Steffen nutzten die Pause ebenfalls, um an ihren Tassen zu nippen.

Morich sprach weiter: »Sie müssen sich das einmal vorstellen, Herr Brauer, mein Großvater ist damals zur Arbeit gegangen und nie wieder nach Hause zurückgekehrt. Er war einfach weg, wie in Luft aufgelöst. Niemand hatte eine Erklärung.« Er machte eine Pause und nahm die Tasse auf.

Frau Morich ergriff nun das Wort: »Die Familie glaubte damals, die Nazis hätten ihn verschwinden lassen, weil er vielleicht eine unbedachte Äußerung über das Regime gemacht hatte. Er war kein Parteimitglied, was er oft zu spüren bekam. Auch mich hat diese Ungewissheit seines Verschwindens belastet, bis heute. Es wäre eine Erleichterung für unsere Familie, die Wahrheit zu erfahren, damit wir endlich damit abschließen können.«

Brauer bemerkte ein bewegtes Zittern in ihrer Stimme.

»Wo hat er denn gearbeitet?«, fragte Brauer.

»In den Schickert-Werken«, antwortete sie.

»Warum musste Ihr Großvater damals nicht in der Wehrmacht dienen?«, fragte Brauer.

»Er war zuckerkrank«, erklärte Frau Morich.

»Angenommen, die sterblichen Überreste ihres Großvaters wären unter den gefundenen Skeletten, das würde ja bedeuten, er wäre auf dem Werksgelände zu Tode gekommen.«

»Das ist richtig. Meines Wissens hat man tagelang im Werk nach ihm gesucht, ohne Ergebnis. Auch die Fahndung durch die Polizei lief ins Leere«, antwortete Frau Morich.

»Was genau wurde dort eigentlich produziert? Wissen Sie etwas darüber?«, fragte Steffen.

»Meine Mutter erzählte, er hätte wenig über seine Arbeit gesprochen. Es war den Werksangehörigen auch untersagt, darüber zu reden. Die wussten selbst nicht genau, was sie dort herstellten«, antwortete sie und schaute nachdenklich zu ihrem Sohn. »Es muss damals mehr als geheimnisvoll zugegangen sein«, ergänzte sie.

Brauer sah seinen Kollegen kurz an, der nachdenklich dreinschaute. »Das ist nun ...«, Brauer rechnete im Kopf nach, »... dreiundsiebzig Jahre her. Mord verjährt zwar nicht, aber es wird schwierig werden, die Vorfälle von damals aufzuklären. Und ob die Staatsanwaltschaft Ermittlungen zulässt, ist mehr als fraglich.«

Frau Morich fummelte ein Taschentuch aus ihrer Hose hervor, nahm die Brille herunter und wischte sich die feucht gewordenen Augen.

»Aber Herr Brauer, man kann das doch nicht einfach beiseite tun, als würde das niemanden mehr berühren«, schluchzte sie. »Und was ist mit dem anderen Skelett?«

»Frau Morich«, sagte Brauer einfühlsam, »ich kann Ihnen versichern, dass wir alles tun werden, um die Identität der beiden Toten zu klären.«

Brigitte Morich schnäuzte sich die Nase.

»Möchten Sie noch Kaffee?«, fragte sie schüchtern.

Brauer lehnte ab, Steffen ebenfalls. »Das Gespräch war hilfreich. Vielen Dank!«, sagte Brauer und erhob sich aus dem Sessel. Beim Hinausgehen fiel sein Blick auf ein Regal über dem Fernseher, auf dem ein Hochzeitsbild stand. Es hatte die Größe einer Postkarte und war bräunlich vergilbt.

»Das ist das einzige Foto meiner Großeltern, das mir geblieben ist. Ich habe es in alten Unterlagen meiner Mutter gefunden, nachdem sie verstorben war«, erklärte Frau Morich. Brauer betrachtete das alte Bild genauer. *Zwei glückliche Menschen,* dachte er dabei. *Welches Schicksal hat dieses Glück zerstört?*

Frau Morich und ihr Sohn begleiteten die beiden Kriminalbeamten zur Wohnungstür. Im Korridor blieb Steffen auf einmal stehen, wandte sich an Frau Morich und sagte: »Eine Frage würde ich Ihnen gerne noch stellen.«

»Ja, bitte«, stimmte sie zu.

»Gibt es da irgendetwas, was Ihnen Ihre Mutter über Ihren Großvater im Zusammenhang mit den Schickert-Werken erzählt hat, etwas, dass Ihnen möglicherweise seltsam oder abwegig vorkam?«

Brigitte Morich schaute im ersten Moment überrascht, schien dann aber nachzudenken. »Na ja«, begann sie zögerlich, »da war etwas, aber eher eine Anekdote, die meine Mutter manchmal erzählte. Wollen Sie die hören?«

»Ja, warum nicht?«, sagte Brauer.

»Also, meine Eltern träumten immer von einer Urlaubsreise nach Italien, die sie sich nicht leisten konnten. Beide schwärmten oft davon und malten sich aus, wie schön das wäre. Irgendwann sagte mein Vater, nach dem Krieg wolle er ihren Traum erfüllen. Meine Mutter fragte daraufhin, ob er einen Goldesel gefunden hätte, und er antwortete: Nein, aber einen Platinochsen.« Frau Morich lachte herzhaft und die drei Männer mit ihr.

»Nette Geschichte«, schmunzelte Brauer und wandte sich an Ingo Morich. »Was machen Sie beruflich, wenn ich fragen darf?«

»Ich bin einer der letzten Harzer Bergleute«, erklärte er schmunzelnd. »Ich habe auf der Grube Wolkenhügel der Deutschen Baryt-Industrie gearbeitet, bis sie im Jahr 2007 geschlossen wurde. Jetzt bin ich bei Exide und arbeite Schicht.«

»Wo wohnen Sie?«, fragte Brauer nach.

»In Osterhagen, mitten im Dorf. Das Haus mit dem Schwerspatbrocken im Vorgarten.«

»Vielen Dank für den Kaffee. Wenn wir Näheres von der Gerichtsmedizin hören, melden wir uns umgehend«, versprach Brauer. Sie schlüpften in ihre Schuhe und verließen das Haus.

»Platinochse«, wiederholte Brauer noch lachend, bevor sie ins Auto stiegen, »kannst du da was mit anfangen?«

»Mit Platin ja, aber nichts mit einem Ochsen«, antwortete Steffen. Beide lachten erneut und huschten rasch ins Auto, um nicht aufzufallen.

»Diese Schickert-Werke scheinen zu einem wahren Mythos geworden zu sein. Wir müssen unbedingt mehr darüber herausfinden. Was genau haben die produziert und wofür? Welche Rohstoffe und Produktionsmittel wurden verwendet? Vielleicht finden wir einen Anhaltspunkt«, sagte Brauer.

»Ich kann ja mal mit dieser Archivgemeinschaft Kontakt aufnehmen, die uns von der Buchhändlerin empfohlen wurde«, schlug Steffen vor.

»Ja, tu das«, stimmte Brauer zu.

Bad Lauterberg
Freitag, 13. Oktober 2017

〰

»Wie kommen wir da wieder raus?«, keifte Sandra Köhler ihren Vater an.

»Wieder raus? Warum? Es läuft doch gut und ist einträglich, auch für dich. Oder willst du alles aufgeben? Dein Luxusleben mit Porsche, Designerklamotten, Schmuck und was weiß ich noch?«, erwiderte Wolfgang Köhler ärgerlich.

»Wir sind nicht mehr Herr der Lage. Jelinek zieht uns immer tiefer in seine dunklen Geschäfte hinein. Wer weiß, wie lange das noch gut geht!«

»Wenn wir weiter dazu stehen und nicht die Nerven verlieren, haben wir nichts zu befürchten«, mischte sich ihr Bruder Felix ein.

»Du hast es gerade nötig, mir Ratschläge zu erteilen. Du lebst vor allem wie die Made im Speck. Was glaubt ihr denn, welche Außenwirkung unsere verschwenderische Lebensweise hat? Meint ihr nicht, dass irgendjemand mal nachfragen könnte, wie gewinnbringend das Geschäft mit gebrauchten Baumaschinen eigentlich ist?«

»Wer sollte denn nachfragen?«, blaffte Felix zurück.

»Zum Beispiel das Finanzamt. Die sind ja nicht blind und rechnen können die auch. Wenn die uns einen Betriebsprüfer ins Haus schicken, dann kannst DU denen bitte erklären, warum für uns zwei minus eins gleich vier ist. Ich jedenfalls nicht.« Sandra lief mit hochrotem Kopf vor dem Schreibtisch ihres Vaters auf und ab.

»Beruhige dich, Sandra«, versuchte ihr Vater zu schlichten, »unsere Bücher sind sauber. Es gibt keinen Grund, uns einen Prüfer zu schicken. Und was die Außenwirkung betrifft: Noch grüßt man uns freundlich auf der Straße, besonders die Kommunalpolitiker und die Mitglieder der Sportvereine, die sich über unsere Spenden nach wie vor freuen.«

»Über unsere Bestechungsgelder wolltest du wohl sagen«, erwiderte sie sarkastisch.

»Sandra, es reicht jetzt. Euer Großvater hat dieses Unternehmen aufgebaut und zu einer renommierten Firma gemacht. Dieses Image sollten wir bewahren«, wies er sie zurecht.

»Sprich nicht von unserem Großvater. Wir alle wissen, worauf er diese Firma aufgebaut hat«, gab sie scharf zurück.

Wolfgang Köhler stand auf. »Es ist besser, du gehst jetzt«, fauchte er seine Tochter an.

»Wollte sowieso gerade gehen. Muss zum Sport, heute ist Freitag«, sagte sie schnippisch und verließ das Büro.

Sie schwenkte die Tür des roten 911er Porsche auf, warf ihre Handtasche auf den Beifahrersitz und schwang sich elegant in den Sitz. Der Motor heulte auf. Aus den Lautsprechern ertönte ›Wish I could fly‹ von Roxette. Sie schaute auf die Uhr. Siebzehn Uhr dreißig. Es wurde Zeit, sie legte den ersten Gang ein und fuhr an. An der Zufahrtsstraße musste sie warten, weil ein Sattelschlepper mit Tankauflieger hereinkam. »Da rollt das Unheil schon an«, sprach sie mit sich selbst, stoppte kurz und ließ den Lkw passieren. ›PelletsPlus – Energiegranulat‹ stand auf dem Tank. Sie gab Gas, bog am Ende der Zufahrt links in die Scheerenberger Straße ein und beschleunigte. Die flotte Musik von Radio Antenne löste bald ihre angespannte Stimmung.

Kurz vor der Auebrücke der neuen Umgehungsstraße fuhr sie die Ausfahrt nach Bad Lauterberg rechts ab. Mit überhöhten achtzig statt den erlaubten sechzig nahm sie die lang gezogene Linkskurve, die unter der Brücke hindurchführte. Als ihr Porsche in den Schatten der Brückenpfeiler eintauchte, geschah es.

Ein Kind, war ihr letzter klarer Gedanke, der wie ein Pfeil durch ihr Gehirn jagte und alle Empfindungen auszulöschen schien. Sie schrie das Entsetzen aus sich heraus, dann ein dumpfer Schlag, der Airbag knallte ihr mit Wucht ins Gesicht, Metall kreischte. Mit einem Ruck, der sie in den Gurt schleuderte, blieb der Wagen stehen. Stille, unergründliche Stille. *Es ist vorbei,* dachte sie, aber von irgendwo her spielte Musik. Schöne Musik, die leiser wurde, bis sie schließlich verstummte.

»Frau Köhler? Wie geht es Ihnen?«

Sandra Köhler schlug die Augen auf. Sie lag in einem Bett. Davor stand ein Mann in weißem Kittel. *Ein Arzt,* ging ihr durch den Kopf. *Was war geschehen?* Jemand berührte ihre Hand. Sie drehte ihren Kopf zur Seite. »Papa, was ist passiert?«

»Du hattest einen Unfall«, sagte ihr Vater.

Da war ein Kind, fiel ihr sofort ein. »Ein Kind, ich habe ein Kind überfahren. Papa, ich habe ein Kind ...« Sie heulte schluchzend in beide Hände.

»Ganz ruhig, Frau Köhler, regen Sie sich nicht auf, es ist alles nicht so schlimm«, sagte der Arzt.

»Ein Kind und nicht schlimm?«, rief sie entsetzt. Ihre Blicke huschten zwischen ihrem Vater und dem Arzt hin und her. *Hier geht's doch nicht mit rechten Dingen zu.* Ihre Gedanken gerieten jetzt völlig durcheinander.

»Sandra« Ihr Vater nahm ihre Hände, drückte sie sanft und sah ihr eine Weile fest in die Augen. »Da war kein Kind«, beteuerte er.

»Ich habe es gesehen. Ich konnte nicht bremsen. Lebt es?« Sie heulte erneut laut auf.

»Beruhige dich, Sandra, glaub mir, da war kein Kind. Du hast kein Kind überfahren.«

Sie schaute den Arzt an, der ihren Puls ertastete. »Kein Kind?«, flüsterte sie.

Wolfgang Köhler schüttelte den Kopf. »Kein Kind«, versicherte er.

»Das verstehe ich nicht. Ich habe es doch gesehen. Wenn ich nur nicht solche Kopfschmerzen hätte«, jammerte sie.

»Sie standen unter Schock und haben eine mittelschwere Gehirnerschütterung. Wir behalten Sie einige Tage zur Beobachtung bei uns«, sagte der Arzt.

»Wenn es kein Kind war, was war es dann?«, fragte sie ihren Vater.

»Du hast eine Puppe überfahren, eine lebensgroße Puppe«, antwortete ihr Vater.

Sandra Köhler ließ ihren Kopf ins Kissen sinken. »Eine Puppe?«

Polizeiinspektion Northeim
Dienstag, 17. Oktober 2017

»Eine Puppe?« Brauer wechselte den Telefonhörer an das andere Ohr. »Wenn das ein Witz sein soll, dann ist es ein verdammt mieser«, sagte er zu Jens Pohl von der Polizeistation Bad Lauterberg.

»Leider kein Witz. Die Frau hatte großes Glück, es hätte sonst was passieren können«, antwortete Pohl. »Übrigens, Sie müssten die Frau kennen. Sandra Köhler«, ergänzte Pohl.

»Die Tochter von Wolfgang Köhler?«, fragte Brauer nach.

»Ja, mit ihrem roten Porsche war sie unterwegs gewesen«, antwortete Jens Pohl.

»Und ob ich die kenne. Ich dachte, der habt ihr den Lappen längst eingezogen. Die fährt doch wie der Henker.«

»Die hat einen guten Anwalt, der sie jedes Mal raushaut«, sagte Pohl.

»Das alte Lied. Wer Geld hat, kann sich mehr Rechte leisten«, meinte Brauer.

»Ist manchmal frustrierend«, stimmte Pohl zu, »aber wir sind abgeschweift. Sie hatten angerufen, Herr Brauer.«

»Ja, ich wollte Sie bitten, die Höhle noch einmal zu durchsuchen. Es ist ein Fingerknochen gefunden worden, der den beiden Skeletten nicht zugeordnet werden kann. Vielleicht haben wir etwas übersehen.«

»Das kann ich mir beim besten Willen nicht vorstellen. Die Spurensicherung arbeitet doch immer sehr sorgfältig«, erwiderte Pohl.

»Das bezweifle ich auch nicht. Aber wir dürfen diese neue Spur nicht einfach ignorieren, das wäre nachlässig«, gab Brauer zu bedenken.

»Okay. Ich werde das veranlassen«, sagte Jens Pohl.

»Vielen Dank, und wenn Sie mir die Unfallfotos schicken würden, wäre ich Ihnen dankbar. Ich möchte diesen Köhler-Clan im Auge behalten. Und noch etwas. Versucht herauszufinden, woher diese Puppe stammt.«

»Ja, und das Blut«, sagte Pohl.

»Blut? Was für Blut?« Bei dem Gedanken daran meldete sich sogleich sein Magen, der sich zu drehen schien. Er griff an seine Fliege und atmete tief durch.

»Ich schicke Ihnen gleich die Bilder, dann sehen Sie, was ich meine. Aber erschrecken Sie sich nicht«, sagte Pohl und legte auf.

In der Glastür stand Steffen und schien nur darauf gewartet zu haben, dass Brauer das Gespräch beendete. »Was für ein Unfall?«, wollte er wissen. Brauer berichtete ihm über das Gespräch mit Jens Pohl. »Eine lebensechte Puppe auf der Straße?«, wunderte sich Steffen. »Was für ein Schock für jeden Autofahrer?«, sinnierte er darüber.

»Das kann einen echt aus der Bahn werfen«, meinte Brauer.

»Noch was anderes«, fuhr Steffen mit einem scheinheiligen Unterton fort, »hast du heute Abend schon etwas vor?«

»Ja«, gab Brauer betont abweisend zurück, »ich will mir im Fernsehen den Tatort angucken. Ich möchte endlich mal wieder einen gelösten Kriminalfall erleben.«

»Ich habe was Besseres für dich«, sagte Steffen und grinste hintergründig.

»Besser wäre nur ein gemütlicher Abend mit meiner Frau«, erwiderte Brauer.

»Das kannst du hinterher immer noch einrichten, aber vorher fahren wir beide nach Bad Lauterberg und besuchen die Archivgemeinschaft. Ich habe uns dort angekündigt. Die freuen sich schon.«

»Und wann?«, fragte Brauer.

»Ab neunzehn Uhr treffen die sich im Ritscherhaus«, antwortete Steffen.

Brauer lehnte sich zurück und verschränkte die Hände am Hinterkopf. »Okay, könnte genauso spannend werden. Dann guck ich den Tatort eben ein andermal«, sagte er gleichgültig.

Brauers Rechner meldete den Eingang einer Mail. Steffen wandte sich derweil zum Gehen.

»Bleib mal kurz hier«, forderte Brauer ihn auf, während er die

Mail mit einem Doppelklick aufmachte. »Die Bilder über den Unfall von Sandra Köhler.«

Er klickte das erste Bild an, das kurz darauf großformatig auf dem Monitor angezeigt wurde. Es zeigte den Unfallort unter der Brücke. Der Porsche steckte mit der Fronthaube unterhalb der Leitplanke. Auf dem nächsten Bild war die Puppe zu sehen, die wie platziert an dem rechten Brückenpfeiler saß. Das dritte Foto zeigte eine Großaufnahme der Puppe. »Oh Gott«, entfuhr es Brauer. Die Puppe hatte die Größe eines etwa sechsjährigen Kindes. Sie trug eine Jeans und ein T-Shirt mit einer Aufschrift, die Brauer nicht entziffern konnte. Der Kopf baumelte zur Seite, das Shirt war im Bauchbereich aufgerissen, Arme und Beine zeigten eine unnatürliche Stellung. Kleidung, Gesicht und Haare waren blutverschmiert. Brauer sah vom Bildschirm weg, ging zum Waschbecken und nahm einen Schluck aus dem Wasserhahn.

»Alles okay, Ralf?«, fragte Ina.

»Ja, ja, geht schon«, antwortete er, fummelte an seiner Fliege herum und ging zu seinem Platz zurück.

»Das sieht doch aus, als sei der Unfall inszeniert worden«, sagte er zu Steffen und griff zum Telefonhörer. Er drückte den Anschluss der Polizei in Bad Lauterberg und stellte auf laut.

»Mensch Pohl, was für eine Sauerei ist das denn? Habt ihr die Spurensicherung angefordert. Der Unfall war doch provoziert worden.« Brauers Stimme überschlug sich fast.

»Ist alles gemacht worden. Vor Ort haben wir nichts gefunden. Die Puppe ist im Labor. Wir hoffen, über sie Spuren zu finden.«, informierte er Brauer.

»Wo kommt das Blut her?«, fragte Brauer weiter.

»Das war in einem Luftballon, ähnlich einer Wasserbombe, am Körper befestigt«, antwortete Pohl.

»Habt ihr das Blut analysiert?«

»Ja, ist Kunstblut«, sagte Pohl.

»Kunstblut?«, wiederholte Brauer. »Ist mal was anderes.« Er drehte nachdenklich in den Haaren. »Auf dem T-Shirt der Puppe habe ich eine Aufschrift gesehen.«

»Ja. Die war amateurhaft mit Edding draufgeschmiert«, sagte Pohl.

»Und? Was stand drauf? Mann, lassen Sie sich doch nicht alles aus der Nase ziehen«, beschwerte sich Brauer.

»Anlage Z«, antwortete er. »Ist auch mal was anderes«, fügte er hinzu.

»Halten Sie mich in der Sache bitte auf dem Laufenden«, bat Brauer.

»Geht klar!« Pohl legte auf.

Brauer sah Steffen fragend an. »Was hältst du davon?«

»Sieht nach der Masche eines Psychopaten aus. Das hätte uns gerade noch gefehlt«, meinte Steffen.

»Ich bin gespannt, ob da noch was hinterherkommt«, sagte Brauer.

»Kommt schon«, flüsterte Steffen und wies mit einer Kopfbewegung zur Bürotür, durch die Beate Jakobi gerade hereinkam. Steffen verdrückte sich an seinen Platz.

Ohne zu grüßen, schritt sie mit ihren schlanken Beinen auf Brauers Schreibtisch zu, schloss unaufgefordert die Glastür und baute sich vor dem Hauptkommissar auf.

»Haben wir etwas Vertrauliches zu besprechen?«, fragte Brauer.

»Nur kurz«, begann sie in scharfem Ton, »Du hast mir schon wieder Informationen vorenthalten.« Sie wippte aufgeregt auf den Zehenspitzen. »Eines möchte ich klarstellen: Wenn das so weitergeht, werde ich mich offiziell bei Neumann beschweren.«

»Nun mal langsam, Beate. Von welchen Informationen sprichst du?«

»Von dem Unfall mit der Puppe. Das könnte als Mordanschlag gewertet werden und fällt somit in meine Zuständigkeit«, beschwerte sie sich.

»Ich habe es selbst erst vor einer Minute erfahren. Allerdings von Mord zu sprechen, wäre voreilig«, erklärte Brauer. »Wenn du bitte die Tür wieder öffnest, dann erzähle ich dir, was ich von Jens Pohl erfahren habe.« Beate folgte seinem Wunsch und Brauer erstattete ihr Bericht.

Am Ende seiner Ausführungen sagte er: »Ich wäre dir dankbar, wenn du nach Göttingen zur Gerichtsmedizin fahren würdest, um mit Doktor Scheffler über den Stand seiner Untersuchungen an den Skeletten zu sprechen. Er meinte, er hätte schon etwas für uns.«

»Ich kümmere mich darum«, sagte sie kühl und verließ das Büro.

～

Das Ritscherhaus beherbergte außer dem Archiv auch das Stadtmuseum, stellten Brauer und Richter fest, als sie kurz nach neunzehn Uhr vor der Eingangstür des historischen Fachwerkgebäudes standen. Sie mussten nach dem Klingeln einen Moment warten, bis aufgemacht wurde.

»Guten Abend. Sie müssen die Herren von der Kriminalpolizei sein«, begrüßte sie eine freundliche Dame. Sie hatte rötliche Haare und trug eine goldfarbige Brille. Brauer schätzte sie um die fünfzig. »Mein Name ist Gisela Weiß. Ich bin die Vorsitzende unserer Gemeinschaft«, stellte sie sich vor. »Kommen Sie, wir müssen eine Treppe nach oben.«

Sie ging voraus und führte beide in einen mit Akten, Büchern und Dokumenten überladenen Raum. In der Mitte stand ein großflächiger Tisch, um den herum sechs weitere Männer und Frauen mit Papieren und Aktendeckeln beschäftigt waren. Alle im reiferen Alter, bemerkte Brauer. Sie schauten erwartungsvoll zu den beiden Besuchern auf.

»Guten Abend«, grüßte Brauer und stellte sich und seinen Kollegen vor.

»Schönen guten Abend«, begrüßte auch Steffen die Tischrunde.

Einer der Männer ging nach nebenan und kam mit zwei zusätzlichen Stühlen zurück. Die Runde rückte dichter zusammen, sodass die beiden Beamten ebenfalls am Tisch Platz fanden.

»Es ist eine mühsame Puzzlearbeit, die wir hier ehrenamtlich verrichten und die leider wenig im Blick der Öffentlichkeit steht. Umso mehr freuen wir uns, wenn jemand am Ergebnis unserer Recherchen interessiert ist, selbst wenn es die Polizei ist«, sagte Frau Weiß lächelnd. »Zur Zeit scheint die Arbeit ungewöhnliche Beachtung zu finden. Vor zwei Wochen war bereits ein Herr hier und erkundigte sich nach den Schickert-Werken«, berichtete Frau Weiß. Die anderen schmunzelten zustimmend.

»Können Sie mir sagen, wer das war?«, fragte Brauer.

»Ein Herr Morich. Er suchte nach einem Kollegen seines Großvaters, der dort beschäftigt war und wollte einen Blick in die Personallisten werfen.«

»Ist er fündig geworden?«, fragte Brauer.

»Keine Ahnung. Er ist später ohne Rückmeldung gegangen«, antwortete Frau Weiß.

»Ich kann Ihnen versichern, dass auch wir großes Interesse daran haben«, sagte Brauer, »und ich danke Ihnen, dass Sie sich heute Abend für uns Zeit nehmen.«

Alle am Tisch hingen gespannt an seinen Lippen.

Brauer sprach weiter. »Sie haben sicherlich von dem Skelettfund in der Höhle am Bischoffshals in der Zeitung gelesen.« Die Runde nickte ihm zu. »Vieles deutet darauf hin, dass die beiden keines natürlichen Todes gestorben sind, deshalb untersuchen wir diesen Fall kriminalistisch genauer, obwohl der Todeszeitpunkt Jahrzehnte zurückliegt. Die Höhle gehörte zu den unterirdischen Anlagen der ehemaligen Schickert-Werke. Wir gehen zur Zeit davon aus, dass Opfer beziehungsweise Täter das Innere der Höhle kannten oder sogar Mitarbeiter des Werkes waren. Wir möchten daher dieses geheimnisumwitterte Werk besser verstehen, um Theorien entwickeln zu können, die uns hoffentlich weiterbringen.« Brauer machte eine Denkpause.

»Unser Schickert-Experte ist Helmut Binder«, sagte Frau Weiß und zeigte auf den Herren an der Kopfseite des Tisches. »Er war selbst Marineoffizier und hat sich mit der Geschichte der Bad Lauterberger Rüstungsbetriebe im Dritten Reich intensiv beschäftigt«, erklärte sie weiter.

»Was möchten Sie konkret wissen, Herr Brauer?«, fragte Binder.

»Inzwischen hat mein Kollege Herr Richter recherchiert und herausgefunden, dass hochprozentiges Wasserstoffperoxid hergestellt wurde. Wozu genau wurde das verwendet?«, formulierte Brauer.

»Wasserstoffperoxid wurde zum Antrieb kleinerer Turbinen verwendet, wie sie in Torpedos oder als Pumpenantrieb in der V2-Rakete eingebaut waren. Selbst zum Antrieb von U-Booten sollte es verwendet werden. Wie das genau funktioniert, kann ich Ihnen nicht sagen, dazu reichen meine Fachkenntnisse nicht aus«, erklärte Binder.

Brauer überlegte einen Augenblick. »Damit illegalen Handel zu betreiben, wäre also unsinnig, zumal das Zeug sonst niemand gebrauchen kann. Als Mordmotiv eher ungeeignet«, schlussfolgerte Brauer.

»Es sei denn, mit der Rezeptur und dem Herstellungsverfahren, die streng geheim waren. Daran hätten feindliche Spione sicher Interesse gehabt«, meinte Helmut Binder.

»Kein schlechter Gedanke«, fand Ralf Brauer, »daraus ließe sich eine Theorie herleiten, sogar mit Agentenhintergrund.« Er griente dabei.

»Dann sollten wir besser James Bond noch einmal bemühen«, bemerkte Steffen scherzhaft. Alle lachten.

»Lieber nicht. Der hinterlässt zu viel Zerstörung, das würde Bad Lauterberg kaum überstehen«, wandte Brauer ein. Das Lachen wallte auf. »Spaß beiseite«, unterbrach Brauer die Belustigung, »können Sie uns sagen, wie das Werk organisiert war?«

»Die Fabrik bestand aus fünf Hallen, in denen unabhängig voneinander produziert wurde. In der Hochphase wurden etwa tausend Leute beschäftigt. Die Produktion lief im Drei-Schicht-Betrieb«, erläuterte Helmut Binder.

»Eine letzte Frage von meiner Seite: Können Sie uns zum Produktionsverfahren etwas sagen?«, fragte Brauer.

»Ich weiß nur, dass es sich um ein Elektrolyseverfahren gehandelt hatte. Wenn Sie darüber Genaues wissen möchten, dann wenden Sie sich an die wehrtechnische Dienststelle der Marine in Eckernförde. Fregattenkapitän Matteson, ein alter Bekannter von mir, wird Ihnen sicher gerne Auskunft geben. Beziehen Sie sich auf unser Gespräch«, schlug Binder vor.

»Matteson, werde ich mir merken«, sagte Brauer und notierte den Namen in sein Heft. Er erhob sich und reichte Frau Weiß seine Visitenkarte. »Vielen Dank für das interessante Gespräch. Falls Ihnen zu dieser Sache noch etwas einfällt, auch wenn es belanglos erscheint, melden Sie sich bitte.«

»Natürlich. Ich bringe Sie noch nach unten«, sagte sie.

〜〜〜

»Guten Morgen ihr zwei«, grüßte Brauer, als er das Büro betrat.

»Morgen«, murmelten Ina und Steffen im Gleichklang.

»Was ist denn mit euch los? Ihr klingt ungewohnt harmonisch. Habt ihr einen Friedensvertrag geschlossen?«, stichelte Brauer.

»Von wegen«, frotzelte Steffen, »bloß ein taktischer Rückzug, bis zum nächsten Angriff.«

»Hast du das gehört, Ralf, der plant schon die nächste Attacke«, empörte sich Ina gespielt, »ich verlange Polizeischutz.«

»Du kannst dich selber schützen, ich hatte dich zum Hilfssheriff ernannt, schon vergessen?«, rief Brauer aus seinem Glaskasten heraus.

»Aber dann beantrage ich zusätzlich eine Lizenz zum Töten«, scherzte Ina und zeigte Steffen ihre Zungenspitze.

»Später vielleicht«, erwiderte Brauer und wechselte in den Dienstmodus. »Sag mal, hat sich sonst niemand weiter auf den Zeitungsaufruf gemeldet?«

»Nicht, dass ich wüsste«, antwortete Ina.

»Wäre auch zu schön gewesen«, mischte sich Steffen ein.

Ina warf ihm einen bösen Blick zu und erhob ihre Stimme: »Wie meinst du das?«

»Ich meine, es wäre schön, wenn sich noch jemand gemeldet hätte«, stellte Steffen klar und griente dabei.

»Das war dein Glück«, bemerkte Ina.

»Übrigens, Ralf? Ich soll dir von Beate ausrichten, dass sie heute nach Göttingen in die Gerichtsmedizin fährt«, gab sie Bescheid.

»Das ist gut. Ich bin gespannt, was sie uns mitbringt«, sagte Brauer.

Gleich danach kehrte die Bürostille ein, die nur durch das leise Klappern der Tastaturen unterbrochen wurde. Plötzlich zerriss Brauers Telefon die Stille wie eine Alarmglocke. Er griff zum Hörer.

»Ja, Brauer.«

»Staatsanwaltschaft Göttingen. Ich verbinde Sie mit Doktor Henrik«, sagte eine weibliche Stimme.

Brauer wartete.

»Guten Morgen, Herr Brauer. Henrik hier. Wie geht's?«, meldete er sich.

»Noch geht's gut«, sagte Brauer, »ich hoffe, Ihr Anruf wird daran nichts ändern.«

»Das ist nicht meine Absicht«, sagte er und lachte. Dann sprach er weiter: »Ich hatte gerade ein Gespräch mit Doktor Scheffler. Er ist jetzt sicher, dass die beiden Personen, deren Skelette er untersucht hat, durch Fremdeinwirkung getötet wurden. Ich bin mir bewusst, dass die Aufklärung schwierig, vielleicht sogar unmöglich sein wird, trotzdem möchte ich Ermittlungen führen. Schau'n Sie, die Schickert-Werke waren in Nazi-Deutschland ein getarnter Rüstungsbetrieb, in dem auch Zwangsarbeiter beschäftigt wurden. Es ist also nicht ausgeschlossen, dass wir es hier mit einem Naziverbrechen zu tun haben. Solche Verbrechen aufzuklären, liegt im Interesse des Staates. Ich habe bereits eine Anfrage an die Ludwigsburger Behörde zur Aufklärung von NS-Verbrechen gestellt. Sie, Herr Brauer, werden bitte eine kleine Mordkommission bilden und die Ermittlungen aufnehmen.«

»Jetzt geht es mir doch nicht mehr ganz so gut«, entgegnete Brauer, »uns fehlen einfach Ermittler. Nachdem Thomas Berger ausgefallen ist, ist es eng geworden, und die Einbrecherbande hält uns weiter auf Trab. Aber wir tun unser Möglichstes.«

»Glauben Sie mir, Brauer, eng ist es nicht nur bei Ihnen«, sagte Henrik.

»Ein schwacher Trost, aber trotzdem danke«, erwiderte der Hauptkommissar. Henrik legte auf.

»Naziverbrechen«, wetterte Brauer, »das wird ja immer besser. Ich hoffe nur, dass wir bald diesen beiden Skeletten ihr Geheimnis entlocken können, bevor noch mehr auf uns zukommt.« Brauer verließ seinen Glaskasten. »Steffen!«, rief er in den Raum, »du, Beate, Frank Becker und Ulrike Pleschke. Ihr bildet ab sofort die Moko Schickert!«

»Und du?«, fragte Steffen zurück.

»Ich muss erst mal raus hier. Komm, wir besuchen unseren Freund Enrico Morelli, alias Piccolo, und zeigen ihm die Bilder«, schlug Brauer vor.

»Bin gespannt, wie er sich rausreden wird«, lachte Steffen.

Enrico Morelli, den man in der Szene Piccolo nannte, nicht nur, weil er schmächtig, sondern auch Deutschitaliener war und als gewitzter

Kleinganove galt. Er wohnte mit seiner Mutter in der Hauptstraße im Osteroder Ortsteil Freiheit. Das bretterverkleidete Mietshaus aus dem vorigen Jahrhundert machte einen heruntergekommenen Eindruck. Draußen auf der schiefen Steintreppe saßen zwei Halbwüchsige. Ein Junge und ein Mädchen. Der Junge sah die beiden Beamten aus frechen Augen an. Dann stierte er auf Brauer.

»Was hast du denn da?«, fragte er und zeigte mit dem Finger auf dessen Fliege.

»Das nennt man Fliege. Manche Leute tragen einen Schlips, ich eben eine Fliege«, erklärte Brauer.

»Mein Papa nicht«, sagte er.

Das Mädchen kicherte und ihre Zahnlücke verlieh ihr ein rotznäsiges Aussehen.

»Ist ja auch keine Pflicht«, sagte Brauer. »Lasst ihr uns bitte vorbei?«

Sie rutschten ein Stück zur Seite. »Was wollt ihr denn hier?«, fragte das Mädchen.

»Neugierig seid ihr wohl gar nicht?«, wies Brauer sie ab.

»Kriegen wir auch so raus«, gab sie krötig zurück.

Brauer und Steffen grienten und betraten das Haus. Ein dunkler Flur streckte sich vor ihnen aus, der einen muffigen Geruch verströmte. Brauer drehte sich noch einmal zu den Kindern um.

»Wo wohnt denn Herr Morelli?«, fragte er.

»Sag ich nicht«, erwiderte die freche Göre.

»Kriegen wir auch so raus«, konterte Steffen.

Sie stiegen eine knarrende Holztreppe hinauf. An einer Tür leuchtete ein rosa Plastikherz.

»Da muss es sein«, glaubte Brauer.

An der Tür gab es kein Namensschild. Steffen drückte den Klingelknopf und löste eine Leiermelodie aus. Nach einiger Zeit waren schlurfende Schritte von innen zu hören. Die Tür würde geöffnet und eine Frau, die schon bessere Jahre erlebt haben musste, stand im Türrahmen. Ihre schulterlangen, schwarzen Haare hingen fettig herunter und zwischen ihren knallroten Lippen klemmte eine Zigarette. Sie trug einen roten Satinmorgenmantel, der ihre rundliche Figur in wichtigen Details abbildete. Nur ihre dunklen, fast schwarzen Augen passten nicht zu ihrer schlampigen Erscheinung, fiel Brauer auf. Sie hatten ihr jugendliches Leuchten bewahrt.

»Ich nehme keine neue Kundschaft an. Nur Stammkunden«,

keifte sie die beiden mit italienischen Akzent an.

»Wir kommen nicht als Kunden«, stellte Brauer klar. »Wir sind von der Kripo und möchten Ihren Sohn sprechen.«

»Enrico? Ähh, hat er was ausgefressen, dieser verdammte Nichtsnutz?«

»Ist er zuhause?«, fragte Brauer.

»Ja, wenn er nicht gerade auf Nachtschicht ist, schnorrt er sich bei seiner Mutter durch, der faule Sack. Was hab ich mir da nur großgezogen?«

»Können wir reinkommen?«, fragte Brauer.

Sie trat zur Seite. »Kommen Sie, aber ich habe noch nicht aufgeräumt. Wenn Sie das nicht stört!«

»Wir sind einiges gewohnt«, antwortete Brauer und trat ein. Es roch nach einem Mix aus Zigarettenqualm und Parfum.

»Er ist im Wohnzimmer«, sagte sie. »Enrico«, kreischte sie durch den Flur, »du hast Besuch von der Kripo, du Verbrecher.«

Die Wohnung hatte sie anscheinend seit Jahren nicht mehr aufgeräumt. Überall lagen Klamotten, Illustrierte und Coladosen herum. Der Aschenbecher auf dem Couchtisch quoll über. Enrico fläzte im Sessel und rauchte. Der Fernseher lief.

»Setz dich mal gerade hin, wenn Besuch da ist!«, blaffte sie ihn an.

»Buongiorno, Commissari. Come stai?«, rief er aus und sprang aus dem Sessel. »Camilla, verschwinde. Ma subito. Ich habe geschäftlich mit Commissari Brauer und Richter zu reden.«

»Ah, geschäftlich ja?«, keifte sie, »aber eins sag ich dir, diesmal lass ich dich vor die Wand laufen, du missratenes Stück.« Sie verließ das Wohnzimmer.

»Commissario, was kann ich für Sie tun?« Er räumte rasch zwei Sessel frei und bot ihnen Platz an.

»Wir möchten dir einige Bilder zeigen, Piccolo«, sagte Brauer, zog die Ausdrucke aus seinem Jackett und legte sie ihm vor.

Piccolo betrachtete sie eine Weile. »Wer ist das?«, fragte er scheinheilig.

»Den müsstest du eigentlich gut kennen«, sagte Brauer.

»Nie gesehen«, entgegnete er, »wer ist das?«

»Willst du mich verarschen? Dann schau mal in den Spiegel!«

»Ich gebe zu, der sieht mir verdammt ähnlich. Könnte fast mein Doppelgänger sein.«

Brauer sah ihn an, als würde Baron Münchhausen ihm gegenüber sitzen.

»Nur komisch, dass dein Doppelgänger die gleichen Sportschuhe trägt wie du«, Brauer zeigte auf seine weißen Joggingschuhe. »Und wie erklärst du uns, dass derselbe blaue Kapuzenhoodie mit der roten Kordel, den dein Doppelgänger trägt, draußen an der Garderobe hängt?«

Enrico Morelli drückte nervös seine Zigarette in dem überfüllten Aschenbecher aus. »Herr Brauer, jetzt haben Sie mich doch tatsächlich erwischt«, winselte er reumütig, »aber ich schwöre, ich habe nichts gestohlen.«

»Nein, aber meine Jalousie hast du ruiniert. Die Reparatur hat mich fast dreihundert Euro gekostet. Das wirst du mir ersetzen, oder ich zeige dich an.«

»Commissario, ich wusste doch nicht, dass das Ihr Haus ist. Ich würde doch nie ... oh, Scheiße.«

»Das kannst du laut sagen.« Brauer hielt seine offene Hand hin. »Komm, Piccolo, lass ein paar Scheine rüberflattern.«

»Commissario, haben Sie schon mal einem nackten Mann in die Tasche gefasst?«, jammerte er geschauspielert.

»Nein, aber ich würde gerne mal einen nackten Mann an den Eiern vor den Kadi zerren«, fauchte Brauer ihn an, »und mit dir möchte ich gerne beginnen.«

»Herr Brauer, Sie machen mir Angst.«

»Nein, ich mache dir einen Vorschlag, wie du deinen Kopf aus der Schlinge kriegst.«

Piccolo richtete sich gespannt auf. »Mi dica. Ich höre.«

»Seit einiger Zeit sind wir hinter einer organisierten Einbrecherbande her, die hier in der Gegend Wohnungen ausräumt. Das sind richtige Profis, nicht solche Amateure wie du, deshalb müssen wir die auf frischer Tat ertappen, und dazu brauchen wir einen Tipp. Der Richtige wäre mir dreihundert Euro wert. Capito?«

»Oh no, Commissario, das ist gefährlich. No, no, no.«

Brauer erhob sich aus dem Sessel. »Komm, Steffen. Du musst die Anzeige aufnehmen«, sagte er drohend und machte Anstalten zu gehen.

»Un momento, Commissario«, rief Enrico aufgeregt und ging ihm nach. »Was soll ich tun?«

»Wenn du wieder auf Nachtschicht bist, halt die Augen offen

und hör dich um in der Szene. Ruf mich sofort an.« Er gab ihm seine Visitenkarte.

»Auch nachts?«, wollte Enrico wissen.

»Klar, für dich habe ich ab sofort Nachtschicht. Arrivederci.«
Sie verließen das Wohnzimmer.

»Nehmen Sie diesen Gangster mit, Herr Kommissar. Sie würden mir einen Gefallen tun«, keifte Camilla Morelli, die aus dem Bad kam.

»Heute noch nicht, vielleicht ein andermal«, sagte Brauer.

Camilla öffnete die Tür und taxierte Steffen mit lüsternen Blicken. »Sie, Kommissar Richter, würde ich noch in meine Kundendatei aufnehmen.« Sie zwinkerte ihm zu.

»Keine Chance«, fuhr Brauer dazwischen, »der treibt es nur mit Autos.«

Sie guckte ungläubig. »So was gibt's auch?«, fragte sie entrüstet und schloss die Tür.

Bad Lauterberg
Mittwoch, 18. Oktober 2017

Wolfgang Köhler wohnte ›Am Paradies‹, einer Straße in dem als Nobelviertel bekannten Wohngebiet auf dem Bad Lauterberger Butterberg. Hier residieren Ärzte, Kaufleute und Unternehmer, also Leute mit Geld und Einfluss. Köhlers Bungalow lag hinter Hecken und Sichtschutzwänden vor neugierigen Blicken verborgen. Er ließ sich ungern beobachten, denn im Gegensatz zu seinen Nachbarn verlief ein Teil seiner Geschäfte verschleiert. Sichtbar war nur seine Firma, die Köhler Baumaschinen GmbH & Co. KG, die mit gebrauchten Maschinen und Lkws handelte. Das lief mehr recht als schlecht, aber es lenkte die Aufmerksamkeit der Behörden und der Öffentlichkeit von den gewinnbringenden Geschäften ab.

Köhler verließ, wie gewöhnlich, morgens gegen acht Uhr das Haus, um ins Büro zu fahren. Im Korridor drückte er die Fernbedienung des Garagentores und zog sein Jackett über.

»Ich hole Sandra heute aus dem Krankenhaus ab«, sagte seine

Frau Carola.

»Ja, schön«, antwortete er, verharrte eine Sekunde und drehte sich zu ihr zurück. »Ich werde das Gefühl nicht los, dass das ein gezielter Anschlag war«, sagte er betroffen.

»Gegen Sandra? Wie kommst du denn da drauf, oder hat das am Ende mit deinen krummen Geschäften zu tun? Ich habe ja immer gesagt, lass die Finger davon, aber du konntest den Hals nicht vollkriegen«, warf sie ihm vor.

Sie hatten sich oft darüber gestritten, aber was half das. Er war viel zu tief darin verstrickt, als dass er jemals ungeschoren da wieder herauskäme. Und außerdem könnten sie sich allein durch das Baumaschinengeschäft diesen Lebensstil nicht leisten.

Köhler hatte heute Morgen keine Lust auf Streit und verließ ohne Erwiderung das Haus. *Was sonst aber sollte dahinter stecken, wenn es tatsächlich ein Anschlag war,* dachte er auf dem Weg zur Garage. *Aber warum? Der Transport lief unauffällig, wie immer. Wer sollte Interesse daran haben, dass Sandra verunglückt. Oder war es doch die Tat eines durchgeknallten Psychopaten?*

Wolfgang Köhler stieg in seinen schwarzen S-Klasse-Mercedes, schob den Wahlhebel auf rückwärts und rollte langsam aus der Garage heraus. Draußen drückte er die Funksteuerung und das Garagentor senkte sich gemächlich herab. Nachdem es halb heruntergefahren war, bekam er einen Schreck, als plötzlich ein Schriftzug auf den Lamellen zum Vorschein kam. Er wartete, bis das Tor unten aufsetzte, und stieg aus. *Anlage Z* hatte jemand in dunkelroten Buchstaben wie eine Warnung auf das Garagentor geschmiert. *Was ist das für eine Sauerei?,* dachte er, ging vor und prüfte die Schrift mit dem Finger, die offenbar mit einem Pinsel aufgetragen worden war. Es schien angetrocknetes Blut zu sein. Angeekelt machte er zwei Schritte rückwärts und starrte verständnislos auf das Tor. *Anlage Z. Wenn es eine Warnung sein sollte – wovor? Was hatte das zu bedeuten, und wer sollte so etwas tun? Ein schlechter Scherz, über den niemand lachen kann.* »Anlage Z«, las er halblaut vor. Mit dem Begriff konnte er überhaupt nichts anfangen. Er lief zum Haus, drückte kurz den Klingelknopf und ging zur Garage zurück.

Carola kam an die Haustür. »Was ist denn? Hast du was vergessen?«, rief sie ihm zu.

»Nein, aber sieh dir diese Schweinerei hier an.« Er zeigte auf das Garagentor.

Carola kam herbeigeeilt und stand mit halb offenem Mund vor der Schmiererei. »Wer war das denn?«, fragte sie entrüstet.

»Das möchte ich auch gerne wissen. Wenn ich den zu fassen kriege.« Er deutete mit beiden Händen einen Würgegriff an.

»Was hat Anlage Z zu bedeuten? Kannst du damit was anfangen?«, fragte Carola.

»Keine Ahnung, aber es muss etwas mit uns zu tun haben. Warum sonst sollte sich jemand die Mühe machen, mit Blut herumzuschmieren?«, vermutete Köhler.

»Mit Blut?«, rief Carola entrüstet, »wenn das man nicht doch mit deinen schwarzen Geschäften zusammenhängt.«

»Hör jetzt endlich auf damit. Ich kann es nicht mehr hören. Wenn ich diesen Versandhandel nicht hätte, müsstest du dich ganz schön einschränken«, blaffte Köhler seine Frau an.

Sie lachte gekünstelt. »Versandhandel nennst du das. Eine zynische Umschreibung. Ich nenne das skrupellosen Massenmord«, gab sie zurück.

»Dass du immer maßlos übertreiben musst. Ich ermorde niemanden, und jetzt Schluss damit«, brüllte er zornig.

»Hier stimmt doch was nicht. Verschweigst du mir etwas, Wolfgang?«, stellte sie ihn zur Rede.

»Ich verschweige dir gar nichts. Im Gegenteil, du weißt schon viel zu viel, und damit kannst du nicht umgehen.«

»Wir sollten uns wenigstens eine Alarmanlage installieren lassen, dann würde ich mich sicherer fühlen«, schlug sie vor.

»Bist du verrückt? Ich will unter keinen Umständen die Polizei im Haus haben, egal was passiert«, entgegnete er und stieg ins Auto. Bevor er startete, ließ er die Seitenscheibe herunter. »Lass das bitte säubern!«, sagte er und fuhr davon.

Auf dem Weg nach Osterode erreichte ihn ein Anruf von seinem Sohn.

»Felix, was ist?«, meldete er sich.

»Wo bist du gerade?«, fragte Felix.

»Auf dem Weg ins Büro. Bin kurz hinter Aschenhütte, warum?«

»Weil der MAN-Tankzug, der letzten Freitag geliefert wurde, lichterloh brennt«, sagte Felix.

»Was?«, schrie Köhler in die Freisprechanlage und machte vor Schreck einen Schlenker, den er hastig korrigieren musste, um nicht über den Seitenstreifen zu fahren. »Wie konnte das passieren?«

»Keine Ahnung. Feuerwehr und Polizei sind vor Ort«, antwortete Felix, sein Sohn.

»Scheiße! Wenn die was finden, sind wir am Arsch. Wer hat denn die Feuerwehr gerufen?«, schimpfte Köhler.

»Ich nicht, ich bin ja nicht blöd. Wahrscheinlich jemand aus dem Nachbarhaus. Der Tankwagen stand fast am Platzende, nahe am Zaun.«

»Aber der kann doch nicht einfach in Brand geraten. Was ist da los?«, brüllte Köhler ärgerlich und schlug wütend auf das Lenkrad.

»Vater, ich weiß es doch nicht. Da muss jemand nachgeholfen haben, eine andere Erklärung habe ich nicht«, gab Felix scharf zurück.

»Lass uns darüber reden, wenn ich da bin. Also, bis gleich«, sagte Köhler und wollte das Gespräch ausdrücken.

»Moment«, unterbrach ihn Felix, »da ist noch etwas.«

»Was denn noch? Das Feuer reicht mir«, wetterte er gereizt.

»Ist schon gut. Zeig ich dir, wenn du hier bist«, sagte er und legte auf.

Auf der Scheerenberger Straße, gleich hinter dem Ortsschild, sah er den schwarzen Qualm, der sich über das Tal legte. Obwohl er in Osterode bereits viel zu schnell unterwegs gewesen war, trat er jetzt das Gaspedal noch weiter durch und bog ein Stück voraus in die Zufahrtsstraße des Firmengeländes ein. Zwei Polizeiwagen standen mit blinkenden Blaulichtern auf dem Vorplatz. Er parkte den Mercedes auf seinem Stellplatz vor dem Bürogebäude, riss die Tür auf und hastete über den Platz, an vier Feuerwehrfahrzeugen vorbei, zu dem qualmenden Lkw. Felix, ein Polizeibeamter und ein Feuerwehrmann unterhielten sich in respektvollem Abstand vor dem Wrack. Einige Wehrleute standen abseits und rauchten. Sie hatten die Helme abgenommen und die Anspannung war in ihren rußverschmierten Gesichtern abzulesen. Andere rollten noch Schläuche auf und räumten Gerätschaften zusammen. Der Tankwagen war nur noch als Gerippe zu erkennen, das bizarr aus einem Schaumpool herausragte.

»Da kommt mein Vater«, sagte Felix zu seinen Gesprächspartnern.

Sie wandten sich ihm zu. »Ich bin der Einsatzleiter«, stellte sich der Feuerwehrmann knapp vor, »da war nichts mehr zu retten. Wir haben uns hauptsächlich auf den Schutz der umliegenden Gebäude und Fahrzeuge konzentriert.«

»Ein Nachbar hat uns alarmiert«, fügte der Polizist hinzu.

»Wie kann einfach ein Feuer ausbrechen?«, fragte Köhler in die Runde, »ich verstehe das nicht.«

»Wir müssen das noch genauer durch einen Brandsachverständigen untersuchen lassen, aber es deutet vieles auf Brandstiftung hin«, meinte der Feuerwehrmann.

»Muss das sein?«, fragte Köhler nach. Der Einsatzleiter sah ihn verwundert an. »Was meinen Sie damit?«

»Ich meine die Untersuchung«, antwortete Köhler.

»Jemand von der Berufsfeuerwehr Göttingen ist unterwegs. Bei Verdacht auf Brandstiftung müssen wir ermitteln, und die Versicherung verlangt sowieso eine Untersuchung«, erklärte der Polizeibeamte. »Außerdem brauche ich die Papiere. Fahrzeugschein und Frachtpapiere, falls vorhanden. Kopien würden reichen.«

Köhler sah Felix mit einem besorgten Blick an und wandte sich zurück an den Polizisten. »Einen Augenblick, wir suchen Ihnen zusammen, was Sie brauchen. Komm Felix!«, sagte er. Beide gingen zurück ins Büro.

»Ich hoffe nur, dass der Brand die Behälter vollständig vernichtet hat und nichts mehr nachweisbar ist, sonst haben wir ein dickes Problem«, sagte Felix, als sie sich im Gebäude unbeobachtet fühlten.

»Wir handeln mit gebrauchten Baumaschinen und Fahrzeugen. Woher sollen wir wissen, was in der Ladung versteckt ist?«, tat Köhler unschuldig.

»Auf jeden Fall müssen wir eine Menge Fragen beantworten, und es wird schwierig werden, Jelinek da raus zu halten. Wenn die das Zeug finden, wird's eng«, befürchtete Felix.

»Hast du gesehen, wo der Brand seinen Ursprung hatte«, fragte Köhler.

Felix zog sein Smartphone aus der Tasche. »Ich habe Bilder gemacht.« Er tippte auf das Display, öffnete die Fotodatenbank und scrollte zu den letzten Aufnahmen. »Hier.« Das erste Foto zeigte Flammen im Bereich des Kraftstofftanks sowie am vorderen Bereich des Ladebehälters. Felix wischte Bild für Bild weiter. Die Aufnahmen zeigten den Brand aus verschiedenen Richtungen, wie er sich durch das Fahrzeug fraß.

»Stopp!«, sagte Köhler, »noch mal zurück.« Felix blätterte ein Bild retour. »Siehst du die Schmiererei auf der Frontverkleidung? Was steht da?«, fragte Köhler. Felix vergrößerte den Ausschnitt.

»Anlage Z«, sagte er und hielt seinem Vater das Display vor Augen.

»Das gibt's doch nicht«, rief Köhler erschrocken aus und ließ sich auf den Schreibtischstuhl fallen. »Wir haben sogar zwei dicke Probleme«, sagte er.

»Wieso, was hat dich denn erschreckt?«, fragte Felix.

»Dieser Schriftzug«, sagte er, »der gleiche stand heute Morgen auf meinem Garagentor, mit Blut geschrieben.«

Felix verstummte.

Polizeiinspektion Northeim
Donnerstag, 19. Oktober 2017

Es half alles nichts, Brauer brauchte dringend mal wieder einen Bürotag. Auf seinem Schreibtisch türmten sich Berichte, Protokolle und Akten in bedrohlicher Höhe übereinander. Aber nicht nur dort herrschte Chaos, auch der Bildschirm seines Computers listete inzwischen zahllose E-Mails auf, die weder gesichtet noch beantwortet waren. Brauer hatte also etliches aufzuarbeiten, was in den letzten Tagen und Wochen liegen geblieben war. Zudem flatterte einiges vom FK 1 zusätzlich auf seinen Tisch, seit Thomas Berger ausgefallen war. Das meiste davon erledigte Beate, aber lästige Vorgänge leitete sie an ihn weiter. *Dieses Biest, das macht sie mit Berechnung,* dachte er, aber er reagierte nicht darauf, um ihr kein Gefühl der Genugtuung zu geben.

Der ganze Schreibkram ging ihm mächtig auf die Nerven, aber es gehörte nun mal zu seinem Job dazu. Zum Glück konnte er manches davon an Steffen und Ina delegieren. Nachdem er den Stapel in Häufchen sortiert hatte, packte er einen Teil zu Steffen und den Rest zu Ina auf den Schreibtisch.

»Bitte nochmals sichten und abheften«, erklärte er kurz angebunden.

Steffen sah ihn mürrisch an. »Und was machst du?«, fragte er knurrig.

»Ich drehe solange Däumchen, bis ihr fertig seid. Was hast du denn gedacht?« Er warf Steffen einen trockenen Blick zu, ging in sein Büro zurück und scrollte die E-Mails durch. Den größten Teil konnte er rasch abarbeiten. Ein Großteil kam von Martin Neumann. Dienstpläne für die kommende Woche, allgemeine Informationen und Nachfragen über den Stand der Ermittlungen.

Eine Mail von Staatsanwalt Dr. Henrik fand sogleich seine Aufmerksamkeit. Im Anhang befand sich die Antwort der Ludwigsburger Zentralstelle zur Aufklärung von NS-Verbrechen. Brauer öffnete das Dokument. Als er fertig gelesen hatte, rief er aus seinem Glaskasten heraus: »Steffen, kommst du mal eben?«

Steffen stellte sich in die Türöffnung. »Was Wichtiges?«, fragte er.

»Hab eine Mail von Henrik bekommen. Die Ludwigsburger Behörde hat keinerlei Hinweise auf ein NS-Verbrechen in den ehemaligen Schickert-Werken. Es gab allerdings nach der Befreiung durch die Amis einige Racheakte durch Zwangsarbeiter. Die haben Wohnungen der Werkssiedlung im Odertal geplündert und auch Bewohner getötet«, fasste Brauer den Inhalt kurz zusammen.

»Also doch keine Moko?«, schloss Steffen daraus.

»Doch, er meinte, wir sollten auf jeden Fall die Identität der Skelette herausfinden und auf welche Art die Menschen zu Tode gekommen sind«, gab Brauer weiter.»Und was meinst du?«, fragte Steffen.

»Du kennst meine Meinung, ich hätte den Fall gerne vom Tisch. Aber Henrik hat recht, wir dürfen den Tod dieser Menschen nicht einfach zu den Akten legen.«

Steffen nickte zustimmend. »Ehrlich gesagt, würde ich gerne wissen, was damals mit diesen Menschen geschehen ist und welches Drama dahinter steckt«, sagte Steffen.

»Na dann los, Sherlock Holmes«, flachste Brauer.

»Ihr guckt scheinbar zu viel Fernsehen«, sagte eine Frauenstimme vorwurfsvoll. Steffen drehte sich verdutzt um. Beate Jakobi hatte unbemerkt das Büro betreten und stand plötzlich hinter ihm.

»Ich mag James Bond lieber, der fährt wenigstens rasante Autos und zockelt nicht mit der Pferdekutsche zum Tatort«, gab Steffen zum Besten, trat für Beate zur Seite und wollte sie mit Brauer ungestört lassen.

»Nee, bleib mal hier, ist auch für dich wichtig«, sagte sie. »Ich bin in der Gerichtsmedizin gewesen und wollte euch kurz berichten.« Sie setzte sich auf den Besucherstuhl und schlug ein Bein über. Steffen stellte sich daneben.

»Lass hören«, sagte Brauer.

Beate legte ihm einen DIN-A4-Umschlag auf den Tisch.

»Das ist der vorläufige Obduktionsbericht.«

Brauer öffnete das Kuvert, zog mehrere Blätter und Fotos heraus.

»Wir hatten Glück, dass Dr. Scheffler gerade einige Studenten zur Ausbildung hatte«, erklärte sie weiter, »sonst hätten wir noch eine Ewigkeit warten müssen. Und Studis arbeiten bekanntermaßen besonders gewissenhaft.«

»Danke, Beate«, sagte Brauer, »fass es für uns mit deinen Worten bitte kurz zusammen.«

»Was glaubst du, warum ich hier bin?«, erwiderte sie schnippisch. Sie wechselte das Bein. »Also, beide Toten sind männlich. Der eine, Scheffler nannte ihn *Diabetes*, weil er an der Zuckerkrankheit litt, war ungefähr ein Meter achtzig groß und starb im Alter zwischen zwanzig bis dreißig Jahren, aber nicht an seiner Krankheit, sondern er wurde mit einem stumpfen Gegenstand erschlagen. Eine entsprechende Schädelfraktur ist eindeutig.« Beate zeigte auf das Foto. »Den anderen nannte Scheffler *Beißer*. Der starb etwa im gleichen Alter und hatte beginnende Morbus Bechterew. Er war circa ein Meter fünfundsiebzig groß und hatte ein gebrochenes Zungenbein, was auf einen Tod durch Erwürgen hindeutet.« Beate schob die Bilder auf Brauers Schreibtisch hin und her, bis sie das passende gefunden hatte. »Hier, seht ihr?«

»Konnte Scheffler den Todeszeitpunkt genauer eingrenzen?«, fragte Brauer.

»Ja, anhand der Textilreste, die noch vorhanden waren. Diabetes trug offenbar lederne Arbeitsstiefel und einen Arbeitsanzug. Das Gewebe stammt aus der Zeit des Zweiten Weltkrieges, wo solche Kleidung aus Alttextilien hergestellt wurde. Beißer trug zivile Kleidung, nach der Stoff- und Webart zu urteilen, ebenfalls aus derselben Zeit. Laut Laborbericht gab es damals noch keine Kunstfasern. Er muss übrigens im Herbst oder Winter ermordet worden sein, weil er warme Klamotten anhatte.« Beate wechselte das Bein erneut und lehnte sich zurück.

»Und warum nannte Scheffler ihn Beißer?«, fragte Steffen.

Beate lachte kurz. »Gute Frage«, meinte sie. »Wie ihr wisst, wurde zwischen den Skelettteilen der Knochen eines kleinen Fingers gefunden, der einer noch unbekannten Hand abgebissen wurde.«

»Wieso abgebissen?«, fragte Steffen.

»Der Knochen zeigt eindeutige Bissspuren, und jetzt kommt's.« Beate machte eine Pause und genoss offensichtlich ihren Wissensvorsprung. »Zwischen den Schneidezähnen von Beißer wurden Knochensplitter derselben DNA gefunden, das bedeutet, Beißer hat den Finger abgebissen.«

Brauer und Steffen warfen sich fragende Blicke zu.

»Seinem Mörder abgebissen«, ergänzte Brauer.

»Das heißt, wir müssen nach dem Neunfingermann suchen«, meinte Steffen.

»Bist ein schlaues Kerlchen«, bemerkte Beate sarkastisch.

»Wenn der nach über siebzig Jahren überhaupt noch lebt«, gab Brauer zu bedenken.

»Davon müssen wir zunächst ausgehen«, erwiderte Beate.

»Ich glaube, das ist ein Fall für Archäologen«, witzelte Steffen.

Beate gab Steffen mit einem Blick zu verstehen, dass sie für derartige Scherze keinen Humor empfand.

»Ich werde den Zahnstatus beider Skelette mit einem Aufruf an die *Zahnärztliche Mitteilung* schicken. Es ist eine geringe Chance, aber wir sollten sie nutzen. Mit etwas Glück können wir die Identität klären«, sagte sie.

»Ich denke, dazu brauchen wir eher großes Glück«, warf Steffen ein.

Brauer stützte seinen Kopf in die Hand. »Und zwei Motive.« Er schaute Beate und Steffen abwechselnd an, die stumm nickten. »Wer hat Lust, nach Eckernförde zu fahren?«, fragte er nach einer Schweigeminute.

»Ich«, rief Ina spontan aus dem Hintergrund.

»Außer Ina«, korrigierte er sich.

»Gemein«, erwiderte sie und griente.

»Na, was ist? Eckernförde ist eine Reise wert«, pries Brauer den Ort an.

»Urlaubsreise, aber nicht Dienstreise«, monierte Steffen.

»Was willst du dort?«, fragte Beate.

Brauer berichtete ihr von dem Gespräch mit der Archivgemeinschaft in Bad Lauterberg.

»Wir müssen mehr über die Schickert Werke erfahren. Was wurde hergestellt? Wer waren die Kunden? Gab es Probleme mit der Produktion? Wie wurde die Geheimhaltung sichergestellt? Was geschah nach dem Krieg? Wurden zwei Mitarbeiter vermisst? Und, und, und«, zählte Brauer auf.

»Gibt es noch Personalakten, in denen ein Mitarbeiter mit Diabetes und ein anderer mit Morbus Bechterew versteckt sind?«, ergänzte Steffen den Fragenkatalog.

»Genau«, bestätigte Brauer. »Also, wer fährt?«, fragte er noch einmal.

»Immer der, der fragt«, gab Steffen zurück.

»Verstehe. Okay, okay, dann opfere ich mich halt«, gab Brauer nach. Insgeheim freute er sich, selber fahren zu können. Seine Nachbarn hatten ihm oft über den hübschen Ort an der Ostsee vorgeschwärmt, was ihn neugierig machte. Wenn Elke zwei Tage Urlaub bekäme, könnte er sie mitnehmen und ein-zwei Tage dranhängen.

*

»Das ist komisch«, sagte Ina eine Weile später, nachdem Beate gegangen war.

»Was ist komisch?«, fragte Steffen.

»Unsere Einbrecherbande. Ich glaube, die wollen uns verscheißern.«

»Was? Wie kommst du denn da drauf?« Steffen unterbrach seine Arbeit und blickte zu ihr hinüber.

»Hier, sieh dir das an.« Sie zeigte auf den Stapel Protokolle, die sie zum Abheften sortiert hatte. Steffen stellte sich hinter sie und schaute auf die Seiten.

»Nur einige Beispiele.« Sie begann zu blättern. »Einbruch in Eisdorf, über die Terrassentür. Schaden: ein Portemonnaie mit fünfzig Euro.« Ina blätterte weiter. »Hier, nächster Fall. Einbruch über das Kellerfenster in Rüdershausen. Schaden: drei Weinflaschen.«

»Es gibt auch sehr teure Weine«, wandte Steffen ein.

»Aber nicht bei Aldi«, stellte Ina klar und schlug das nächste Protokoll auf. »Lindau. Einbruch über die Gartentür in Kellerwerkstatt. Eine Bohrmaschine und eine Stichsäge geklaut. Nächster Ort: Dorste. Fenster aufgebrochen und sogar die Geldkassette im Wohnzimmerschrank nicht gefunden.« Ina lehnte sich zurück. »Und so geht das weiter, bis Herzberg bei Brauers«, sagte sie extra laut, dass ihr Chef es hören musste.

»Hast du mich gerufen?«, meldete sich Brauer aus seinem Büro heraus.

»Kommst du mal bitte?«, rief ihm Steffen zu. Brauer kam zu ihnen und ließ sich kurz erläutern, was Ina herausgefunden hatte.

»Hm, das ist tatsächlich seltsam. Gut gemacht Ina, das ist mir nicht aufgefallen«, sagte er.

»Ich verstehe das nicht, das sind doch keine Amateure gewesen«, kommentierte Steffen.

»Nein, die verstanden ihr Handwerk. Außer unserem Möchtegern-Gangster Piccolo natürlich«, lachte Brauer. »Ich glaube, die haben es gar nicht auf Beute angelegt«, schlussfolgerte er weiter.

»Auf was dann?«, fragte Ina.

»Was weiß ich. Eine organisierte Bande klaut sich doch keinen Flohmarkt zusammen. Die wollen ordentlich abkassieren. Ich meine, jeder Einbruch ist für die ein Risiko. Und wenn ich schon mal drin bin, dann räume ich doch ab, was geht«, meine Steffen.

Brauer und Ina fixierten Steffen einige Sekunden. »Das hört sich an, als wolltest du die Seiten wechseln«, meinte Ina.

»Ich habe jetzt keine Lust auf deine Späße«, konterte Steffen. »Ich sag euch, was die damit bezwecken: Das ist ein Ablenkungsmanöver.«

»Wovon?«, stellte Ina in den Raum. Brauer strich sich nachdenklich übers Kinn. »Das müssen wir herausfinden«, sagte er.

Brauer ging an seinen Platz und scrollte weiter die E-Mails durch. Eine Betreffzeile huschte vorüber, die unmittelbar Alarm in ihm auslöste. Er scrollte zurück, bis sie am oberen Rand des Bildschirmes erschien und markierte sie. »Lkw- Brand bei Köhler Baumaschinen«. Absender war der Brandsachverständige des Landkreises, Ingo Steinbrück. Mit einem Doppelklick öffnete er die Mail und las.

»Steffen«, rief er seinen Kollegen anschließend zu sich. »Hier, lies mal«, forderte er ihn auf und rollte mit seinem Bürostuhl ein Stück zurück. Steffen beugte sich über den Schreibtisch und überflog den Text.

»Eindeutig Brandstiftung«, fasste er den Inhalt zusammen, »aber was hat das mit den zwanzig Plastikbehältern auf sich, die zwischen den Pellets lagen?«

»Das würde ich auch gern wissen«, meinte Brauer, »auf den Laborbericht bin ich gespannt.«

»Da ist doch was faul«, kommentierte Steffen.

»Wir sollten da dran bleiben, ich traue diesem Köhler nicht. Der ist mir zu glatt«, schlug Brauer vor.

»Da sind einige Bilder im Anhang. Klick die bitte mal an«, bat Steffen. Sie zeigten das Ausmaß des verheerenden Brandes von allen Seiten des Lkws. Der Pellettank, der aus Aluminium bestand, war im vorderen Teil völlig zusammengeschmolzen. Von den Rädern sah man nur noch ausgeglühte Felgen und vom Führerhaus war einzig die Frontverkleidung übrig geblieben. Brauer klickte die Bilder nacheinander an. »Stopp mal«, sagte Steffen plötzlich. »Geh mal zurück.« Brauer blätterte zwei Bilder nach hinten. »Hier«, Steffen tippte mit dem Finger auf den Bildschirm. Das Foto zeigte die Frontansicht des Lkws. Auf dem Blech konnte man noch schwach die Aufschrift *Anlage Z* erkennen. »Das haben wir doch schon einmal irgendwo gesehen«, meinte Steffen.

»Allerdings, ich weiß auch wo«, sagte Brauer, »auf dem T-Shirt der Puppe, die Sandra Köhler vor ein paar Tagen überfahren hatte.«

»Genau, aber das kann doch kein Zufall sein«, überlegte Steffen.

»Irgendjemand will damit offenbar eine Botschaft oder eine Warnung senden«, mutmaßte Brauer.

»Anlage Z, klingt wie ein Formular zur Steuererklärung«, glaubte Steffen.

Brauer lachte. »Alles klar, Herr Kommissar, da steckt bestimmt das Finanzamt dahinter«, frotzelte Brauer.

»Da sind noch zwei Bilder«, lenkte Steffen ab. Brauer klickte sie an. Ein Foto zeigte in Großaufnahme einen durch die Hitze angeschmorten Behälter in den Abmessungen eines Schuhkartons, der inmitten der verkohlten Pellets lag. Auf dem zweiten Bild sah man nur den Behälter mit geöffnetem Deckel. Der Inhalt war nur als verkohlter Klumpen zu erkennen.

»Was soll das denn sein?«, fragte Steffen.

»Das werden wir hoffentlich bald vom Labor erfahren, und vielleicht bringt uns das zu der geheimnisvollen Anlage Z«, antwortete Brauer.

»Ich bin gern bei der Kripo«, witzelte Steffen, »spannender ist es nur im Kino.«

»Wenn nur dieser nervige Papierkram nicht wäre«, entgegnete

Brauer und wandte sich dem Bildschirm zu. »Ina«, rief er nach einer Weile aus seinem Glaskasten heraus, »mach mir bitte den Reiseantrag für Eckernförde fertig und buch mir ein Hotel.«

»Wie lange bleibst du?«, fragte Ina.

»Montag Anreise und Mittwoch zurück, also zwei Nächte.«

Firmengelände Köhler Baumaschinen, Osterode
Donnerstag, 19. Oktober 2017

»Das hat uns gerade noch gefehlt«, wetterte Wolfgang Köhler und lief aufgeregt in seinem Büro auf und ab. »Wir müssen Jelinek informieren. Wenn erst die Bullen hier rumschnüffeln, wird es verdammt ungemütlich. Die werden uns den Laden auf den Kopf stellen und die Spur des Lkws zurückverfolgen, und dann ist es nur eine Frage der Zeit, bis Interpol bei Jelinek auf der Matte steht.«

»Ich befürchte, dass Jelinek noch vorher bei uns auf der Matte steht. Der wird uns für die Scheiße verantwortlich machen und sein Geld fordern«, gab Felix Köhler zu bedenken.

»Dann haben wir drei Probleme am Hals«, zählte Sandra zusammen, »die Bullen, Jelinek und dieser ominöse Anlage-Z-Schmierfink, wer immer das auch sein mag.«

Wolfgang Köhler blieb stehen und schlug mehrmals wütend mit der Hand auf den Schreibtisch. »Scheiße, Scheiße, Scheiße«, brüllte er, stapfte weiter durch den Raum und schmiss sich dann auf den Schreibtischstuhl. Er atmete tief durch und sah seine beiden Kinder an. »Okay, ihr wisst, was zu tun ist. Wir machen hier klar Schiff. Dann alles ins Bergwerk. Ich rufe Jelinek an.«

*

Felix Köhler hatte lange gebraucht, um alle infrage kommenden Daten des Firmenrechners extern zu sichern und anschließend zu löschen. Sandra Köhler stöberte die Aktenschränke durch und schickte verräterische Papiere durch den Reißwolf. Anschließend kämmten sie gemeinsam das Gebäude und die Werkstatt durch, um liegengebliebene Restbestände der heißen Ware zu suchen und wegzuschaffen. In den letzten Jahren lief das Geschäft reibungslos und das hatte sie nachlässig werden lassen. Es durfte nichts zurückbleiben, denn sie mussten mit einer Hausdurchsuchung der Polizei rechnen.

Am späten Nachmittag klingelte Felix' Handy. Weder ein Name noch eine Rufnummer erschienen auf dem Display.

»Ja?«, meldete er sich knapp.

»Ich weiß, wo deine Freundin ist«, krächzte eine verzerrte Stimme aus dem Lautsprecher. Felix Köhler stutzte.

»Wer ist denn da?«, fragte er.

»Anlage Z«, erwiderte der Anrufer.

»Was wollen Sie?«, fragte Köhler weiter.

»Wiedergutmachung und Sühne«, bekam er zur Antwort.

»Sühne? Wofür?«

»Für die Erbsünde«, sagte die merkwürdige Stimme.

»Ich verstehe nicht. Wie meinen Sie das?«, fragte Köhler und wartete vergeblich auf eine weitere Reaktion. »Hallo?« Der Lautsprecher blieb stumm. »Wer ist denn da?«, fragte er energischer. Keine Antwort. Köhler drückte irritiert das Gespräch weg. Das musste der Schmierfink gewesen sein. *Wer sonst wusste von der Anlage Z?*, überlegte Köhler. Offenbar beobachtete dieser Mensch die Familie genau. Er kannte ihre Wege und ihre Zeiten. Deshalb konnte er gezielt seine Attacken anbringen. Er kannte sogar seine Freundin Nora, mit der Felix seit drei Jahren zusammen war. Sie arbeitete in der Verwaltung der Sparkasse in Osterode. *Hatte er ihr etwas angetan, oder plante er einen Anschlag gegen sie?*, schoss es ihm plötzlich durch den Kopf. Felix drückte ihren Kontakt auf dem Handy.

»Hallo, Schatz«, meldete sie sich.

»Liebling, wo bist du?«, fragte Felix.

»Ich bin noch im Büro, aber ich mache gleich Feierabend. Ich ...« Felix ließ sie nicht ausreden. »Bleib bitte dort, ich hole dich ab.«

»Ist etwas? Du klingst so besorgt«, fragte Nora.

Felix wollte sie nicht beunruhigen und antwortete: »Nein, nein, alles in Ordnung. Ich möchte mit dir im Da Capo essen gehen.«

»Das ist lieb von dir, aber du weißt doch, dass ich heute mit Judy verabredet bin.«

»Ja, aber ...« Felix suchte nach einer Begründung, um sie zum Bleiben zu überreden, fand aber auf die Schnelle keine und sagte:

»Ich muss dich unbedingt sehen, bitte warte auf mich, ich bin gleich da.« Er legte auf.

Bevor er das Haus verließ, informierte er noch rasch seinen Vater und seine Schwester über den ominösen Anrufer und rannte aus dem Büro. Unten sprang er in seinen Mustang und spurtete mit durchdrehenden Rädern vom Gelände. Am Ende der Zufahrt bog er links in die Scheerenberger Straße ein und drückte das Gaspedal durch. Der V8-Motor brüllte auf und katapultierte den Wagen über den Asphalt. Es war kaum Verkehr auf der B 498.

Kurz vor der Siedlung Scheerenberg rollte plötzlich aus einer Baumgruppe heraus ein Ball über die Straße. Felix' Herzschlag setzte vor Schreck zwei, drei Schläge aus. Er rammte seinen Fuß auf das Bremspedal und riss das Lenkrad nach links herum. Der Wagen geriet ins Schlingern, kam von der Fahrbahn ab. Felix wurde mit heftigen Stößen im Sitz umhergeschleudert. Er klammerte sich ans Lenkrad, der Sicherheitsgurt blockierte. Schließlich kam der Mustang im Gestrüpp des Seitenstreifens zum Stehen.

Felix saß eine Weile benommen hinter dem Lenkrad, bevor er begriff, was gerade passiert war. Er löste den Gurt und wollte aussteigen, als ihm die Fahrertür aus der Hand gerissen wurde. Bevor Felix den Helfer erkennen konnte, wurde ein Stoffbeutel über seinen Kopf gestülpt. Zwei kräftige Hände zerrten ihn aus dem Sitz. Dann jagte ein heftiger Schmerz durch seinen Hinterkopf und er verlor das Bewusstsein.

Mülldeponie Hattorf
Freitag, 20. Oktober 2017

Ein Heer von Krähen flatterte auf und umkreiste lärmend den Müllwagen, der auf der Hattorfer Deponie nahe der Kippstelle anhielt. Torsten Heitkamp legte den Rückwärtsgang des schweren Lkws ein und der piepende Warnton tönte über das Gelände. Helmut Freiboth, der Beifahrer, sprang aus dem Führerhaus, um seinen Kollegen beim Rückwärtsfahren zur Abkippkante einzuweisen. Freiboth stapfte über den nachgiebigen Untergrund näher an die Böschung heran. An den sauren und muffigen Gestank der Halde konnte er sich nie gewöhnen, obwohl er tagtäglich damit zu tun hatte. Nebenan wartete bereits der monsterähnliche Müllverdichter mit dem riesigen Schiebeschild und den Zackenrädern. Freiboth gab Handzeichen, und der Müllwagen setzte langsam zurück. Zu dicht durfte der Lkw nicht an die Kante heranfahren, sonst könnte er einsacken oder abrutschen. »Halt«, rief er, als der Wagen nah genug dran war.

Torsten Heitkamp öffnete die hydraulisch angetriebene Ladeklappe und schaltete die Verdichterschnecke auf Linksgang. Polternd und scheppernd quoll der Müll aus dem Bauch des Fahrzeuges und türmte sich dahinter auf. Langsam fuhr Heitkamp vorwärts, um für den Rest Platz zu schaffen. Als sich die Klappe gemächlich verschloss, lenkte er den Wagen zurück auf die Deponiestraße. Helmut Freiboth stiefelte hinterher.

Plötzlich glaubte er, jemand um Hilfe rufen zu hören. Hatte er sich verhört? Er blieb stehen und sah sich um. »Hilfe.« Da war die Stimme wieder, die sogleich vom startenden Dieselmotor des Müllverdichters verschluckt wurde. Das Abgasrohr spukte schwarzen Qualm aus, als sich das Monsterfahrzeug schwerfällig in Bewegung setzte, um den abgeladenen Müll über die Böschung zu schieben. Helmut Freiboth konnte niemanden sehen, aber er hatte den Ruf deutlich vernommen. Er wollte sicher gehen und sah noch einmal die Böschung hinunter. Ein Stück unterhalb der Kippkante entdeckte er einen Körper, der bis zu den Achseln im Abfall steckte. Es schien ein Mann zu sein, der vergeblich versuchte herauszukommen. *Was macht der denn da?*, dachte Freiboth im ersten Moment. *Hat sich vielleicht ein Obdachloser hierher gewagt, um Brauchbares zu suchen? Ist dieser Idiot noch ganz bei Trost?* Freiboth schaute zurück und sah, wie sich der Verdichter langsam auf den Haufen zubewegte. Wie die Tatzen eines Bären krallten sich die Zackenräder in den Untergrund und schoben das Gerät näher und näher. Das Schiebeschild hatte den Rand des Müllberges fast erreicht. Freiboth musste den Verdichter aufhalten, sonst würde der arme Kerl da im Müll lebendig begraben. Er rannte dem Gefährt entgegen und gab dem Fahrer mit beiden Händen das Zeichen, er solle anhalten. Es dauerte eine Weile, bis Heino Busche, der Fahrer, seinen winkenden Kollegen bemerkte. Er stoppte das Fahrzeug und schob das Seitenfenster der Fahrerkabine auf. »

Was ist denn los?«, rief er ihm zu.

»Schalt mal aus«, schrie Freiboth gegen den bullernden Motor an.

»Warum?«, fragte Busche verständnislos.

»Schalt einfach ab und komm runter«, antwortete Freiboth unwirsch. Der Fahrer stellte den Diesel ab und kletterte herunter. »Sieh mal da unten.« Freiboth zeigte auf den Mann in der Böschung, der jetzt bewegungslos dalag und ängstlich zu den beiden Deponiearbeitern hochschaute.

»Scheiße. Was macht der Blödmann denn da?«, sagte Busche.

»Los, komm mit«, verlangte Freiboth und stiefelte sofort den lockeren Hang hinunter. Busche folgte ihm.

»Was machen Sie denn hier? Sind Sie lebensmüde?«, blaffte Freiboth den Mann an. Der hustete und versuchte sich zu befreien, fiel aber sogleich kraftlos in sich zusammen.

»Was ist passiert?«, stammelte er und hustete erneut.

»Sagen Sie es uns«, erwiderte Freiboth, bekam aber keine Antwort. Der Mann schien das Bewusstsein verloren zu haben.

Oben an der Böschungskante erschien Torsten Heitkamp. »Was soll denn das werden? Wollt ihr Penner jetzt Pfandflaschen suchen, oder was?«, scherzte er. Dann sah er den Mann im Müll stecken. »Wer ist das denn?«, fragte er verdattert.

»Ruf den Notarzt, der Mann ist verletzt«, rief Freiboth ihm zu.

Freiboth und Busche zogen den Mann aus dem miefigen Abfall heraus und schafften ihn mühsam nach oben. Sie brauchten eine Weile, und als sie ankamen, traf gerade der Rettungswagen ein. Zwei Sanitäter hievten den Verletzten auf die Trage, und der Notarzt machte erste Untersuchungen. Eine Braunüle wurde angelegt und eine Rettungsdecke über den Mann ausgebreitet.

Der Arzt tätschelte die Wange des Unbekannten: »Hallo, hören Sie mich?« Er schlug die Augen auf. »Wie heißen Sie?«, fragte der Notarzt.

Der Mann überlegte kurz. »Felix Köhler«, antwortete er leise.

»Was ist passiert?«, fragte der Arzt weiter.

Felix Köhler brauchte erneut Zeit zum Antworten. »Ich weiß nicht ... doch, ich hatte einen Unfall ... mit dem Auto ... da war ein Ball«, stammelte er und drehte seinen Kopf zur Seite. »Wo bin ich hier?«, fragte er.

»Sie sind auf der Mülldeponie Hattorf«, informierte ihn der Arzt.

Köhler sah den Arzt verdutzt an. »Müll, wieso?«

»Das wissen wir nicht. Wir bringen Sie nach Herzberg ins Krankenhaus.«

»Warum? Ich will nach Hause«, entgegnete Köhler.

»Das geht nicht«, widersprach der Arzt, »Sie haben eine tiefe Platzwunde am Kopf, die genäht werden muss. Wahrscheinlich auch eine Gehirnerschütterung. Außerdem sind Sie stark unterkühlt und Ihr rechter Arm ist verletzt.« Köhler schloss die Augen und antwortete nicht mehr.

*

»Wie geht es Ihnen? Ich bin Doktor Feller, der Stationsarzt.«

Felix Köhler zog sich an dem Handgriff, der über dem Bett hing, etwas hoch, ließ sich aber sofort wieder ins Kissen fallen. »Ich habe noch Kopfschmerzen«, sagte er.

»Kein Wunder. Sie haben einen kräftigen Schlag auf den Hinterkopf bekommen. Wenn Sie möchten, gebe ich Ihnen etwas«, bot der Arzt an.

Erst jetzt bemerkte Köhler, dass jemand seine Hand streichelte. Er drehte sich um. »Nora, du«, sagte er lächelnd. Neben seiner Freundin stand eine Frau, die er nicht kannte. Sie trug eine dunkle Hose, gestreifte Bluse und Jeansjacke. *Wer ist das?,* wunderte er sich.

»Ich bin Oberkommissarin Jakobi. Kripo Northeim«, stellte sich die Frau vor und hielt ihren Ausweis über das Bett.

Köhlers Lächeln verzog sich zu einem abweisenden Gesichtsausdruck. »Kripo? Wieso Kripo?« Köhler verstand diesen Polizeibesuch nicht. »Was wollen Sie. Ich habe Sie nicht bestellt«, wies er die Beamtin zurück.

»Wir kommen nicht nur auf Bestellung, Herr Köhler. Auf Sie ist höchstwahrscheinlich ein Mordanschlag verübt worden. Dem müssen wir nachgehen«, erklärte Beate Jakobi.

»Mordanschlag? Blödsinn!«, widersprach Köhler. »Ich wollte einem Ball ausweichen und landete im Straßengraben.«

»Und danach auf dem Müll. Finden Sie das nicht merkwürdig?« Jakobi zog den Mund schief. »Der Ball war offenbar Teil des Anschlagplanes. Herr Köhler, wer könnte ein Interesse daran haben, Sie zu beseitigen?«

Felix Köhler schloss die Augen.

»Frau Jakobi, es reicht jetzt«, intervenierte Nora, »Sie sehen doch, er braucht Ruhe. Bitte gehen Sie.«

Beate Jakobi sah die Frau an. »Nur noch eine letzte Frage«, bat sie.

»Was denn noch?«, fragte Köhler genervt.

»Auf Ihrem Arm befindet sich ein frisch tätowierter Schriftzug: Anlage Z. Was hat er zu bedeuten?«

Felix Köhler schreckte mit einem Mal hoch und saß im Bett. »Davon weiß ich nichts.« Er schaute auf seinen rechten Unterarm, der fast vollständig verbunden war. Dann blickte er Doktor Feller verdutzt an.

»Jemand hat Ihnen mit einem Messer oder einer Rasierklinge den Schriftzug in die Haut geritzt und mit Tattootusche eingerieben«, erklärte der Arzt.

»Machen Sie mir sofort den Verband ab!«, forderte er den Mediziner auf.

»Das geht nicht«, widersprach der Arzt, »die Schnittwunden waren verschmutzt und haben sich entzündet. Das muss erst abheilen.« Felix Köhler ließ sich zurücksinken. »Wenn Sie mich noch brauchen, melden Sie sich«, sagte der Arzt und ging hinaus.

Beate Jakobi trat näher ans Bett. »Haben Sie eine Erklärung dafür? Werden Sie erpresst?«, fragte die Kommissarin.

Felix Köhler antwortete nicht.

»Es reicht jetzt, Frau Jakobi«, fuhr Nora sie an, »bitte gehen Sie.«

»Gute Besserung«, wünschte Oberkommissarin Jakobi und verließ das Krankenzimmer.

Nora streichelte Felix über das Haar. »Kann ich noch etwas für dich tun?«, fragte sie.

»Ja, würdest du mir bitte mein Handy aus der Jacke holen, Liebes?«, sagte er. »Ich hoffe, es ist heile geblieben.«

Nora ging zum Schrank hinüber und stöberte in der Jacke herum.

»In der Innentasche, glaube ich«, rief er ihr zu.

»Ich hab es«, sagte sie. »Hier ist noch ein Zettel drin. Brauchst du den auch?«

»Was für ein Zettel? Bring ihn mit bitte«, sagte er. Felix Köhler untersuchte das Smartphone. »Scheint noch zu funktionieren«, stellte er erleichtert fest und legte es auf dem Tisch neben seinem Bett ab. Dann faltete er das Papier auseinander. »Scheiße, was soll das?«, rief er entrüstet, knüllte den Zettel zusammen und warf ihn gegen die Wand.

»Was ist, Felix?«, erkundigte sich Nora, hob den Papierball auf und entfaltete ihn vorsichtig wieder. »Was hat das zu bedeuten?«, fragte sie erschrocken, »und wer oder was ist Anlage Z?«

Polizeiinspektion Northeim
Freitag, 20. Oktober 2017

»Anlage Z?« Brauer ließ sich fassungslos an die Rückenlehne seines Schreibtischstuhles fallen und sah Beate Jakobi mit großen Augen an.

»Ja, wie ein Tattoo in die Haut geritzt, wahrscheinlich mit einer Rasierklinge meinte der Arzt.«

»Was steckt dahinter?«, fragte Brauer nachdenklich. »Zuerst erscheint der Hinweis auf der Puppe, die Sandra Köhler mit dem Auto in die Leitplanke schickt, dann auf dem brennenden Pelletlaster und nun auf dem Unterarm von Felix Köhler, der sich im Müll wiederfindet.« Brauer schüttelte den Kopf.

»Gibt es irgendwelche anonymen Forderungen?«, fragte Steffen.

»Das müssen wir die Köhlers noch fragen«, antwortete Beate.

»Irgendjemand will dem Köhlerclan damit etwas sagen«, grübelte Brauer.

»Vielleicht der Racheakt eines betrogenen Geschäftspartners der Firma«, mutmaßte Beate.

»Oder die Vorstufe einer Erpressung, um sie einzuschüchtern«, meinte Steffen.

»Oder nur ein Psychopath, der sich die Köhlers für seine Spielchen ausgesucht hat«, zog Beate in Betracht.

»Leute, diese Mutmaßungen bringen uns nicht weiter«, unterbrach Brauer das Brainstorming. »Eins ist sicher, Anlage Z, was immer das auch sein mag, steht in Verbindung mit der Familie oder der Firma Köhler, jetzt oder in der Vergangenheit.«

Steffen und Beate nickten beipflichtend.

»Ina?«, rief Brauer dann, »mach bitte einen Termin für Beate und Steffen mit Wolfgang und Sandra Köhler, wenn möglich auch mit Felix, falls er aus dem Krankenhaus raus sein sollte.«

»Geht klar, Chef«, gab Ina zurück. »Aber warum bestellen wir sie nicht hierher?«, schlug sie im Nachhinein vor.

»Weil es kein Verhör, sondern eine Anhörung sein wird, Frau Hilfssheriff«, belehrte Brauer seine Schreibkraft.

»Danke, für den Hinweis, Chef«, sagte sie. Plötzlich surrte das Faxgerät. Ina entnahm ein Blatt und legte es Ralf Brauer auf den Schreibtisch. Der schielte kurz darauf und riss es sofort hoch.

»Ist von unseren Kollegen in Bad Lauterberg. Der KTU-Bericht wegen der Puppe.« Brauer las und gab eine kurze Zusammenfassung. »Also, die Kinderpuppe ist eine Trainingspuppe, wie sie für Rettungsübungen bei der Feuerwehr oder Rettungsdiensten eingesetzt wird. Sie versuchen noch herauszufinden, wo sie herstammt.« Brauer warf das Blatt achtlos auf den Schreibtisch. »Verdammt, wir tappen noch immer im Dunkeln«, sagte er und lehnte sich zurück. »Montag fahre ich nach Eckernförde. Ich hoffe, dort wenigstens etwas über die Schickert-Werke herauszufinden. Vielleicht kommen wir mit unseren Höhlenleichen dann einen Schritt weiter.«

»Brauchst du noch etwas?«, fragte Beate und erhob sich.

»Ich möchte von dem Obduktionsbericht eine Kopie mitnehmen.«

»Okay, schicke ich dir gleich hoch«, sagte sie und ging.

Eckernförde, Wehrtechnische Dienststelle WTD 71
Montag, 23. Oktober 2017

Kurz vor zehn Uhr fuhr Brauer seinen BMW auf den Gästeparkplatz der wehrtechnischen Dienststelle 71 Eckernförde in der Berliner Straße. Er stieg aus und sah sich um. Ein weitläufiger Komplex mit Bürogebäuden und Hallen aus Backstein erstreckte sich mehrere hundert Meter längs der Straße. Ob er hier die nötigen Informationen bekäme, die ihn in dem Fall weiterbringen würden? Brauer bekam beim Anblick dieses Militärkomplexes Zweifel. Kasernen fand er ungastlich und abweisend. Er betrat das Wachgebäude.

»Moin«, grüßte der zivile Wachmann, »wen wünschen Sie zu sprechen?«

»Guten Morgen«, erwiderte Brauer den norddeutschen Gruß, »ich bin Hauptkommissar Brauer und mit Fregattenkapitän Matteson verabredet.«

»In welcher Angelegenheit bitte«, fragte der Wachhabende.

Brauer zückte seinen Dienstausweis und hielt ihn dem Mann vor. »Ich ermittle in einem Mordfall.« Der Wachmann wurde sichtlich aufmerksamer und fingerte fahrig ein Formular hervor.

»Wenn Sie das bitte ausfüllen wollen«, sagte er und legte Brauer die Besucheranmeldung auf den Tresen. »Ich werde Ihre Ankunft inzwischen melden.«

Brauer füllte das Formular aus und schob es zurück. Der Wachhabende überreichte ihm einen Besucherausweis, den er ans Jackett klippte.

»Nehmen Sie bitte einen Augenblick Platz, Sie werden gleich abgeholt«, sagte der Mann. Brauer setzte sich auf einen der Sessel in der Besuchernische. Auf dem Tisch lagen mehrere Magazine über die Bundeswehr. Er nahm sich eines und blätterte uninteressiert darin herum, um die Zeit zu überbrücken. Es dauerte nicht lange, bis eine Frau in Uniform das Wachgebäude betrat. Sie musste Anfang dreißig sein, schätzte Brauer. Der Dienstanzug saß wie maßgeschneidert an ihrem sportlichen Körper.

»Sie müssen Herr Brauer sein«, sagte sie freundlich und kam mit ausgestreckter Hand auf ihn zu. Brauer erhob sich und drückte ihre Hand. »Moin. Ich bin Leutnant Sophie Petermann, Ordonnanzoffizierin von Fregattenkapitän Matteson.«

»Guten Morgen«, grüßte Brauer zurück.

»Kommen Sie. Ich bringe Sie zu ihm«, sagte sie und ging voraus.

Sie führte ihn über die Kasernenstraße auf ein mehrere Stockwerke hohes Gebäude zu, in dem sich die Dienststelle von Matteson befand.

»Für welches Fachgebiet in dieser Einrichtung ist Herr Matteson zuständig?«, fragte Brauer auf dem Weg zum Verwaltungstrakt.

»Er ist von Haus aus Chemiker und eine Kapazität auf dem Gebiet der Torpedoantriebstechnik. Sie finden in der gesamten Bundesmarine keinen Besseren«, sagte die junge Offizierin sichtlich stolz, für so eine Koryphäe arbeiten zu können.

»Nach Ihnen!« Leutnant Petermann hielt Brauer die Eingangstür zum Bürogebäude auf. Im ersten Stock betraten sie ein Büro, von dem eine weitere Tür zum Dienstzimmer ihres Chefs führte. Die Tür stand offen. Sie klopfte kurz an den Rahmen. »Herr Brauer, Herr Fregattenkapitän«, sagte sie.

Brauer trat ein. Die junge Offizierin blieb in ihrem Büro. Die Einrichtung ähnelte der seines Dienstzimmers. In einer Glasvitrine sah Brauer mehrere Modelle von Kriegsschiffen. Matteson kam hinter seinem Schreibtisch hervor.

»Moin, Herr Brauer. Ich hoffe, Sie hatten eine angenehme Reise. Wo sind Sie untergekommen?« Er reichte Brauer die Hand.

»Vielen Dank«, erwiderte Brauer, »ich wohne im Stadthotel.«

»Ein schönes Hotel in bester Lage, direkt an der Uferpromenade«, fand Matteson.

»Übrigens, bevor ich es vergesse, ich soll Sie von Ihrem ehemaligen Kameraden Helmut Binder grüßen«, sagte Brauer.

»Kapitänleutnant Binder!« Matteson griente. »Wir haben als junge Kadetten unser Kapitänspatent in Wilhelmshaven gemacht. Grüßen Sie ihn zurück.«

Er bat Brauer, an einem runden Besprechungstisch Platz zu nehmen, der bereits mit Kaffeegeschirr und Gebäck eingedeckt war.

»Um es gleich vorwegzunehmen, Herr Brauer«, begann Matteson das Gespräch, »ich bin nicht sicher, ob wir Ihnen weiterhelfen können. Laut Ihrer E-Mail geht es um die ehemaligen Schickert-Werke in Bad Lauterberg.« Brauer nickte. »Das ist mehr als siebzig Jahre her«, fuhr Matteson fort, »und leider auch ein unrühmliches Kapitel in der Geschichte der deutschen Marine, an das wir uns ungern erinnern.«

Was soll das denn jetzt?, dachte Brauer. *Will der die Geschehnisse der Vergangenheit leugnen? Haben die hier etwas zu verbergen?*

»Sicher«, entgegnete Brauer, »aber deshalb darf man die Augen vor der Geschichte nicht verschließen, auch wenn es uns nicht in den Kram passt. Vor allem dann nicht, wenn sie womöglich mit einem Verbrechen in Zusammenhang steht.«

Matteson riss die Augen weit auf. »Von welchem Verbrechen reden Sie?«, fragte er.

»Zwei abenteuerlustige Halbstarke haben in den unterirdischen Anlagen der ehemaligen Fabrik zwei skelettierte männliche Leichen gefunden. Die Gerichtsmedizin hat herausgefunden, dass beide ermordet wurden. Der Todeszeitpunkt muss im Zeitraum zwischen 1940 und 1945 liegen. Wir konnten die Leichen bisher nicht identifizieren, allerdings sprechen einige Indizien dafür, dass es Werksangehörige waren.«

Matteson wirkte nachdenklich. »Glauben Sie, dass der oder die Täter heute noch leben?«

»Wir können es nicht ausschließen«, antwortete Brauer.

»Mm«, gab Matteson nachdenklich von sich. »Womit können wir zur Aufklärung beitragen?«

»Ich bin auf der Suche nach möglichen Motiven, die uns zum Täter führen könnten und möchte Ihnen dazu einige Fragen stellen.«

Matteson goss Kaffee in die Tassen. »Wie gesagt, Herr Brauer, ich möchte Ihnen gerne helfen, aber die Marine hat kein Interesse daran, alte Wunden, die längst verheilt sind, wieder aufzureißen.«

Aha, daher weht der Wind, ging Brauer durch den Kopf. *Die ehrenhafte Marine soll nicht befleckt werden. Da klingt ein bisschen schlechtes Gewissen durch.*

»Herr Matteson, ich komme nicht als Ankläger, sondern als Ermittler und bitte Sie lediglich, bei der Aufklärung einer Straftat zu helfen«, versuchte Brauer den Mann zu beruhigen. Dann sprach er förmlich weiter: »Bei allem Respekt, Herr Fregattenkapitän, gestatten Sie mir einen Hinweis: Das ist Jedermanns Bürgerpflicht, nicht wahr?«

Matteson stellte seine Tasse ab. »Was wollen Sie wissen?«

»Zunächst würde mich interessieren, was genau in der Fabrik hergestellt und wozu es gebraucht wurde.«

»Die chemische Formel von Wasser ist H_2O«, begann Matteson zu erklären, »durch ein energieaufwendiges Elektrolyseverfahren wird dem Wassermolekül ein weiteres Sauerstoffatom hinzugefügt und es entsteht H_2O_2, sprich Wasserstoffperoxid. Diese Substanz ist sehr instabil und zerfällt bei Kontakt mit einem Katalysator zu 480 Grad heißem Wasserdampf und Sauerstoff. Damit lassen sich vorzüglich Turbinen zum Antrieb von Torpedos, U-Booten oder Treibstoffpumpen von Raketen betreiben.«

»Könnte jemand das Zeug, ich sag's mal salopp, in Flaschen abfüllen und zu Geld machen?«

Matteson grinste. »Davon würde ich dringend abraten. Die Flaschen wären tickende Bomben. In dreiprozentiger Konzentration wäre es jedoch als Bleichmittel nutzbar. Aber in der Form bekommen Sie es in jeder Apotheke zu kaufen.«

»Könnten eventuell Rohstoffe oder Betriebsmittel kriminelle Fantasien anregen?«

»Wohl kaum. Wir haben es hier mit hochgiftigen und ätzenden Chemikalien zu tun, von denen man besser die Finger lassen sollte. Kleinere Betriebsmittel, wie Werkzeuge oder Kugelschreiber, werden immer mal wieder geklaut, selbst bei der Marine. Aber ob dafür jemand morden würde?« Er lachte ironisch.

»Wären Kenntnisse über das Produktionsverfahren ein Anreiz für gegnerische Spione, Verräter anzuwerben?«

»Das sind militärische Einrichtungen immer. Darin sehe ich eher ein Motiv für Mord. Die Anlage war streng geheim und wurde von einer Tarnfirma, der Otto Schickert & Co. KG, betrieben, um von dem eigentlichen Zweck abzulenken. Soviel ich weiß, ließ man selbst die eigenen Mitarbeiter über das Produkt im Unklaren.« Matteson nahm einen Schluck Kaffee und ergänzte: »Allerdings wurden Verräter zu der Zeit standrechtlich erschossen.«

Brauer schob sich einen Keks in den Mund und spülte mit Kaffee nach. »Ist über das Verschwinden von Mitarbeitern etwas überliefert oder bekannt?«, fragte Brauer weiter.

»Herr Brauer«, antwortete Matteson belehrend, »ich bin jetzt Ende fünfzig. Das war alles lange vor meiner Zeit, obwohl diese Dienststelle bereits während der Nazizeit existierte, und ich bin sicher, dass ein enger Kontakt zu den Schickert-Werken bestand. Diese Frage müssten Sie einem noch lebenden Mitarbeiter stellen.«

»Kennen Sie jemanden?«, hakte Brauer nach.

»Ich habe mich als Chemiker lediglich für die Prozesse des Werkes interessiert. Außerdem, Leute von damals müssten heute Greise über neunzig sein. Sollte man die nicht besser in Ruhe lassen?«

»Nicht, wenn sie einen Mord begangen haben oder Zeugen sind«, entgegnete Brauer.

»Verstehe«, sagte Matteson. »Kann ich sonst noch etwas für Sie tun?«

»Noch eine Frage, bitte«, sagte Brauer, »wie kommt es, dass junge Männer dort beschäftigt und nicht an der Front eingesetzt wurden?«

»Ich denke, der Einsatz in einem bedeutenden Rüstungsbetrieb war genauso wichtig wie der Dienst an der Waffe. Meines Wissens wurden aber gern wehruntaugliche Männer dort beschäftigt, also Leute mit chronischen Krankheiten, wie Diabetes zum Beispiel.«

Brauer erhob sich. »Vielen Dank, Herr Matteson, für das Gespräch.«

»Oh, dafür nicht«, erwiderte Matteson und begleitete Brauer zur Tür.

Brauer hielt inne. »Da fällt mir noch etwas ein. Die Anlagen wurden nach dem Krieg abgebaut und deportiert. Wissen Sie wohin?«

»Ja, die Firma kenne ich. Eine der größten in Europa, die Wasserstoffperoxid produzieren. Laporte Industries Limited General Chemical Division in England, nahe Liverpool.«

»Würden Sie mir das bitte aufschreiben?«, bat Brauer.

Matteson ging zurück zu seinem Schreibtisch und notierte die Adresse auf einem Zettel.

»Leutnant Petermann, begleiten Sie bitte Herrn Brauer nach draußen«, wies er die Soldatin an.

»Ich hoffe, das Gespräch war nützlich für Sie«, sagte sie auf dem Weg zum Kasernentor.

»Ja, doch«, antwortete Brauer.

»Da klingt etwas Enttäuschung durch, oder sehe ich das falsch?«

»Nein, man muss nur bedenken, dass die Geschehnisse über siebzig Jahre her sind. Nach so langer Zeit gibt es kaum noch Zeugen, wenn überhaupt«, sagte Brauer.

Leutnant Petermann blieb plötzlich stehen. »Ich kenne einen«, sagte sie.

Brauer stutzte. »Wirklich? Warum haben Sie das nicht gleich gesagt?«

»Fregattenkapitän Matteson ist eine Koryphäe, aber auch sehr standesbewusst und traditionsverbunden. Die Marine ist quasi seine Religion, die unangetastet bleiben muss. Er hätte es mir wahrscheinlich angekreidet.«

»Verstehe«, sagte Brauer, »und warum wollen Sie ihm jetzt in den Rücken fallen?«

»Ich interessiere mich für Militärgeschichte und habe Stunden in unserem Archiv verbracht. Eine Einrichtung, die hoheitliche Aufgaben erfüllt, muss zu all dem stehen, was sie tut oder getan hat. Nur dadurch ist sie glaubwürdig.«

»Da stimme ich Ihnen zu«, gestand Brauer, »das gilt ebenso für die Polizei.«

Sie schlenderten weiter und Petermann erklärte: »Der Kommandant der damaligen Torpedoversuchsanstalt der Kriegsmarine hatte einen jungen und ehrgeizigen Adjutanten, Oberfähnrich von Brelitz. Ein Nazi durch und durch. Er war der Verbindungsoffizier zu den Schickert-Werken und hat rasch Karriere gemacht. Fünfundvierzig brach mit dem Naziregime auch seine Welt zusammen. Er ist heute weit über neunzig und lebt zurückgezogen hier in Eckernförde. Vielleicht kann er sich an besondere Vorkommnisse, wie das Verschwinden von Mitarbeitern, erinnern.«

Nun blieb Brauer abrupt stehen. »Wo wohnt er?«

»Das weiß ich leider nicht, aber fragen Sie bei der Stadtverwaltung nach«, antwortete sie.

»Danke, das werde ich.« Sie hatten inzwischen die Torwache erreicht. Brauer gab den Besucherausweis zurück, dann verabschiedeten sie sich.

*

Erst nachdem Brauer im Bürgerbüro seinen Dienstausweis vorgelegt und erklärt hatte, dass er in einem Mordfall ermittele, nannte man ihm die Adresse des ehemaligen Marineoffiziers Hasso von Brelitz. Er schätzte die autoritäre Wirkung seines Ausweises, die ihm so manche Tür öffnete. Von Brelitz wohnte im Saxtorfer Weg.

Wenig später parkte er seinen Wagen vor einer zweigeschossigen Villa in norddeutscher Backsteinarchitektur. In der Einfahrt stand ein Passat mit Eckernförder Kennzeichen. Im Vorgarten, auf einem hölzernen Fahnenmast, wogte die Bundesflagge in der frischen Brise, die von der Eckernförder Bucht herüberwehte. *Vorgeschobener Nationalstolz zur Tarnung seiner nationalsozialistischen Gesinnung?*, fragte sich Brauer und schritt mit gemischten Gefühlen auf den Eingang zu. Auf dem Klingelschild standen zwei Namen. Hasso von Brelitz und Charlotte von Brelitz. Brauer drückte den Klingelknopf. Eine ältere Dame, Brauer schätzte sie Mitte siebzig, öffnete die Haustür und sah ihn überrascht an. Sie war eine attraktive Erscheinung mit klarem Blick und tadelloser Frisur. Brauers Fliege schien sie für einen Augenblick zu irritieren.

»Ja, bitte«, sagte sie vornehm.

»Guten Tag«, grüßte Brauer, »ich bin Hauptkommissar Brauer von der Polizeiinspektion Northeim und würde gerne Herrn Hasso von Brelitz sprechen.«

»In welcher Angelegenheit bitte?«, fragte sie.

»Ich ermittle in einem Mordfall, der in den Kriegsjahren in Bad Lauterberg stattfand. Die beiden Mordopfer waren höchstwahrscheinlich Werksangehörige der ehemaligen Schickert-Werke. Herr von Brelitz hatte damals Kontakt zu dem Werk. Als einer der wenigen noch Lebenden aus dieser Zeit würde ich ihm gern einige Fragen stellen.«

»Tut mir leid, Herr Kommissar«, sagte sie entschlossen, »mein Vater ist fortgeschritten dement und außerdem sehr schwach. Der Arzt ist gerade bei ihm. Ich glaube, er kann Ihnen nicht helfen.«

Sie wollte die Tür schließen, als jemand im Hausflur erschien. »Ihr Vater möchte wissen, wer geklingelt hat«, sagte der Mann.

»Das ist Doktor Felbert«, erklärte Frau von Brelitz an Brauer gerichtet, dann wandte sie sich an den Doktor. »Hauptkommissar Brauer möchte meinem Vater einige Fragen stellen. Ist das aus Ihrer Sicht möglich?«

»Im Moment ist er voll orientiert, aber es sollte nicht zu lange und zu anstrengend sein«, empfahl der Arzt.

»Gut, dann kommen Sie bitte herein«, sagte Charlotte von Brelitz. Sie führte Brauer in ein geräumiges Zimmer. Es war altdeutsch eingerichtet, düster und streng riechend. In einem Regal standen Modelle von Kriegsschiffen und U-Booten aus dem Zweiten Weltkrieg. Hinter dem Schreibtisch hing ein Bild von Kaiser Wilhelm II. als Großadmiral und daneben eine Flagge der kaiserlichen Marine.

»Bitte setzen Sie sich, ich hole meinen Vater«, sagte Frau von Brelitz.

Brauer nahm in einem schweren Ledersessel einer Sitzgarnitur Platz. Kurze Zeit später öffnete sich eine Seitentür und Frau von Brelitz schob einen Rollstuhl herein, indem ein Mann saß, der wie ein Geist auf Brauer wirkte. Eine hagere Gestalt mit weißen, schütteren Haaren, die die Kopfhaut kaum noch bedeckten. Er trug einen dunklen Anzug, an dessen Revers eine Vielzahl von bunten Abzeichen steckten. An der Brusttasche hing an einer Spange das Eiserne Kreuz. Er hatte den Kopf bis auf die Brust gesenkt. Frau von Brelitz rangierte den Rollstuhl vor den runden Tisch der Sitzgruppe, Brauer gegenüber.

»Vater, das ist Hauptkommissar Brauer«, sagte sie. »Er ermittelt in einem Mordfall in Bad Lauterberg und möchte herausfinden, ob er in Zusammenhang mit den Schickert-Werken steht«, erklärte seine Tochter. Von Brelitz richtete seinen Kopf auf. Brauer drückte sich unweigerlich ein Stück tiefer in die Rückenlehne. Aus dem blassen Gesicht des alten Mannes funkelten wässrige Augen, deren Blick Brauer wie ein Stein trafen.

»Während des Dritten Reiches herrschten noch Gesetz und Ordnung, da gab es keinen Platz für Verbrechen, junger Mann. Da wusste man mit kriminellen Elementen umzugehen«, nuschelte er unbeholfen, um sein Gebiss in Position zu halten, das viel zu locker saß.

»Dazu kann ich nichts sagen«, antwortete Brauer diplomatisch, »das war lange vor meiner Zeit.« Er wartete auf eine Reaktion des Alten, der seinen Kopf wieder senkte, aber aufmerksam zuzuhören schien. »Herr von Brelitz, Sie kannten die Schickert-Werke gut. Ist Ihnen möglicherweise in Erinnerung, dass dort auf unerklärliche Weise jemand spurlos verschwand?«

Von Brelitz schaute Brauer erneut scharf an. »Ja«, antwortete er spontan, »ich erinnere mich, ein Arbeiter aus der Elektrolyse. Es war 1943. Verschwand, wie in Luft aufgelöst. Hat damals viel Wirbel gemacht. Werde ich nie vergessen. Soll ein zuverlässiger Mann gewesen sein, sagte man.« Er ließ den Kopf erneut auf die Brust fallen.

»Gab es zeitgleich irgendwelche Unregelmäßigkeiten im Werk, über die man redete?«, fragte Brauer behutsam.

Von Brelitz richtete sich wieder auf. »In Halle fünf wurde ein ungewöhnlich hoher Verbrauch von Anoden festgestellt, den sich niemand erklären konnte«, berichtete er.

»Könnte es mit dem Verschwinden des Arbeiters einen Zusammenhang gegeben haben?«, setzte Brauer nach.

»Die Anoden bestanden aus reinem Platin. Das könnte Begehrlichkeiten geweckt haben, die zu Konflikten führten. Aber niemand hätte das wertvolle Metall herausschmuggeln können. Die Sicherheitskette war undurchdringlich und außerdem hätte man mit solchen Saboteuren kurzen Prozess gemacht.« Er sank jetzt in sich zusammen und schien erschöpft zu sein.

»Danke, für Ihre Auskunft«, sagte Brauer, »das war für unsere Ermittlungsarbeit sehr nützlich.« Dann schaute er Frau von Brelitz und den Doktor an. »Darf ich eine letzte Frage stellen?«, bat er.

Der Doktor fühlte kurz den Puls des alten Mannes und nickte.

»Herr von Brelitz, gab es einen weiteren vermissten Mitarbeiter?«, fragte Brauer.

Von Brelitz hob den Kopf. Diesmal blickten seine Augen irritiert und unsicher. »Wer sind Sie?«, fragte er, als sähe er Brauer zum ersten Mal. »Ich muss dringend mit Dönitz sprechen. Die Anlage Z ist streng geheim. Von mir erfahren Sie nichts, und nun gehen Sie.«

Brauer rutschte auf dem Sessel weiter nach vorne. *Hatte von Berlitz gerade Anlage Z gesagt?* Er sprach durch seinen lockeren Zahnersatz näselnd und verfremdete manche Laute.

»Entschuldigung, Herr von Berlitz. Was ist Anlage Z?«, hakte Brauer sofort nach.

»Herr Brauer«, empörte sich Frau von Brelitz, »Sie sehen doch, dass mein Vater jetzt Ruhe braucht. Außerdem ist er zur Zeit psychisch nicht mehr bei uns.«

»Es wäre besser, wenn Sie jetzt gehen«, empfahl auch der Arzt.

»Natürlich«, sagte Brauer und erhob sich. Er konnte sich überhaupt keinen Reim daraus machen, dass dieses Wort aus dem Mund eines ehemaligen Marineoffiziers kam. *Was hat das zu bedeuten?*, ging ihm durch den Kopf. *Gibt es zwischen den Schickert-Werken und den Anschlägen gegen Köhler einen Zusammenhang?*

Frau von Brelitz begleitete ihn nach draußen. »Auf Wiedersehen«, sagte sie und öffnete die Haustür.

»Einen Augenblick bitte, Frau von Brelitz. Ihr Vater hatte gerade einen Schlüsselbegriff genannt, nämlich Anlage Z. Es wäre für mich wichtig, zu wissen, was er bedeutet. Können Sie damit etwas anfangen?«

»Tut mir leid. Ich höre das zum ersten Mal. Mein Vater hat nur noch kurzzeitig wache Momente und redet oft aus der Vergangenheit über Dinge, die ich nicht verstehe«, antwortete sie.

»Zu dumm. Ich hatte für einen Moment gehofft, die Bedeutung des Begriffes zu erfahren«, bedauerte Brauer.

»Warum ist das für Sie wichtig?«, fragte Frau von Brelitz nach.

»Er ist in Verbindung mit gefährlichen Anschlägen gegen eine Unternehmerfamilie aufgetaucht. Leider tappen wir völlig im Dunkeln«, sagte Brauer.

Frau von Brelitz sah Brauer einen Moment an, als denke sie nach. »Versuchen Sie es morgen Vormittag noch einmal. Wenn Sie Glück haben, kann er ihre Frage beantworten. Aber bitte nur kurz. Mehr kann ich Ihnen nicht anbieten«, sagte sie.

»Das ist sehr freundlich. Vielen Dank. Bis Morgen«, verabschiedete sich Brauer und fuhr zurück ins Hotel.

Er machte sich frisch und ging anschließend hinaus, um sich ein Restaurant zu suchen. Ein leichtes Hungergefühl hatte sich inzwischen bei ihm eingestellt. Von der Strandpromenade, die direkt hinter dem Hotel verlief, hatte er einen großartigen Blick über die Förde und auf den Marinehafen im Hintergrund. Er genoss die Aussicht und schlenderte den Weg entlang in Richtung Hafen, vorbei am Badestrand, am Jachthafen und den kleinen Fischerbooten, die am Kai auf und nieder dümpelten. Gleich nebenan, am Fuß des markanten Speicherturms aus Backstein, entdeckte er das Restaurant Luzifer, das auf dem vorgelagerten Platz mit Tischen und Strandkörben zum Verweilen einlud. Brauer wählte einen Strandkorb, bestellte ein Bier und Matjes nach Hausfrauenart. Er lehnte sich zurück, genoss die frühe Nachmittagssonne und beobachtete die Urlauber und aufdringlichen Möwen. Er dachte an Elke. Wäre sie doch mitgekommen, aber ihr Chef hatte ihr nicht frei gegeben. Irgendwann würde er mit ihr hier Urlaub machen. Sein Handy meldete sich. Auf dem Display lächelte Elke ihn an.

»Hallo, Schatz. Gerade habe ich an dich gedacht«, begrüßte er sie.

»Ach ja? Ich dachte, du hast mich schon vergessen. Hättest ja längst mal anrufen können«, beschwerte sie sich.

»Wollte ich gerade machen, aber du bist mir zuvorgekommen.«

»Alter Schleimer. Ich glaub dir kein Wort«, flachste sie zurück.

»Elke, es ist wunderschön hier. Wir müssen hier unbedingt einmal Urlaub machen. Es gibt sogar eine Reeperbahn.«

»Dass dir das gefällt, kann ich mir lebhaft vorstellen. Da reden wir drüber, wenn du zurück bist. Wann kommst du?«, wollte sie wissen.

»Wenn nichts dazwischen kommt, morgen. Hast wohl Sehnsucht nach mir?«, witzelte er.

»Das hättest du wohl gerne, du Macho. Nein, aber im Ernst. Annika verhält sich auf einmal seltsam, da muss ich mit dir drüber reden.« Ralf Brauer hörte einen besorgten Zwischenton.

»Jetzt? Mein Essen wird gerade serviert.«

»Nein, wenn du zurück bist. Lass es dir in Ruhe schmecken.«

»Danke. Ich melde mich morgen.«

Er drückte das Auflegesymbol. *Warum machte sich Elke solche Sorgen um Annika?* Sie war eine junge Erwachsene und mit ihren siebzehn Jahren überaus selbstbewusst und ausgesprochen hübsch. Eigentlich müssten die Jungs längst wie Balzhähne ums Haus schleichen. Aber noch hielten sie sich zurück. Hatten die alle keine Augen im Kopf, oder trauten die sich nicht? Brauer hatte sich schon gewundert, dass bisher kein Junge an der Haustür geklingelt hatte, um sie abzuholen. *Sie hat Liebeskummer,* fiel ihm spontan ein. *Was sollte es sonst sein?* Deshalb ihr seltsames Verhalten, wie Elke meinte. *Typisch Frau,* dachte er und griente in sich hinein, *aus allem müssen sie ein Drama machen.* Brauer genoss die wärmende Sonne und das Matjesfilet.

*

Dienstag, 24. Oktober 2017

〰

Gegen zehn Uhr am nächsten Morgen bog Brauer in den Saxtorfer Weg ein, wo Hasso von Brelitz und seine Tochter wohnten. Er wunderte sich über das Polizeiauto, das an der Seite parkte. Brauer stieg aus und hielt einen kurzen Moment berührt inne, als er dann in der Einfahrt den Leichenwagen stehen sah. An der offenen Haustür standen Frau von Brelitz, ein schwarz gekleideter Mann und ein Polizeibeamter. Brauer ging auf das Haus zu.

»Was ist passiert, Frau von Brelitz? Ihr Vater?«, fragte Brauer betroffen.

»Er ist die Nacht friedlich eingeschlafen«, sagte sie.

»Mein aufrichtiges Beileid«, erwiderte Brauer. »Dann hat sich mein Besuch leider auf tragische Weise erübrigt. Ich möchte dann auch nicht weiter stören.« Er wandte sich zum Gehen.

»Moment bitte, Herr Brauer«, rief Frau von Brelitz ihm nach. »Bitte, bleiben Sie. Wenn es Ihre Zeit erlaubt, würde ich Sie gern hereinbitten. Ich brauche jetzt jemanden zum Reden.«

»Natürlich, sehr gerne«, sagte Brauer. Der Mann im schwarzen Anzug stieg in den Leichenwagen und fuhr langsam davon. Frau von Brelitz schluchzte und wischte sich mit einem Taschentuch die Augen.

»Darf ich noch fragen, wer Sie sind? Reine Routine«, erklärte der uniformierte Beamte. Brauer zeigte seinen Dienstausweis und erläuterte ihm kurz, weswegen er sich in Eckernförde aufhielt. »Verstehe«, sagte der Polizist, »falls Sie Amtshilfe brauchen, zögern Sie nicht, uns anzusprechen.«

»Danke«, entgegnete Brauer, »ich weiß das zu schätzen.« Der Polizist verabschiedete sich und fuhr ebenfalls ab.

Frau von Brelitz bot Brauer Tee und Kuchen an.

»Haben Sie keine Verwandten oder Freunde, die Ihnen in der nächsten Zeit beistehen können?«, fragte Brauer.

»Nur zwei Neffen, die in München wohnen und zu denen ich so gut wie nie Kontakt hatte.«

Brauer schlürfte an seinem Tee und überließ es der Frau, das Gespräch fortzuführen.

»Ich hatte zu meinem Vater ein gespanntes Verhältnis«, begann sie schließlich zu erzählen. »Er war ein überzeugter ... ach, was sage ich, ein verbohrter Nazi. Aber er war eben mein Vater und ich vermied es, mit ihm über Politik zu reden. Den Zusammenbruch der Wehrmacht und den damit verbundenen Autoritätsverlust für ihn als Offizier hatte er nie überwunden, obwohl er in der Bundesmarine ein gefragter Waffenexperte war.«

»Sie sprachen von zwei Neffen. Wessen Kinder sind das?«, fragte Brauer.

»Mein Vater hatte einen älteren Bruder, der allerdings schon verstorben ist. Er war übrigens Zahnarzt in Bad Lauterberg und ein aktives Parteimitglied. Nach dem Krieg ist er zu meinem Vater hier nach Eckerförde gezogen.«

Brauer horchte auf. Vielleicht hatte er sogar die beiden Ermordeten zu Lebzeiten behandelt. Womöglich existierten noch Patientenakten, aus denen das Zahnbild hervorging. Das wäre ein außerordentlicher Glücksfall, und Ermittlungsarbeit führte oft durch Zufälle zum Erfolg.

»Zahnarzt sagen Sie. In Bad Lauterberg.«

»Unsere Familie stammt aus Braunschweig. Wir haben oft im Harz Skiurlaub gemacht. Am liebsten in St. Andreasberg. Mein Onkel hatte in Göttingen studiert und danach in Bad Lauterberg eine Praxis eröffnet. Er mochte den Harz«, erzählte sie flüssig weiter.

»Entschuldigung, Frau von Brelitz«, unterbrach Brauer ihre Rede, »an der Stelle muss ich einmal nachfragen. Gibt es noch Patientenakten aus der Zeit in Bad Lauterberg?«

»Er hatte damals seine komplette Praxisausstattung mit hierher gebracht und neu angefangen. Später übernahm Doktor Jürgenson die Praxis. Was aus den Akten geworden ist, kann ich Ihnen nicht sagen. Fragen Sie doch bei ihm nach, er hat seine Praxis im Jungfernstieg«, sagte sie und griff zur Teekanne »Möchten Sie noch eine Tasse?«

»Nein, vielen Dank. Ich sollte mich langsam auf den Weg machen und bei Doktor Jürgenson vorbeischauen.«

Brauer stand auf. Frau von Brelitz brachte ihn zur Tür.

*

Ralf Brauer betrat den lichtdurchfluteten Vorraum der Zahnarztpraxis von Dr. Jürgenson. Im Warteraum, der durch eine Glaswand abgeteilt war, saßen zwei Leute. Aus einem der Behandlungszimmer drang das kreischende Bohrgeräusch, das bei ihm eine leichte Gänsehaut verursachte. Er konnte Zahnarztpraxen nicht ausstehen, allein mit dem Geruch assoziierte er sofort Schmerzerinnerungen.

»Moin«, grüßte die junge Sprechstundenhilfe hinter dem Tresen, »haben Sie einen Termin?« Ihr Blick streifte kurz Brauers Fliege.

»Ich komme nicht als Patient«, sagte er.

»Vertreterbesuche bitte nur nachmittags mit Voranmeldung«, stellte sie voreilig klar und wandte sich sogleich wieder ihrem Bildschirm zu.

Brauer konnte sich ein Grinsen nicht verkneifen. »Ich bin auch kein Vertreter«, erwiderte er. Sie blickte jetzt überrascht über den Tresentisch. »Ich bin Hauptkommissar von der Kripo Northeim und möchte Doktor Jürgenson sprechen.« Er zeigte ihr seinen Dienstausweis.

»Dann müssen Sie einen Augenblick warten, bis der Doktor herauskommt«, sagte sie schnippisch.

Brauer setzte sich ins Wartezimmer und blätterte lustlos durch eine Illustrierte. Etwa zehn Minuten später betrat ein weiß gekleideter Mann, unter dessen Kinn ein Mundschutztuch baumelte, das Wartezimmer und sprach Brauer gezielt an.

»Herr Brauer? Ich bin Doktor Jürgenson, kommen Sie bitte mit.« Er führte ihn in eines der Behandlungszimmer und schloss die Tür. »Ich habe nicht viel Zeit«, sagte er kurz angebunden. »Was kann ich für Sie tun?«

Brauer erläuterte kurz den Grund seines Besuches. »Meine Hoffnung ist, dass die Patientenakten aus dieser Zeit noch vorhanden sind und wir damit die Identität der Opfer klären können«, beendete Brauer seine Erklärungen.

»Wir heben unsere Akten in der Regel solange auf, wie wir

praktizieren. Die Unterlagen von meinem Vorgänger sind eingelagert. Ob das, was Sie suchen dabei ist, weiß ich nicht. Außerdem darf ich Ihnen keine vertraulichen Patientendaten herausgeben. Und jetzt entschuldigen Sie mich, ich habe zu tun«, sagte er forsch und wand sich zum Gehen.

Hochnäsigkeit konnte Brauer auf den Tod nicht ausstehen.

»Moment, Herr Doktor«, hielt er ihn auf. »Um die rechtlichen Voraussetzungen werde ich mich kümmern. Sie können sich entscheiden. Entweder Sie suchen uns die infrage kommenden Akten von Dr. Brelitz heraus oder ich hole mir einen Durchsuchungsbeschluss. Im letzteren Fall müssten wir Ihre Praxis für die Zeit schließen.«

»Wollen Sie mir drohen?«, entrüstete sich der Zahnarzt.

»Ich kann Sie auch wegen Behinderung einer Amtshandlung festnehmen«, entgegnete Brauer und warf dem Arzt einen entschlossenen Blick zu.

»Kommen Sie heute Nachmittag wieder«, sagte Jürgenson kleinlaut. »Aber ich werde mich über Sie beschweren«, sagte er noch im Hinausgehen.

Die Beschwerde lag in der Polizei-Zentralstation Eckernförde bereits vor, als Brauer kurze Zeit später dort eintraf und um Unterstützung wegen eines richterlichen Beschlusses bat. Der Dienststellenleiter, der Brauer in Empfang nahm, lächelte. »Doktor Jürgenson ist ein guter Zahnarzt, aber im Umgang manchmal etwas holperig«, erklärte er und lud Brauer in das nahegelegene Restaurant *La Tavola* zum Essen ein, um die Wartezeit zu überbrücken. Der Beschluss wurde erst gegen fünfzehn Uhr per Kurier zugestellt. Brauer verabschiedete sich von seinen Eckernförder Kollegen und machte sich sogleich auf den Weg zu Doktor Jürgenson. Er hatte es eilig, denn am liebsten wäre jetzt schon auf der Autobahn unterwegs nach Hause gewesen.

Zwei Umzugskartons standen neben dem Empfangstresen im Vorzimmer der Zahnarztpraxis. »Wir haben die Patientenakten von Dr. Brelitz gefunden. Wenn Sie mir das bitte quittieren wollen?« Die Helferin legte Brauer eine Auflistung der übergebenen Akten und einen Kugelschreiber vor. Er unterschrieb und überreichte ihr den richterlichen Beschluss zur Beschlagnahmung der Akten.

Zufrieden mit dem Ergebnis seiner Ermittlungen in Eckernförde, klappte er den Kofferraumdeckel seines BMWs zu und stieg ein. Wenig später rollte er über die A7 in Richtung Süden. Er dachte an Elke und irgendwann an Thomas Berger. Wie es ihm wohl ging? Er hatte lange nichts von ihm gehört.

Polizeiinspektion Northeim
Mittwoch, 25. Oktober 2017

»Morgen«, grüßte Brauer noch etwas verschlafen, als er am nächsten Tag das Büro betrat. »Wie geht es Thomas. Gibt es was Neues?«

»Morgen Chef«, sagte Steffen, »nichts Neues von Thomas, nur über unsere Einbrecher.«

Brauer ließ sich auf seinen Bürostuhl nieder und schaltete den PC ein. Ina kam in seinen Glaskasten und stellte ihm einen Kumpen Kaffee auf den Schreibtisch. »Du siehst aus, als bräuchtest du einen«, sagte sie.

»Danke Ina, bin gestern spät nach Hause gekommen. Die A7 war ein einziger Stau.« Brauer trank einen Schluck. »Ina, ruf bitte Beate an, kurze Einsatzbesprechung in einer Viertelstunde.«

Ina eilte zu ihrem Arbeitsplatz zurück.

»Wir sollten Frank Becker und Ulrike Pleschke dazu holen. Die haben die letzten Einbrüche untersucht«, schlug Steffen vor.

»Hast du gehört, Ina?«, rief Brauer ihr zu.

»Ja, geht klar!«

»Ich hatte gehofft, du würdest uns etwas aus Eckernförde mitbringen. Zum Beispiel eine Tüte Bonbons aus der Bonbon-Kocherei«, stichelte Steffen.

»Woher weißt du denn von einer Bonbon-Kocherei?«, wunderte sich Ina.

»Ich hab schließlich Abitur«, spöttelte Steffen.

»Ja, aber keine Manieren«, gab Ina zurück.

»Ich hab euch tatsächlich etwas mitgebracht«, fuhr Brauer dazwischen. »Liegt noch im Auto. Steffen, kannst du mir tragen helfen?«

»Das muss aber eine große Tüte sein«, meinte Ina und lachte.

Die beiden Männer gingen hinunter zum Parkplatz. Brauer öffnete den Kofferraum, Steffen warf einen Blick hinein und sah Brauer erstaunt an. »Was ist das denn?«

»Erzähle ich gleich oben, wenn die Anderen da sind«, sagte Brauer und hangelte einen Karton heraus, Steffen entnahm den zweiten.

Beate Jakobi streifte mit einem kritischen Blick die beiden Kartons, die vor Brauers Glaskasten standen. »Sieht nach Umzug aus«, sagte sie in ihrem typischen Tonfall, der kaum Emotionen erkennen ließ.

»Nein, ist eine Überraschung aus Eckernförde. Erklär ich euch gleich. Wo bleiben denn unsere beiden Spurenleser Frank und Ulrike?«

»Sie hatten heute Morgen Schießtraining im Kino. Kommen sofort nach«, gab Beate Bescheid.

»Okay, dann nehmt schon mal Platz«, bot Brauer an. Sie setzten sich an den runden Besprechungstisch, den Ina für Kaffee eingedeckt hatte.

»Was ich dich fragen wollte, Steffen«, begann Beate ungewohnt freundlich, »du kennst dich doch gut mit Autos aus.«

»Ich denke schon«, bestätigte Steffen. »Warum? Will dein Golf nicht mehr so recht?«

»Während der Fahrt fängt der plötzlich an zu stottern. Ich war schon mehrfach in der Werkstatt, aber die sind scheinbar mit ihrem Latein am Ende«, klagte Beate.

»Der Tank ist verschmutzt. Lass ihn reinigen, dann stottert er nicht mehr«, sagte Steffen mit unzweifelhafter Gewissheit.

Beate sah ihn staunend an. »Wow, was du alles weißt«, sagte sie bewundernd.

»Der hat ja auch Abitur«, stichelte Ina von ihrem Platz aus.

Beate warf ihr einen abweisenden Blick zu, dann sah sie Steffen verständnislos an. Der rollte verstohlen mit den Augen.

»Das hab ich gesehen«, sagte Ina und blickte stur auf den Bildschirm ihres PCs.

Einen Moment später kamen Frank Becker und Ulrike Pleschke zur Tür herein. »Ich hoffe, ich komme nie in die Verlegenheit, auf einen Menschen zu schießen«, warf Ulrike Pleschke in den Raum.

»Ich mag dieses Schießkino nicht. Das ist derart realistisch, da krieg ich jedes Mal 'ne Gänsehaut, wenn so'n Typ plötzlich auftaucht und du musst dich entscheiden: schießen oder nicht.«

»Mach dir mal keinen Kopf«, mischte sich Steffen ein. »Du als Fährtensucher sammelst doch sowieso nur noch die Patronenhülsen auf, wenn alles gelaufen ist.«

»Wenn überhaupt noch welche rumliegen, nachdem ihr am Tatort gewütet habt«, konterte Ulrike.

»Leute«, unterbrach Brauer das Geplänkel, »lasst uns bitte zur Sache kommen.« Die beiden Neuankömmlinge gesellten sich der Runde hinzu.

»Danke, dass ihr spontan gekommen seid«, begann Brauer. »Ich möchte euch über die Ergebnisse meiner Ermittlungen in Eckernförde berichten.« Alle am Tisch sahen Brauer gespannt an. »Das Gespräch mit Fregattenkapitän Matteson brachte kaum Verwertbares. Er zeigte sich gegenüber der NS-Vergangenheit seiner Dienststelle ziemlich zugeknöpft. Seine Ordonnanzoffizierin, Leutnant Sophie Petermann, dagegen war aufgeschlossener und nannte mir einen sechsundneunzigjährigen Offizier der ehemaligen Kriegsmarine, der leider einen Tag nach meinem ersten Besuch verstorben ist.«

»Was hast du mit ihm gemacht?«, fragte Beate in einem Ton, als würde sie ihn verhören.

»Du willst mir hoffentlich mit deiner Frage nicht irgendetwas unterstellen, oder?«, verteidigte sich Brauer.

»Ich frag ja nur«, erwiderte sie kühl.

Brauer überging diese Spitze, um ihr keine Bühne für ihre Besserwisserei zu bieten.

»Der Offizier hieß Hasso von Brelitz und hatte regelmäßige Kontakte mit den Schickert-Werken. Er konnte sich an das Verschwinden eines Arbeiters aus der Elektrolyse im Jahr 1943 erinnern. Interessant ist, dass in der Zeit wesentlich mehr Anoden verbraucht wurden, als für die Produktion erforderlich waren. Die Dinger bestehen übrigens aus Platin.«

»Aus Platin«, wunderte sich Steffen, »die müssen ein Schweinegeld gekostet haben. Dafür könnte man schon mal in Versuchung kommen.«

»Allerdings. Ich habe mich erkundigt. Ein Kilogramm davon hat heute einen Wert von 33.000 Euro, fast so viel wie Gold. Wenn das kein Mordmotiv ist?«, meinte Brauer. »Und nun kommt die nächste Überraschung«, fuhr er fort, »der Bruder von dem Offizier, Hasso von Brelitz, war Zahnarzt in Bad Lauterberg und seine Patientenakten von damals liegen dort drüben in den beiden Kartons.« Brauer zeigte darauf.

»Dann sollten sich unsere Forensiker mit dem Zahnstatus der beiden Skelette schnellstens darüber hermachen«, schlug Beate Jakobi vor.

»Kümmerst du dich darum?«, fragte Brauer. Beate nickte.

»Wir haben auch etwas Neues«, sagte Frank Becker.

»Moment«, unterbrach ihn Brauer, »ich bin noch nicht fertig. Haltet euch fest.« Er nippte an seiner Tasse, bevor er weitersprach. »Hasso von Brelitz war hochgradig dement. Meine letzte Frage konnte er nicht mehr in klaren Bewusstsein beantworten. Aber in seiner Verwirrung faselte er von einer geheimen Anlage Z.« Betretene Stille erfasste augenblicklich die Tischrunde. »Was sagt ihr nun?« Brauer schaute erwartungsvoll in die Runde.

»Jetzt verstehe ich gar nichts mehr«, sagte Ulrike Pleschke nach einer Weile.

»Ich schon«, widersprach Beate. »Diese ominöse Anlage Z muss mit den Schickert-Werken zusammenhängen. Irgendetwas verbindet die Köhlers damit.«

»Aber nicht direkt«, wusste Brauer es besser.

»Wie meinst du das?«, fragte Beate.

»Die sind zu jung. Als die zur Welt kamen, war der Krieg längst vorbei und die Schickert-Werke stillgelegt«, erklärte er.

»Vielleicht der Vater von Wolfgang Köhler«, meinte Beate.

»Lebt der noch?«, fragte Steffen.

»Nee, der ist 2005 gestorben«, wusste Ulrike Pleschke. »Ich kann mich erinnern, weil ganz Osterode aufmerksam verfolgt, was die so treiben. Alle wundern sich über den feudalen Lebensstil und fragen sich, ob im Schatten der Baumaschinen noch was anderes läuft.«

»Ina?« Brauer drehte sich zu ihr. »Hast du schon einen Termin mit denen vereinbart?«

»Ich konnte die bisher nicht erreichen. Bin aber dran«, antwortete sie.

Brauer wandte sich nun an Frank Becker. »Frank, jetzt bist du dran. Was hast du Neues für uns?«

»In der Nacht von Sonntag auf Montag haben die Einbrecher in Hattorf zugeschlagen. Die Terrassentür wurde aufgehebelt und, jetzt kommt's, im Wohnzimmerschrank lag eine Brieftasche mit vierhundert Euro. Die haben nicht einmal in den Schränken nachgesehen. Könnt ihr euch darauf einen Reim machen?«

»Die wurden vielleicht gestört«, meinte Brauer.

»Es war niemand im Haus«, erklärte Frank Becker.

»Dann passt das zu unserer Vermutung, dass diese Einbruchserie ein Ablenkungsmanöver ist«, sagte Brauer.

»Ablenkung? Wovon?«, fragte Frank.

»Das müssen wir herauskriegen«, antwortete Brauer. »Gibt es diesmal Spuren?«

»Die üblichen Werkzeugspuren am Fensterrahmen. Keine fremden Fingerabdrücke. Aber diesmal haben wir im Garten den Schuhabdruck eines Sportschuhes gefunden«, sagte Becker und lächelte zufrieden.

»Na, das ist ja mal ein Anfang«, freute sich Brauer.

»Wir konnten auch bereits die Schuhmarke ermittelt. Nike Revolution, Größe 43«, fügte Becker hinzu.

»Gibt es irgendein erkennbares Muster in dieser Einbruchserie, mal abgesehen davon, dass die nur belangloses Zeug klauen, wenn überhaupt?«, fragte Steffen.

»Die Gangster suchen hauptsächlich kleinere Ortschaften ohne Polizeistation auf, und jeder Einbruch wurde unmittelbar gemeldet – anonym.«

»Das ist jedenfalls ungewöhnlich«, bemerkte Brauer. »Kennt ihr alle Piccolo?«, fragte er unvermittelt.

»Wer kennt den nicht?«, meinte Ulrike Pleschke. »Hat der es nicht sogar bei dir versucht?«

»Ja, und das war sein Fehler. Ich habe ihn gebeten, seine Lauscher aufzustellen. Ich hoffe, er kriegt was raus«, sagte Brauer.

»Gebeten?«, scherzte Steffen, »du hast ihn eiskalt in die Zange genommen.«

»Moment, es war ein fairer Deal. Du warst dabei«, gab Brauer lächelnd zurück.

Zuhause bei Brauer, Herzberg
Mittwochabend, 25. Oktober 2017

Brauer lümmelte auf dem Sofa und schaute interessiert auf den Fernseher, in dem gerade die heute-Nachrichten liefen. Die Neunzehn-Uhr-Nachrichtensendung war für ihn ein Einstiegsritual in den Feierabend. Die Flüchtlingskrise und der Streit zwischen Merkel und Seehofer um die Obergrenze beherrschten die Sendung. Die Leier über Terrorgefahren und den Zustrom Krimineller durch unkontrollierte Einreise ging ihm mächtig auf den Senkel.

»Quatsch. Alles dumme Panikmache«, kommentierte er die Bilder und griff nach dem Glas Harzer Dunkel, das vor ihm auf dem Tisch stand.

»Was ist Quatsch?«, fragte Elke, die aus der Küche gekommen war und sich neben ihm niederließ.

»Ach, das Gerede über angeblich zunehmenden Terror und Verbrechen durch Flüchtlinge.«

»Reg dich nicht auf. Das Thema wird sich bald beruhigen«, entgegnete sie und drückte sich an ihn.

»Ist doch wahr! Wir können das auf der Dienststelle überhaupt nicht nachvollziehen. Wir bräuchten dringend einige Leute, um den Wohnungseinbrechern endlich das Handwerk zu legen, aber ich trau mich gar nicht, danach zu fragen. Martin würde mir wahrscheinlich den Puls fühlen. Die Damen und Herren auf der Regierungsbank sollten sich besser Gedanken um den Terror auf unseren Straßen, in Fußballstadien und durch Rechtsextreme machen, dann würden sie nicht auf solche absurden Ideen kommen.«

Elke nahm ihm das Bierglas aus der Hand, trank einen Schluck und stellte es ab. »Apropos Drogen«, begann sie, »darüber wollte ich mit dir sprechen.«

Ralf sah sie verschmitzt von der Seite an. »Ich dachte, du hast eher ein Alkoholproblem als mit Drogen, gierig, wie du dich über mein Bier hergemacht hast«, sagte er gespielt ernst.

»Das ist kein Spaß, Ralf. Ich mache mir ernsthaft Sorgen um Annika.«

Ralf griff nach der Fernbedienung und schaltete den Fernseher aus. »Glaubst du, sie nimmt Drogen?«

»Ich möchte sie nur davor bewahren. Sie hat beim Joggen eine junge Frau kennengelernt, Alexandra heißt sie. Studiert angeblich Jura in Göttingen. Annika will mit ihr am Freitag auf eine Rave-Party gehen.«

»Ich dachte, die wären längst out«, meinte Ralf.

»Von wegen, und ich glaube auch nicht, dass dort nur O-Saft und Cola getrunken werden. Meine Arbeitskollegen haben behauptet, Rave-Partys wären so etwas wie Tupperpartys für Drogen«, gab Elke zu bedenken.

»Ja, zugegeben, im gesamten Landkreis und besonders in Göttingen gibt es eine lebhafte Drogenszene. Das geht schon in der Schule los, oder glaubst du, die Jugendlichen tauschen auf dem Schulhof nur Briefmarken und Poesiealben?« Elke machte ein sorgenvolles Gesicht. »Keine Sorge, ich denke, wir haben unsere Kinder gut aufs Leben vorbereitet. Annika weiß, was sie will, und sie ist stark genug, sich dagegen abzuschotten. Wir sollten unserer Tochter vertrauen«, wollte Ralf seine Frau beruhigen.

»Vielleicht hast du recht, aber seit sie mit dieser Alexandra unterwegs ist, ist sie verschlossener.«

»Mir scheint, das liegt mehr am Alter als an Alexandra. Annika wird erwachsen.«

Elke drückte sich fester an ihn und umklammerte seinen Arm. »Weißt du noch, damals in der Disco *Alte Scheune*, wie wir uns manchmal in einen richtigen Rausch getanzt haben. Wir brauchten keine Drogen. Weißt du noch?« Sie kniff ihm in die Seite.

»Tu man nicht so unschuldig, du hast mich zum Kiffen verführt, du Luder.«

»Nicht nur zum Kiffen«, lachte sie und biss ihm ins Ohr. Ralf packte sie in die Seite, wo sie besonders kitzlig war. Elke kicherte laut, wand sich aus seinem Griff, schmiss sich rücklings aufs Sofa und zog ihn auf sich. Ihre blauen Augen bohrten sich tief in seine. Ralf kannte diesen Blick und wusste, was sie wollte.

»Jetzt nicht, Liebes. Wenn die Kinder kommen«, wies Ralf sie ab und küsste sie.

»Spielverderber«, warf Elke ihm vor.

»Kann ich mal zwanzig Euro haben?«

Ralf und Elke blickten erschrocken hoch, und Ralf wäre fast vom Sofa gefallen. Annika stand plötzlich vor ihnen. Beide hangelten sich auf und saßen brav nebeneinander.

»Vor drei Tagen erst hast du dein Taschengeld bekommen. Ist das schon wieder alle?«, erkundigte sich Elke.

»Das nennt ihr Taschengeld?«, erwiderte Annika höhnisch.

»Wie nennst du das denn?«, fragte Ralf.

»Hartz 4 für Jugendliche und vorenthaltene Teilhabe am gesellschaftlichen Leben«, gab sie schnippisch zurück.

Elke sah Ralf hilflos an.

»Was vermisst du denn am gesellschaftlichen Leben?«, fragte Ralf.

»Die Freiheit, sich auch mal aus der Reihe etwas leisten zu können«, erklärte sie.

»Was wäre das denn?«, fragte Ralf nach.

»Auch die Freiheit, seine Eltern nicht für jede Kleinigkeit anbetteln und vor ihnen rechtfertigen zu müssen«, antwortete sie.

»Ich mache dir einen Vorschlag«, sagte Ralf und musste sich das Grinsen verkneifen. »Du bekommst einhundert Euro Taschen-Hartz 4. Wenn das bis zum Monatsende nicht ausreicht, können wir uns über einen Kredit unterhalten, der auch in Arbeitsleistung getilgt werden kann. Ist das ein Angebot?«

Annika kniff die Lippen zusammen und stapfte aus dem Wohnzimmer. »Dann eben nicht!«, gab sie mucksch zurück, bevor sie die Tür zuknallte.

»Da hörst du es. In dieser Tonart redet sie jetzt öfter mit mir«, sagte Elke.

»Das Problem haben andere mit ihren Teenies auch. Nur Frechheiten solltest du dir nicht gefallen lassen«, riet Ralf und schaltete den Fernseher wieder ein.

~~~

»Das wurde aber auch langsam Zeit«, kommentierte Brauer den Bericht vom Brandsachverständigen und vom Labor, den Ina ihm gerade mit der Hauspost hereingegeben hatte. Er öffnete den Umschlag, fingerte das Papier heraus und las. »Steffen, kommst ... Ach, da bist du schon.«

Steffen Richter stand bereits in der Tür zu Brauers Glaskasten und schaute neugierig auf die Schriftstücke.

»Ich habe hier den Untersuchungsbericht vom Brandsachverständigen und dem Labor über den Lkw-Brand bei Köhler«, informierte er Steffen.

»Und?«, fragte Steffen gespannt.

»Es handelte sich definitiv um Brandstiftung. Der Tank wurde angebohrt und der auslaufende Diesel mit einem Stoffstück als Docht entzündet. Die haben sogar ein Belüftungsloch gebohrt, damit der Sprit besser herausläuft. Brauer gab seinem Kollegen den Bericht in die Hand.

»Und was ist mit den Kunststoffbehältern?«, fragte Steffen sogleich.

»Moment, das ist komisch«, sagte Brauer. »Die haben zwanzig Behälter gefunden. Von den meisten ist nur noch eine schwarze Masse übrig geblieben. Einige waren zu Klumpen zusammengeschmolzen. Sie bestehen aus Polyethylen. Wahrscheinlich handelt es sich um Frischhaltebehälter aus Tupperware.«

»Tupperware?«, fragte Steffen, als hätte er sich verhört. »Und was sollten die frischhalten?«

»Gute Frage, und jetzt aufgepasst«, machte Brauer es spannend, »in den weniger verbrannten Gefäßen hat das Labor eine verbotene Substanz nachgewiesen, und zwar Methamphetamin.«

»Das ist doch ...«

»Genau«, ergänzte Brauer, »Crystal Meth.«

»Scheiße«, entglitt es Steffen. »Ist uns da zufällig ein großer Fisch ins Netz geschwommen?«

»Sieht danach aus. Wir müssen nur aufpassen, dass er uns nicht durch die Maschen geht.« Brauer lehnte sich zurück und verschränkte die Hände am Hinterkopf. »Hol bitte die Anderen, wir müssen sie informieren.«

Steffen telefonierte und kurz danach erschienen Beate Jakobi, Frank Becker und Ulrike Pleschke in Brauers Büro. Brauer las ihnen die Berichte vor. Frank und Ulrike reagierten mit großer Überraschung.

Beate blieb regungslos und sagte: »Der Tankzug diente also als Transporter. Zwischen den Pellets erschnüffelt kein Drogenhund etwas. Ich wette, diese Köhler Baumaschinen GmbH & Co. KG ist eine Drogen KG. Wir müssen herausbekommen, wer sozusagen als Co im Hintergrund agiert.«

»Baumaschinen zum Drogentransport«, meinte Frank Becker. »Gar nicht dumm, da muss man erst mal drauf kommen.«

»Aber wer und aus welchem Grund fackelt den Transporter mit dem Stoff ab?«, stellte Ulrike die Frage in den Raum.

»Und was hat die geheimnisvolle Anlage Z damit zu tun?«, ergänzte Brauer den Fragenreigen.

»Vielleicht gar nichts«, mutmaßte Frank und kaute nachdenklich auf seinem Daumennagel herum.

»Steffen und ich haben mit den Köhlers heute eh einen Termin. Wir werden ihnen mal auf den Zahn fühlen, bis es weh tut«, sagte Beate.

»Aber bitte kein Wort darüber, was wir über die Ladung des Tankzuges wissen«, mahnte Brauer.

»Für wie unprofessionell hältst du uns eigentlich? Dann machs doch besser gleich selber«, beschwerte sich Beate.

»Entschuldige, ist mir nur so rausgerutscht«, gab Brauer kleinlaut zurück.

»Sonst noch was?«, fragte Beate.

»Nein«, sagte Brauer.

»Doch«, rief Ina dazwischen. »Ein Fax von der Gerichtsmedizin in Göttingen.«

Sie entnahm es der Auffangschale des Druckers und reichte es Brauer hinein. Er überflog es.

»Es geschehen noch Zeichen und Wunder, Leute«, schmunzelte er, »die konnten tatsächlich die Identität eines der beiden Skelette anhand der Patientenakten klären.« Er wedelte den Papierbogen durch die Luft.

»Warum nur eines?«, fragte Beate.

»Von unserem Beißer fehlt die Patientenakte. Entweder ist sie verloren gegangen oder er hatte einen anderen Zahnarzt gehabt«, spekulierte Brauer.

»Oh, Mann«, sagte Steffen, »das ist ja wie in einem Hitchcock-Krimi.« Er atmete hörbar tief ein und stieß die Luft mit einem Seufzer aus. »Wer ist der Andere?«

»Also, unser Diabetes ist Uwe Morich, geboren am 18.6.1915 in Bad Lauterberg. Er hat in den Schickert-Werken in der Elektrolyse gearbeitet. Ich bin sicher, dass es sich um den Vater von Brigitte Morich handelt, die sich nach dem Zeitungsbericht bei uns gemeldet hatte.« Brauer legte das erste Blatt auf den Tisch, nahm das andere auf und stierte darauf. »Warum musste Uwe Morich sterben und wer ist dieser unbekannte Beißer? Welches Schicksal teilt er mit Uwe Morich?«

»Wie bei Hitchcock«, wiederholte Steffen.

Beate sah ihn kopfschüttelnd an. »Wenn sich deine Fantasien aufgelöst haben, sag mir Bescheid, dann können wir endlich zu Köhler nach Osterode fahren.«

»Ich warte nur auf dich«, antwortete Steffen, »wir können fahren.« Er nahm seine Jacke von der Garderobe, steckte sein Handy ein und stellte sich wartend in die Tür.

»Ich werde inzwischen zu Frau Morich fahren und sie informieren«, sagte Brauer. Steffen und Beate verließen das Büro.

*

Firmengelände Köhler Baumaschinen, Osterode

Widerwillig musste sich Steffen mit der Position des Beifahrers begnügen, da nur noch der Dienstwagen von Thomas Berger zur Verfügung stand, für den Beate einen Schlüssel besaß. Es war purer Stress für ihn, hilflos miterleben zu müssen, wie Motor und Getriebe misshandelt wurden. Zu alledem fühlte er sich den jeweiligen Verkehrssituationen machtlos ausgeliefert. Er hasste es, nicht selber am Steuer zu sitzen. An seinen verkrampften Reaktionen bemerkte Beate offenbar, dass er beiläufig mitlenkte, bremste und schaltete.

»Ist dir warm oder treibt dir die Angst den Schweiß auf die

Stirn?«, fragte sie provozierend.

»Weder noch. Es ist dein strapaziöser Fahrstil, der mich fast zum Herzinfarkt treibt«, antwortete Steffen.

»Was hast du an meinem Stil auszusetzen?«, fragte Beate kühl.

»Du bist schaltfaul, fährst untertourig und machst den Motor sauer«, warf Steffen ihr vor. Beate schielte ihn von der Seite an.

»Und du machst mich sauer mit deiner Besserwisserei. Du kannst gerne übertourig nebenher laufen.« Beate bremste ab, fuhr rechts ran und warf ihm einen entschlossenen Blick zu. »Na, wie wär's. Bewegung beugt Herzinfarkten vor.«

»Nein danke. Die paar Meter werde ich noch durchhalten«, gab Steffen kleinlaut nach. Beate fuhr weiter.

»Da vorne rechts«, sagte Steffen kurz danach. Beate setzte den Blinker und lenkte den 5er BMW von der Scheerenberger Straße in die Zufahrt des Firmengeländes der Köhler Baumaschinen GmbH & Co. KG. Sie stellte den Wagen auf einem der ausgewiesenen Besucherparkplätze ab. Nebenan standen ein schwarzer S-Klasse Mercedes und der rote Ford Mustang, den Steffen bereits in Bad Lauterberg bewundert hatte. Langsam schritten sie auf das Bürogebäude zu. Steffen sah sich dabei um. Jetzt, bei Tageslicht, konnte er das Freigelände gut überblicken. Da standen verschiedene Bagger, Knicklader und Lkws. Gegenüber, in abgetrennten Boxen, lagen diverse Metallschrotte.

Die Eingangstür war verschlossen. Beate klingelte. Nach kurzer Zeit öffnete eine junge Frau. Sie sah Steffen mit aufleuchtendem Blick an und ein unbeabsichtigtes Lächeln zuckte über ihren rot geschminkten Mund, der aber sofort wieder ernste Züge annahm, als sie den Dienstausweis von Beate vor Augen hatte.

»Guten Tag«, sagte Beate, »ich bin Oberkommissarin Jakobi, Kripo Northeim, und das ist mein Kollege, Kommissar Richter.«

»Sandra Köhler«, stellte sie sich mit frostiger Stimme und distanzierter Miene vor. »Kommen Sie bitte mit.«

Sie ging voraus. Ihr blonder Pferdeschwanz schaukelte beim Gehen hin und her. Steffen schätzte sie auf Ende zwanzig bis Anfang dreißig. Sie war attraktiv in ihrem eng geschnittenen Businessanzug und Steffen taxierte aufmerksam ihren Gang. Trotzdem entging ihm der missbilligende, seitliche Blick von Beate nicht. Sandra Köhler führte ihre Gäste eine Treppe nach oben in ein großzügiges Büro mit Fensterblick zur Hofeinfahrt. Hinter einem Glasschreibtisch saß Wolfgang Köhler, der sich erhob, als sie den Raum betraten. Neben ihm stand sein Sohn Felix. Er trug einen fleckigen Arbeitsanzug. Sandra machte sie miteinander bekannt.

»Bitte, nehmen Sie Platz.«

Wolfgang Köhler wies auf einen ovalen Besprechungstisch, ebenfalls mit Glasplatte, an dem weiße, lederbezogene Stühle standen. Sie setzten sich. Felix Köhler blieb stehen.

»Ich möchte es kurz machen«, sagte Wolfgang Köhler in abweisendem Ton. »Wir haben wenig Zeit. Kommen wir also zur Sache. Worum geht es?«

»Es geht um Ihre Sicherheit, und dafür sollten Sie sich angemessen Zeit nehmen«, entgegnete Beate.

»Um unsere Sicherheit können wir uns selbst kümmern«, erwiderte Sandra Köhler.

»Offenbar nicht«, gab Steffen zurück. »Sie, Frau Köhler, wurden beinah Opfer eines provozierten Verkehrsunfalles und Sie, Herr Köhler, bewusstlos geschlagen und auf der Müllkippe lebendig begraben. Sie können von Glück sagen, dass Sie noch rechtzeitig entdeckt wurden. Wir nennen das versuchten Mord in zwei Fällen sowie gefährlichen Eingriff in den Straßenverkehr. Weiterhin ermitteln wir wegen Brandstiftung und Körperverletzung.« Steffen schaute in die regungslosen Gesichter der Köhlers, von denen eine aggressive Grundstimmung ausging. Diese Blicke ließen keinen Zweifel daran. Er und Beate waren hier nicht willkommen. *Aber warum?*, dachte Steffen. *Sie müssten doch an einer Aufklärung der Angriffe höchst interessiert sein!*

»Sie verkennen scheinbar die Situation«, übernahm jetzt Beate das Wort. »Wir ermitteln nicht gegen Sie, sondern mit Ihnen, um weitere Attacken zu verhindern, deshalb sollten Sie mit uns kooperieren.«

Sandra Köhler sah Beate aus feurigen Augen an. »Noch mal«, fauchte sie, »wir haben Sie nicht darum gebeten. Kümmern Sie sich besser um die Einbrecherbande, die seit Wochen ihr Unwesen treibt, damit wir ruhiger schlafen können.«

Wolfgang Köhler und sein Sohn nickten dazu.

»Das eine hat mit dem anderen nichts zu tun«, konterte Beate. »Wenn Straftaten begangen werden, sind wir verpflichtet, zu ermitteln. Polizeiarbeit ist kein Wunschkonzert.«

»Machen Sie es kurz«, gab Wolfgang Köhler nach. »Was wollen Sie wissen?«

»Wir wollen wissen, ob Sie mit dem Hinweis auf Anlage Z irgendetwas in Verbindung bringen können?«

»Nein, absolut nicht«, antwortete er.

»Gibt es Geschäftspartner oder Bekannte, mit denen Sie Streit hatten und die sich eventuell revanchieren wollen?«, fragte Beate weiter.

»Hatten Sie nie Krach mit Freunden oder Verwandten?«, fragte Sandra Köhler zurück.

Beate beachtete diese Spitze nicht und setzte die Befragung fort. »Das heißt, es gab Streit. Auch welchen, der als Mordmotiv infrage käme?«

»Was sollen wir darauf antworten?«, sagte Felix Köhler, »manche Leute morden für Lappalien.«

»Haben Sie anonyme Forderungen erhalten oder werden Sie erpresst?«, fragte Beate ungeachtet weiter, als arbeite sie einen Fragebogen ab.

»Nein«, antwortete Wolfgang Köhler.

»Haben Sie Drohanrufe bekommen?«, machte Beate weiter.

Steffen spürte, wie Felix Köhler nach dieser Frage nervös mit dem Kugelschreiber klickte. Er fixierte ihn und fragte: »Herr Köhler? Haben Sie?«

Felix Köhler suchte mit den Augen offensichtlich Rückendeckung bei seinem Vater und seiner Schwester.

»Da war ein Anruf«, druckste er. Steffen und Beate sahen Köhler fest an, um ihn zu locken. »Letzten Donnerstagnachmittag.« Köhler schaute sich abermals um, bevor er weitersprach. »Eine verzerrte Stimme, die sich Anlage Z nannte. Sie sprach von Wiedergutmachung und Sühne für die Erbsünde.«

»Mann«, fauchte Steffen verärgert, »warum sagen Sie das nicht gleich? Sie vergeuden unsere und Ihre Zeit.«

»Das kann doch nur ein Psychopath gewesen sein«, polterte Wolfgang Köhler dazwischen.

»Wie alt sind Sie, Herr Köhler«, fragte ihn Beate in ihrem abgeklärten Tonfall.

»Einundsechzig. Aber was hat das damit zu tun?«, antwortete er.

»Hatte Ihr Vater in der Nazizeit mit der Wehrmacht zu tun?«, setzte Beate unbeeindruckt ihre nächste Frage.

»Er war Jagdflieger im Zweiten Weltkrieg. Leider wurde er 1941 bei einem Einsatz abgeschlossen. Er war schwer verletzt, konnte sich zum Glück mit dem Fallschirm retten, aber fliegen durfte er danach nicht mehr. Ein Fuß blieb etwas verkrüppelt.« Köhler stand auf und ging zu einer Glasvitrine. »Hier, schauen Sie. Darauf war er besonders stolz«, sagte Wolfgang Köhler. Er zeigte auf ein Flugzeugmodell der ›ME 109‹ und einige Orden- und Ehrenzeichen, die drumherum lagen.

»Hat jemand aus Ihrer Familie in den ehemaligen Schickert-Werken gearbeitet?«, fragte Beate.

»Ja, mein Vater. Nachdem er die Wehrmacht verlassen hatte, wurde er dort als Lagerverwalter eingesetzt.«

Beate schwenkte ihren Blick kurz auf Steffen, der ihre Anspannung bemerkte.

»Leben Ihre Eltern noch?«, wollte Beate als Nächstes wissen.

»Nein.«

»Hatte ihr Vater noch alle Finger?«, fragte Beate direkt und ließ ihn nicht aus den Augen. Steffen schaute ebenfalls auf Wolfgang Köhler, der keine Regung zeigte. Unruhig klickte Felix aufs Neue mit dem Kugelschreiber.

»Ja, zehn Stück. War's das? Sie haben unsere Zeit schon viel zu lange strapaziert«, blaffte Wolfgang Köhler genervt und machte Anstalten, sich zu erheben.

»Moment«, unterbrach Steffen.

Köhler ließ sich auf den Stuhl zurückfallen. »Was denn noch?«, fragte er grantig und verschränkte demonstrativ die Arme.

»Ich möchte noch etwas über den ausgebrannten Lkw wissen«, begann Steffen.

Sofort fing Felix Köhler wieder an, den Kugelschreiber zu traktieren. Diesmal noch heftiger als zuvor, bis der Stift plötzlich auseinanderbrach und die Mine mit Feder über den Tisch flogen. Verlegen blickte er in die Runde, sammelte die Teile auf und legte sie auf dem Sideboard ab, das neben dem Tisch stand.

Steffen setzte die Befragung fort: »Laut Fahrzeugschein war der Lkw in Tschechien gemeldet. Hatten Sie bereits einen Käufer?«

»Ja, eine Firma in Holland, die Pelletheizungen baut«, antwortete Wolfgang Köhler.

»Warum war der Frachttank des Wagens noch beladen?«, fragte Steffen weiter.

»Das Fahrzeug stammt aus einer Konkursmasse. Wahrscheinlich fühlte sich niemand verantwortlich, den Tank zu entleeren«, erklärte Wolfgang Köhler.

»Zwischen den Pellets haben die Brandsachverständigen zwanzig Kunststoffbehälter gefunden. Können Sie sich darauf einen Reim machen?«, bohrte Steffen tiefer.

Wolfgang Köhler rutschte weiter nach vorne auf die Stuhlkante, und Steffen bemerkte ein flüchtiges Zucken in seinen Augen. »Nein! Was für Behälter?«

»Ähnlich wie Frischhalteboxen für Frühstücksbrote«, sagte Steffen.

»Was war in den Boxen drin?«, fragte Köhler übereilt nach.

»Das ließ sich nach dem Feuer nicht mehr eindeutig feststellen«, log Steffen.

Köhler setzte sich bequem zurück und kreuzte erneut die Arme.

»Würden Sie uns bitte die Adresse der holländischen Firma aufschreiben?«, bat Steffen.

Sandra Köhler ging zum Schreibtisch ihres Vaters, öffnete eine Schublade und kam mit einer Visitenkarte zurück, die sie Steffen vorlegte. »Das ist die Firma.«

Steffen steckte sie ein und sah Beate an. »Hast du noch Fragen?«

Sie schüttelte den Kopf und stand auf. Steffen reichte Beate Köhler seine eigene Karte und sagte: »Falls Ihnen noch etwas einfällt, melden Sie sich bitte.«

Sie schob die Karte zu ihrem Vater hinüber.

»Bemühen Sie sich nicht, wir finden allein nach draußen«, sagte Beate und wandte sich zum Gehen. Steffen folgte ihr. Die Köhlers blieben stur sitzen.

»Die haben einiges zu verbergen«, meinte Beate, als sie im Auto saßen.

»Allerdings«, stimmte Steffen zu, »und wir werden herausfinden, was.«

〜

»Hast du das gelesen?«, fragte Patrick beim Frühstück, hinter dem Harzkurier verschanzt.

»Nein, wann denn auch?«, antwortete Elke. »Du hast dir die Zeitung ja gleich in deiner typischen *Erst-komm-ich-Manier* gekrallt.«

»Ich meinte auch Papa.«

»Was soll ich gelesen haben?«, brummelte Ralf Brauer, auf einem Brötchen kauend.

»Hier«, begann Patrick vorzulesen, »am heutigen Freitag zeigt der St.-Andreas-Markttreff eine Ausstellung zur Stadtgeschichte mit dem Thema: Rüstungsindustrie in Bad Lauterberg und ihre Folgen.«

»Tatsächlich? Zeig mal!« Er riss Patrick das Blatt aus der Hand.

»Ehh!«, beschwerte sich sein Sohn, »ich hatte sie zuerst.«

»Langsam, junger Mann, oder willst du die natürliche Hackordnung außer Kraft setzen, du Revoluzzer?«, konterte Brauer mit einem Lächeln.

»Mama, beschütz mich bitte vor diesem unrasierten Alphatier«, frotzelte Patrick. Elke lachte.

»Kriegste ja gleich wieder«, sagte Brauer, überflog die kurze Notiz und reichte die Zeitung zurück.

»Vielleicht findest du dort den entscheidenden Hinweis, der dich zum Mörder der Skelette führt«, bemerkte Patrick.

»Es kann auf keinen Fall schaden, wenn ich mich dort einmal umschaue«, meinte Brauer und biss in sein Brötchen. »Wo steckt eigentlich unsere Tochter?«, fragte er beiläufig.

»Die trainiert für Olympia und rennt sich die Hacken ab«, warf Patrick sarkastisch ein.

»Ist jedenfalls gesünder, als stundenlang auf dem Handy zu daddeln«, entgegnete Elke.

Minuten später hörte Brauer, wie die Haustür aufgeschlossen wurde. »Da kommt sie«, sagte Elke. Verschwitzt und mit roten Wangen betrat Annika das Wohnzimmer.

»Na, hast dir wohl 'n Wolf gelaufen?«, stichelte Patrick.

»Arschloch«, gab sie barsch zurück, ohne ihren Bruder anzusehen. »Ich geh dann erst mal duschen«, sagte sie und verschwand.

Elke und Ralf sahen sich kopfschüttelnd an.

»Was ist denn in meine Schwester gefahren? Ich glaube, die Lauferei bekommt ihr nicht gut.« Patrick verließ den Esstisch. »Ich fahr dann mal zur Arbeit.« Er ging hinaus.

Eine scharfe Duftwolke nach Duschgel eilte Annika voraus, als sie mit einem Handtuchturban zurückkam und am Tisch Platz nahm. Sie griff in den Brötchenkorb.

»Läufst du eigentlich allein deine Runden?«, fragte Brauer.

Sie schnitt das Brötchen auf. »Nein, es läuft jemand mit«, gab sie knapp zur Antwort.

»Darf ich erfahren, wer das ist?«

»Kennst du sowieso nicht«, wiegelte sie ab.

»Wenn du's mir sagst, kenn ich zumindest den Namen«, bohrte Ralf nach.

»Alexandra«, warf sie ihm unterkühlt entgegen.

Ralf tat unbeeindruckt. »Und weiter?«

»Nix weiter«, sagte sie schnippisch.

»Weißt du, wo Alexandra wohnt?«, setzte Ralf nach.

»Sag mal, soll das hier ein Quiz werden? Ich hab keinen Bock auf sowas.« Sie sprang auf und verschwand.

»Na bitte«, sagte Elke, »da hast du es selbst erlebt.«

»Pubertäre Aufsässigkeit. Das gibt sich wieder«, meinte Ralf.

»Hoffentlich bald«, entgegnete Elke, »sonst zieh ich aus.«

»Weißt du mehr über diese Alexandra?«, wollte Ralf wissen.

»Sie heißt mit Nachnamen Teifel«, sagte Elke. »Ich hab mich bei meinen Arbeitskollegen mal umgehört. Es gibt eine Alexandra Teifel in Hörden. Aber keiner will Genaueres über sie wissen. Hörden ist ein Dorf, deshalb macht mich das stutzig.«

Ralf trank einen Schluck Kaffee. »Ich werde Steffen fragen, der wohnt schließlich in Hörden. Ich muss ihn sowieso anrufen.« Er griff nach dem Handy und drückte den Kontakt.

»Ralf, ist etwas passiert?«, meldete sich Steffen.

»Was soll denn passiert sein?«, sagte Ralf stutzig.

»Wir vermissen dich. Wo bleibst du denn?«, fragte Steffen.

»Deshalb rufe ich an. Ich arbeite heute im Homeoffice. In Bad Lauterberg findet eine Ausstellung über frühere Rüstungsbetriebe im Ort statt. Die werde ich mir ansehen. Mal schauen, was es über die Schickert-Werke zu erfahren gibt.«

»Homeoffice«, bemerkte Steffen mit abfälligem Unterton, »na

dann viel Spaß und schönes Woch ...«

»Warte! Nicht auflegen!«, unterbrach ihn Brauer, »kennst du eine Alexandra Teifel aus Hörden?«

Steffen ließ sich mit der Antwort Zeit. Brauer spürte förmlich seine Irritation.

»Was hast du mit der zu schaffen?«, fragte Steffen mit Betonung auf der.

»Kennst du sie oder nicht?«, hakte Brauer nach.

»Die kennt jeder in Hörden, aber keiner will sie kennen, wenn du weißt, was ich meine«, sagte Steffen.

»Nein, weiß ich nicht. Geht's bitte etwas genauer, Herr Kommissar?«, fragte Brauer genervt.

»Hübsches Ding, Anfang zwanzig. Studiert angeblich in Göttingen. Nur niemand hat sie dort je in einem Hörsaal gesehen, aber viele Studenten nehmen Nachhilfe bei ihr – sagt man hinter vorgehaltener Hand. Verstehst du nun, was ich meine?«

»Verstehe. Schönes Wochenende.« Brauer trennte die Verbindung. Elke sah ihn erwartungsvoll an.

»Und, was hat Steffen gesagt?«

»Sie ist nicht der passende Umgang für Annika. Ich hoffe nur, das wird sie bald selber herausfinden«, sagte er.

»Ich muss dann.« Elke stand auf. Beide räumten rasch den Frühstückstisch ab, dann verabschiedeten sie sich. Elke gab ihm einen Kuss. »Könntest dich wirklich mal wieder rasieren«, sagte sie nebenbei und verließ das Haus.

*

Kurz nach zehn Uhr parkte Brauer seinen BMW auf dem Kirchplatz in Bad Lauterberg. Nachdem er den Parkschein auf dem Armaturenbrett platziert hatte, sah er sich um. Das burgähnliche Restaurant auf der Spitze des Hausberges leuchtete in der Vormittagssonne. Ein Anblick, der Lust darauf machte, mit dem Sessellift hinaufzuschweben, um die Aussicht zu genießen. Er war schon lange nicht mehr dort oben gewesen. Auf der anderen Seite des Platzes entdeckte er eine Stelltafel mit dem Hinweis auf die Ausstellung. Rasch besann er sich auf sein Vorhaben, überquerte den Parkplatz und betrat das Gemeindehaus. Eine Dame, scheinbar in reifem Rentenalter, stand neben dem Saaleingang und sah ihn freundlich an, wobei ihr Lächeln etwas verblasste. *Ich hätte mich heute Morgen doch noch rasieren sollen,* dachte Brauer verlegen. »Guten Morgen«, grüßte sie dennoch herzlich und bat ihn mit einer einladenden Geste hereinzukommen. In der Mitte des Raumes standen Tische gruppiert, an denen bereits einige Besucher mit Kaffee und Kuchen zusammensaßen. Ringsum, unter den Fensterreihen, waren Tische aneinandergestellt, auf denen Bilder und Schriftstücke zur Ansicht auslagen. Brauer begann an der Stirnseite der Reihe, die dem Ausgang am nächsten war und schaute interessiert auf die Bilder, alten Dokumente und Zeitungsausschnitte des ehemaligen Bad Lauterberger Tageblattes. Er fand heraus, dass es zwei große Rüstungsbetriebe gab. Einmal das Metallwerk Odertal und die Schickert-Werke.

»Daraus ist die DETA hervorgegangen. Da habe ich früher gearbeitet. Heute gehört das Werk dem Exide-Konzern«, sagte eine Männerstimme, als Brauer sich über die Bilder beugte. »Amis, verstehen Sie. Das nennt man dann Globalisierung. Also, wenn Sie mich fragen, ich halte ja nicht viel davon.«

Brauer schaute auf. Ein älterer Herr stand vor ihm. »Ja, ja, die Zeiten ändern sich«, antwortete Brauer. »Aber das Werk ist immer noch der größte Arbeitgeber am Ort. Ich habe Nachbarn in Herzberg, die dort arbeiten«, ergänzte er und ging einen Tisch weiter, auf dem Luftaufnahmen der Schickert-Werke auslagen.

»Herr Hauptkommissar Brauer«, hörte er plötzlich eine weibliche Stimme freudig rufen. Er drehte sich um und sah eine Frau mit glatthängenden, grauen Haaren und dicker Brille von einem der Tische auf sich zukommen. Brauer erkannte sie.

»Frau Morich, guten Morgen«, grüßte er sie.

Frau Morich drückte fest seine Hand. »Ich bin Ihnen so dankbar, dass Sie meinen Vater gefunden haben. Nun kann er endlich auf unserem Friedhof seine Ruhe finden«, sagte sie mit zittrigen Lippen. »Aber warum wurde er ermordet? Er war doch ein guter Mensch. Ich verstehe das nicht«, sagte sie weinerlich.

»Das müssen wir noch herausfinden, Frau Morich. Es tut mir leid.«

Ralf Brauer versuchte zu erahnen, was in dieser Frau vor sich ging. Nach Jahrzehnten der Ungewissheit erfahren zu müssen, dass der vermisste Vater ermordet wurde. Ein schrecklicher Gedanke. Als er ihr vor einigen Tagen, die Nachricht überbrachte, brach sie in Tränen aus und konnte sich kaum beruhigen.

»Schauen Sie mal, was ich gefunden habe«, sagte sie, nahm ihn am Arm und führte ihn zwei Tische weiter. Dort lagen vergilbte Fotos, die Männer in ausgelassener Stimmung zeigten. Sie trugen Arbeitskleidung mit dem Schriftzug *Schickert-Werke* auf den Brusttaschen der Jacken. »Hier, das ist mein Vater.« Sie tippte auf das Foto. »Nachdem Sie mir die Nachricht überbracht hatten, fand ich keine Ruhe und habe auf dem Dachboden in den alten Sachen, die ich noch von ihm aufbewahrt hatte, diese Fotos und einen Brief gefunden«, sagte sie. »Das hat mich auf die Idee zu dieser Ausstellung gebracht. Viele von uns haben nur noch schwache Erinnerungen an diese unschöne Zeit, die man trotzdem nicht vergessen darf.«

»Da stimme ich Ihnen zu, Frau Morich«, sagte Brauer.

»Hier ist der Brief.«

Sie zeigte auf einen gelbbraun verfärbten Briefbogen, der in einer Plastikhülle steckte. Der Text war handschriftlich verfasst, die Tinte an vielen Stellen verlaufen und verschmiert. Brauer nahm den Brief und glaubte kaum, was er darin las:

Bad Lauterberg, 15. April 1943

Sehr geehrter Herr Rust!

Bezüglich des unerklärlich hohen Verbrauches an Platin-Anoden, worüber mich der Lagerbuchhalter Herr Alfred Bl ... vor einigen Wochen unterrichtet hatte, habe ich detaillierte Aufzeichnungen gemacht, die im Ergebnis eine erhebliche Differenz gegenüber dem tatsächlichen Verbrauch ausweisen.

Des Weiteren muss ich Sie darüber in Kenntnis setzen, dass die fehlenden Anoden im Abschnitt 3 der Anlage Z gelagert sind. Ich möchte der Richtigkeit halber darauf verweisen, dass das kein ausgewiesener Lagerort für Anoden ist.

Mit deutschem Gruß

Uwe Morich

Er legte die Hülle mit dem Brief auf den Tisch zurück und dachte nach. *Wieso tauchte in diesem Brief der Hinweis auf Anlage Z auf? Das musste also doch etwas mit den Schickert-Werken zu tun haben, soviel war jetzt klar. Aber was? Und warum wurden Köhler und seine Kinder damit terrorisiert? War hier eine alte Rechnung offen, die beglichen werden sollte?* Er musste als Nächstes herausfinden, wer Rust und dieser Alfred waren. Der Nachname war nicht mehr zu entziffern.

»Sie sind auf einmal so still geworden, Herr Brauer«, sagte Frau Morich, »möchten Sie einen Kaffee?«

»Das wäre jetzt genau das Richtige«, sagte Brauer und setzte sich mit an den Tisch. Frau Morich ging derweil zum Buffet hinüber und kam mit zwei Kumpen dampfenden Kaffee zurück. Sie tranken einen Schluck.

»Warum hat Ihr Vater den Brief damals nicht abgeschickt?«, fragte Brauer.

»Einen Tag später, am 16. Februar, das Datum werde ich nie vergessen, verschwand er spurlos«, sagte Frau Morich und wischte sich die feuchten Augen.

»Es tut mir leid, Frau Morich, aber das Schriftstück muss ich leider mitnehmen. Es enthält einen wichtigen Hinweis auf eine Anschlagserie gegen eine Unternehmerfamilie, die wir gerade untersuchen«, sagte Brauer.

»Dieser alte Brief? Das verstehe ich nicht.« Die alte Dame sah ihn ungläubig an.

»Ich verstehe es selbst noch nicht genau. Aber ich glaube, Sie haben damit einen wichtigen Fund gemacht«, erklärte Brauer. Frau Morich brachte ihm die Hülle mit dem Schriftstück. Brauer überflog das Papier erneut. »Können Sie mit den Namen Rust und Alfred Bl... etwas anfangen?«, fragte er.

»Nein, die kenne ich beide nicht«, antwortete sie.

»Kein Problem, das kriege ich schon raus«, sagte er und verabschiedete sich.

Auf dem Parkplatz fiel ihm die Archivgemeinschaft ein. Vielleicht existierten noch Personallisten der Belegschaft. Er wollte sogleich die Vorsitzende Frau Weiß anrufen und kramte in seinen Taschen nach der Visitenkarte. Sie war nirgends zu finden. Nach einem weiteren Versuch schaute er schließlich in seinem Portemonnaie nach, wo sie zwischen den Kreditkarten steckte. Er wählte die Nummer.

»Gisela Weiß«, meldete sie sich nach dem dritten Klingelton.

»Hauptkommissar Brauer. Guten Tag Frau Weiß, ich hoffe, ich komme nicht ungelegen, aber ich brauche dringend eine Auskunft.«

»Hallo, Herr Brauer«, grüßte sie zurück, »worum handelt es sich?«

»Existieren in ihrem Archiv noch Personallisten der Schickert-Werke?«

»Ja, aber ob die vollständig sind, kann ich beim besten Willen nicht garantieren«, sagte sie.

»Wann kann ich die einsehen?«, fragte Brauer.

»Wir sind nächste Woche Dienstag wieder im Archiv.«

»Es ist dringend«, machte Brauer deutlich.

»Wie dringend?«, fragte sie nach.

»Sofort?«, sagte Brauer kleinlaut und betonte es als Frage, um nicht aufdringlich zu wirken.

»Oh! Das ist sehr dringend«, bemerkte sie. »Können Sie in einer Stunde am Ritscherhaus sein?«

»Ich kann sogar in fünf Minuten dort sein. Ich bin nämlich gerade in Bad Lauterberg«, sagte Brauer.

»Okay, ich brauche fünfzehn Minuten. Dann bis gleich.« Sie beendete das Gespräch.

Brauer löste am Automaten einen neuen Parkschein, legte ihn ins Auto und schlenderte die Hauptstraße entlang. An der nächsten Kreuzung bog er links ab und blieb vor der großen Außentreppe des Ritscherhauses stehen.

Er musste nicht lange warten. Frau Weiß kam aus der anderen Richtung mit schnellen Schritten und geröteten Wangen auf ihn zu.

»Warten Sie schon lange?«, fragte sie schniefend.

»Nein, und ich hätte auch noch eine Weile ausgeharrt«, sagte Brauer.

Sie stieg die Stufen hinauf und schloss die Haustür auf. Im Obergeschoss betraten sie einen Raum, in dem die Regale fast bis zur Decke ragten. Ordner, Kartons und Stapel von Aktendeckeln überfüllten die Regalböden. Die trockene Raumluft brannte in den Augen. An der Stirnseite eines Regales standen drei Umzugskartons übereinander.

»Neulich war schon jemand hier und wollte für einen Bekannten nach einem ehemaligen Mitarbeiter forschen«, erwähnte Frau Weiß.

»Wer war das?«, fragte Brauer.

»Ich kenne den Mann nicht. Er wurde offenbar auch nicht fündig.«
Frau Weiß zeigte auf die Kartons, die mit Buchstaben von-bis ge-
kennzeichnet waren. »Hier, das ist alles, was wir haben. Welchen
Namen suchen Sie denn?«

»Rust und Alfred, von dessen Nachnamen nur noch Bl erkennbar ist«, sagte Brauer.

»Etwa Friedrich Rust?«, fragte Frau Weiß nach.

»Den Vornamen weiß ich nicht. Warum fragen Sie? Kennen Sie
ihn?«

»Friedrich Rust war stellvertretender Werksleiter. Er kam aus
Nordhausen und führte das Werk angeblich mit harter Hand, wenn
Dr. Werner Piening in Berlin oder Kiel zu tun hatte.«

Brauer zog das Schreiben aus der Jackentasche und ließ Frau
Weiß einen Blick darauf werfen.

»Ja«, bestätigte sie, »wer sonst außer Friedrich Rust sollte damit gemeint sein? Aber Alfred Bl...?« Sie schüttelte den Kopf. »Da
müssen wir in den Kartons nachsehen. Wenn Sie bitte den oberen
herunterholen.«

Er war mit den Buchstaben *A bis H* gekennzeichnet und schwer
wie eine Bücherkiste. Brauer stellte ihn auf dem einzigen Tisch in
diesem Raum ab. Frau Weiß klappte den Deckel auf und zog einige
abgegriffene Leitzordner heraus, deren Ecken stark ausgefranst waren. In zwei Ordnern befanden sich die Namen, die mit B begannen.
Jeder nahm sich einen der Aktenordner vor und schaute sich Blatt
für Blatt an.

»Ich glaube, ich hab ihn«, sagte Frau Weiß nach einer Weile.
Brauer beugte sich über den Ordner. »Hier, sehen Sie: Alfred Bleß,
Lagerbuchhalter, geboren am 12. März 1923 in Bad Lauterberg, verheiratet, ein Kind, wohnhaft Hauptstraße 277. Hat von 1940 bis 43
bei Schickert gearbeitet.«

»Das muss er sein«, zeigte sich Brauer zufrieden. »Aber warum
nur bis 1943?«

Frau Weiß schlug das Blatt um und fand darunter einen Entlas-
sungsschein mit dem Vermerk, dass er wegen Aufrufs zum Widerstand verhaftet und fristlos entlassen wurde.

»Aufruf zum Widerstand?«, überlegte Brauer, »wurden solche
Leute nicht umgehend abgeurteilt und erschossen?«

»Oder ins KZ gesteckt, wo sie sich zu Tode arbeiten mussten«,
meinte Frau Weiß.

»Kann ich davon Fotokopien bekommen?«, fragte Brauer.

»Natürlich«, sagte sie und ging in den Büroraum nach nebenan. Wenig später händigte sie Brauer die Kopien aus.

»Vielen Dank. Sie haben mir sehr geholfen«, sagte Brauer, verabschiedete sich und ging nach draußen. Vor den Trittstufen überlegte er einen Augenblick. *Hauptstraße 277,* dachte er, *vielleicht wohnt noch ein Nachkomme von Bleß in dem Haus.* Er wollte sogleich dorthin fahren und nachfragen.

Es war das vorletzte Haus auf der linken Seite der Hauptstraße in Richtung Odertal. Direkt hinter den Häusern auf dieser Straßenseite stieg der bewaldete Hang der Bergzunge, die Bischoffshals genannt wurde, steil an.

Das gesamte Anwesen machte einen gepflegten Eindruck. Allerdings verlor sich das niedrige Fachwerkhaus hinter dem säulengestützten Eingangsportal und dem schmiedeeisernen Zaun fast zur Nebensächlichkeit. *Neureiche Protzerei,* dachte Brauer und bückte sich, um das Klingelschild besser lesen zu können. »Das gibt's doch nicht«, murmelte er laut vor sich hin, als er den Namen las. *Sandra Köhler* stand auf dem Schild. Brauer drückte den Klingelknopf der Gegensprechanlage, aber niemand meldete sich. Auch ein weiterer Versuch blieb unbeantwortet. Er schritt ein Stück am Zaun entlang, um Einblick zur Garageneinfahrt zu bekommen. Das Garagentor war verschlossen, die Einfahrt leer. *Warum wohnte Sandra Köhler in dem Haus, in dem auch Alfred Bleß gelebt hatte, der Mann, der wusste, was Anlage Z bedeutet. Hier ist doch was oberfaul,* ging ihm durch den Kopf. Er musste die Besitzverhältnisse dieses Grundstückes klären, und zwar heute noch. Brauer sprang ins Auto und fuhr in Richtung Osterode.

*

Im Eingangsbereich des Katasteramtes an der Berliner Straße schaute er auf die Wegweisertafel. Grundbuchangelegenheiten, erster Stock, Zimmer 117. Brauer schaute auf seine Armbanduhr. Es war inzwischen kurz vor zwölf geworden. *Hoffentlich ist noch jemand da,* dachte er im Stillen. Freitags hatte die Behörde bis zwölf geöffnet, stand am Eingang. Brauer sprang in Zweistufenschritten die Treppe hinauf und eilte den Flur entlang. Am hinteren Ende fand er die gesuchte Amtsstube. Als er anklopfen wollte, öffnete sich die Tür wie von selbst und ein jüngerer Mann kam ihm aus dem Büro entgegen.

»Wir haben jetzt geschlossen. Tut mir leid«, sagte er, zog die Tür hinter sich zu und steckte den Schlüssel ins Schloss.

Brauer zog hastig seinen Dienstausweis aus der Jackentasche. »Ich bin Hauptkommissar Brauer, Kripo Northeim.« Er hielt dem Mann den Ausweis in Augenhöhe vor.

»Habe ich etwas verbrochen?«, fragte er überrascht.

»Dann müsste ich Sie festnehmen«, antwortete Brauer lächelnd. »Wenn nicht, könnten Sie noch einmal in Ihr Büro gehen und mir eine dringend gebrauchte Auskunft geben.«

Der Mann erwiderte das Lächeln nicht, schloss aber die Tür auf.

»Dann gehe ich lieber wieder rein«, sagte er, »aber nicht lange, ich muss noch nach Göttingen zum Bahnhof.« Sven Schröder, las Brauer auf dem Türschild, als er ihm in den Raum folgte. »Um was geht es denn?«, fragte Schröder.

»Es geht um ein Grundstück in Bad Lauterberg, Hauptstraße 277. Ich möchte die Besitzhistorie wissen.

Moment«, sagte Sven Schröder, »ich muss erst den Rechner hochfahren. Setzen Sie sich doch solange.«

Brauer rückte sich den Stuhl vor Schröders Schreibtisch zurecht und lugte seitlich auf den Bildschirm.

»Hauptstraße zweihundert-was?«

»Zweihundertsiebenundsiebzig«, ergänzte Brauer. Schröder tippte auf der Tastatur herum, als würde er dafür Geld bekommen. *Was gibt's denn dabei so viel zu tippen,* dachte Brauer ungeduldig.

Endlich schien Schröder die Daten gefunden zu haben. »Ein Olaf Köhler ist im Grundbuch eingetragen«, sagte der Beamte.

»Seit wann bitte?«, wollte Brauer wissen.

»Moment – seit Juni 1943.«

»Und wer war Vorbesitzer?«

»Alfred und Lisa Bleß.«

Brauer beugte sich gespannt weiter nach vorne, als er den Namen hörte. »Hat Köhler das Haus von Bleß gekauft?«, fragte er nach.

Schröder scrollte den Bildschirm weiter. »Das geht aus den Daten nicht hervor. Aber warum fragen Sie diesen Köhler nicht selber?«, meinte Schröder.

»Das werde ich auch tun. Ich wollte nur vorab von offizieller Stelle eine Aufklärung«, antwortete Brauer.

»Ich verstehe«, sagte Sven Schröder und schaute auf die Uhr. »Ich muss dann los, sonst komme ich zu spät zum Bahnhof.«

Brauer stand auf und stellte den Stuhl zurück. »Vielen Dank, für Ihre Unterstützung und ein schönes Wochenende«, wünschte er und verabschiedete sich.

Keine zehn Minuten später lenkte Brauer seinen BMW auf den Besucherparkplatz der Köhler Baumaschinen GmbH & Co. KG im Osteroder Ortsteil Scheerenberg. Er klingelte. »Ja, bitte?«, quäkte eine weibliche Stimme aus der Gegensprechanlage.

»Hauptkommissar Brauer. Ich möchte mit Wolfgang Köhler sprechen.«

Es kam lange keine Antwort. Dann hörte er die Lautsprecherstimme von Wolfgang Köhler. »Was wollen Sie von mir?«, fragte er kaltschnäuzig.

»Ich habe einige Fragen an Sie«, antwortete Brauer.

»Gestern haben uns ihre Kollegen schon gelöchert. Was wollen Sie denn noch?«, motzte er.

»Ich möchte noch einige Löcher nachbohren, aber nicht über die Türsprechanlage«, flappste Brauer mit ernstem Unterton. Er musste erneut eine Weile warten, bis die Tür geöffnet wurde. Eine junge Frau mit blondem Pferdeschwanz empfing ihn, stellte sich als Sandra Köhler vor, und führte ihn nach oben in ein geräumiges, modern eingerichtetes Büro.

»Ich hoffe, Sie halten uns nicht lange auf. Wir haben nämlich viel zu tun«, begrüßte ihn Wolfgang Köhler und lehnte sich selbstgefällig in seinem Chefsessel zurück. Vor dem Besprechungstisch stand Köhlers Sohn Felix in öligem Arbeitsanzug und blickte skeptisch zu Brauer herüber. Sandra Köhler setzte sich an den Tisch. Brauer spürte die spannungsgeladene Atmosphäre. Er durfte keineswegs zu provokant fragen, um eine Eskalation zu vermeiden.

»Es geht um das Haus in Bad Lauterberg, Hauptstraße 277«, ließ Brauer sie wissen.

Sandra Köhler rieb sich nervös die Hände. »Was ist damit?«, fragte sie.

»Wem gehört es?«, wollte Brauer wissen.

»Es gehört mir. Was dagegen?«, antwortete Wolfgang Köhler.

»Von wem haben Sie es gekauft?«, fragte Brauer weiter.

Köhler stützte sich mit den Händen auf die Schreibtischplatte und beugte sich etwas vor. »Ich habe es von meinem Vater geerbt. Aber was geht Sie das an, und was soll diese ständige Fragerei?«

»Sie können bei der Aufklärung mehrerer Straftaten helfen, die gegen Sie und Ihre Familie gerichtet sind. Daran müssten Sie doch selbst ein Interesse haben«, gab Brauer zu verstehen.

»Das haben wir gestern bereits von Ihren Kollegen gehört«, sagte Köhler mit höhnischem Unterton und ließ sich in den Bürosessel zurückfallen. »Vielen Dank, Herr Brauer, für die umfassende Fürsorge, aber wir haben nicht darum gebeten. Und nun entschuldigen Sie uns bitte.«

Er schlug einen Aktenordner auf und tat, als sei er beschäftigt. Brauer blieb stur. Nach einer Weile warf Köhler einen energischen Blick auf ihn. »Sandra, würdest du Hauptkommissar Brauer bitte nach unten begleiten?«, sagte er mit Nachdruck.

»Bemühen Sie sich nicht. Nur noch eine letzte Frage, dann sind Sie mich sofort los«, erwiderte Brauer. »Von wem hatte Ihr Vater das Haus erworben?«

Wolfgang Köhler sprang mit einem Mal auf. Sein Gesicht glühte. Felix Köhler stellte sich demonstrativ neben seinen Vater. Wie eine Abwehrfront standen sie Brauer gegenüber. Wolfgang Köhler wies mit gestrecktem Arm zur Tür. »Wenn Sie nicht sofort das Haus verlassen, rufe ich die Polizei. Das ist Hausfriedensbruch«, belehrte er Brauer und griff zum Telefon.

Brauer blieb gelassen. »Beruhigen Sie sich, Herr Köhler«, redete er auf ihn ein. »Wenn Sie durch Ihr Schweigen unsere Ermittlungen behindern, ist das eine Straftat. Als wichtiger Zeuge können Sie dafür sogar in Beugehaft genommen werden«, erklärte er, wohlwissentlich, dass er dazu einen richterlichen Beschluss brauchte, aber mit dieser Drohung hatte schon oft Zeugen zum Reden gebracht. Köhler zögerte einen Moment und setzte sich wieder. *Na also,* dachte Brauer zufrieden.

»Mein Vater hat das Haus überschrieben bekommen«, sagte er beiläufig, als sei das eine Nebensächlichkeit gewesen.

»Von Alfred Bleß, nicht wahr?«, setzte Brauer nach.

»Ich habe Ihre Frage beantwortet und nun gehen Sie!«, widersetzte sich Köhler.

Brauer wollte es nicht auf die Spitze treiben und verabschiedete sich.

Als er im Auto saß, sortierte er erst einmal seine Gedanken. *Wer war Alfred Bleß? War er das zweite der Skelette? Und wenn ja, warum wurde er ermordet und vor allem von wem?*

Brauer startete den Motor und gab Gas. Die Fragen Alfred Bleß betreffend drehten sich wie ein Karussell in seinem Kopf. Er musste herausfinden, ob Bleß Nachkommen hatte und wo diese wohnten. Er schaute auf die Cockpituhr. Es war inzwischen vierzehn Uhr geworden. Heute, am Freitag um diese Zeit, würde er im Bürgerbüro von Bad Lauterberg keine Auskunft mehr bekommen. Die hatten längst Wochenende. Aber wozu gab es denn die Polizei, die rund um die Uhr erreichbar sein musste?

Wenig später passierte er die Schranke an der Zufahrt zur Polizeistation in der Scharzfelder Straße. Hinter dem Tresen erkannte er die junge Polizistin, die Steffen vor einigen Wochen auf dem Schickert-Gelände aufgefallen war. Viola Küpper las Brauer auf ihrem Namensschild. Sie sah Brauer an und schien zu überlegen, woher sie dieses Gesicht mit Fliege kannte.

»Ach, Herr Hauptkommissar Brauer. Ich habe Sie nicht gleich erkannt. Guten Tag«, sagte sie mit leicht geröteten Wangen. »Was kann ich für Sie tun?«

»Guten Tag, Frau Küpper. Sie könnten mir bitte das Telefonbuch von Bad Lauterberg geben. Ich suche den Namen Bleß im Zusammenhang mit den Drohungen dieser rätselhaften Anlage Z.«

Sie entnahm das Telefonverzeichnis aus einer Ablageschale und reichte es Brauer über den Tresen.

»Ja, ich habe davon gehört«, sagte sie.

Brauer blätterte in dem Buch auf der Suche nach Bad Lauterberg und dem Buchstaben B.

»B... b... Bleß. Hier. Karl Bleß. Wohnt in der Bremkestraße in Scharzfeld. Vielleicht ist das mein Mann«, sagte Brauer, notierte sich die Adresse und Telefonnummer und klappte das Buch zu.

»Der Harzstraße bis zur Ufermauer der Bremke folgen, dann rechts ab«, erklärte Viola Küpper.

»Den werde ich gleich einmal besuchen. Danke, Frau Küpper.« Brauer wandte sich zum Gehen.

»Grüßen Sie Ihren netten Kollegen«, sagte sie noch, und ihre Stimme klang etwas schüchtern.

»Werd ich ausrichten. Er heißt Steffen Richter.« Brauer musste grinsen. Er verließ das Gebäude und stieg ins Auto.

Die Bremkestraße verlief entlang der Steinmauer des kleinen Baches, der praktisch die Fahrbahnen der Straße mittig trennte. Nach einigen Metern fand Brauer das niedrige Fachwerkhaus mit der gesuchten Hausnummer. Er parkte am Bordstein und stieg aus. Niemand war zu sehen. Neben der grünen Eingangstür hing ein Briefkasten mit dem Namensschild von Karl und Marco Bleß. Brauer drückte den Klingelknopf und wartete. Auch nach dem zweiten Versuch erfolgte keine Reaktion. *Wäre ja auch zu schön gewesen,* dachte er, als unverhofft aus dem Nachbarhaus eine Frau mit einem Einkaufskorb am Arm hängend herauskam. Sah ihn an und ihre freundliche Miene wendete sich zusehends.

»Kann ich Ihnen helfen?«, fragte sie abweisend.

»Vielleicht«, sagte Brauer, »ich möchte zu Herrn Bleß, aber er scheint nicht zu Hause zu sein.«

»Der ist selten zu Hause«, antwortete sie und ging achtlos an ihm vorbei.

»Warten Sie bitte!« Brauer ging ihr einige Schritte nach. »Können Sie mir sagen, wann ich ihn am besten erreichen kann?«

Sie drehte sich zu ihm um. »Hören Sie, ich kenne Sie nicht, und ich habe mit Herrn Bleß nichts zu schaffen.« Sie fummelte aus ihrer Jackentasche einen Autoschlüssel heraus und setzte ihren Weg zu den seitlichen Garagen fort.

»Ich bin von der Polizei«, rief Brauer hinterher. Sie blieb stehen und wandte sich um. Brauer zeigte ihr seinen Dienstausweis. Die Frau sah ihn ungläubig an.

»Polizei?«, sagte sie erstaunt. »Das wundert mich nicht«, murmelte sie undeutlich.

»Wie meinen Sie das?«, fragte Brauer.

»Ich will ja nichts gesagt haben«, tat sie unschuldig, schaute sich um und sprach im Flüsterton weiter, »der ist nicht ganz richtig im Kopf und ein hoffnungsloser Choleriker. Keiner im Haus mag ihn und seinen Sohn auch nicht. Der kriegt kaum den Mund auf, und wenn, dann schreit er sich in Rage. Man geht ihm besser aus dem Weg.«

»Wohnt Herr Bleß hier mit seinem Sohn zusammen?«, fragte Brauer.

»Ja, seit seine Frau vor einigen Jahren verstorben ist.«

»Wann ist er denn gewöhnlich zu Hause?«, fragte Brauer.

»Er hat in der Bad Lauterberger Aue einen Schrebergarten.

Dort werden Sie ihn eher antreffen als hier«, sagte sie und öffnete das Garagentor.

»Eine Frage noch. Wo finde ich den Schrebergarten?«

»Gläsnerweg. Hinter dem Polizeigebäude links rein und geradeaus weiter. Können Sie nicht verpassen.« Sie verschwand in der Garage.

Die Schrebergartenanlage hatte er problemlos gefunden. Gegenüber des Eingangstores befand sich ein Parkstreifen, auf dem bereits einige Fahrzeuge abgestellt waren. Brauer parkte daneben. ›Kleingarten Verein Aue‹ stand auf dem Schild am Tor. Er ging hindurch. Gleich dahinter, am Rand des Kiesweges, stand ein Schaukasten, in dem er einen Gartenplan entdeckte. Die Parzellen waren nummeriert und mit Namen versehen. Bleß hatte die Nummer 39. Unmittelbar neben dem Infokasten gabelte sich der Weg. Brauer musste nach rechts gehen, dann links und weiter geradeaus. Auf die Parzellennummern achtend, die an den Pforten angebracht waren, ging er den Kiesweg entlang und bestaunte die liebevoll angelegten Grundstücke. In einigen Gärten wurde Rasen gemäht, gegenüber strich jemand die Pergola. 37, 38, 39. Brauer blieb vor dem Gartentor stehen und schaute hinüber. Dies war also der Garten von Karl Bleß. Er spiegelte in etwa das Bild wider, dass Brauer durch die Schilderungen der Nachbarin in der Bremkestraße von Bleß gewonnen hatte: ein vergrämter Einzelgänger. Durch ein Dickicht von Sträuchern und Buschobst führte ein Plattenweg zu dem Gartenhaus am hinteren Ende, von dem nur das Dach zu sehen war. Brauer war auf diesen Menschen gespannt. Er öffnete die quietschende Pforte, schloss sie sorgsam hinter sich und ging auf die Hütte zu. Auf der vorgelagerten Terrasse standen verwitterte Gartenmöbel, ein verrosteter Grill, zwei Propangasflaschen und allerhand Gartenwerkzeug herum. Die Fensterläden der Hütte waren verschlossen. Es schien niemand da zu sein. Um sich zu vergewissern, klopfte er an die Tür. Zu seiner Überraschung hörte er Geräusche und Schritte von drinnen. Die Tür wurde geöffnet. Ein Mann mit Vollbart und einem Haarwildwuchs, der ihn an Reinhold Messner erinnerte, stand vor ihm. Er trug ein rot kariertes Holzfällerhemd, ebenso fleckig und abgewetzt wie seine Jeans. Ein muffiger Geruch nach verbrauchter Luft umgab ihn, wahrscheinlich strömte er aus dem Inneren der Hütte nach draußen.

»Karl Bleß?«, fragte Brauer.

»Was wollen Sie von mir?«, fragte er grimmig.

»Ich bin Hauptkommissar Brauer, Kripo Northeim.« Er zeigte Bleß den Ausweis. »Können wir uns einen Moment unterhalten?«

»Ich wüsste nicht worüber«, wies er Brauer grob ab. »Mit der Polizei habe ich nichts am Hut.«

»Sie haben auch nichts zu befürchten«, versuchte Brauer seine Aufmerksamkeit zu bekommen. »Ich ermittle in einem Mordfall, der über siebzig Jahre zurückliegt.«

»Das war vor meiner Zeit. Was habe ich damit zu tun?«, brummte er ärgerlich.

»Das möchte ich herausfinden«, antwortete Brauer. »Hieß Ihr Vater mit Vornamen Alfred?«, fragte Brauer gleich weiter.

Karl Bleß schien zu schlucken, dann gab er die Türöffnung frei. »Kommen Sie rein!«

Drinnen roch der Mief noch intensiver. Der Raum war spärlich eingerichtet, soweit Brauer das im fahlen Licht der batteriebetriebenen Tischlampe erkennen konnte. Ein Tisch mit Stühlen, ein Schrank und an der Wand ein Hirschgeweih. Am Tisch saß ein junger Mann, Mitte dreißig, drahtig, blass, mit langen strähnigen Haaren, der hastig aufsprang, einige Dinge auf dem Tisch zusammenkramte und damit zum Schrank ging. Er schloss eine Tür auf, warf das Zeug rasch hinein und schloss wieder ab. Brauer glaubte, hinter der Schranktür ein Gewehr gesehen zu haben. Der junge Mann blickte verstohlen zu Brauer.

»Das ist mein Sohn Marco«, sagte Bleß.

Brauer zeigte auf das Geweih. »Sind Sie Jäger?«

»Das ist lange her«, sagte Bleß, »heute setze ich mich nicht mehr auf zugige Hochsitze.«

Brauer zog das Schreiben, das er beim Markttreff entdeckt hatte, aus der Jacke und gab es Karl Bleß. »Lesen Sie das, bitte!«

Bleß las und reichte es anschließend seinem Sohn. Als der den Brief durchgelesen hatte, gab er ihn an Brauer zurück. Karl Bleß und Marco sahen sich schweigend an. *Sie haben etwas zu verbergen,* entnahm Brauer ihren Blicken.

»Ich habe inzwischen herausgefunden, dass ein Mann namens Alfred Bleß bei den Schickert-Werken gearbeitet hat. Das war Ihr Vater, nicht wahr?«

Bleß schien sich um die Antwort drücken zu wollen und sah

Brauer halsstarrig an.

»Herr Bleß, war Alfred Ihr Vater?«, fragte Brauer mit Nachdruck.

»Mein Vater starb, als ich noch Kind war. Ich kann mich kaum noch an ihn erinnern. Meine Großeltern haben mich großgezogen«, antwortete Karl Bleß.

»Das ist nicht die Antwort auf meine Frage«, setzte Brauer nach.

»Ja, er hat dort gearbeitet«, gab er schließlich zu.

»Warum war er kein Soldat?«, fragte Brauer nach.

»Ich glaube, er war gesundheitlich untauglich. Morbus ... Dingsda«, antwortete er.

»Morbus Bechterew«, stellte Brauer richtig.

»Kann sein«, meinte Bleß.

»Wo ist Ihr Vater bestattet worden?«, fragte Brauer.

»Meine Großeltern haben mir erzählt, sein Grab auf dem Friedhof von Bad Lauterberg sei eingeebnet worden. Ich habe es nie gesehen.«

»Sie haben von dem Skelettfund auf dem Schickert-Gelände gehört?«, fragte Brauer.

»Ja, zum Teufel, was hat das mit mir zu tun«, antwortete Bleß.

»Wir haben Grund zu der Annahme, dass eines der Skelette ihr Vater war«, erklärte Brauer.

»Mein Vater wurde nicht ermordet. Und nun verschwinden Sie endlich«, fauchte er Brauer an.

»Ich verstehe Ihre Abwehr nicht«, entgegnete Brauer. »Es müsste doch auch in Ihrem Interesse sein, die Wahrheit zu erfahren.«

Bleß sah seinen Sohn an. Der zuckte nur kurz mit den Schultern. »Von mir aus, finden Sie es raus, und nun gehen Sie endlich«, sagte er.

Brauer zögerte. »Eine Frage noch. Ihre Eltern haben in der Hauptstraße 277 gewohnt. Ab 1943 stand Olaf Köhler im Grundbuch. Warum haben Ihre Eltern das Haus damals verkauft?«, wollte Brauer wissen. Wieder warfen sich Vater und Sohn Blicke zu.

»Ich weiß es nicht«, zischte Karl Bleß, und seine Augen bohrten sich wie Pfeilspitzen in Brauers Gesicht.

»Können Sie mit dem Begriff *Anlage Z* etwas anfangen?«, fragte er unbeirrt weiter.

»Was soll diese Fragerei«, brüllte Bleß mit einem Mal los. »Das geht Sie einen Scheißdreck an und jetzt verschwinden Sie!« Er riss die Tür auf und zeigte nach draußen. Brauer zog es vor, zu gehen.

Göttingen
Freitag, 27. Oktober 2017

≈

»Du wirst staunen, das gibt 'ne geile Party. Die Leute sind unheimlich gut drauf«, versicherte Alexandra, als Annika zu ihr ins Auto gestiegen war. Annika sah ihre Joggingpartnerin mit einem gezierten Lächeln an. Sie wusste nicht allzu viel über Alex und was sie auf einer Rave-Party erwarten würde. Außerdem hatte sie das Missfallen ihrer Mutter im Hinterkopf, dem sie sich vehement widersetzt hatte. Wankelmütig legte sie den Gurt an. War sie alt genug für solche Feiern mit Leuten, die sie kaum kannte? Sie war siebzehn und kein Kind mehr, außerdem prahlten ihre Klassenkameraden oft mit ihren Wochenenderlebnissen auf privaten Partys und mit ihren ersten Kifferfahrungen. Alex war immerhin zweiundzwanzig und so etwas wie eine erwachsene Freundin, der man sich anvertrauen kann. Ja, sie wollte auf diese Party, um endlich mitreden zu können.

»Heh, Kleines, was ist?« Alex stupste sie freundschaftlich an. »Freu dich auf ein bisschen Spaß heute Nacht.« Annika lächelte zufrieden. »Na, dann los«, lachte Alexandra, startete den Motor ihres Peugeot 206 und fuhr ab in Richtung Göttingen.

»Du hast hoffentlich das Einverständnis deiner Eltern? Nicht, dass ich Ärger bekomme. Dein Vater ist schließlich bei der Kripo und passt sicher gut auf dich auf«, sagte Alexandra, als sie die Kreuzung am Auekrug passierten.

»Ja, obwohl es ein ziemlicher Kampf gewesen ist.« Annika verdrehte die Augen.

Nach einer Weile fragte Alexandra: »Was macht dein Vater eigentlich so als Kriminalbeamter? Muss doch ein aufregender Job sein.«

»Wie man's nimmt. Er erzählt wenig über seine Arbeit und meint, dass es längst nicht so spannend sei wie in Fernsehkrimis, die oftmals weit von der Realität entfernt seien.«

»Trotzdem kriegt er doch viel mit, was in der Szene alles abgeht. Ich würde das schon aufregend finden«, meinte Alexandra.

»Ja, wie neulich, als jemand versucht hat, bei uns einzubrechen. Der Kerl wusste nicht, mit wem er es zu tun hatte. Mein Vater hat ihn ruckzuck geschnappt.« Annika lachte.

»Gehörte der mit zu der Einbrecherbande, die in letzter Zeit Wohnungen ausräumt?«, fragte Alexandra.

»Nee, glaube ich nicht. Der hat sich ziemlich dusselig angestellt.«

»Hat die Kripo schon einen Verdacht, wer hinter der Bande steckt?«

»Warum willste denn das wissen?«, wunderte sich Annika.

»Na, weil man nie sicher sein kann, bevor die geschnappt sind«, sagte Alexandra.

»Soviel ich mitgekriegt habe, tappen die noch im Dunkeln«, verriet Annika.

»Tatsächlich«, bemerkte Alexandra und Annika glaubte, eine gewisse Genugtuung herauszuhören.

Ungefähr zwanzig Minuten danach fuhr Alexandra auf den Hof eines abgelegenen Gebäudes im Ortsteil Geismar. Soweit Annika im Scheinwerferlicht erkennen konnte, schien es ein ehemaliges Gehöft gewesen zu sein. Alexandra fand noch eine Lücke zwischen den zahlreichen Autos, die auf dem weitläufigen Gelände abgestellt waren.

Die Bässe der Technorhythmen wummerten bis auf den Parkplatz heraus. Alexandra stieg aus und tänzelte im Takt der Musik um das Auto herum. Annika legte den Gurt ab und stieg ebenfalls aus.

»Komm Kleines, die Jungs warten schon auf uns.«

Sie schwang die Hüften hin und her und bewegte sich tippelnd auf den Eingang zu. Annika folgte ihr. Als sie eintraten, brach die Musik mit voller Wucht über sie herein. Annika hatte im ersten Moment das Gefühl, ihr Brustkorb würde mitschwingen und ihr das Atmen erschweren. Der Raum zuckte im Gewitter greller Stroboskoplampen hell auf und erweckte dadurch den Eindruck, die Tanzenden würden sich wie Roboter sich bewegen. Über den Köpfen der Menschen lag eine Dunstwolke. Die Luft war hitzig und berauschend und Annika brauchte einige Sekunden, um sich zurechtzufinden.

»Da ist Marc«, rief Alex gegen den Lärm an, fasste Annika an der Hand und zerrte sie durch das Gedränge zur Bar hinüber. Marc war ein gut aussehender Typ, groß, sportlich, mit freundlichen Augen. Auf seinem Handrücken leuchtete ein Spinnentattoo. Er sprang von seinem Barhocker herunter und umarmte Alexandra zur Begrüßung.

Alex schob Annika vor. »Marc, das ist Annika. Wir joggen zusammen, aber heute wollen wir mal richtig abrocken, verstehst du?«

Marc begrüßte sie mit Bruderkuss. »Dass du so hübsch bist, hat Alex mir verschwiegen.« Er setzte sich zurück auf den Hocker. »Was wollt ihr trinken? Einen Cocktail vielleicht?«, bot Marc an.

»Ja, zum Aufheizen genau das Richtige«, meinte Alexandra.

Marc winkte den Barmann herbei. Plötzlich packte jemand Annika am Arm, und bevor sie begriff, was mit ihr geschah, wurde sie auf die Tanzfläche gezogen. Erst mitten im Gewühl erkannte sie ihren unfreiwilligen Tanzpartner. Der junge Mann lachte sie an und bewegte sich elegant im Rhythmus der Klänge. Automatisch durchzuckte es sie und fand bald Gefallen an der Musik, und dem Licht, und den Rhythmen, denen man sich kaum entziehen konnte.

»Ich seh dich hier zum ersten Mal«, schrie ihr der Mann nach einer Weile ins Ohr. »Wie heißt du?«

»Ich bin zum ersten Mal hier«, schrie sie zurück. »Ich heiße Annika«.

»Ich bin Enrico.« Annika lächelte ihm zu.

Sie tanzten weiter und Annika fühlte sich ausgelassen wie lange nicht mehr. Es war ihr, als würde die Musik ihren Körper beherrschen. Ein gutes Gefühl, das sie einfach treiben ließ.

Sie wusste nicht, wie lange sie getanzt hatte, als ihr die Schweißperlen an den Schläfen herunterliefen. »Ich brauche eine Pause«, rief sie ihrem Partner zu. Er nickte und bahnte ihr eine Gasse durch die Menge bis zur Theke, wo ein Cocktailglas für sie bereitstand. Sie trank einen großen Schluck und fühlte sich gleich besser. Nachdem sie den Rest auf ex ausgetrunken hatte, zog sie ihrerseits den jungen Mann zurück in die wogende Masse. Alexandra hatte sie im Tanzfieber völlig außer Acht gelassen. Wo steckte sie nur? Annika schaute sich um, soweit es in diesem Lichtgewitter möglich war. Auf der Tanzfläche konnte sie ihre Freundin nicht ausmachen. *Irgendwo wird sie sich schon vergnügen,* dachte sie, als sie Marc und Alex neben der Bar vor einer Tür entdeckte. Beide machten jedoch nicht den Eindruck, als würden sie sich amüsieren. Im Gegenteil, die Gestik ihrer Unterhaltung ließ eher auf einen Streit schließen. Annika beobachtete beide eine Weile irritiert. Auf einmal glaubte sie, Marc hätte Alex sogar eine runtergehauen. Vielleicht hatte sie sich auch geirrt, denn im Stroboskoplicht wirkten Bewegungen unreal, aber Alex rieb sich die Wange und wehrte sich. Marc packte sie plötzlich am Handgelenk, riss die Tür auf und verschwand mit ihr dahinter. Annika erschrak. *Da stimmt doch etwas nicht. Ich muss nachsehen, was da los ist,* dachte sie, ließ ihren Partner einfach zurück und schlängelte sich durch die Menschenmenge bis zu der Tür. Auf einem Schild las sie ›Durchgang verboten‹. Annika öffnete die Tür einen Spalt und schlüpfte hindurch. Ein spärlich beleuchteter Flur erstreckte sich vor ihr und mündete am anderen Ende im Dunkeln. Unsicher und ängstlich tappte sie voran. Der Gang schien kein Ende zu nehmen. Die Technoklänge wurden mit jedem Schritt, den sie vordrang, leiser. Ein Stück weiter zweigte ein Flur rechts ab. Da waren Stimmen. Durch den schmalen Spalt einer Tür fiel ein Lichtstreifen auf den Gang.

»Das ist mir scheißegal. Musstest du sie unbedingt mit hierher schleppen? Sorg dafür, dass diese Bullentussi nicht quatscht! Du weißt, was auf dem Spiel steht.«

Es hörte sich nach Marcs Stimme an. *Was hatte ihn derart aufgebracht? Bullentussi? Sprechen die über mich?,* fragte sich Annika, drückte sich an die Wand und lauschte.

»Immerhin habe ich von ihr erfahren, dass die Kripo noch kein Stück weiter ist. Das beschäftigt die noch eine Weile«, entgegnete Alexandra.

»Sieh zu, dass wir das Zeug unter die Leute kriegen. Schulen, Studenten, Clubs. Köhler hängt mir im Nacken. Wir müssen den Markt ausweiten, solange die Bullen noch pennen und glauben, eine osteuropäische Bande räumt ihre Wohnungen aus«, keifte Marc sie an.

»Köhler, wenn ich den Namen schon höre«, sagte Alexandra abfällig, »der agiert versteckt im Hintergrund, der Arsch. Seine Luxushütte sollten unsere Leute mal ausräumen. Der verzichtet sogar auf eine Alarmanlage aus Schiss vor der Polizei.«

»Quatsch nicht so blöd! Schließlich läuft die Logistik über ihn. Eine bessere Tarnung gibt es nicht. Und jetzt beweg deinen Arsch und schaff die Kleine weg!«, fauchte er sie an.

»Das könnte dir so passen. Glaubst du, ich mach mir für dich die Finger schmutzig?«, gab Alex schrill zurück. Im selben Moment hörte Annika ein Poltern aus dem Raum. Alex schrie. Annika stand steif an der Wand. Was konnte sie tun? Sie sollte beseitigt werden, was immer damit gemeint war. Ihr Herz pochte heftiger als die Bässe der Technomusik. Plötzlich ging die Tür auf. Marc kam heraus, sah Annika überrascht an, packte sie am Handgelenk und zerrte sie in den Raum hinein. Alex schaute ebenfalls verdutzt, als sie Annika gegenüberstand.

»Sie hat gelauscht«, sagte Marc und schlug ihr mit der Faust ins Gesicht. Ein beißender Schmerz durchzuckte ihren Kopf. Sie taumelte benommen zu Boden.

»Bring sie zum Schweigen«, hörte sie wie aus der Ferne Marcs Stimme. Nach einer Weile drang eine Nadel tief in ihren Arm. Kurz darauf schien ihr Herz wie eine Kreiselpumpe zu rotieren. Eine unbändige Kraft erfasste ihren Körper und gab ihr das überlegene Gefühl, ihre Lage zu beherrschen. Sie versuchte aufzustehen, verlor aber auf der Stelle das Gleichgewicht und fiel zurück. Ihr Herz pumpte so heftig, dass sie glaubte, ihre Adern würden platzen. Sie fühlte einen übermächtigen Schwindel und ihr Magen krampfte sich zusammen.

»Hilfe!«, krächzte sie kaum hörbar und erbrach. Von weit her hörte sie die Bässe. Wum, wum, wum ... wum, wum, wum. Sie wollte den Kopf heben, aber ihr Körper gehorchte nicht mehr. Dann sah sie ein unscharfes Gesicht dicht vor ihren Augen. »Hilfe!«, hauchte sie.

»Nicht einschlafen!«, sagte eine bekannte Stimme, deren Nachhall sich rasch entfernte.

Privatanwesen der Köhlers, Bad Lauterberg
Nacht von Samstag auf Sonntag, 29. Oktober 2017

Der Nebel kam wie bestellt. Enrico bog auf der Kuppe des Butterberges nach links in den Wirtschaftsweg ein, den er seit Tagen ausgekundschaftet hatte. Ein Stück weiter zweigte links ein Feldweg ab, der in Richtung des Wohngebietes ›Am Paradies‹ führte. Den Polo hatte er sich von seiner Mutter ausgeliehen und ihr vorgelogen, er wolle zu einer Nachtvorstellung ins Cinemaxx nach Göttingen. Der Wagen schaukelte über die mit Feldsteinen übersäte Schotterpiste. An einer Buschreihe drehte er das Auto in Fluchtrichtung und stieg aus. Die Armbanduhr zeigte halb zwei. Er zog die Kapuze seines Hoodies über den Kopf und legte das Stück bis zu Köhlers Grundstück zu Fuß zurück. Als er das Wohngebiet erreichte, blieb er stehen und lauschte in die neblige Nacht hinein. Es war totenstill wie auf dem angrenzenden Friedhof. Die Straßenlaternen spendeten diffuses Licht und gaben ein wenig Orientierung. Köhlers Haus lag weit oben am Berg und grenzte an ein Wäldchen. Enrico schlich um das Grundstück herum, das von einer übermannshohen Hecke umgeben war. Viel konnte er durch das dichte Grün und den Nebel nicht erkennen, nur so viel, dass das Haus ringsum durch Spotlichter unter der Traufe beleuchtet wurde. Auf der Rückseite, im Schutz des Waldes, kletterte er über den Maschendrahtzaun und zwängte sich durch die Thujahecke hindurch. Die Zweige rissen ihm die Kapuze vom Kopf und er zog sich einige Schrammen im Gesicht und an den Händen zu. Geduckt, die Deckung der Bäume und Büsche im Garten nutzend, näherte er sich dem Bungalow. Die Spots konnten den Nebel kaum durchdringen. Enrico versteckte sich unter einem der Sträucher, zog die Kapuze über und leuchtete mit der Taschenlampe zum Haus hinüber. Aber der Lichtstrahl wurde von den Nebelschwaden verschluckt, bevor er das Haus erreichte. Er verharrte einen Augenblick und lauschte. Nichts rührte sich, kein Laut drang nach draußen, obwohl die Terrassentür angekippt schien, soweit er das im diffusen Licht der Traufenbeleuchtung erkennen konnte. Vorsichtig traute er sich aus der Deckung und stelzte über die Rabatte bis ans Haus. Mit dem Rücken an die Wand gedrückt, rückte er weiter zur Terrasse vor. Von der Seite schielte er am Fensterrahmen vorbei in den Raum hinein. Nur die Umrisse von Möbeln konnte er erkennen. Er horchte erneut. Kein Geräusch, keine Musik, kein Fernseher lief. Er wartete eine Weile und lugte nochmals in den Wohnraum hinein. Die Luft war rein. Behutsam versuchte er, die Terrassentür geräuschlos zu öffnen, und wunderte sich, dass sie tatsächlich angekippt war. *Wie kann man nur so leichtsinnig sein,* dachte er und griente in sich hinein. Er hatte kein Problem damit, durch den Spalt zu greifen und das obere Haltegestänge auszuhebeln. Vorsichtig schwenkte er die Tür ein Stück auf und schlüpfte hindurch. Vor Angst, doch noch entdeckt zu werden, verhielt er sich einen Augenblick still, aber nichts geschah. Mit der Taschenlampe leuchtete er im Wohnzimmer umher und schaute, ob etwas herumlag, was sich mitzunehmen lohnte. Schritt für Schritt durchquerte er den Raum. Im Lichtkegel der Handleuchte tauchte ein Sideboard auf. Er tastete die Oberfläche ab und entdeckte eine Armbanduhr, die er sofort einsteckte. An der gegenüberliegenden Seite befand sich eine Schrankwand mit Schubläden und Fächern. Er ließ den Lichtschein über die Wand gleiten und zog eines der Schubfächer auf. Briefe, zwei Holzschachteln und ein verzierter Brieföffner lagen darin. Er nahm den Brieföffner heraus und betrachtete ihn genauer. Er war wie ein orientalischer Damendolch gearbeitet. So etwas hatte er bisher nur auf Bildern in Illustrierten gesehen. Gerade wollte er ihn einpacken, als plötzlich der Türgong erscholl. Enrico erstarrte vor Schreck.

»Oh, Scheiße«, zischte er leise vor sich hin, knipste die Lampe aus und wusste im Augenblick nicht, was er tun sollte. Er traute kaum, sich zu bewegen. *Ich muss die Fingerabdrücke abwischen,* schoss ihm durch den Kopf. Er legte den Dolch auf den Couchtisch, zog sein Taschentuch hervor und wischte vorsichtig, um jedes Geräusch zu vermeiden, den Griff der Schublade ab. Der Gong ertönte ein zweites Mal. Sein Herz raste vor Anspannung. Auf Zehenspitzen tippelte er zur Terrassentür, wischte den Griff und den Rahmen ab. Dann hörte er Schritte, die Haustür und Stimmen. *Bloß weg,* war sein nächster Gedanke. Mit eingezogenem Bauch zwängte er sich durch den Spalt der schräg hängenden Tür und rannte durch den Garten. Die Zweige der Hecke schlugen ihm erneut ins Gesicht und rissen weitere Wunden. Sein Gesicht brannte. Er sprang ins Auto und fuhr los. Der Wagen holperte riskant über die Steine und Löcher des Feldweges. Als er die asphaltierte Straße erreicht hatte, gab er Gas und raste den Butterberg hinunter. Am Kreisel nahm er die erste Ausfahrt zur Schnellstraße Richtung Herzberg und jagte mit Vollgas in den Nebel. Wie mahnende Finger tauchten die Leitpfosten im Scheinwerferlicht des Polos auf und flogen an ihm vorüber. Nur weg hier.

Die erste Ampel auf der Osteroder Straße überfuhr er bei Rot. Alle weiteren standen zum Glück auf Grün. Dann plötzlich – ein Blitz. Er wusste sofort, was passiert war, und schaute auf den Tacho. Die Nadel pendelte fast gegen die Neunzig. »Scheiße«, schrie er in die Windschutzscheibe und schlug wütend auf das Lenkrad. In seiner kopflosen Flucht hatte er den ortsfesten Blitzer völlig vergessen. Instinktiv bremste er ab, aber es war längst zu spät. Er fuhr weiter.

Zu Hause parkte er den Wagen am Bordstein und lief ins Haus. Durch die Wohnungstür drangen Stimmen bis ins Treppenhaus. Er schloss auf und ging hinein. Ein Mann drückte gerade seiner Mutter einige Geldscheine in die Hand, sah Enrico überrascht an und verschwand.

»Wo kommst du jetzt her?«, keifte sie ihn an, »und wie du aussiehst? Hat man dich mit einem Trecker durch die Schonung geschleift?« Sie griff an seine Jacke. »Was ist das? Nur noch Fetzen. Mann ich fass es nicht. Kino, ja? Dass ich nicht lache. Hat sich dein Streifzug wenigstens gelohnt?«

»Ach, lass mich in Ruhe, du Schlampe«, brüllte er zurück. Seine Mutter verschwand im Schlafzimmer und knallte die Tür hinter sich zu.

Privatanwesen der Köhlers, Bad Lauterberg
Sonntagnacht, 29. Oktober 2017

Hatte gerade jemand geläutet? Wolfgang Köhler schlug schlaftrunken die Augen auf und schaute neben seinem Bett auf die Uhr. Zwei Uhr vierunddreißig. *Ich habe geträumt,* redete er sich ein und ließ sich ins Kissen zurückfallen. Plötzlich schreckte er hoch. Der Gong läutete abermals. Er hatte nicht geträumt. *Wer will um diese Zeit etwas von mir? Ist etwas passiert? Vielleicht mit Carola oder Sandra, die zusammen zu einem Musical nach Hannover gefahren sind.* Weil es spät werden würde, wollte Carola bei Sandra übernachten und erst Sonntagmittag zurückkommen. Hellwach sprang er aus dem Bett, warf sich den Morgenmantel über und ging an die Haustür. Auf dem Bildschirm der Gegensprechanlage lächelte ihn Jiri Jelinek an. Köhler erschrak ein weiteres Mal. *Was will der um diese Zeit von mir,* fragte er sich.

»Wolfgang, willst du uns nicht hereinlassen? Es ist kalt hier draußen«, sagte er. Köhler drückte den Türöffner und erwartete seine nächtlichen Besucher in der Haustür. Neben Jelinek tauchten Lucas Ducek und die beiden hünenhaften Bodyguards aus dem Nebel vor ihm auf.

»Wolfgang«, rief Jelinek überschwänglich und umarmte ihn. »Ich freue mich, dich gesund und munter wiederzusehen. Wie geht es dir?« Köhler war für einen Moment sprachlos.

»Habt ihr mal auf die Uhr gesehen?«, sagte er dann vorwurfsvoll.

»Aber Wolfgang«, sagte Jelinek beschwichtigend, »alles hat seine Zeit, verstehst du?«

Die beiden Gorillas hielten vor dem Haus Wache. Jelinek und

Ducek traten ein. Köhler fiel auf, dass sie Handschuhe trugen, wobei ihn ein ungutes Gefühl überkam. *Sie wollen keine Spuren hinterlassen,* dachte er. Aber warum? Was haben sie vor? Wolfgang Köhler bekam feuchte Hände.

»Was wollt ihr von mir um diese gottverdammte Zeit?«, fragte er gähnend.

»Lass uns erst einmal ins Haus gehen«, schlug Jelinek vor.

»Du solltest mich nicht hier zu Hause besuchen«, sagte Wolfgang Köhler eindringlich.

»Aber Wolfgang«, geiferte Jelinek in seinem tschechischen Akzent, »hier in deiner privaten Wohnung lässt sich doch vieles leichter besprechen, nicht wahr?« Er legte freundschaftlich seinen Arm auf Köhlers Schulter und ging mit ihm ins Wohnzimmer.

Köhler schaltete das Licht ein und entdeckte sofort die ausgehängte Terrassentür. Er schüttelte den Kopf. *Wahrscheinlich hat Carola die Tür wieder einmal nicht weit genug angedrückt, um sie auf Kipp zu stellen,* ging ihm durch den Kopf, *wie oft habe ich ihr das schon gepredigt?* Ärgerlich hing er die Tür ein und schloss sie.

»Möchtet ihr einen Drink?«, fragte Köhler. »Ihr hattet sicher eine lange Fahrt.«

»Nein, danke. Später vielleicht«, sagte Jiri Jelinek.

»Aber ich brauch jetzt einen«, sagte Köhler und ging zum Getränkeschrank.

»Wo ist deine Frau? Ich möchte sie endlich kennenlernen.«

»Sie ist mit Sandra nach Hannover ins Musical gefahren. Sie kommen erst morgen zurück.«

»Das ist schade. Ich liebe Musicals«, schwärmte Jiri.

»Setzt euch doch«, forderte Köhler beide auf, während er sich ein Glas Gin Tonic eingoss. Er schaute dabei unauffällig nach draußen und sah schemenhaft die beiden Hünen wie zwei Wachsoldaten vor dem Eingangspodest auf und ab gehen. Er war in diesem Moment froh über seinen hohen Sichtschutzzaun, der jeglichen Einblick von außen verhinderte. Köhler stellte das Glas auf den runden Tisch, um den vier bequeme Sessel herum standen. Er prostete den beiden Männern zu und trank einen Schluck. Dann ging er zur Schrankwand hinüber. »Ich möchte euch etwas zeigen«, sagte er, reckte sich zur oberen Schranktür und holte aus dem Fach einen Umschlag, den er Jelinek vorlegte. »Sieh dir das an«, sagte Köhler.

Jelinek öffnete das Kuvert und zog gedruckte Fotografien in DIN

A4-Größe heraus. Er breitete sie auf dem Tisch aus. Die Bilder zeigten den Brand des Tankwagens.

»Darüber wollten wir mit dir reden«, sagte Jelinek. »Kannst du mir das erklären?« Seine Stimme hatte den freundlichen Ton verloren.

»Nein, das kann ich nicht«, fauchte Köhler zurück. »Meine Familie und ich werden seit zwei Wochen systematisch tyrannisiert. Sandra wurde eine Kinderpuppe vors Auto geworfen. Sie hatte Glück, dass nichts Schlimmeres passiert ist. Mir hat man das Garagentor mit Blut beschmiert. Felix wurde bewusstlos geschlagen und auf die Müllkippe geworfen. Auf seinem Arm haben sie Anlage Z eintätowiert. Dann der Brand des Lkws, und jedes Mal taucht dieser Begriff Anlage Z auf.«

»Da will dich jemand fertigmachen. Hast du mit einem deiner Kunden Stress gehabt?«, fragte Jiri Jelinek.

»Meine Kunden sind im Normalfall auch deine Kunden. Nein, verdammt«, antwortete Köhler gereizt.

»Aber mit uns wirst du Stress bekommen«, drohte Jelinek. »Hast du eine Ahnung, wie viel Geld mit dem Lkw in Flammen aufgegangen ist?«, zischte er. Wolfgang Köhler schüttelte stumm den Kopf. »Dreihundertfünfzigtausend Euro!«, sagte Jelinek, katapultierte sich aus dem Sitz und nahm eine drohende Haltung an. Auch Lucas Ducek sprang im selben Moment auf. Dann sagte Jelinek leise, aber bestimmt: »Damit eins klar ist. Du wirst mir jeden Cent ersetzen – jeden.«

Nun hielt es auch Köhler auch nicht länger im Sessel. »Wie stellst du dir das vor? Wo soll ich die Kohle hernehmen?«

»Wenn ich mich bei dir umsehe, erkenne ich einiges, das sich zu Geld machen ließe. Deine Autos, den Schmuck deiner Frau, das Haus.«

»Spinnst du? Niemals!«, fauchte Köhler entrüstet.

»Dann gibt es nur eine Möglichkeit«, erwiderte Jelinek, »wir werden den Umsatz steigern, damit du deine Schulden bei mir abstottern kannst.«

»Ich stottere gar nichts ab«, brüllte Köhler. »Ich sehe nicht ein, das Risiko alleine zu tragen, schließlich habe ich den Lkw nicht angezündet. Ich steige aus, ich habe die Schnauze voll von dieser Scheiße!«

»Aussteigen will er? Hast du das gehört, Lucas?«, er lachte hämisch. »Wer mit mir Geschäfte macht, steigt nur aus, wenn ich ihn rausschmeiße oder wenn er tot ist«, stellte er unmissverständlich klar.

Köhler stieg die Zornesröte ins Gesicht. Er spürte den Adrenalinstoß, der seinen Körper in Spannung versetzte.

»Raus!«, brüllte er, »alle beide. Ich will euch hier nicht wieder sehen. Unsere Geschäftsbeziehung ist beendet.«

Jelinek machte einen Schritt vorwärts und packte Köhler am Revers. »Du hast mich offenbar nicht verstanden«, knurrte er.

»Hauptsache, du hast mich verstanden«, kläffte Köhler zurück, schlug kräftig mit beiden Händen zwischen Jelineks Arme und löste dessen Griff. Bevor der Tscheche erneut zupacken konnte, stieß Köhler ihn mit beiden Händen gegen die Brust, sodass er nach hinten torkelte und gegen Lucas Ducek prallte. Der taumelte seinerseits rückwärts, stolperte über einen Sitzhocker, fiel auf den Rücken und tuschierte mit dem Hinterkopf die Kante des Türrahmens. Er rappelte sich rasch wieder auf die Beine, griff unter seine Jacke und zielte mit einer Pistole auf Köhlers Stirn, der in Schreckstarre in den Lauf der Waffe blickte.

»Steck die Pistole weg, die ist zu laut!«, befahl Jelinek, der plötzlich einen Brieföffner in der Hand hielt und ihn mit der Spitze blitzschnell gegen Köhlers Kehle drückte. Köhler wagte nicht, sich zu bewegen. »Nun?«, fauchte Jelinek, »willst du es dir noch einmal überlegen?« Köhler wurde bewusst, er befand sich in einer ausweglosen Situation. Wie er sich auch entscheiden würde, er war diesem Mafioso ausgeliefert. Verzweifelt packte er Jelineks Handgelenk und wollte es zur Seite drehen, aber der hielt entschlossen dagegen. Köhler kämpfte um sein Leben.

Herzberg und Klinikum Göttingen
Sonntag, 29. Oktober 2017

〰

»Hast du schon die Uhren umgestellt?«, fragte Elke gähnend, als sie ins Badezimmer kam. Brauer stand vor dem Spiegel und rasierte sich gerade.

»Warum sollte ich?«, fragte er zurück.

»Weil die Sommerzeit vorbei ist«, sagte sie, während sie ihren Schlafanzug auszog und in der Dusche verschwand.

»Ist es schon wieder so weit?«, rief er gegen das rauschende Wasser an. Elke antwortete nicht. Er beendete seine Rasur, klatschte sich etwas Rasierwasser aufs Gesicht und zog sich an. Dann verließ er das Bad und bereitete in der Küche das Frühstück vor. Während das Kaffeewasser schlürfend durchlief, ging er durchs Haus und stellte die Uhren um eine Stunde zurück.

Elke kam aus dem Bad, setzte sich zu ihm und strich ihm mit den Fingern über die Wange. »Wow. Glatt wie ein Babypopo.«

Er hielt ihr die Wange entgegen. »Du darfst den Popo küssen.«

Elke lachte und drückte ihm einen Kuss auf.

»Hat sich Annika bei dir schon gemeldet?«, fragte Ralf und griff sich eine Scheibe Toast.

»Die liegt sicher noch im Bett. Sie wollte mit ihrer Freundin in Göttingen übernachten und erst Samstag spät zurück sein«, sagte Elke.

Brauer biss knirschend in das Toastbrot, als das Telefon klingelte. Er griff hinter sich und hangelte das Mobilteil von der Anrichte. Auf dem Display wurden weder Name noch Nummer angezeigt.

»Brauer«, meldete er sich und schluckte den Bissen rasch herunter.

»Klinikum Göttingen«, hörte er eine weibliche Stimme aus dem Hörer. »Ich bin Oberschwester Hilde. Ich muss Ihnen mitteilen, dass Ihre Tochter Annika gestern Nacht bei uns eingeliefert wurde.«

Die Nachricht traf Ralf wie ein Schlag. Er fühlte, wie ihm das Blut in den Bauch sackte. Ihm wurde leicht schwindelig und seine Stimme versagte.

»Ralf? Was ist denn?«, fragte Elke verwirrt. Sie erkannte offenbar den Schock in seinen Augen.

»Herr Brauer, sind Sie noch dran?«, fragte die Oberschwester nach einer Weile.

»Was ist mit ihr?«, fragte Ralf tonlos.

»Das kann ich Ihnen leider nicht sagen. Dr. Seibert bittet Sie zu kommen. Ihre Tochter liegt auf der Intensivstation im Bettenhaus 1, Station 1013«, sagte Oberschwester Hilde.

»Wir kommen«, sagte Ralf und legte das Telefon ab.

»Wohin?«, fragte Elke.

»Annika liegt im Göttinger Klinikum«, sagte Ralf und musste schlucken. Elke schlug die Hand vor den Mund. »Oh, nein. Was ist mit ihr?« Elkes Augen wurden wässrig.

»Wir sollen mit dem Arzt sprechen. Mach dich fertig. Ich sage Patrick Bescheid.«

Ralf rannte die Treppe nach oben, klopfte kurz an und öffnete die Tür. Eine junge Frau blickte ihn schlaftrunken aus Patricks Bett an und versuchte ein Lächeln. Sie tippte Patrick auf die Schulter, der noch schlief.

»Was ist denn?« Mit verschlafenem Blick schaute er auf. »Papa?« Der Schlaf schien urplötzlich aus seinen Augen zu weichen.

»Mama und ich müssen nach Göttingen ins Krankenhaus. Annika ist dort eingeliefert worden.«

Patrick setzte sich aufrecht. »Warum? Was ist mit ihr?«

»Wir wissen es nicht. Ich rufe dich an, wenn wir mit dem Arzt gesprochen haben.«

Er schloss die Tür und lief nach unten. Elke stand fertig angezogen im Flur. Ralf warf sich die Jacke über und eilte mit ihr zur Garage.

»Patrick hat ein Mädchen im Bett. Kennst du sie?«, fragte Ralf, nachdem Elke zugestiegen war.

»Nein, keine Ahnung, wer das sein könnte. Fahr los!«, drängte sie zur Eile.

Ralf parkte den Wagen auf dem riesigen Parkdeck vor dem Haupteingang des Klinikums. Mit weichen Knien stieg er die Treppe zur Straßenebene hinauf, Elke folgte dicht hinter ihm. Auf der Fahrt hatten sie kaum miteinander gesprochen. Ihre Gedanken hingen an Annika. In der Stimme der Oberschwester glaubte Ralf eine ernste Besorgnis herausgehört zu haben. Er bekam ein flaues Gefühl im Bauch, das sich mit jedem Meter verstärkte, den er sich dem Haupteingang näherte. Eiligen Schrittes durchquerten sie die Eingangshalle des Hauptgebäudes zum Bettenhaus 1 und nahmen die Treppe zur ersten Etage.

Mit zitternder Hand drückte Elke den Klingelknopf der Station 1013. Der Moment, bis schließlich eine Schwester in grüner Krankenhaustracht öffnete, kam ihnen wie eine Ewigkeit vor.

»Wir sind die Eltern von Annika Brauer, die bei Ihnen hier auf der Station liegt, und würden gerne mit Doktor Seibert sprechen«, sagte Ralf.

»Kommen Sie bitte herein und gehen Sie dort in den Umkleideraum.« Sie zeigte auf einen offenen Raum, links vom Gang. »Ziehen Sie sich bitte einen Kittel über und desinfizieren Sie Ihre Hände gründlich. Ich schicke Doktor Seibert zu Ihnen.«

Ralf und Elke schlüpften in grüne Kittel und pumpten sich aus der Flasche neben der Tür Desinfektionsflüssigkeit in die Hände. Sie warteten im Gang. Es herrschte eine stille Hektik auf der Station. Schwestern und Ärzte liefen von einem Zimmer in das nächste. Es roch intensiv nach Krankenhaus.

Bald kam jemand in einem langen Kittel eilig auf sie zu. »Herr und Frau Brauer?«, fragte er.

»Ja«, nickte Elke.

»Seibert, ich bin der Oberarzt der Station«, stellte er sich vor. »Lassen Sie uns in mein Sprechzimmer gehen«, forderte er sie auf und ging vorweg. Er hielt ihnen die Tür auf und bat sie, Platz zu nehmen. »Ihre Tochter ist gestern Nacht vom Notarzt eingewiesen worden. Sie hatte einen Atemstillstand und musste reanimiert werden.«

»Nein«, schrie Elke auf und schluchzte laut. Ralf nahm ihre Hand.

Seibert sprach weiter: »Wir haben festgestellt, dass sie durch eine Überdosis Drogen vergiftet war, die ohne rechtzeitigen Notarzteinsatz tödlich verlaufen wäre.« Der Arzt unterbrach, als Elke heftig zu weinen begann. »Möchten Sie ein Glas Wasser?«, fragte er. Elke schüttelte den Kopf. Doktor Seibert fuhr fort: »Zunächst glaubten wir, Ihre Tochter sei fortgeschritten drogensüchtig, aber ihr guter Allgemeinzustand widersprach diesem Eindruck. Zudem fanden wir auch nur eine einzige Einstichstelle am linken Arm, was auf eine intravenöse Verabreichung schließen lässt.«

Doktor Seibert machte eine erneute Pause und gab Elke Gelegenheit, ihre Nase zu schniefen und sich die Augen zu wischen.

»Es deutet vieles darauf hin, dass ihr die Dosis gewaltsam verabreicht wurde. Sie hat einige Hämatome und Schrammen im Gesicht und an den Extremitäten. Wie Sie wissen, sind wir verpflichtet, bei Drogenverdacht die Polizei zu verständigen.«

»Wie geht es ihr? Können wir sie sehen?«, wimmerte Elke.

»Ich will offen zu Ihnen sein. Sie ist noch nicht über den Berg und liegt nach wie vor im Koma. Wir müssen abwarten, bis sie aufwacht, erst dann können wir Genaueres sagen. Sie ist in guter Konstitution, das ist eine gute Voraussetzung für einen sich stabilisierenden Kreislauf«, erklärte der Arzt. »Oberschwester Hilde wird Sie zu ihr bringen«, sagte er und rief sie über sein Funkgerät.

Die Schwester brachte sie in einen durch eine Glaswand abgeteilten Raum, in dem Annika lag. Sie war intubiert und durch die Maske, Schläuche und Kabel kaum zu erkennen. Das rhythmische Fauchen der Beatmungsmaschine und das Piepen der Kreislaufüberwachung ließ Ralf einen Schauer über den Rücken kriechen. Er musste gegen seine Gefühle ankämpfen, um nicht laut losheulen zu müssen. Elke trat neben das Bett und berührte Annikas Arm.

»Ich lass dich nicht allein«, flüsterte sie ihr zu. »Ich kann doch hierbleiben?«, fragte sie die Schwester.

»Natürlich, bis heute Abend gern«, sagte die Oberschwester, »aber es würde genügen, wenn Sie morgen beim Aufwachen dabei wären. Überlegen Sie es sich.«

»Ich bleibe und komme morgen wieder«, sagte sie wie selbstverständlich.

»Ich hole dich dann heute Abend ab«, sagte Ralf, strich Annika sanft übers Haar und ging hinaus auf den Flur. Er musste tief durchatmen, um wieder klar denken zu können. Als er den Kittel abgelegt und in den Wäschekorb geworfen hatte, begegnete ihm Doktor Seibert im Gang.

»Ach, Herr Doktor«, sprach Ralf ihn an, »eine Frage noch: Um welche Droge handelte es sich bei meiner Tochter?«

»Eindeutig Crystal Meth«, antwortete Seibert. »In letzter Zeit häufen sich Fälle von Personen mit gefährlichen Nebenwirkungen, die von diesem Teufelszeug herrühren.«

»Danke, Doktor«, sagte Ralf und verließ das Klinikum. Das flaue Gefühl im Bauch wechselte allmählich in Wut. Hatte Köhler am Ende doch etwas mit dem Drogenhandel zu tun? Will sich die Drogenmafia neue Märkte erschließen? Die Großstädte sind gesättigt und die Kripo kennt die Logistiktricks. Aber im ländlichen Bereich ist Potenzial und die Polizei unerfahren. »Wenn ihr euch da mal nicht geschnitten habt, nicht mit mir«, sagte er laut vor sich hin, dass die Leute ihn im Vorübergehen verwundert ansahen.

Draußen vor dem Haupteingang rief er Patrick an.

Aufgebracht stieg er ins Auto und riss die Tür heftiger zu als notwendig. »Diese Alexandra kauf ich mir«, murmelte er vor sich hin und fuhr in die Kasseler Landstraße zur Polizeidirektion Göttingen. Er gab sich dem wachhabenden Beamten als Kollege zu erkennen und fragte, wer den Einsatz in der Nacht zum Samstag wegen des Verdachtes auf Drogenmissbrauch geführt hatte.

»Kommissar Schönbeck und Hauptmeister Riechel«, sagte der junge Kollege.

»Ist einer der beiden heute im Dienst?«, wollte Brauer wissen.

»Ja, Sie haben Glück. Klaus Schönbeck ist im Hause. Ich rufe ihn.«

Er griff zum Telefon. Zwei Minuten später kam ein uniformierter Beamter die Treppe herunter. Er war untersetzt, trug die Uniformjacke offen, wahrscheinlich, damit sein Kugelbauch bequem Platz hatte. Schönbeck stierte auf Brauers Fliege.

»Was kann ich für Sie tun, Herr Brauer?«, fragte er. Brauer erklärte ihm den Grund seines Besuches. »Das war Ihre Tochter? Oh, das tut mir leid. Wie geht es ihr?«, erkundigte er sich.

»Noch nicht gut. Erst morgen werden wir mehr erfahren«, sagte Brauer. »Aber erklären Sie mir bitte alles über den Einsatz und was Sie herausgefunden haben.«

Klaus Schönbeck führte Brauer in sein Büro und bot ihm einen Platz an.

»Das hört sich für Sie jetzt sicher unmanierlich an, aber dieser Einsatz war ein Glücksfall für uns. Die Göttinger Drogenszene ist seit einiger Zeit in Bewegung geraten. Crystal Meth ist momentan der Renner. Es ist relativ billig und steht weniger im Fokus. Die Vertriebswege sind uns noch ein Rätsel. Das Objekt, aus dem gestern der Notruf kam, haben wir seit Längerem als Drogenpfuhl im Visier. Leider waren alle Versuche, das Nest auszuheben, bisher erfolglos. Jetzt haben wir endlich eine konkrete Spur, obwohl die Vögel ausgeflogen waren, als wir eintrafen.«

»Ist Ihnen der Name Alexandra Teifel bekannt?«, fragte Brauer.

»Nicht, dass ich wüsste«, sagte der Kommissar. »Was ist mit der?«

»Die hat meine Tochter auf diese Party geschleppt. Könnte sein, dass sie in die Drogenszene verstrickt ist. Aus ihrem Wohnort in Hörden hört man nichts Gutes über sie. Ich werde gleich dorthin fahren, und wenn ich sie antreffe, vorläufig festnehmen. Geben Sie bitte vorsorglich eine Fahndung raus. Eine Personenbeschreibung bekommen Sie nachgeliefert.« Brauer stand auf und wollte gehen.

»Moment, Herr Brauer«, hielt Schönbeck ihn auf, »wir wissen, dass diese Droge hauptsächlich aus der Tschechei kommt. Dort haben sich regelrechte Crystal-Küchen gebildet. Klein, verstreut und schwierig ausfindig zu machen. Petr Koci, ein Mann von der Prager Drogenfahndung, ist ein besessener Crystal-Jäger. Fanatisch bis in die Haarspitzen. Er ist an jedem kleinen Hinweis interessiert und bereit zur Zusammenarbeit. Er spricht gut deutsch.« Schönbeck zog eine Schublade auf und zog eine Visitenkarte heraus. »Rufen Sie ihn an und halten Sie mich bitte auf dem Laufenden.«

Brauer steckte die Karte ein. »Vielen Dank«, sagte er und ging.

Er verließ eilig das Polizeigebäude und fuhr auf die B 27 mit dem Ziel Hörden. Von unterwegs rief er Steffen an.

»Ralf, ist etwas passiert?«, fragte Steffen, der Brauers Nummer auf seinem Handy erkannt hatte.

»Ja. Wo bist du gerade?«, fragte Brauer.

»In der Garage«, antwortete Steffen.

»Willst du wegfahren?«

»Nein, ich liege unterm Auto«, sagte Steffen.

»Bleib, wo du bist, ich bin gleich bei dir.«

Eine viertel Stunde danach hielt Brauer vor dem Haus in Hörden, wo Steffen wohnte. Er ging die Einfahrt entlang zur Garage. Das Tor stand offen. Unter dem knallroten Astra lugten zwei Beine hervor. Brauer trat behutsam gegen die Schuhsohle.

»Ralf, bist du es?« Steffen kam auf einem Rollbrett liegend unter dem Auto hervor. »Habe den Schalldämpfer etwas modifiziert«, erklärte er, wälzte sich von dem Brett runter und stand auf.

»Was ist denn los? Du machst ja ein Gesicht, als wenn sonst was passiert wäre«, bemerkte Steffen, während er sich seine verrußten Hände an einem Putzlappen abwischte. Brauer erklärte ihm, was Annika zugestoßen war.

»Annika? Oh, mein Gott«, rief Steffen betroffen. »Dann lass uns diese Alexandra Teifel festnehmen und ausquetschen«, schlug Steffen vor.

»Deshalb bin ich hier«, sagte Brauer. »Wo wohnt sie?«

Steffen warf den Putzlappen auf die Werkbank. »In der Mittelstraße, gleich um die Ecke.«

Brauer zögerte und blickte an ihm herunter. »Willst du dich nicht erst umziehen?«

»Brauch ich Sonntagsklamotten, um jemanden festzunehmen?«, fragte Steffen spöttelnd.

»Eigentlich nicht«, gab Brauer zu. »Na, dann los!«

Die paar Meter von der Kirchstraße, in der Steffen wohnte, zur Mittelstraße nahmen sie zu Fuß. Steffen führte seinen Chef zu einem zweigeschossigen Haus aus den Fünfzigerjahren, schätzte Brauer. Der verwitterte Putz brauchte dringend etwas Farbe. An der Haustür gab es drei Klingelschilder, deren Beschriftungen ausgebleicht und kaum noch zu lesen waren. Steffen klingelte auf Verdacht. Es dauerte eine Weile, bis eine ältere Dame öffnete. Bauer taxierte sie auf Mitte siebzig. Sie schaute verblüfft zu Brauer, dann zu Steffen.

»Herr Richter, Sie?«, sagte sie mit staunenden Augen.

»Ich komme dienstlich«, antwortete Steffen und blickte kurz neben sich. »Das ist mein Chef, Hauptkommissar Brauer. Er möchte Alexandra sprechen.« Brauer zeigte ihr seinen Ausweis.

»Sie sehen nicht aus wie ein Kriminaler«, sagte sie, als hätte sie ihn als Aufschneider entlarvt.

»Kriminalbeamte sind nun mal nicht genormt, Frau ... äh?« Brauer sah sie auffordernd an.

»Almut Teifel ist mein Name«, ergänzte sie. »Meine Enkeltochter ist nicht zu Hause.«

»Wo könnte sie denn sein?«, fragte Brauer.

»Keine Ahnung, wo sie sich rumtreibt. Ehrlich gesagt, interessiert mich das auch nicht«, sagte sie.

»Sind die Eltern zu Hause?«, fragte Brauer.

»Nein, die machen Urlaub auf Mallorca und kommen erst in zwei Wochen zurück.«

»Sie haben offenbar keine gute Meinung von Ihrer Enkeltochter«, stelle Brauer fest.

»Ich möchte nicht darüber reden und es geht Sie auch nichts an. Was wollen Sie eigentlich vor ihr, hat sie was angestellt?«

Brauer ignorierte ihre Fragen. »Hat sie einen Freund, oder Bekannte, mit denen sie regelmäßig verkehrt?«, fragte er.

»Ich kenne niemanden aus ihrem Freundeskreis. Sie studiert in Göttingen und ist selten zu Hause, außerdem gehen wir uns aus dem Weg.« Brauer bemerkte, wie sie versuchte, ihre Tränen zurückzuhalten. »Entschuldigung, ich habe Kartoffeln auf dem Herd und muss wieder rein«, sagte sie ausweichend. Es war ihr sichtlich unangenehm, über ihre Enkeltochter zu sprechen.

»Haben Sie ein Bild von ihr, was Sie uns überlassen könnten, und vielleicht die Handynummer?«

»Ein älteres Passfoto kann ich Ihnen geben. Ihre Handynummer kenn ich nicht. Warten Sie!« Sie ging ins Haus und kam bald darauf zurück. »Hier, wenn Ihnen das etwas nützt.« Sie gab Brauer das Foto.

»Das ist perfekt, danke«, sagte er. »Falls Sie ihr dennoch begegnen, sagen Sie ihr, sie soll sich dringend bei uns melden.« Brauer gab der Frau seine Visitenkarte, dann verabschiedeten sie sich.

»Ich habe die Göttinger Kollegen gebeten, eine Fahndung einzuleiten, und werde denen das Bild per Mail zusenden«, informierte er Steffen.

»Kann ich etwas für dich tun?«, fragte Steffen. »Du hast jetzt sicher den Kopf voller Sorgen.«

»Nein, danke. Leg dich nur wieder auf dein Rollbrett. Die Arbeit lenkt mich ab. Ansonsten melde ich mich«, sagte er und gab Steffen einen freundschaftlichen Klaps auf die Schulter.

Brauer fuhr nach Hause. Im Gedanken hatte er Annika vor Augen, wie sie schlafend dalag, an eine Maschine angeschlossen, die für sie Leben bedeutete. Dieses Bild ließ ihn nicht los. Er spürte einen Kloß im Hals. Im selben Moment kam ihm auch Thomas Berger in den Sinn, dessen Leben ebenfalls an Schläuchen hing.

Im Hausflur roch es nach Pizza. Er warf den Schlüssel in die Schale auf dem Schuhschrank und hängte seine Jacke an den Haken. Am Esstisch saßen Patrick und die junge Frau, die bei ihm übernachtet hatte. Beide aßen die Pizzen aus dem Karton.

»Hallo Papa, hast du inzwischen Neues von Annika?«, fragte er.

»Nein«, sagte er und ließ sich auf einen Stuhl fallen.

»Möchtest du ein Stück Pizza?«

»Danke, ich hab keinen Appetit, aber du könntest mir ein Glas Wasser holen, bitte.«

Patrick ging in die Küche. Die junge Frau saß Brauer gegenüber und sah ihn verlegen an.

»Ich bin Kim Rose, Patrick und ich haben uns in der Berufsschule kennengelernt.«

Brauer reichte ihr die Hand. »Ich bin Ralf. Freut mich.«

Patrick stellte seinem Vater das Mineralwasser auf den Tisch. Er trank einen Schluck.

»Es tut mir leid, was mit Annika passiert ist. Sie haben jetzt sicher viele persönliche Dinge zu besprechen«, sagte Kim rücksichtsvoll und stand auf. »Patrick, würdest du mich bitte nach Hause bringen?«

Patrick sah seinen Vater an, als wenn er fragen wollte: »Soll sie wirklich gehen?«

»Es gibt nicht viel zu besprechen, wir können nur abwarten. Ich denke, es würde uns auf andere Gedanken bringen, wenn Sie bleiben«, sagte Brauer. Patrick lächelte.

»Sehr gerne«, sagte sie. »Soll ich uns einen Kaffee machen?«

»Eine gute Idee«, stimmte Brauer zu.

»Patrick, zeigst du mir die Kaffeemaschine?« Beide verschwanden in der Küche.

Ein nettes Mädchen, dachte er und griff nach der Samstagsausgabe des Harzkuriers, der auf der Anrichte lag. Er blätterte lustlos durch die Seiten, überflog die Überschriften und legte das Blatt zurück. *Wenn doch nur die Zeit schneller vergehen würde,* ging ihm durch den Kopf. Kim kam mit Tassengeschirr aus der Küche und stellte es ab. »Kaffee kommt gleich«, sagte sie und ging zurück. Brauer nickte ihr zu, lehnte sich an und schloss für einen Moment die Augen.

Plötzlich klingelte sein Handy. Er schreckte hoch und riss es ans Ohr. »Ja?« Patrick kam aus der Küche geeilt und lauschte gespannt.

»Kommissariat Bad Lauterberg, Jens Pohl.«

»Jens, ach du bist es«, sagte Brauer erleichtert.

»Wieso? Wartest du auf einen anderen Anruf?«, fragte er.

»Ja, aber das erzähle ich dir später. Was gibt's denn?«

»Ich habe schlechte Nachrichten«, sagte Pohl.

»Was anderes hätte ich von dir auch nicht erwartet«, entgegnete Brauer.

»Vor etwa fünf Minuten kam ein Notruf rein. Wolfgang Köhler liegt mit durchtrennter Kehle in seiner Wohnung.«

Brauer war für einen Moment schockiert. Hatte der Anlage Z-Attentäter zugeschlagen? Er schaute auf die Uhr: Dreizehn Uhr zehn.

»Ist das Team vor Ort?«, fragte er dann.

»Ja«, versicherte Pohl.

»Holt bitte einen Pathologen dazu«, riet Brauer.

»Doktor Scheffler ist unterwegs.«

»Sehr gut«, sagte Brauer. »Ich werde Steffen und Beate Jakobi schicken. Ich selbst stehe im Moment auf Abruf durch das Klinikum Göttingen. Meine Tochter liegt dort.«

»Annika?«, fragte Pohl betroffen, »ich hoffe, nichts Schlimmes.«

Brauer versagte die Stimme. Nach einer Weile des Schweigens sagte Jens Pohl: »Okay Ralf, wir kümmern uns hier um alles.« Er beendete das Gespräch.

»Was ist, Papa?«, fragte Patrick, der die ganze Zeit neben seinem Vater gestanden hatte.

»Es gibt eine Leiche in Bad Lauterberg«, antwortete er kurz, während er den Kontakt von Steffen auf dem Smartphone suchte.

»Ralf, ich hoffe, du hast gute Nachrichten über Annika«, meldete er sich.

»Leider nicht. Ich habe schlechte Nachrichten über Wolfgang Köhler. Der liegt tot in seiner Wohnung. Kehle durchschnitten. Kümmerst du dich darum und benachrichtigst Beate?«

»Klar, mach ich. Bist du morgen im Büro?«, wollte er noch wissen.

»Das liegt ganz bei Annika«, sagte er.

»Natürlich. Ich melde mich dann«, versicherte Steffen.

Brauer legte das Handy ab. »Must du gleich weg?«, fragte Patrick.

»Nein, Steffen und Beate Jakobi werden sich darum kümmern. Ich bin im Augenblick untauglich.«

Kim kam mit der Kaffeekanne aus der Küche und füllte die Tassen. Sie hatte sich gerade dazu gesetzt, als Brauers Handy erneut klingelte. Blitzschnell griff er danach. »Brauer!« Seine Stimme überschlug sich.

»Klinikum Göttingen, Oberschwester Hilde.« Brauers Herz schnellte von null auf hundert, seine Ohren rauschten. Er war auf alles gefasst und schloss die Augen.

Privatanwesen der Köhlers, Bad Lauterberg
Sonntag, 29. Oktober 2017

In der Straße ›Am Paradies‹, vor Köhlers Grundstück, standen jede Menge Autos. Rettungswagen, zwei Polizeiautos, Steffens roter Opel Astra und andere, die Beate Jakobi nicht kannte. Sie parkte den Dienst-BMW hinter dem Opel, stieg aus und sah sich um, bevor sie durch das geöffnete Tor trat. In der Einfahrt stand ein Leichenwagen. Beate schritt auf das Haus zu und betrat durch die offen stehende Haustür den Korridor. Steffen kam auf sie zu.

»Bring mich auf den bisherigen Stand!«, forderte sie kühl.

»Sandra Köhler brachte ihre Mutter gegen Mittag nach Hause und beide fanden das Opfer mit durchschnittener Kehle im Wohnzimmer liegen.«

»Warum war Frau Köhler nicht zu Hause?«, fragte Beate dazwischen.

»Sie war gestern Abend mit ihrer Tochter Sandra in Hannover im Musical *Dirty Dancing* und haben danach dort übernachtet.«

»Das prüfen wir nach«, sagte Beate, während sie den Flur entlang zum Wohnzimmer ging. Sie blieb in der Tür stehen. »Ist die Spurensicherung durch?«, fragte sie.

»Im Wohnzimmer ja, du kannst reingehen«, sagte Steffen.

Beate betrat den Raum. Doktor Scheffler kniete neben der Leiche. An der Terrassentür pinselte ein Beamter im weißen Kapuzenoverall nach Fingerabdrücken. Zwei andere suchten im Garten nach Spuren.

»Hallo Doktor Scheffler, können Sie schon eine Prognose abgeben?«, fragte Beate und warf einen Blick auf den toten Körper.

»Nur ungenau«, antwortete er unverbindlich, »nach der Leichenstarre und den Totenflecken zu urteilen, in den frühen Morgenstunden. Genaueres kann ich Ihnen erst sagen, wenn ich den Temperaturverlauf zurückgerechnet habe. Sie bekommen Morgen Bescheid.«

»Tatwaffe?«, fragte Beate im Telegrammstil.

»Ein Brieföffner«, antwortete Steffen und zeigte ihr einen Plastikbeutel mit dem dolchartigen Gegenstand.

Beate wandte sich an den Mann im Overall, der nach Fingerabdrücken suchte. »Wie immer«, sagte er, »jede Menge Finger, ob der Täter dabei ist, müssen wir erst herausfiltern.«

»Wo sind Frau Köhler und ihre Tochter?«, fragte Beate.

»Im Arbeitszimmer. Ihr Sohn Felix und ein Notarzt sind bei ihnen. Der Arzt hat den Frauen etwas zur Beruhigung gegeben«, sagte Steffen.

»Können sie Fragen beantworten?«

»Sie sind beide ziemlich geschockt, wie du dir denken kannst. Versuch es einfach«, meinte Steffen.

»Später«, sagte sie und sah sich genauer im Wohnzimmer um.

Jemand im Overall kam aus dem Garten an die Terrassentür. »Steffen, kannst du mal eben kommen?«

Beate drehte sich um. Eine junge Frau, die Beate nicht kannte, steckte in dem Schutzanzug, der etwas zu groß geraten schien.

»Das ist Viola Küper. Sie ist neu im Kommissariat Bad Lauterberg«, stellte Steffen sie vor. »Oberkommissarin Beate Jakobi leitet die Ermittlungen«, sagte Steffen an Viola Küper gerichtet.

»Haben Sie etwas entdeckt?«, fragte Beate.

»Ja, Fußabdrücke in der Rabatte und Stoffteile in der Hecke, durch die der Täter gekommen sein könnte«, berichtete sie und ging voraus. Beate und Steffen folgten ihr. Die Schuhabdrücke stammten offenbar von Sportschuhen, das Profil hatte sich in der weichen Erde gut abgebildet. Der andere Kollege goss den Abdruck gerade mit Gips aus. Sie gingen weiter zu der Hecke, die das Grundstück eingrenzte. Deutlich waren umgeknickte Zweige zu erkennen. An einigen hingen Stofffetzen. Viola Küper pflückte die Teile mit einer Pinzette ab und ließ sie eine Plastiktüte gleiten. Sie gab Steffen die Tüten in die Hand, der sich die münzgroßen Stoffteile ansah und dann an Beate reichte.

»Sieht aus wie Sweatshirtstoff aus Baumwolle«, glaubte sie zu erkennen. Sie betrachtete die andere Tüte. »Aber was ist das hier?«

Steffen schaute noch einmal genauer. »Verdrehte Fäden. Könnten aus einem Seil oder einer Kordel herausgerissen sein«, mutmaßte er.

»Blaues Sweatshirt mit roter Kordel? Wer trägt denn so was?«, fragte Beate.

»Vielleicht ein blauer Kapuzenhoodie mit roter Kordel. Gibt's sicher auch in Sweatshirtqualität«, meinte Viola Küper.

»Moment mal«, sagte Steffen. »Könnte sein, dass ich so einen neulich gesehen habe.« Er schien zu grübeln. »Klar, bei unserem Kleinganoven Enrico Morelli, alias Piccolo«, versicherte er.

»Traust du dem einen Mord zu?«, fragte Viola.

»Nie im Leben«, sagte Steffen, »der ist mit einem simplen Wohnungseinbruch schon überfordert. Nein, wer solche Spuren hinterlässt, ist kein Mörder.«

»Muss ja auch kein geplanter Mord gewesen sein. Er wurde beim Einbruch überrascht und hat im Affekt gehandelt«, mutmaßte Viola.

»Wäre denkbar, aber dann war es nicht Piccolo«, hielt Steffen dagegen.

»Wir werden ihm trotzdem einen Besuch abstatten«, entgegnete Beate.

»Wir halten uns an Fakten. Mutmaßungen sind nicht erlaubt«, stellte sie klar.

»Sieh dir bitte die Hecke noch genauer an. Wer da hindurchkriecht, holt sich garantiert einige Kratzer ab«, schlug Steffen vor.

Viola Küper zwängte sich tiefer in die Hecke hinein und kam wenig später mit zwei weiteren Kunststofftüten heraus.

»Hier«, sagte sie und gab sie Steffen. In den Tüten lagen kleine Zweige. »Könnten Blutspuren oder Hautpartikel dran sein«, erklärte sie.

»Gut gemacht. Ab ins Labor damit«, sagte Beate.

Sie gingen zurück in Haus. »Ich möchte mit Frau Köhler und ihrer Tochter sprechen«, sagte Beate. Steffen brachte sie in das Arbeitszimmer. Es war supermodern eingerichtet. *So ein Büro hätte ich auch gerne,* dachte Beate, *aber unsereins muss sich mit einer muffigen Amtsstube begnügen.* Auf einer schwarzen Designercouch saßen die beiden Frauen und schauten verstört zur Tür. Felix Köhler stand am Fenster. Der Arzt packte gerade seine Gerätschaften in eine Tasche.

»Ich bin Beate Jakobi und leite die Ermittlungen«, sagte sie und wandte sich an die beiden Frauen und Felix Köhler. »Ich möchte Ihnen mein Beileid aussprechen.« Sie wartete einen Augenblick. Weder die Frauen noch Felix Köhler zeigten eine Reaktion. »Fühlen Sie in der Lage, mir einige Fragen zu beantworten?«

»Wenn es sein muss«, antwortete Sandra Köhler patzig.

»Es würde unsere Ermittlungsarbeit erleichtern«, sagte Beate.

»Aber nicht lange. Wir müssen das alles erst begreifen«, erklärte sie.

»Wo waren Sie gestern mit Ihrer Mutter?«, fragte Beate.

»Wir haben das Musical Dirty Dancing in der Swiss Life Hall besucht«, antwortete Sandra Köhler.

»Wann sind Sie zurückgekommen?«

»Erst heute gegen elf Uhr. Wir haben im Hotel Courtyard am Maschsee übernachtet.«

Beate richtete sich an Carola Köhler. »Frau Köhler, Ihre Familie wird seit geraumer Zeit von einem Unbekannten attackiert, der sich mit *Anlage Z* zu erkennen gibt. Haben Sie eine Vermutung, wer dahinter stecken könnte?«

Carola Köhler schaute Beate aus geröteten Augen an, ihre Lippen zitterten. »Ich habe es kommen sehen«, stotterte sie kaum hörbar.

»Entschuldigung, Frau Köhler. Ich habe Sie nicht verstanden?«, fragte Beate nach.

»Was soll das?«, mischte sich Felix Köhler in scharfem Ton ein, »das haben wir doch schon alles mehrfach durchgekaut. Halten Sie unsere Mutter da raus!«

»Herr Köhler, bei allem Verständnis und Respekt vor dieser schmerzlichen Situation«, entgegnete Beate, »aber Sie müssten doch an einer Aufklärung interessiert sein. Bitte, denken Sie alle noch einmal nach. Wer könnte Ihrem Vater feindlich gesonnen sein?« Frau Köhler schluchzte laut auf.

»Bitte, gehen Sie jetzt!«, sagte Felix Köhler bestimmend und wies mit der Hand zur Tür.

Beate und Steffen verließen das Arbeitszimmer.

»Die verschweigen uns etwas«, meinte Steffen, als sie die Tür geschlossen hatten.

Beate nickte. »Wir müssen die Nachbarn befragen, ob jemand etwas Verdächtiges gehört oder gesehen hat«, sagte sie.

Beide gingen zurück ins Wohnzimmer. Die Leiche wurde gerade in eine Wanne gelegt und herausgetragen.

»Dann wären wir hier soweit fertig, oder?«, bemerkte Steffen.

»Ich denke schon«, stimmte Beate zu. Steffen schaute sich ein weiteres Mal um und schien noch etwas entdeckt zu haben.

»Moment«, sagte er, ging zur Wohnzimmertür und kniete sich vor die Zarge. »Beate, kommst du mal?«, sagte er. Beate hockte sich neben ihn. Steffen zeigte mit dem Finger auf die Kante der Türzarge, wo eine rote Markierung zu sehen war. »Sieh mal hier, diese Ecke. Ist das Blut?«

Beate schaute sich die Stelle näher an. »Könnte sein, und kleine Haare hängen am Holz«, sagte sie.

»Frau Küper?«, rief sie nach der jungen Kollegin, die gerade hereingekommen war. »Schauen Sie mal hier, da ist etwas übersehen worden. Bitte die Spur sichern«, wies sie förmlich an.

Viola Küper kam sofort mit ihrem Spurenkoffer zu ihnen und ließ sich die Stelle zeigen. »Alles klar. Mach ich«, sagte sie.

»Okay, und dann alles schnellstens ins Labor«, sagte Beate mit Nachdruck und wandte sich zum Gehen. Steffen drehte sich an der Tür noch einmal nach der hübschen Kollegin um, die ihn anlächelte. »Steffen, kommst du?«, sagte Beate streng und warf Viola Küper einen ebensolchen Blick zu.

Die Befragung der Nachbarn brachte sie nicht viel weiter. Niemand hatte in der Nacht etwas bemerkt. Die Köhlers seien unzugängliche Leute, die jeglichen Kontakt scheuten, meinte eine Nachbarin. »Guten Tag und guten Weg«, mehr hätte sie kaum mit ihnen gesprochen. Manchmal seien Autos mit ausländischen Kennzeichen hineingefahren, wahrscheinlich Geschäftspartner, erzählte ein anderer Nachbar. An Polen, Tschechen und Holländer konnte er sich erinnern, als Steffen nachfragte.

»Wir müssen die Laborergebnisse abwarten«, sagte Beate und ging auf die Straße hinaus. Steffen folgte ihr. Plötzlich tauchte eine Frau zwischen den geparkten Fahrzeugen auf und kam hastig auf sie zu. Um ihren Hals baumelten eine Ausweishülle und eine Kamera

»Augenblick bitte, Herr Richter«, rief sie von Weitem.

»Die ist von der Presse«, flüsterte Steffen seiner Kollegin aus dem Mundwinkel zu.

»Melanie Moor, Harzkurier«, stellte sie sich vor. »Bitte beantworten Sie mir einige Fragen.« Sie zeigte Beate ihren Presseausweis in Augenhöhe.

»Was wollen Sie wissen?«, forderte Beate sie auf, ihre Fragen zu stellen.

»Wer ist ermordet worden?«, fragte sie.

Beate sah Steffen überrascht an. »Warum glauben Sie, dass jemand ermordet wurde?«, fragte sie zurück.

Melanie Moor legte den Kopf schief und verzog den Mund. »Ihr Aufmarsch hier deutet nicht gerade auf einen lapidaren Wohnungseinbruch hin«, antwortete sie.

»Na, Sie kennen sich ja gut aus«, griente Beate und informierte die Journalistin kurz über den Stand der Ermittlungen, die im Moment mehr Fragen als Antworten lieferten.

〜〜

»Papa, was ist denn?«, fragte Patrick, als sein Vater das Smartphone beiseitegelegt hatte und aufsprang.

»Das Klinikum hat angerufen. Annika ist aufgewacht«, sagte er wie benommen.

»Das ist doch ein gutes Zeichen«, meinte Patrick.

»Ich weiß nicht. Die Oberschwester sagte, ich solle sofort kommen. Wer weiß, was das zu bedeuten hat. Ich muss gleich los«, sagte er und rannte in den Flur.

»Soll ich nicht besser fahren, du scheinst mir zu aufgeregt zu sein«, schlug Patrick vor.

»Nein, bleib du hier. Es geht schon«, lehnte Brauer ab, warf sich seine Jacke über und eilte nach draußen zum Auto.

Irgendwann, die Fahrt hatte er kaum bewusst wahrgenommen, stieg er auf dem Parkdeck vor dem Klinikum aus dem Wagen. Benommen vor Angst um seine Tochter durchquerte er mit Herzklopfen die große Eingangshalle. Menschen eilten an ihm vorüber als seien es nur Schatten. Die Treppenstufen hinauf in den ersten Stock zu steigen, fiel ihm ungewohnt schwer. Er fühlte sich kraftlos. Eine junge Schwester öffnete ihm die Tür und erklärte ihm die Verhaltensregeln der Intensivstation.

»Danke, ich kenn mich aus«, sagte Brauer und hielt zielstrebig auf den Umkleideraum zu. Er schlüpfte in den grünen Kittel, desinfizierte die Hände und ging den Gang hinunter bis zu der Glaswand, hinter der Annika lag. Er trat ein und fühlte sich bei dem Anblick, als würde er getragen. Eine große Last fiel von ihm ab und er glaubte für einen Augenblick, neu geboren zu sein.

Annika lag in aufgerichteter Position im Bett, die Beatmungsmaschine war abgeschaltet, nur das rhythmische Piepen der Kreislaufüberwachung störte noch ein wenig. Sie sah blass aus. Elke saß auf einem Stuhl neben dem Bett und hielt Annikas Hand.

»Hi Papa«, hauchte sie kaum hörbar. Ihre Stimme klang fremdartig krächzend.

»Hallo Kleines«, mehr brachte er nicht heraus. Zu sehr überwältigte ihn das Gefühl der Erleichterung. Er gab seiner Tochter einen

Kuss auf die Stirn. »Das muss ja eine wilde Fete gewesen sein, wenn sie mit Notarzt und Polizeieinsatz gestoppt werden musste«, sagte er mit einem Augenzwinkern.

»Papa?«, begann Annika zaghaft, als wolle sie ihrem Vater etwas beichten, »ich muss dir was sagen.«

»Der Arzt hat gesagt, du sollst deine Stimmbänder noch schonen, wegen der Intubation«, unterbrach Elke.

»Ja, aber Papa muss das sofort wissen«, widersprach Annika.

Ralf zog sich einen Hocker heran, der neben dem Instrumentenaufbau stand, und setzte sich ans Bett.

»Gut, aber nach dem Schock bitte nur noch was Nettes, sonst liege ich mit Nervenzusammenbruch gleich nebenan.«

Annika griente – aber nur kurz. »Ich habe zufällig ein Gespräch belauscht, bei dem es offenbar um Rauschgift ging«, berichtete sie und richtete sich weiter auf.

»Wessen Gespräch?«, fragte Brauer nach.

»Alexandra und ein Mann, von dem ich nur den Vornamen weiß. Marc heißt er.« Annika ließ sich zurückfallen und schloss die Augen.

Brauer legte seine Hand auf die ihre. »Wenn es dich zu sehr anstrengt, kannst du mir das später erzählen«, beruhigte er sie.

Annika schlug die Augen wieder auf. »Nein, es muss raus«, sagte sie. »Es war von Verteilung an Schulen und der Uni die Rede. Und ein Name fiel: Köhler. Kennst du den?«

»Ich kenne einen Köhler, dem ich das zutrauen würde, wenn es der ist, den ich meine. Der Name ist nicht gerade selten. Aber ich verspreche dir, dass ich ihn mir vorknöpfen werde«, sagte Brauer und zog das Bild von Alexandra Teifel aus der Tasche. »Ist das die Alexandra, mit der du auf der Party warst?«

Annika nickte. »Ja, diese falsche Schlange.« Annika rollte eine Träne über die Wange. Sie schniefte.

»Quäl sie nicht länger«, sagte Elke und tätschelte ihre Hand.

»Ist schon gut, Mama. Ich will das loswerden«, erwiderte sie.

»Wir fahnden nach ihr. Mit diesem Foto geht sie uns bald ins Netz«, versicherte er seiner Tochter. »Und dieser Marc? Kannst du ihn beschreiben?«

»Moment«, sagte Annika und schloss die Augen. Brauer ließ ihr Zeit.

»Er ist Mitte zwanzig, ungefähr einsachtzig groß, dunkle Haare, schlank. Auf dem rechten Handrücken trägt er ein leuchtendes Tattoo. Eine Spinne«, erklärte Annika.

»Meinst du eins von diesen neuen UV-Tattoos, die bei Schwarzlicht leuchten?«, fragte Brauer nach.

»Ja, so was«, bestätigte sie.

»Der sitzt schon fast im Knast, er weiß es nur noch nicht«, sagte Brauer. »Gut gemacht, Kleines.«

»Da ist noch etwas«, sagte Annika.

»Was denn noch?«, fragte Brauer überrascht.

»Die müssen irgendetwas mit den Wohnungseinbrüchen zu tun haben. Alexandra hat mich dazu ausgefragt.«

»Das ist ja interessant«, meinte Brauer, »ich krieg das zwar noch nicht ganz übereinander, aber ich werde dem nachgehen.«

»Wer hat eigentlich den Notarzt für dich gerufen«, wollte Elke noch wissen.

Annika lächelte verschmitzt. »Ein verrückter Typ, aber nett. Er heißt Enrico.«

Brauer horchte bei dem Namen auf. »Etwa Enrico Morelli?«

»Ich kenne nur seinen Vornamen«, sagte sie gähnend und ließ sich erneut ins Kissen sinken.

Elke gab ihr einen Kuss und sagte: »Ruh dich jetzt aus. Ich komme morgen wieder.«

Annika schloss die Augen. Ralf streichelte ihre Wange, dann schlichen sie aus dem Zimmer.

Bevor sie die Station verließen, klopfte Brauer an die Tür des Oberarztes. »Ja, bitte«, hörte er von drinnen. Ralf und Elke traten ein.

»Guten Tag, Doktor Seibert«, grüßte Ralf, »wir wollten gern noch einmal Ihre Meinung über Annikas Gesundheitszustand hören.«

»Ihre Tochter hat eine bemerkenswerte Konstitution. Ehrlich gesagt, habe ich mit einer solch raschen Erholung nicht gerechnet. Wir werden sie noch zwei Tage hierbehalten, bevor sie auf die allgemeine Station verlegt wird. Ich denke, wir sollten sie noch mindestens eine Woche unter Beobachtung halten«, riet er.

»Vielen Dank, Doktor«, sagte Elke. »Wir sind froh, dass es ihr wieder besser geht.«

Befreit von der tiefen Sorge traten sie vor die Eingangstür, die sich hinter ihnen automatisch schloss. Ralf nahm Elkes Hand und atmete tief durch, dann gingen sie zum Auto und fuhren nach Hause, aber Ralf wusste, dass über Annika noch immer Gefahr lauerte.

Sie war skrupellosen Rauschgiftdealern in die Hände gefallen, überlegte Brauer während der Fahrt. Annika kannte nun deren Identität und konnte ihnen gefährlich werden. Die würden sicher erneut versuchen, Annika auszuschalten. Sie brauchte vielleicht sogar Personenschutz. Dieser Gedanke ließ ihn nicht mehr los.

»Was überlegst du, Ralf?«, fragte Elke.

»Ach, nichts Besonderes«, flunkerte er, »ich überlege, wie ich diese Rauschgiftbande schnellstens hinter Schloss und Riegel kriege.«

Polizeiinspektion Northeim
Montag, 30. Oktober 2017

〰

Ralf war froh, als sich endlich Tageslicht durch die Schlitze der Jalousie zwängte. Er hatte die Nacht kaum geschlafen, weil zu viele Bilder und Fragen durch seinen Kopf jagten. Er tastete nach Elke, drehte sich zu ihr um und blinzelte hinüber, aber sie hatte die Bettdecke bereits aufgeschlagen und war aufgestanden. Die Leuchtziffern des Weckers zeigten 06:57 Uhr. Er wand sich aus dem Bett und ging ins Badezimmer. Das Gesicht im Spiegel sah ihn mit sorgenvollen Augen an. Es gefiel ihm gar nicht. Rasieren müsste er sich auch längst wieder – aber nicht heute.

Elke stand in der Küche und bereitete das Frühstück vor.

»Konntest wohl auch nicht schlafen?«, sagte Ralf und streichelte ihr flüchtig über den Rücken.

»Ich habe eben meinen Chef angerufen und um einen freien Tag gebeten. Annika braucht einige Sachen, Wäsche, Schlafanzüge und Handtücher«, sagte sie.

»Ja, klar«, sagte Ralf und fügte nach einer Weile zaudernd hinzu. »Übrigens, ich will offen zu dir sein. Ich werde mich um einen Personenschutz für Annika bemühen.«

Elke unterbrach ihre Arbeit an der Küchenzeile und drehte sich zu ihm um. »Personenschutz? Wieso das denn?«, fragte sie erstaunt.

»Diese Leute haben es nicht darauf angelegt, Annika einen euphorischen Trip zu verschaffen, die wollten sie umbringen«, machte

Ralf klar.

»Aber warum? Ich verstehe das nicht«, zeterte Elke.

»Diese Alexandra hat sie benutzt. Die wollte über sie herausfinden, was wir als Kripo über den Rauschgiftmarkt wissen und wie weit wir mit den Ermittlungen zu den Wohnungseinbrüchen sind. Die hängen irgendwie zusammen. Annika weiß jetzt zu viel über diese Leute«, erklärte Ralf.

Elkes Miene schien zu gefrieren. »Warum sagst du mir das erst jetzt? Wenn ich das gewusst hätte, wäre ich im Krankenhaus bei ihr geblieben«, warf sie ihm vor.

»Solange sie auf der Intensivstation ist, ist sie sicher, und außerdem will ich dich nicht auch noch gefährden«, beruhigte er sie.

Elke sah ihn anklagend an. »Du musst alleine frühstücken. Ich fahre sofort zu Annika.«

Sie verließ die Küche. Ralf goss sich einen Kaffee ein und stecke eine Scheibe Brot in den Toaster. Nach einer Weile kam Elke mit einer gepackten Reisetasche zurück.

»Ich fahre jetzt«, sagte sie kurz angebunden und verschwand.

»Grüß sie von mir«, rief er ihr hinterher, aber da hörte er schon die Haustür ins Schloss fallen.

Ralf aß hastig sein Toastbrot und kippte den Kaffee nach. Dann verließ auch er das Haus.

»Morgen! Ist Martin Neumann schon im Haus?«, fragte Ralf Brauer den Beamten unten in der Wachstube im Vorbeigehen. »Ja, der hat schon nach dir gefragt«, sagte der Wachhabende. Ralf Brauer ging den Gang im Erdgeschoss entlang, klopfte bei seinem Chef an die Tür und trat ein. Martin Neumann stand am Fenster und goss seine Orchideen.

»Morgen Martin«, grüßte Ralf und setzte sich auf den Besucherstuhl vor dem Schreibtisch.

»Setz dich«, sagte Neumann, der ihm noch den Rücken zukehrte. Er goss die Blumen zu Ende, stellte die kleine Gießkanne auf der Fensterbank ab und nahm auf seinem Drehstuhl Platz.

»Schon was Neues von Thomas gehört?«, fragte Ralf.

»Ja, deswegen wollte ich dich sprechen«, sagte Neumann. »Seine Frau hat mich gestern zu Hause angerufen. Thomas ist aus dem Koma erwacht, das ist die gute Nachricht. Ob er jedoch jemals wieder Dienst machen kann, muss sich noch herausstellen, das ist die schlechte.«

Ralf konnte nicht antworten, er musste an Annika denken und sah Martin Neumann wortlos an.

»Alles okay, Ralf? Du siehst bedrückt aus. Kann ich verstehen, die Nachricht hatte mich auch hart getroffen«, sagte Neumann.

»Ich habe auch schlechte Nachrichten«, bekannte Brauer und berichtete seinem Chef, was Annika am Wochenende widerfahren war.

»Was? Um Gottes willen.« Martin Neumann war sichtlich schockiert und schaute Brauer eine Weile stumm an. »Das tut mir leid, Ralf«, bedauerte er, »aber das ist das Risiko, dass unser Beruf im Gepäck hat. Familienmitglieder können zwischen die Fronten geraten. Ich werde sofort Personenschutz für Annika anfordern.«

»Danke, darum wollte ich dich bitten«, sagte Ralf.

»Wie weit seid ihr mit dem Schickert-Fall?«, fragte Neumann.

Brauer strich sich durch die Haare. »Ein äußerst kurioser Fall. So etwas habe ich noch nie gehabt. Hier sind offenbar mehrere Verbrechen miteinander verwoben, die ihren Ursprung offensichtlich während der Nazizeit in den Schickert-Werken hatten. Edelmetallunterschlagung und Mord, Rauschgifthandel und Wohnungseinbrüche. Ich habe die Fäden noch nicht entwirren können, aber im Moment ergibt sich folgendes Bild: In den Schickert-Werken verschwinden Platinelektroden. Zwei Mitarbeiter, wahrscheinlich Mitwisser oder Mittäter, werden ermordet und ihre Knochen tauchen jetzt, nach über siebzig Jahren, plötzlich auf. Der Vater von dem Baumaschinenhändler Köhler muss da irgendwie mit drin hängen.«

»Wie kommst du darauf?«, fragte Neumann nach.

»Wir sind in dem Zusammenhang auf drei Namen gestoßen: Uwe Morich, Alfred Bleß und Olaf Köhler. Alle drei haben in den Schickert-Werken gearbeitet. Nur Uwe Morich konnten wir bisher identifizieren. Er ist eines der Skelette. Alfred Bleß soll angeblich in Bad Lauterberg beerdigt sein. Das werden wir prüfen. Olaf Köhler war im Krieg Jagdflieger und wurde abgeschossen. Danach hat er in den Schickert-Werken gearbeitet. Wir müssen herausfinden, ob Olaf Köhler noch alle Finger hatte. Wenn nicht, ist er höchstwahrscheinlich der Mörder von Alfred Bleß, möglicherweise auch von Uwe Morich. Deshalb beantrage ich seine Exhumierung und zusätzlich einen Reiseantrag für Steffen Richter nach England.«

»Moment, Moment«, unterbrach ihn Neumann, »was soll Steffen in England?«

»Dort liegt der Schlüssel zu den geheimnisvollen Skeletten auf dem Schickert-Gelände. Die Tochter von Uwe Morich hat in den Hinterlassenschaften ihres Vaters einen Brief gefunden, in dem er den stellvertretenden Werksleiter auf einen ungewöhnlich hohen Verbrauch an Platinelektroden aufmerksam macht, und sogar auf deren Lagerort verweist. Uwe Morich bezieht sich dabei auf ein Gespräch mit Alfred Bleß.« Brauer verließ seinen Platz, lehnte sich gegen das Fensterbrett und berichtete weiter: »Der Brief ist datiert auf den 15. Februar 1943, er wurde jedoch nie abgeschickt. Am 16. Februar verschwand Alfred Bleß spurlos.«

Brauer unterbrach, um seinen Chef Gelegenheit zum Verarbeiten dieser Informationen zu geben. Martin Neumann ließ sich in die Rückenlehne fallen und sah Brauer eine Weile nachdenklich an.

»Für mich ergeben sich daraus folgende Fragen«, begann Neumann: »Wer hat das Platin unterschlagen, und wie? Vor allem interessiert mich jedoch, wo ist das Zeug geblieben, oder liegt es noch in seinem Versteck?«

»Genau das ist zu klären«, bestätigte Brauer, »und deshalb müssen wir die Akten der Schickert-Werke sichten, und die sind nach dem Krieg mit den Produktionsanlagen nach England deportiert worden. Genauer gesagt zur Firma Laporte Industries Limited in Widnes, das ist in der Nähe von Liverpool.«

»Bist du sicher, dass genau diese Akten noch existieren?«, fragte Neumann skeptisch.

»Nee, bin ich nicht«, gab Brauer zu, »aber das wird auch niemand für uns klären, es sei denn, wir selber.«

Neumann zog die Stirn kraus. »Mensch Ralf, du bringst mich in Verlegenheit. So viele Fragezeichen, ob ich das genehmigt kriege? Wenn es ein Schuss in den Ofen wird, haut mir die Rechnungsprüfung die Kosten um die Ohren, dass es nur so raucht«, gab Neumann zu bedenken.

»Martin, es ist unser Job, Fragen zu beantworten, sonst bräuchten wir nicht ermitteln«, entgegnete Brauer.

»Ja, das stimmt auch wieder«, lenkte Neumann ein. »Aber dann klärt bitte vorher, ob diese Firma möglicherweise die kompletten Unterlagen bereits vernichtet hat.«

»Hat sie nicht. Das haben wir recherchiert«, antwortete Brauer. »Alle Akten sind eingelagert. Die britische Armee wollte die Akten damals wissenschaftlich auswerten, um künftig gegen Deutschland besser gewappnet zu sein. Als klar wurde, dass von uns Deutschen keine Gefahr mehr droht, hat man sie irgendwo eingelagert, wo sie heute vermutlich verstaubt herumliegen.«

»Also gut, stell den Antrag, ich werde ihn unterschreiben«, versicherte Neumann.

»Danke, Martin.« Brauer wollte gerade gehen, als Neumann ihn zurückhielt.

»Warte, was wisst ihr inzwischen über den Mord an Wolfgang Köhler?«

»Noch nicht viel«, antwortete Brauer, »wir haben einige Spuren gesichert und warten auf den Laborbericht.« Er ging zur Tür.

»Übrigens«, wandte Neumann noch ein, »wenn sich der Verdacht des Rauschgifthandels erhärtet, muss ich das LKA informieren.«

Brauer blieb stehen. Das LKA assoziierte er sofort mit Polizeirat Trüter, dessen Arroganz seine Ermittlungen beim letzten Fall nur behindert hatte. Trüter war ein selbstgefälliger Profilneurotiker. Brauer ging einige Schritte wieder zurück.

»Tu mir einen Gefallen, Martin, und halt mir Karsten Trüter auf Distanz. Der ist keine Hilfe, das weißt du.«

»Ich habe die Vorschriften nicht geschrieben«, rechtfertigte sich Neumann.

»Und diejenigen, die sie verfasst haben, kannten leider Karsten Trüter nicht«, flachste Brauer.

Neumann lachte. »Ich versuche, ihn noch etwas hinzuhalten, mehr kann ich nicht tun«, sagte er.

»Jeder Tag zählt. Danke Martin.« Brauer verließ das Büro.

»Guten Morgen, ihr beiden«, begrüßte Brauer Ina und Steffen. Wie fast jeden Morgen ging er schnurstracks zu seinem Glaskasten, setzte sich hinter den Schreibtisch und schaltete den Rechner ein. Nach dem Piepton klapperte er das Passwort auf der Tastatur herunter und bestätigte die Eingabe mit einem schwungvollen Enter-Schlag. Das Betriebssystem arbeitete sich noch hoch, als Ina und Steffen in der Türöffnung erschienen.

»Wie geht es Annika?«, fragte Ina besorgt.

»Es geht ihr besser. Sie hatte großes Glück, aber sie muss noch ein bis zwei Wochen im Klinikum bleiben«, berichtete Brauer.

»Na, Gott sei dank«, sagte sie.

Brauer sah Steffen an. »Bevor ich es vergesse, ich soll dich von

Viola grüßen«, sagte er und konnte sich ein Lächeln kaum verkneifen.

Ina schielte mit staunendem Augenaufschlag zu Steffen. »Ist das ein neuer Autotyp von Opel?«, fragte sie schnippisch und griente dabei.

»Nein, sie ist ein neuer Frauentyp im Kommissariat Bad Lauterberg«, konterte Steffen den Seitenhieb seiner Kollegin. »Und außerdem geht dich das nun wirklich nichts an.«

Ina warf ihren Kopf in den Nacken und ging zu ihrem Schreibtisch. »Ich wette, sie hat einen wohlgeformten Frontspoiler«, brabbelte sie vor sich hin und schmiss sich auf ihren Bürostuhl.

»Besser Front- und Heckspoiler als vorne und hinten wie ein Brett«, entgegnete Steffen.

Ina sprang wie ein Schachtelteufel auf und schob ihr Kinn verachtungsvoll nach vorne. »Wie meinst du das, bitteschön?«

»Ich meine wegen der Aerodynamik«, erwiderte Steffen.

»Also das nimmst du sofort zurück ...«, keifte sie ihn an.

Brauer wurde diese erneute Eskalation zu bunt und er schlug mit der Hand auf den Schreibtisch. »Schluss jetzt!« Er warf beiden einen tadelnden Blick zu. »Muss jede Neckerei gleich in einen Streit ausarten? Mir ist im Moment absolut nicht danach zu Mute.«

»Entschuldigung«, sagte Ina und setzte sich wieder. »Möchtest du einen Kaffee?«, fragte sie kleinlaut.

»Ja«, knurrte er noch angesäuert.

Sie ging zur Kaffeemaschine, füllte Brauers Kumpen und stellte ihn auf seinen Schreibtisch.

»Ruf bitte unsere Soko zum Meeting zusammen«, wies Brauer sie an.

»Ja, geht klar«, sagte sie und machte auf den Hacken kehrt.

»Moment, das ist noch nicht alles«, hielt Brauer sie zurück. Ina blieb stehen und wartete. »Prüf bitte nach, ob Karl oder Marco Bleß bei uns aktenkundig sind, und ob Karl Bleß einen Waffenschein besitzt.«

Ina machte sich auf den Weg.

»Halt! Ich bin noch nicht fertig«, pfiff Brauer sie erneut zurück. »Und frag bei der Friedhofsverwaltung in Bad Lauterberg nach, ob Alfred Bleß dort bestattet wurde.«

»Okay. Ist das alles?«, fragte sie.

»Nein. Und kläre bitte auch, ob Olaf Köhler ebenfalls dort beerdigt wurde und wo die Grabstätte genau liegt.«

Ina blieb stehen und sah ihn abwartend an.

»Worauf wartest du?«, fragte Brauer unverständlich.

»Auf die nächste Aufgabe«, antwortete sie.

»Für's Erste war's das«, sagte er.

»Was, mehr nicht?«, brummelte sie scharfzüngig, verschwand aus seinem Büro und griff zum Telefon.

Nach und nach trudelten die restlichen Mitglieder der Moko Schickert ein und setzten sich um den runden Besprechungstisch zusammen.

»Bevor wir anfangen«, eröffnete Brauer die Besprechung, »hat euch Neumann über die neue Entwicklung von Thomas Berger informiert?« Sie nickten stumm.

»Okay. Beate, berichtest du bitte über den Mordfall Wolfgang Köhler?«

»Carola Köhler und ihre Tochter Sandra waren Samstag zum Musical in Hannover. Sie haben danach im Hotel Courtyard am Maschsee übernachtet und sind Sonntag gegen elf Uhr zurückgekommen. Um die Mittagszeit haben sie Wolfgang Köhler im Wohnzimmer tot aufgefunden. Das Hotel hat die Übernachtung bestätigt. Der Täter ist höchstwahrscheinlich durch die Hecke in den Garten eingedrungen und durch die angekippte Terrassentür ins Haus gelangt. In der Hecke haben wir Textilspuren gefunden, die Steffen auf eine erste Vermutung brachte, die durch Fingerabdrücke bestätigt wurde. Enrico Morelli! Er ist ein treues Mitglied in unserer Datei.«

»Piccolo«, rief Brauer überrascht auf, »niemals. Das ist ein Kleinganove, zu einem Mord oder Totschlag ist der nicht fähig.«

»Die Fakten sprechen gegen ihn«, erwiderte Beate. »Wir haben außerdem DNA-Material, Schuhabdrücke und die Stoffteile. Es sieht alles danach aus, dass er die Wohnung durchsucht hat, wobei Köhler wach geworden ist und ihn überrascht hat. Morelli griff nach dem Brieföffner und hat in Panik zugestochen.«

»Sind Fingerabdrücke auf der Tatwaffe?«, fragte Brauer.

»Fehlanzeige«, antwortete Beate.

»Fehlt etwas in der Wohnung?«, wollte Brauer wissen.

»Sieht auf den ersten Blick nicht danach aus. Frau Köhler müsste noch genauer nachsehen, aber die hat im Augenblick andere Sorgen«, sagte Beate.

»Konnte der Todeszeitpunkt ermittelt werden?«, fragte Brauer weiter.

»Ja, ziemlich präzise sogar. Doktor Scheffler hat aufgrund der Temperaturkurve den Todeszeitpunkt zwischen zwei und drei Uhr ermittelt«, berichtete Beate.

»Super, damit lässt sich was anfangen«, meinte Brauer.

Steffen meldete sich zu Wort. »An der Zarge der Wohnzimmertür haben wir eine kleine Blutspur und abgerissene Haare gefunden, die wir nicht zuordnen können. Der Tote wies keine derartige Kopfverletzung auf. Wir warten gespannt auf die DNA-Analyse.«

»Deshalb sollten wir unseren Spezi Piccolo möglichst heute noch besuchen und mal auf den Kopf schauen«, schlug Beate vor.

Steffen nickte. »Und unter die Schuhe, sowie einen Blick in seinen Kleiderschrank werfen«, sagte er und wandte sich an Frank Becker. »Frank, würdest du uns die Beweisstücke zur Verfügung stellen?«

»Klar«, sagte er und verließ das Büro.

»Kann ich eure Runde mal kurz stören?«, rief Ina Klein und reckte ihren Kopf über den Bildschirm ihres Computers. Alle schauten zu ihr hinüber. »Also, erstens: Karl und Marco Bleß sind weder aktenkundig noch sonst wie auffällig in Erscheinung getreten, und zweitens: Karl Bleß hat einen Waffenschein und ist als Jäger registriert, aber sein Vater ist *nicht* auf dem Friedhof in Bad Lauterberg bestattet worden.«

Als plötzlich das Faxgerät summte, kam Ina hinter ihrem Schreibtisch hervor. »Moment«, sagte sie, nahm ein Blatt aus der Auffangschale und legte es Brauer vor. »Das ist der Lageplan von Olaf Köhlers Grab in Bad Lauterberg.«

»Danke, Ina!«, sagte Brauer. Sie warf Steffen einen gönnerhaften Blick zu und schlenderte zu ihrem Schreibtisch zurück.

Frank Becker kam mit dem Schuhabguss und den Textilfetzen herein und legte es vor Beate auf den Tisch.

»Okay Leute, ich möchte, dass wir ab sofort mehr Bewegung in die Ermittlungen bringen. Das geht mir alles zu schleppend. Neumann hat schon mit dem LKA gedroht. Ich möchte nicht, dass Trüter uns erneut ins Handwerk pfuscht.« Brauer schaute fordernd in die Runde.

»Wie schon gesagt, ich fahre mit Steffen zu Enrico Morelli und nehme ihn gegebenenfalls fest«, sagte Beate.

»Ich kümmere mich um die DNA-Analysen und mache noch

einmal Druck«, sagte Frank Becker.

»Gut, und ich will kurzfristig eine Razzia auf Köhlers Firmengelände. Ich will wissen, ob der im Rauschgiftgeschäft mitmischt. Ulrike kümmerst du dich um den Schriftkram?«

»Mach ich«, sagte sie.

»Des Weiteren muss ich unbedingt Sandra Köhler fragen, wie ihr Vater zu dem Haus gekommen ist. Da scheint einiges nicht mit rechten Dingen gelaufen zu sein.« Brauer stand auf und umrundete nervös den Tisch. »Ich will endlich wissen, warum die daraus ein Geheimnis machen.«

Er spürte eine innere Unruhe und erhob seine Stimme lauter als notwendig. Lag das an dem komplizierten Fall, der ihn an seine Grenzen brachte, oder erwachte sein Trauma im Unterbewusstsein erneut. Die feuchtkalte Herbstluft, Kastanien, das Laub auf den Wegen sowie der Geruch nach Moder und Erde assoziierten furchtbare Bilder in seinem Kopf. Die Sorge um Annika belastete ihn zusätzlich. Brauer blieb stehen und griff an seine Fliege.

»Was ist, Ralf?«, fragte Ina, die wusste, dass ihr Chef ein seelisches Problem hatte, über das er jedoch nie sprach. »Möchtest du ein Glas Wasser?«

»Ja, das wäre gut.«

Ina schnappte sich ein Glas, hielt es unter den Wasserhahn am Waschbecken und reichte es ihm. Brauer trank es in einem Zug aus.

»Danke, geht schon wieder.« Er setzte sich zurück auf seinen Platz. Die anderen am sahen ihn verunsichert an. »Außerdem will ich endlich verstehen, was es mit der Anlage Z auf sich hat«, sagte er im gewohnten Ton. Er blickte Steffen gezielt an. »Wie gut ist dein Englisch, Steffen?«, fragte er.

Steffen zuckte mit den Schultern. »Ich kann ein Bier bestellen«, antwortete er.

»Mehr nicht?«

»Ich kann auch zwei bestellen.«

»Gehen drei auch noch?«, fragte Brauer lachend.

»Nee, so viel kann ich nicht vertragen«, scherzte Steffen.

Alle lachten.

Brauer drehte sich zu Ina. »Ina stell bitte einen Reiseantrag für Steffen nach Widness in England. Begründung: Sichtung alter Unterlagen der Betriebsbuchhaltung über Verbrauchszahlen und eventueller Fehlbestände von Platinelektroden in den Schickert-Werken, sowie Aufklärung des Begriffes *Anlage Z*, um mögliche Motive zur Ermordung zweier Werksangehöriger laut Ermittlungsakte *Schickert* zu ermitteln.«

Brauer ging zu seinem Schreibtisch und holte den Zettel mit der Adresse der Firma Laporte Industries, die ihm Fregattenkapitän Matteson aufgeschrieben hatte, und gab ihn Ina.

»Alles klar«, sagte Ina.

»Gibts noch Fragen?«, streute Brauer in den Raum. Niemand meldete sich. »Gut, dann an die Arbeit, Leute. Und danke.«

Osterode
Montag, 30. Oktober 2017

»Manchmal wünschte ich mir, ich hätte einen anderen Beruf gelernt«, meinte Beate, als sie vor dem Haus, in dem Enrico Morelli mit seiner Mutter wohnte, aus dem Auto stiegen.

»Wieso?«, fragte Steffen. »Was gefällt dir denn an deinem Beruf nicht?«

»Mit welch asozialem Gesindel man sich manchmal herumschlagen muss«, antwortete sie und rümpfte die Nase. »Guck mal, wie verkommen das hier aussieht. Was sind das für Leute, die hier leben?«

Steffen lachte gekonnt. »Das hättest du dir vorher überlegen sollen. Das Verbrechen zieht sich durch alle sozialen Schichten, und du kannst dir nicht die Sahnestückchen raussuchen. Im Übrigen, nicht alle sozial Benachteiligten sind automatisch kriminell.«

»Auf deine Belehrungen kann ich verzichten«, erwiderte sie grob. »Ich bin gespannt, was mich da drin erwartet.«

Sie betraten das Haus und Steffen führte sie in den ersten Stock. Er wollte gerade den Klingelknopf drücken, als von innen lautes Gekreische ertönte. Die Tür wurde aufgerissen. »Verschwinde, du perverse Sau!«, keifte Camilla Morelli und schubste einen Mann aus der Tür. Er stolperte Beate in die Arme, die sich angeekelt zur Seite drehte. Eine Wolke aus Alkohol, Rauch und Schweiß reizte sie zu einem Hustenanfall. Sie drückte den Mann mit beiden Händen von sich. Der torkelte zur Treppe. »Blöde Nutte«, lallte er, bevor er mit

Gepolter die Stufen nach unten taumelte. Camilla warf ihm noch seine Jacke hinterher. Dann sah sie erstaunt Beate und Steffen an.

»Ah, Kommissar Richter, was wollen Sie schon wieder?«

»Meine Kollegin, Oberkommissarin Jakobi, und ich möchten mit Ihrem Sohn sprechen. Ist er zu Hause?«

»Was hat der denn jetzt schon wieder angestellt?« Sie schüttelte den Kopf. »Enrico«, schrie sie in den Korridor hinein, »du hast Besuch!«

Ein Mann, schmächtig, mit tiefschwarzen Haaren und schlanker Nase lugte um eine Tür herum. Beate schätzte ihn auf Ende zwanzig. Sein Gesicht war mit verschorften Kratzspuren übersäht.

»Oh, Scheiße«, rief er, verschwand hastig in dem Zimmer und schlug die Tür hinter sich zu.

»Stehenbleiben«, rief Beate und rannte in den Korridor hinein. Steffen folgte ihr. Beate stieß die Zimmertür auf und sah, wie der Mann gerade auf das Fensterbrett kletterte. »Lassen Sie das!«, rief sie entsetzt. Sie befürchtete, er wolle sich hinaus stürzen. Steffen sprang mit zwei Sätzen zu ihm rüber und packte ihn am Arm.

»Hiergeblieben, Piccolo«, sagte er.

Enrico Morelli wehrte sich nicht und stieg herunter. Beate warf einen Blick aus dem Fenster und stellte erleichtert fest, dass kurz unterhalb ein flaches Schuppendach angrenzte, über das er offenbar fliehen wollte.

»Nennen Sie mich nicht Piccolo. Das darf nur der Commissario«, beschwerte er sich.

»Gerne, Herr Morelli«, sagte Steffen. »Wo waren Sie gestern zwischen ein und drei Uhr morgens?«

»Warum wollen Sie das wissen, äh?«

»Wir stellen die Fragen, Herr Morelli«, machte Steffen klar.

»Zu Hause, in meinem Bett«, antwortete er.

»Kann das jemand bezeugen?«, fragte Beate.

»Ja, ich«, behauptete Camilla Morelli.

»Wie können Sie da sicher sein? Haben Sie die ganze Nacht an seinem Bett gewacht?«, bezweifelte Beate ihre Aussage.

»Ich habe einen leichten Schlaf und hätte gehört, wenn er aus dem Haus gegangen wäre.«

»Wussten Sie, dass vorsätzliche Falschaussage strafbar ist?«, sagte Beate.

»Also gut, beschwören kann ich es nicht«, relativierte sie ihre

Behauptung.

Beate wandte sich an Enrico. »Warum ist Ihr Gesicht verkratzt? Sind Sie durch eine Hecke gekrochen oder in einen Stacheldraht gefallen?«

»Ich? Äh, nein. Ich habe eine Katze aus einem Baum geholt, die sich nicht mehr heruntertraute, dabei sind mir Äste ins Gesicht geschlagen«, sagte Enrico.

»Sie sind also ein Tierliebhaber«, hob Beate hervor. »Zeigen Sie mir doch mal bitte Ihren rechten Schuh«, forderte sie ihn anschließend auf.

Enrico guckte verstört, zog dann aber den Sportschuh aus und reichte ihn an Beate. Sie zog aus ihrer Umhängetasche den Gipsabdruck heraus und verglich ihn mit der Schuhsohle.

»Profil und Größe passen«, stellte sie fest.

»Was wollen Sie mir damit anhängen?«, zeterte er. »Solche Schuhe tragen viele.«

»Wir wollen Ihnen gar nichts anhängen, wir suchen nur Beweise in einem Mordfall«, entgegnete Beate.

»Mord?«, rief er entrüstet. »Damit habe ich nichts zu tun, das müssen Sie mir glauben. Herr Kommissar Richter, ich bin kein Mörder.«

»Dann haben Sie ja nichts zu befürchten«, sagte Steffen ungerührt, »dann dürfen wir sicher auch einen Blick in Ihren Kleiderschrank werfen, nicht wahr?«

»Natürlich, wenn es Ihnen hilft«, sagte er verängstigt. »Kommen Sie.«

Er führte die beiden Polizisten in sein Schlafzimmer. Beate sah Steffen an und verdrehte die Augen, als sie das Chaos erblickte. Das Bett war durchwühlt, überall lagen Sachen und Schuhe verstreut. Pornohefte und leere Bierdosen lagen auf dem Boden. Beate stieg über einige Kleidungsstücke hinweg und durchsuchte den offenstehenden Kleiderschrank.

»Wo ist denn Ihr blauer Hoodie mit der roten Kapuzenkordel?«, fragte Beate.

»Habe ich nie besessen«, behauptete Enrico.

»Sie lügen! Ich habe ihn letztens selbst hier bei Ihnen an der Flurgarderobe gesehen«, ging Steffen ihn an.

»Dann müssen Sie das beweisen können«, verteidigte sich Enrico.

Steffen fixierte ihn mit einem durchdringenden Blick. *Von dir lass ich mich nicht verarschen,* dachte Steffen. »Beate, warte einen

Augenblick, ich bin gleich zurück«, sagte Steffen und verließ die Wohnung.

»Beugen Sie sich einmal zu mir, ich möchte Ihren Kopf von oben sehen«, bat Beate.

»Was soll der Scheiß denn?«, maulte er und beugte sich nach vorn.

»Etwas tiefer bitte!« Beate untersuchte seinen Kopf nach einer Platzwunde, konnte aber keine Verletzung finden.

Steffen kam zurück und trug ein blaues Kleidungsstück aus schwerer Baumwolle in der Hand. Er nahm es an den Schulterstücken und ließ den restlichen Stoff fallen. Ein Hoodie mit roter Kapuzenkordel entfaltete sich vor Beates Augen. Der Stoff war an mehreren Stellen eingerissen und die Kordel ausgefranst.

»Lag in der Mülltonne«, berichtete Steffen. »Na, welche Ausrede fällt Ihnen jetzt ein?«

Enrico blickte verdattert drein. »Was soll ich sagen. Sie glauben mir ja doch nicht«, jammerte er.

Beate zog Handschellen aus ihrer Tasche. »Enrico Morelli, ich nehme Sie wegen des dringenden Verdachtes, Wolfgang Köhler getötet zu haben, vorläufig fest.« Sie öffnete die Handschellen. »Hände her!«, befahl sie.

Enrico streckte ihr bereitwillig beide Hände entgegen, dann ratschten die Verschlüsse zu. Plötzlich stürmte seine Mutter auf ihn zu und prügelte mit beiden Händen auf ihn ein.

»Du Missgeburt des Teufels, warum musst du mir so etwas antun, womit habe ich das verdient?«, heulte sie und trommelte mit ihren Fäusten weiter auf ihn ein. Steffen ging sofort dazwischen und brachte sie auseinander.

Zur selben Zeit in Bad Lauterberg
Montag, 30. Oktober 2017

~~~

Sandra Köhler erschien schwarz gekleidet in der Haustür. Sie sah Ralf Brauer abweisend an. »Sie? Kennen Sie überhaupt keine Pietät? Mein Vater liegt noch nicht einmal unter der Erde«, warf sie ihm vor. In ihren Augen konnte Brauer allerdings wenig Trauer erkennen, eher Unsicherheit und Gereiztheit.

»Es tut mir leid, Frau Köhler«, entschuldigte er sich, »aber nicht ich, sondern derjenige, der Ihren Vater getötet hat, ist pietätlos und skrupellos zugleich. Auch wenn es Ihnen aufdringlich erscheint, es ist für uns von entscheidender Wichtigkeit, den Täter schnellstmöglich zu ermitteln, bevor sich seine Spur verliert.«

Sandra Köhler schien zu überlegen. »Darf ich reinkommen?«, fragte Brauer, um ihren Widerstand ins Wanken zu bringen. Sie trat zur Seite. »Bitte!«

Brauer trat ein. Die Wohnung war ähnlich modern eingerichtet wie die Büros der Firma in Osterode, hell mit viel Glas und einer roten Couchgarnitur, die einen augenfälligen Kontrast zur übrigen Möblierung bildete. Auf einer Anrichte aus weiß lackiertem Holz standen mehrere Bilder in schlichten Messingrahmen. *Familienfotos,* erahnte Brauer nach einem flüchtigen Blick. Im Sessel vor dem niedrigen Glastisch saß eine ältere Frau mit grauweißen Haaren, ebenfalls in Schwarz gekleidet. Ihre Augen waren gerötet, in der Hand hielt sie ein Taschentuch.

»Mama, das ist Hauptkommissar Brauer«, stellte Sandra Köhler ihn vor. »Er möchte uns einige Fragen stellen.«

»Mein aufrichtiges Beileid«, sagte Brauer und reichte ihr die Hand. »Sind Sie dazu in der Lage?«

Sandras Mutter schniefte die Nase. »Ich denke schon«, sagte sie weinerlich.

»Ich gehe davon aus, dass die Person, die sich mit Anlage Z zu erkennen gibt und ihre Familienmitglieder mehrfach attackiert hatte, auch mit dem Tod Ihres Mannes zu tun hat«, erklärte Brauer. »Wir suchen nach dem Motiv, das möglicherweise über siebzig Jahre zurückliegt und mit einem Verbrechen im damaligen Schickert-Werk zusammenhängt.«

Die beiden Frauen sahen ihn an, als würde er ihnen ein Märchen erzählen wollen.

»In dem Zusammenhang würde ich gerne wissen, wie Sie zu diesem Haus gekommen sind, dass vor 1943 dem Ehepaar Alfred und Lisa Bleß gehört hatte. Das Katasteramt in Osterode kann die Art des Eigentumsüberganges nicht nachverfolgen. Können Sie mir das erklären?«, fragte Brauer.

»Ich verstehe nicht, warum das für Sie wichtig ist«, antwortete Frau Köhler.

»Alfred Bleß wurde 1943 wegen Widerstandes gegen das Naziregime von den Schickert-Werken entlassen. Seitdem gilt er als vermisst. Es wäre möglich, dass er eines der beiden Skelette ist, die vor einigen Wochen auf dem Gelände gefunden worden. Ich muss herausfinden, was mit Lisa Bleß geschehen ist und warum Ihnen das Haus jetzt gehört?«, sagte Brauer.

Frau Köhler tauschte mit ihrer Tochter Blicke. Sandra Köhler zog die Schultern hoch.

»Es ist mir unangenehm, darüber zu sprechen«, begann Frau Köhler leise, »das Haus wurde vom Kreisgruppenleiter der Nazis konfisziert und meinem Vater überschrieben. Er war Funktionär in der NSDAP.«

»Hat sein Sohn Karl nach dem Krieg keine Besitzansprüche geltend gemacht?«, fragte Brauer weiter. Frau Köhler zögerte erneut mit der Antwort.

»Doch, das hat er. Aber da wir das Haus aufwendig renoviert und ausgebaut hatten, wurde sein Antrag abgewiesen. Er bekam eine Entschädigung«, erklärte sie.

»Wie hoch war die?«, wollte Brauer wissen.

Wieder zauderte sie mit der Antwort. »Fünfzehntausend Mark«, sagte sie dann kaum hörbar.

»Fünfzehntausend«, wiederholte Brauer, »das ist ein Appel und ein Ei für ein Haus wie dieses. Da könnte man durchaus Rachegefühle entwickeln, die sich irgendwann entladen. Gab es vor oder nach den Attacken gegen Ihre Kinder von dieser ominösen *Anlage Z* irgendwelche Forderungen?«

Sandra Köhler sah ihre Mutter erneut verschüchtert an, als wollte sie fragen: »*Soll ich oder soll ich nicht?*« Frau Köhler nickte ihrer Tochter zu.

»Keine konkreten Forderungen«, sagte Sandra Köhler dann

kleinlaut, »eher verdeckte Hinweise. Einmal bekam mein Bruder einen Anruf mit verzerrter Stimme, die von Wiedergutmachung und Sühne für die Erbsünde sprach. Danach landete er auf der Mülldeponie. Später fand er in seiner Tasche einen Zettel, auf dem stand: *Bald ist Zahltag.* Wir wissen nicht, was damit gemeint ist.«

»Warum haben Sie uns das nicht umgehend mitgeteilt? Das wäre wichtig gewesen. Kann ich den Zettel bekommen?«, fragte Brauer.

»Da müssen Sie meinen Bruder fragen, der hat ihn«, antwortete sie.

Brauer ging zu der Anrichte und schaute sich die Fotos genauer an. Ein Bild zeigte einen Mann, der seinen Arm um die Schultern einer Frau gelegt hatte. Sie standen auf der Eingangstreppe dieses Hauses. Vor ihnen lächelte ein kleiner Junge mit Zahnlücke in die Kamera.

»Sind das Ihre Großeltern«, fragte er Sandra Köhler.

»Ja, und der Junge ist mein Vater«, sagte sie.

Brauer nahm den Bilderrahmen in die Hand. »Darf ich?«, fragte er höflich.

»Ja, bitte«, stimmte Sandra Köhler zu.

Er stellte sich mit dem Bild näher an das große Terrassenfenster, um Details besser erkennen zu können. Dann sprang es ihn förmlich wie eine Erleuchtung ins Auge. An der rechten Hand, die Olaf Köhler auf der Schulter seiner Frau abgelegt hatte, fehlte der kleine Finger. Das war noch kein Beweis, aber es rückte Olaf Köhler zumindest in den Verdacht, ein Mörder zu sein.

Brauer ließ sich nichts anmerken und fragte: »Haben Sie etwas dagegen, wenn ich mir von diesem Bild ein Handyfoto mache? Es könnte für unsere weiteren Ermittlungen nützlich sein.«

»Bitte, wenn es Ihnen hilft«, sagte Sandra Köhler.

Brauer stellte es auf die Anrichte zurück und fotografierte es mit seinem Smartphone ab. »Vielen Dank, ich habe im Moment keine weiteren Fragen.« Er wandte sich zum Gehen.

»Ach Herr Brauer«, hielt Frau Köhler ihn zurück, »können Sie mir sagen, wann ich meinen Mann bestatten kann?« Sie wischte sich die Augen und schniefte ins Taschentuch.

»Es tut mir leid, wenn es ein paar Tage dauert, bis die Gerichtsmedizin den Leichnam freigibt. Sie bekommen umgehend Bescheid.«, sagte Brauer und verabschiedete sich.

~~~

Enrico Morelli saß wie ein Häufchen Elend am Tisch im Vernehmungsraum. Ihm gegenüber hatte Steffen Platz genommen. Beate beobachtete mit verschränkten Armen an der Tür stehend den weiteren Fortgang. Enrico sah sich in dem kahlen, schmucklosen Raum um.

»Ist das auch so ein durchsichtiger Spiegel wie im Fernsehen?«, fragte er und wies mit seinen gefesselten Händen auf die verspiegelte Wand.

»Ja«, sagte Steffen, »aber diese Vernehmung ist nicht wie im Fernsehen. Sie ist kein Spiel, sondern real, und es geht um Ihren Kopf.«

Enrico Morelli rutschte tiefer in den Stuhl. »Nehmen Sie mir die Dinger bitte ab, sie tun weh«, bat er Steffen und reichte seine Hände über den Tisch. Steffen blickte kurz zu Beate, die ein Kopfnicken andeutete. Steffen nahm Enrico die Handschellen ab und schaltete das Aufnahmegerät ein, dass auf dem Tisch stand.

»Montag, 30. Oktober 2017, 15:32 Uhr, Vernehmung von Enrico Morelli durch Beate Jakobi und Steffen Richter«, sprach Steffen in das Mikrofon.

»Ich frage Sie noch einmal, wo waren Sie in der Nacht von Sonntag, den 29. Oktober auf Montag in der Zeit zwischen ein und drei Uhr?«

»Das habe ich doch schon gesagt. Ich lag zu Hause in meinem Bett«, behauptete er.

»Wie erklären Sie sich dann, dass Textilfetzen und Faserreste, die offensichtlich von Ihrem Kapuzenhoodie stammen, in der Hecke des Grundstückes des Ermordeten gefunden wurden? Und weiterhin, wie kann es sein, dass Schuhabdrücke von Ihren Sportschuhen im Garten desselben Grundstückes entdeckt worden sind?«

»Ich weiß es nicht, Herr Kommissar. Es gibt viele solcher Schuhe und Hoodies auch. Das ist noch lange kein Beweis«, verteidigte er sich.

»Wir lassen die Fasern im Labor untersuchen, dann wird sich herausstellen, wo sie hingehören«, kündigte Steffen an.

»Außerdem vergleicht unser Labor gerade Ihre DNA mit der

von den Blut- und Hautspuren, die in den Zweigen der Hecke kleb-
ten«, mischte sich Beate ein. »Von wegen Katze aus dem Baum geholt. Sie müssen uns nicht für dumm verkaufen. Die Beweise sind
erdrückend, geben Sie endlich zu, dass Wolfgang Köhler Sie überrascht hat. Da sind Sie in Panik geraten und haben mit dem Brieföffner zugestoßen.«

»Nein«, schrie er laut über den Tisch, »ich habe niemanden getötet. Ich bin kein Mörder. Warum glauben Sie mir nicht?«

In dem Augenblick ging die Tür auf und Ralf Brauer trat ein. Er
trug einen schmalen Hängeschnellhefter in der Hand. Enrico sprang
auf, aber Beate hinderte ihn sofort daran und drückte ihn auf den
Stuhl zurück.

»Commissario«, rief er, »sagen Sie diesen beiden, dass ich kein
Mörder bin. Commissario, bitte!«

Brauer setzte sich auf die Tischkante. »Das habe ich bis vor einer halben Stunde auch geglaubt. Und dann das hier.« Er schmiss
den Hefter auf den Tisch.

Piccolo sah ihn fragend an. »Was ist das?«

»Ein DNA-Abgleich, den ich gerade aus dem Labor bekommen
habe. Er beweist, dass du durch Wolfgang Köhlers Hecke gekrochen
bist. Sie dich doch mal im Spiegel an.«

Enrico verbarg sein Gesicht in den Händen und brummelte
undeutlich: »Ja, Commissario, ich bin in der Wohnung von Köhler
gewesen, aber ich schwöre: Ich habe ihn nicht getötet.« Er blickte zu
Brauer auf.

»Dann rede!«, forderte Brauer ihn auf.

»Es war, wie Sie gesagt haben. Als ich die Wohnung durchsuchte, ging plötzlich die Türglocke und ich hörte Schritte. Da bin ich in
Panik geraten und abgehauen. Ich fuhr so schnell, dass ich in Herzberg geblitzt wurde. Commissario, ich schwöre.«

»Wann wurdest du geblitzt?«, fragte Beate nach.

»Ich habe nicht auf die Uhr gesehen. Es muss gegen drei gewesen sein. Ich wollte nur nach Hause«, antwortete er.

Brauer sah Steffen an, der sofort verstand, was sein Chef wollte.

»Die Autonummer!«, forderte Steffen.

Er nannte sie und Steffen verließ eilig den Raum. Draußen telefonierte er mit der Verkehrsstelle der Kreisverwaltung und bat
mit Dringlichkeit um die Aufnahme. Nach etwa fünfzehn Minuten
schob sich das Blitzerfoto aus dem Faxgerät. Steffen entnahm es,

ging zurück in den Raum und gab es Ralf Brauer. Der schaute es sich an, griente und reichte es an Beate weiter.

»Achtundsiebzig! Ich fass es nicht.« Beate schüttelte den Kopf.

»Zwei Uhr siebenundfünfzig. Der Todeszeitpunkt wurde ziemlich genau zwischen zwei und drei Uhr ermittelt.« Brauer stand auf und durchschritt den Raum. »Von Bad Lauterberg bis Herzberg fährt man höchstens zwölf Minuten, wenn man sich an die Verkehrsregeln hält.«

»Das erhärtet den Verdacht, dass Sie mit Wolfgang Köhler in dessen Wohnung zusammengetroffen sind«, fuhr Beate Enrico hart an. »Sagen Sie endlich die Wahrheit, das könnte mildernde Umstände geben.«

»Ich habe die Wahrheit gesagt«, jammerte Enrico und sah Brauer hilfesuchend an.

»Was hast du aus der Wohnung mitgehen lassen?«, fragte Brauer seelenruhig.

»Nur eine Uhr. Hier.« Er streifte sich die Uhr vom Handgelenk und gab sie Brauer.

»Oh, eine Breitling«, staunte er, »die ist gut und gerne fünftausend Euro wert.«

Enrico riss die Augen auf. »Echt?«

Brauer gab sie an Steffen weiter, der sie als Beweismittel in eine Plastiktüte steckte.

Brauer setzte sich zurück auf die Tischkante. »Mal was anderes«, begann er, »was hast du in der Nacht von Freitag auf Samstag in Göttingen gemacht?«

Enrico sah Brauer an, als hätte er eine Erscheinung.

»Woher wissen Sie das denn schon wieder?«, fragte er überrascht.

»Tja, ich bin bei der Polizei, schon vergessen?«

»Ich war auf einer Party. Ist das verboten?«

»Wenn dort Crystal Meth verteilt und konsumiert wird, schon«, erwiderte Brauer.

Enrico Morelli hob die Hände hoch. »Commissario, ich habe damit nichts zu tun«, beteuerte er.

»Erzähl mir keine Märchen. Ich will wissen, was dort abgeht.« Brauer schlug mit einem Mal mit der Faust auf den Tisch. Alle zuckten zusammen. »Machs Maul auf!«, brüllte er.

Was ist nur in Ralf gefahren, dass er plötzlich seine Beherrschung verliert, dachte Steffen und warf seinem Chef einen missbilligenden Blick zu.

»Kennst du Alexandra Teifel?«, fragte Brauer.

»Ja«

»Woher?«, bohrte Brauer weiter.

»Commissario, das sind gefährliche Leute. Sie bringen mich in Lebensgefahr«, winselte er.

»Wer ist Marc? Wie heißt der mit Nachnamen?«, fragte Brauer weiter. Enrico kroch verängstigt in sich zusammen. »Was haben die mit den Wohnungseinbrüchen zu tun?«, fragte Brauer unbeirrt weiter.

»Commissario, hören Sie auf«, heulte Enrico.

»Ich fange gerade erst an«, erwiderte Brauer. Er packte Piccolo am Kragen und riss ihn vom Stuhl hoch. Steffen sprang ebenfalls erschrocken auf.

»Wenn du nicht sofort singst, gehst du wegen Mordes und Rauschgifthandel lebenslänglich in den Knast. Aber vorher zahlst du mir noch die dreihundert Euro, die du mir schuldest«, drohte Brauer und schüttelte ihn.

Verdammt, dachte Steffen, *er darf nicht handgreiflich werden.* »Ralf?«, rief er ihm zu, um ihn aus seiner Rage zurückzuholen.

Brauer stieß Enrico auf den Stuhl zurück und stellte sich hinter ihn. »Ich höre«, sagte er entschlossen.

Piccolo verbarg erneut sein Gesicht in den Händen. »Die bringen mich um«, winselte er, »die bringen mich um, Commissario.«

»Bevor die dir auch nur ein Haar krümmen, sitzen die hinter Gittern. Dafür sorgen wir. Und jetzt rede!«

Enrico blickte verängstigt zu Steffen und Beate, als erwarte er Unterstützung von ihnen. Dann wisperte er: »Marc, also Marc Locke, und Alexandra Teifel ...«

»Lauter«, fauchte Brauer ihn an, »ich hör nichts!«

»Sie organisieren den Vertrieb von Meth. Das Zeug kommt aus der Tschechei und wird über einen Zwischenhändler an Kontaktgruppen verteilt, soweit ich das mitgekriegt habe.«

»Kontaktgruppen? Wie arbeiten die?«

»Die gehen auf Rave-Partys, mischen sich auf Konzerten unters Volk, sprechen Schüler vor der Schule an und sitzen mit in Hörsälen. Die machen die Leute neugierig, bis die von selber kommen und kaufen.«

»Wer ist der Zwischenhändler?«

»Keine Ahnung, ich habe einmal den Namen Köhler gehört.«

»Etwa der Baumaschinen-Köhler?«, bohrte Brauer nach.

»Weiß ich doch nicht«, beteuerte Piccolo.

»Warum diese Wohnungseinbrüche?«, fragte Brauer weiter.

»Das ist eine neue Masche. Marc hat früher in einer Firma, die Alarmanlagen installiert, gearbeitet und weiß, wie man die manipuliert. Wenn den Junkies die Kohle für den nächsten Schuss ausgeht, machen die fast alles, um an das Zeug zu kommen. Er hat die Leute angeheuert, in Häuser, in denen er Anlagen eingebaut hat, einzubrechen. Das lenkt die Bullen ab und bringt manchmal Geld. Marc hat ihnen dafür sogar Rabatt gewährt.«

Brauer sah Steffen an. »Hab ich mir's doch gedacht. Ablenkungsmanöver.« Brauer nickte.

»Und dich hat er für Köhler angeheuert, den möglichen Zwischenhändler. Wie geht das denn zusammen?«

»Nein, ich habe zufällig mitbekommen, dass Köhler keine Alarmanlage hat. Das hat mich ermutigt.«

»Wo wohnt dieser Marc Locke?«, fragte Beate.

Piccolo zögerte mit der Antwort und sah Brauer verängstigt an.

»Muss ich dich erst wieder schütteln?«, fauchte Brauer.

»In der Breslauer Straße, glaube ich. Hausnummer weiß ich nicht.« Er sackte wieder in sich zusammen.

»Brauchst du ein Glas Wasser?«, fragte Brauer.

»No, grazie«, sagte er auf Italienisch.

Dann wandte sich Brauer an Beate. »Ruf bitte Kommissar Schönbeck in Göttingen an. Er soll eine Fahndung einleiten.«

Beate verließ den Verhörraum.

»Wir sind auch gleich fertig mit dir«, meinte Brauer. »Eine Frage noch. Warum hast du den Notarzt gerufen?«

»Können Sie hellsehen, Commissario? Woher wissen Sie das?« Brauer antwortete nicht. »Ich habe mit einem Mädchen getanzt, das ich vorher in dem Klub nie gesehen hatte. Sie ist noch sehr jung und irgendwie hatte ich das Gefühl, ich müsste ein Auge auf sie haben. Als sie in einem Nebenraum verschwand, bin ich ihr kurz darauf gefolgt und fand sie am Boden liegend. Sie bekam kaum noch Luft und war kurz vorm Abnibbeln, da hab ich den Notarzt angerufen.«

»Manchmal machst du sogar was Gutes, Piccolo«, lobte Brauer.

Piccolo stand auf. »Kann ich jetzt gehen?«, fragte er.

»Ja, in die Zelle. Morgen wirst du dem Haftrichter vorgeführt, und der wird dich hundertprozentig in Untersuchungshaft stecken.« Steffen hielt ihm die Handschellen offen hin. Bereitwillig ließ Enrico Morelli sich abführen.

Widnes, Cheshire, England
Mitwoch, 1. November 2017

Kalter Nebel verschleierte die Sicht auf die Peripherie von Manchester, als wolle er die Stadt verbergen. Steffen stellte seine Armbanduhr um eine Stunde zurück und sah sich um. Ein Stück abseits des Haupteinganges vom Terminal 2 des Flughafens warteten einige Taxen auf Fahrgäste. Steffen zog seinen Rollkoffer polternd hinter sich her und nannte einem der Taxifahrer weiter vorn in der Reihe sein Ziel: »Widnes, Mersey Hotel, please.« Der Fahrer verstaute das Gepäckstück im Kofferraum und fuhr ab.

Das sei ein nettes Hotel, meinte der Taxifahrer, der offenbar das Gespräch suchte. »Widnes ist eine Industriestadt. Chemie und so«, erzählte der Fahrer. »Sind Sie beruflich hier?«, fragte er.

»Ja, sozusagen«, antwortete Steffen, »ich bin Polizeibeamter und ermittle in einem Mordfall, der siebzig Jahre zurückliegt.«

»Oh«, staunte der Mann, »und deshalb kommen Sie nach Widnes?«

»Das ist eine lange und komplizierte Geschichte«, versuchte Steffen die Neugier des Fahrers zu dämpfen. Aber der fragte munter weiter und wollte wissen, wo Steffen genau herkäme und wie das Wetter in Deutschland sei. Es entwickelte sich die übliche Taxi-Plauderei, die die Fahrtzeit verkürzte und Steffens Englischkenntnisse herausforderte.

Der Mann steuerte seinen Wagen über die M56 westwärts bis zur Ausfahrt Nummer 12. Bald überquerte der Queensway die stählerne Mersey-Brücke.

»Bei klarem Wetter können Sie von hier schon die Vororte von Liverpool sehen«, erklärte der Fahrer.

»Bei Liverpool denkt man sofort an die Beatles«, meinte Steffen.

»Leider wird die Zeit für einen Besuch kaum reichen.«

»Ja, ja, die Beatles, das waren noch Zeiten«, erinnerte sich der Fahrer mit etwas Wehmut.

Ein kurzes Stück hinter der Brücke bog er rechts ab. Die Straße führte durch ein Industriegebiet. Tanklager, Rohrleitungen und hoch aufragende Gerüste, die fast wie Weihnachtbäume leuchteten, bestimmten diesen Stadtteil. Daran anschließend folgte ein Wohngebiet mit typisch englischen Reihenhäusern, wie sie Steffen in Filmen und auf Bilder oft gesehen hatte.

»So, here we are«, sagte der Fahrer und stoppte den Wagen vor einem zweigeschossigen Fachwerkbau. Der Schriftzug ›Hotel Mersey‹ leuchtete auf dem Schild über dem Eingang. Steffen bezahlte den Taxifahrer und nahm seinen Trolley entgegen. »Ein Stück weiter die Straße entlang finden Sie einige Restaurants und Pubs«, sagte der Fahrer. Steffen bedankte sich für den Tipp und betrat das Foyer des Hotels. Er checkte ein und packte auf dem Zimmer als Erstes seine Sachen in den engen Kleiderschrank. Viel hatte er nicht dabei, denn schon am Freitag wollte er zurückfliegen. Er warf sich aufs Bett, um kurz abzuschalten und durchzuatmen, als das Zimmertelefon läutete.

»Steffen Richter«, meldete er sich.

»Antony Huxley hier. Guten Abend Steffen, wie war Ihr Flug?«, fragte der Mann in akzentfreiem Deutsch mit kölschem Zungenschlag.

»Danke, ich bin gerade angekommen«, antwortete er.

»Ist das Mersey-Hotel okay für Sie«, erkundigte er sich.

»Perfekt«, sagte Steffen.

»Schön. Mein Boss hat mich beauftragt, Sie bei Ihren Recherchen in unserer Firma zu begleiten. Ich würde Sie gerne zum Dinner einladen und in einer Stunde abholen. In der Nähe ist ein exzellentes Restaurant, wir können beim Essen alles besprechen«, schlug er vor.

»Ja, gerne, das hört sich gut an«, stimmte Steffen zu.

»Dann bis neunzehn Uhr. Ich freu mich.« Antony legte auf.

Antony Huxley hatte Steffen in das Restaurant ›The Crown‹ geführt. Gemütlich und stilvoll, mit Kaminfeuer und Blick auf den Victoria Park. Das Essen war überraschend gut gewesen und Steffen musste sein Vorurteil über die englische Küche umfassend korrigieren.

Auf die Frage, wo Antony sein perfektes Deutsch gelernt habe, hatte er gelächelt. »Meine Mutter kommt aus Köln. Sie hat meinen Vater dort kennengelernt, der drei Jahre bei der Rheinarmee gedient hat.«

Donnerstag, 2. November 2017

Pünktlich um neun Uhr fuhr Antony mit seinem Ford vor den Hoteleingang. Der Nebel vom Vortag hatte sich aufgelöst. Steffen öffnete die Autotür und stellte fest, dass es die Fahrerseite war.

»Daran werde ich mich so rasch nicht gewöhnen«, sagte er, lief um das Auto herum, stellte seinen Rucksack in den Fußraum und stieg zu.

»Haben Sie gut geschlafen?«, fragte Antony, legte den Gang ein und fuhr los.

»Ja, danke«, antwortete Steffen. »In der Vergangenheit zu stöbern, finde ich ziemlich aufregend. Ich bin schon sehr gespannt, ob ich etwas herausfinden werde, was uns in dem Fall weiterbringt.«

»Dafür kann ich leider nicht garantieren«, antwortete Antony. »Ich werde Sie zunächst meinem Boss, Jeffrey Morgan, vorstellen. Er ist der Chefchemiker im Werk Widnes und kennt sich mit der Historie des Unternehmens bestens aus.«

Die Straße führte jetzt am Ufer des River Mersey entlang. In der Ferne ragten die für chemischen Fabriken typischen Gerüste und Tankanlagen auf. Antony lenkte den Ford in die Einfahrt zum Firmengelände und stoppte hinter dem Pförtnerhaus. Steffen musste sich als Besucher eintragen und bekam einen Ausweis zum Anstecken. Dann fuhren sie noch ein Stück über das Gelände bis zu einem mehrstöckigen Verwaltungsgebäude. Antony parkte den Wagen auf einem nummerierten Parkplatz seitlich davon.

»Übrigens«, sagte er, bevor er den Gurt löste, »Jeffrey hat im Zweiten Weltkrieg während der Ardennenoffensive seinen Vater verloren. Er reagiert auf Themen wie Krieg, Hitler und Nazis manchmal gereizt. Übergehen Sie es einfach und vermeiden Sie jegliche Diskussion darüber.«

»Natürlich«, sagte Steffen verständnisvoll.

Sie betraten das Gebäude und Antony führte Steffen im ersten Stock in einen Besprechungsraum. Auf dem runden Tisch standen

Kaffeegeschirr, Kaltgetränke und etwas Obst.

»Nehmen Sie Platz«, sagte Antony und griff zum Tischtelefon, »ich melde uns an.«

»Jeffrey kommt sofort«, sagte Antony, nachdem er aufgelegt hatte und goss Steffen und sich eine Tasse Kaffee ein. Es dauerte keine fünf Minuten, als ein Mann im weißen Kittel stürmisch den Raum betrat. Er trug eine schwarze Hornbrille, die zu dem rundlichen Gesicht passte. Steffen schätzte ihn auf Ende fünfzig. Er ging zielstrebig auf Steffen zu.

»Steven«, sagte er, »habe ich Ihren Namen so richtig ausgesprochen?«

»Fast«, antwortete Steffen.

»Willkommen in unserem Hause. Ich hoffe, Sie hatten eine angenehme Reise«, begrüßte er Steffen.

»Vielen Dank, dass Sie mir Gelegenheit geben, in den alten Unterlagen der ehemaligen Schickert-Werke zu recherchieren. Ich soll Ihnen Grüße von meinem Boss Ralf Brauer ausrichten«, erwiderte Steffen.

»Danke, aber ich habe mit Ihrem Besuch nichts zu tun. Unser CEO hat mich gebeten, Ihnen die Recherche zu ermöglichen. Wonach suchen Sie genau?«, fragte der Chef-Chemiker.

Steffen erklärte ihm in Kurzform von den Skeletten, die zufällig von zwei abenteuerlustigen Jungen gefunden worden waren und deutliche Spuren von Gewaltanwendung zeigten. Auf der Suche nach dem Motiv und dem Mörder stießen sie auf drei Namen: Alfred Bleß, Olaf Köhler und Uwe Morich. Wobei Uwe Morich als einer der Toten identifiziert wurde. Als Motiv vermuteten sie die Unterschlagung von wertvollen Platinelektroden. Er sei hier, um zu ermitteln, wer die Elektroden veruntreut hat, wie dies geschehen ist und wer möglicherweise davon gewusst hat oder beteiligt war. Antony half Steffen bei der Übersetzung.

»Uwe Morich sagten Sie?«, fragte Morgan nach, als hätte er den Namen schon einmal gehört.

»Ja, sagt Ihnen der Name etwas?«, fragte Steffen zurück.

»Nein. Äh, ich glaube nicht. Deutsche Namen klingen für britische Ohren fremdartig«, erläuterte er und wechselte das Thema. »Ganz früher habe ich zu Studienzwecken die eingelagerten Unterlagen teilweise gesichtet. Kann sein, dass dabei der ein oder andere Name aufgetaucht ist. Technisch waren die Deutschen damals in

vielen Bereichen überlegen«, sagte Jeffrey Morgan mit einem anerkennenden Unterton. »Aber trotz ihres Erfindergeistes und ihrer
Kultur waren sie nicht in der Lage, sich einen unheilbringenden
Tyrannen vom Hals zu halten. Das habe ich bis heute nicht verstanden.«

Steffen erinnerte sich an Antonys Rat und erwiderte nichts darauf.

»Okay, aber das ist ein anderes Thema«, lenkte er von selbst ab.
»Es gibt ein altes Lagerhaus, unten beim Schiffsanleger. Dort sind
Kisten, Kartons und ganze Regale aus der Anlage Z eingelagert«, er-
klärte er weiter.

»Einen Moment, bitte«, unterbrach ihn Steffen. »Was bedeutet
Anlage Z?«

»Das war der Tarnname des Werkes, habe ich herausgefunden.
Schickert ist für uns schwer auszusprechen, deshalb haben wir diesen Namen benutzt«, antwortete er.

Steffen war baff. Darauf wäre er wohl nie gekommen, aber nun
hatte er Gewissheit: Es hatte mit den Schickert-Werken zu tun. *Wieder ein Puzzelteil entdeckt,* dachte er.

Jeffrey Morgan sprach weiter: »Antony wird Sie dorthin bringen und Ihnen helfen. Ich wünsche Ihnen viel Erfolg.«

»Vielen Dank, Mr. Morgan. Das ist sehr freundlich«, sagte Steffen. Morgan verließ den Besprechungsraum.

»Shall we go?«, fragte Antony.

Steffen nickte, trank rasch den Kaffee aus, zog seine Jacke über
und schulterte seinen Rucksack.

Das Firmengelände war größer, als es von außen den Anschein
hatte. Nach einem längeren Fußmarsch erreichten sie das Lagerhaus,
das offenbar aus dem neunzehnten Jahrhundert stammte. Ein Back-
steinbau mit der Patina der Vergangenheit, vergitterten Fabrikfens-
tern und teilweise verschobenen Dachziegeln. Die Regenrinne hing
schief in den Halteeisen und an einigen Stellen wuchsen Gras und
niedrige Büsche heraus. Über die gesamte Länge des Baues erstreckte sich eine Laderampe mit zwei großen Schiebetoren aus Holz. Das
rechte Tor besaß eine eingearbeitete Personentür. Eine verwitterte
Steintreppe führte seitlich auf die Rampe. Vor dem Türriegel baumelte ein rostiges Vorhängeschloss. Antony probierte den Schlüssel-
bund. Der Schlossbügel lockerte sich beim ersten Versuch, sprang
aber nicht hervor. Die Feder war sicher längst durchgerostet. Antony

hakte ihn mit etwas Kraftaufwand aus und öffnete die Tür. Steffen blickte mit einem sonderbaren Gefühl in das Dunkel dieser fast vergessenen Lagerhalle. Ein Geruch nach Staub und Mäusekot waberte ihnen entgegen. Antony ging hinein und tastete an der Wand nach dem Lichtschalter. Plötzlich quälte sich ein fahler Lichtschein durch die dicke Staubschicht, die sich über die Jahrzehnte auf den Lampen angesammelt hatte. Aber es reichte, um sich zu orientieren, nur die Ecken blieben weiterhin im Dunkeln.

An der gegenüberliegenden Wand reihten sich zahlreiche Blechregale und Schränke aneinander. Der Hallenboden stand voller Kisten und Kartons, offenbar ungeordnet und ohne System. Wie sollte er in diesem heillosen Durcheinander die Unterlagen finden, von denen er noch nicht einmal wusste, welche er suchen sollte? Am liebsten hätte er auf dem Hacken kehrtgemacht.

»Wo fangen wir an?«, fragte Antony, als hätte er vor diesem Chaos überhaupt keinen Respekt.

»Es macht bei diesem Chaos kaum einen Unterschied, wo wir beginnen«, meinte Steffen und ging weiter hinein. Die Kisten und Kartons trugen zum Teil noch Hakenkreuze. »Warum wurde das alles hier eingelagert?«, wollte Steffen wissen.

»Soweit ich weiß, sollte das ursprünglich wissenschaftlich ausgewertet und dokumentiert werden. Als man merkte, dass von Deutschland keine Bedrohung mehr ausging, hatte das keine Priorität mehr und wurde irgendwann vergessen«, erklärte Antony.

Steffen schlenderte durch die Gassen der Kartonreihen. Der Boden war übersät von Mäusedreck und Spänen zernagter Pappe. Willkürlich öffnete Steffen einen der Pappkartons und fand gestapelte Ordner darin. Er nahm den obersten heraus. ›Protokolle 1942‹ stand auf dem Ordnerrücken. Steffen blätterte flüchtig durch die Seiten, konnte jedoch nichts damit anfangen. Er hatte es befürchtet, es würde die Suche nach der Stecknadel im Heuhaufen werden. Steffen schlurfte langsam zwischen den Reihen hindurch. Die Kisten waren nicht einmal nach Abteilungen oder Themen beschriftet.

Es musste damals sicher alles schnell gehen, dass man sich keine Mühe mit der Kennzeichnung machte, überlegte Steffen. Neben der Regalzeile entdeckte er eine Tür. »Wo führt diese Tür hin?«, fragte er Antony.

»Keine Ahnung«, sagte er.

Steffen probierte, sie zu öffnen, doch sie war verschlossen. Aber etwas war anders, fiel ihm auf. Der Türgriff war, im Gegensatz zu allem Übrigen in dieser Halle, kaum verstaubt. Die Tür musste vor einiger Zeit erst benutzt worden sein. Auf dem Fußboden fand Steffen zudem Spuren. Allerdings waren sie vom Staub und Mäusekot schon fast unkenntlich geworden und schienen von den Regalen zu kommen.

»Wird die Halle noch anderweitig genutzt?«, fragte Steffen.

»Nicht, dass ich wüsste«, antwortete Antony.

»Haben Sie einen Schlüssel für die Tür?«, fragte Steffen.

»Nein. Wir sollten da auch nicht reingehen. Ich habe keine Genehmigung dafür und möchte Ärger mit meinem Boss vermeiden«, erklärte er.

Dein Boss hat etwas zu verbergen, und ich möchte herausfinden, was, dachte Steffen. *Warum hatte Jeffrey Morgan die nutzlosen Unterlagen nicht längst entsorgen lassen, um Platz für Wichtigeres zu schaffen? Keine Firma verschwendet Lagerkapazität. Und warum wurde er beim Namen Uwe Morich unsicher?* Steffen musste da rein.

»Haben Sie eine Taschenlampe, Antony? Hier in die Ecke kommt kaum Licht hin«, fragte Steffen.

»Nein, tut mir leid. Die müsste ich erst holen«, sagte er.

»Würde es Ihnen etwas ausmachen?«, fragte Steffen und sah ihn bittend an.

»Es wird aber eine Weile dauern«, sagte Antony.

»Lassen Sie sich Zeit. Ich werde mich hier nicht langweilen«, meinte Steffen und wies mit einer Handbewegung über die Kisten hinweg. Antony bewegte sich in Richtung Ausgang. »Danke, das ist sehr freundlich«, rief Steffen ihm nach.

Er wartete, bis Antony Huxley die Tür hinter sich zugedrückt hatte, dann nahm er seinen Rucksack herunter und tastete nach der LED-Lampe und dem Schweizer Taschenmesser. Er schaute auf die Armbanduhr. Es war 10:15 Uhr. Antony würde ungefähr zwanzig Minuten brauchen, bis er zurückkäme. Mit den Werkzeugen des Messers hatte Steffen das einfache Türschloss ruckzuck geöffnet. Der Raum war finster, bis auf einen dünnen Lichtstreifen, der unter einer weiteren Tür hindurchschien, die offenbar nach außen führte. Steffen knipste die Taschenlampe an. Dieser Gebäudeteil musste früher einmal das Büro des Lagerverwalters gewesen sein. Das Fenster war von außen mit Brettern vernagelt. Steffen ließ den Schein der Lampe durch das Zimmer schwenken. Entgegen dem angrenzenden Lager war es hier drinnen verhältnismäßig sauber. An der Wand hatte man auf Kisten eine Art Liege mit Kissen und Decken eingerichtet. Wozu das dienen sollte, hatte Steffen zunächst keine Erklärung. Vielleicht hatte ein Obdachloser hier sein Nachtlager. *Obwohl*, ging es Steffen durch den Kopf, *wie sollte jemand auf das bewachte Firmengelände kommen?* Steffen prüfte die Außentür, auch sie war verschlossen. *Was sollte das hier sein?* Dann entdeckte er es. Neben dem provisorischen Bett lagen kleine quadratische Tüten. Steffen nahm eine auf und betrachtete sie unter der Taschenlampe. Es waren aufgerissene Kondomverpackungen. Steffen musste kurz lachen. Er hatte ein Liebesnest entdeckt. *Jeffrey Morgans Lasterhöhle*, griente er vor sich hin.

Gerade wollte er den Raum verlassen, als er auf einem der Kisten die Aufschrift ›Elektrolyse‹ las. Steffen nahm die Taschenlampe zwischen die Zähne, zog die Kiste hervor und klappte den Deckel zurück. Mehrere Ringordner lagen darin. Steffen nahm einen heraus und schlug ihn auf. Er traute seinen Augen kaum, als er auf dem Deckblatt den Namen Uwe Morich las. Es folgten Prüfprotokolle der Elektrolysebäder. Stromstärken, pH-Werte, Füllstände und Wechseldaten der Elektroden. Steffen sah auf die Uhr. Er hatte noch knapp eine viertel Stunde. Rasch entnahm er den nächsten Ordner, der den gleichen Inhalt zeigte. Dann einen weiteren und noch einen. Ganz hinten in diesem Hefter fand er eine Zwischenlage mit der Aufschrift: Sonstiges. Steffen schlug alle Papiere davor mit einem Mal um und fand handschriftlich angefertigte Listen nach Datum geordnet mit Liefer- und Verbrauchsmengen von Platinanoden in der Halle 5 des ehemaligen Werkes. Dahinter ungeklärte Überbestände, die sich auf 45 Kilogramm aufsummiert hatten. Randnotizen wiesen auf gefälschte Liefermengen, unnötige Nachbestellungen und Ähnliches hin. Zum Schluss fand Steffen noch Gesprächsprotokolle von Uwe Morich:

12. Januar 1943
Alfred Bleß von der Lagerbuchhaltung sprach mich an und fragte, ob der seit einiger Zeit erhöhte Verbrauch von Anoden mit einer Produktionssteigerung zu erklären sei, was ich verneinte. Ich sagte ihm, dass ich nichts von einem erhöhten Verbrauch weiß. Bleß bat mich deswegen, die Augen offen zu halten. Er kann sich die Differenzen nicht erklären. Scheinbar verschwinden Platinanoden, meinte er.

Ich werde alle Gespräche und Vorkommnisse diesbezüglich no-
tieren, um mich abzusichern.

19. Februar 1943
In der Nachtschicht, als ich draußen eine rauchte, sah ich La-
gerverwalter Olaf Köhler, wie er mit einem Sack in die unter-
irdische Anlage Abschnitt 3 ging. Ich wunderte mich, weil er
doch normalerweise keine Schicht arbeitet. Nächstes mal wer-
de ich ihm nachgehen.

5. April 1943
Ich habe die Lieferscheine überprüft. Alfred Bleß hatte recht,
es verschwinden Platinanoden. Auf einigen Papieren sind of-
fensichtlich Zahlen manipuliert worden. Ich werde Olaf Köhler
darauf ansprechen. Hier eine Liste der betroffenen Lieferschei-
ne: (Es folgte eine Auflistung mit Nummern und Datum.)

Steffen schaute auf die Uhr und wurde unruhig. In knapp fünf
Minuten könnte Antony zurück sein. Er durfte auf keinen Fall mitkriegen, dass Steffen ihn ausgetrickst hatte. Eilig prüfte er noch einmal den letzten Eintrag auf der Liste. Er war mit dem 23. April 1943
datiert, der Tag, an dem Uwe Morich verschwand.

»Steffen?«, rief Antony in die Halle hinein.

Steffen erschrak. *Scheiße, der ist schneller als die Polizei erlaubt,*
dachte er, öffnete den Ringverschluss des Ordners und entnahm alle
Papiere, die unter der Zwischenlage ›Sonstiges‹ abgeheftet waren. Er
verstaute sie rasch in seinem Rucksack, warf die Ordner in die Kiste,
klappte den Deckel zu und schob sie an die Wand zurück. Dann
schlüpfte er durch die Tür und zog sie leise hinter sich zu, ohne ab-
zuschließen. Gerade in dem Moment tauchte Antony aus dem Halbdunkel der Halle auf. Steffen stand noch mit dem Rücken zur Tür.

»Na, sind Sie fündig geworden?«, fragte er.

»Wie man's nimmt«, antwortete Steffen. Antony reichte ihm die
Taschenlampe.

»Vielen Dank«, sagte er erleichtert. »In diesem Durcheinander
das Richtige zu finden, wäre zu schön gewesen«, merkte er noch an
und leuchtete mit der Taschenlampe den Schuhspuren nach. Sie
endeten vor einem Holzschrank. Steffen öffnete ihn und musste
unweigerlich schmunzeln. Im Schrank lagen leere Wein- und Sekt-

flaschen. *Aha,* dachte er, *die Stimmungsmacher für gemütliche Schä-
ferstündchen.*

Zum Schein durchsuchte Steffen mehrere Kartons in den Ecken
der Halle, um Antony das Gefühl zu geben, den Weg nicht umsonst
gemacht zu haben, dann sagte er: »Ich glaube, jede weitere Suche ist
reine Zeitverschwendung. Aber wir müssen eben jeder Spur nachgehen.«

»Das tut mir leid«, antwortete Antony. Steffen sah ihm aber an,
dass es nur eine Floskel war. Sie gingen zurück. Steffen verabschiedete sich von Jeffrey Morgan und ließ sich von Antony ins Hotel
fahren. Morgen würde er von Manchester zurück nach Hannover
fliegen.

Firmengelände Köhler Baumaschinen, Osterode
Mittwoch, 1. November 2017

Dass es so schnell ging, damit hatte Brauer nicht gerechnet. Staatsanwalt Dr. Henrik hatte die Durchsuchungsanordnung des Amts-
richters gleich per E-Mail geschickt und Brauer daraufhin zehn Einsatzkräfte der Bereitschaftspolizei aus Göttingen angefordert. Die
warteten nun im großen Sitzungsraum auf die Einsatzbesprechung.
Auf dem Flipchart hatte Beate eine Skizze des Firmengeländes der
Köhler Baumaschinen GmbH & Co. KG gezeichnet.

»Wir parken die Fahrzeuge mit Abstand verteilt vor dem Verwaltungsgebäude. Hier und hier«, sie zeigte auf den entsprechenden
Bereich auf der Zeichnung. Dann erklärte sie weiter: »Zwei Mann
sichern die Zufahrt, zwei weitere das Gebäude. Alle Personen, die
sich auf dem Areal befinden, werden vorläufig festgenommen.
Wahrscheinlich werden wir nur Felix und Sandra Köhler antreffen.
Der Rest verteilt sich auf dem Gelände. Die Hundestaffel beginnt in
den Büros. Ich möchte, dass das Haus vom Boden bis zum Keller
beschnüffelt wird. Danach die Werkstatt und zum Schluss die Maschinen im Außenbereich. Noch Fragen?«, beendete Beate die Er-
läuterung ihres Einsatzplanes. Einer der Hundeführer meldete sich.
»Ja, bitte«, forderte Beate ihn auf.

»Ich bin nicht sicher, ob die Hunde so lange durchhalten. Das ist ein verdammt großer Bereich, und wir dürfen keineswegs vergessen, dass es für unsere Vierbeiner ein Spiel ist, was ihnen irgendwann langweilig wird«, gab er zu bedenken.

»Wollen Sie damit sagen, dass wir mehr Spürhunde brauchen?«, fragte sie nach.

»Nicht unbedingt«, antwortete er, »ich wollte nur auf den Zeitbedarf hinweisen, weil die Hunde zwischendurch immer wieder eine Pause brauchen. Es wird eine Weile dauern, bis wir da durch sind.«

»Dann dauert es halt«, gab Beate knapp zurück. »Weitere Fragen?«

Niemand meldete sich.

»Okay, also los. Gutes Gelingen.«

Grummelnd verließen die uniformierten Männer und Frauen den Sitzungsraum und bestiegen die Fahrzeuge, die vor dem Polizeigebäude abfahrtbereit standen.

Etwa eine halbe Stunde später bog der Fahrzeugkonvoi von der Scheerenberger Straße in die Einfahrt des Firmengeländes ab. Auf dem Vorplatz des Verwaltungsgebäudes öffnete sich die Formation, so, wie es Beate Jakobi angewiesen hatte. Die Mannschaftswagen sowie Brauers Dienstwagen stoppten. Die Polizeibeamten stürmten aus den Fahrzeugen und nahmen ihre Posten ein. Im rückwärtigen Bereich der Autos postierten sich die drei Hundeführer. Die Tiere saßen brav bei Fuß und warteten mit wedelndem Schwanz und aufgerichteten Ohren auf ihren Einsatz.

Brauer und Beate hielten direkt auf den Eingang zu und wurden sogleich von Sandra und Felix Köhler mit wütenden Blicken empfangen.

»Bei allen Respekt, Herr Brauer, aber wir kommen uns allmählich wie Schwerverbrecher vor«, brüllte sie. »Was soll dieser Aufmarsch? Sind wir im Krieg, oder was?«

»Befinden sich weitere Personen auf dem Gelände?«, fragte Brauer unbeeindruckt.

»Nein, es ist niemand sonst hier«, antwortete Sandra Köhler.

»Gut. Dann sind Sie beide vorläufig festgenommen«, sagte Brauer in ruhigem, fast gelangweiltem Ton.

»Moment«, mischte sich Felix Köhler lauthals ein, trat einen Schritt näher an Brauer heran und baute sich auf, »was werfen Sie uns vor?«

»Rauschgifthandel«, erklärte Brauer trocken.

»Rauschgift? Dass ich nicht lache«, echauffierte sich Felix Köhler. »Aber eines sage ich Ihnen, ich werde mich an höchster Stelle über Sie beschweren,«, zischte er giftig.

»Wenn Sie sich kooperativ verhalten, erspare ich Ihnen die Handschellen« erwiderte Brauer gleichgültig. »Nehmen Sie dort drüben in dem Wagen Platz!«

Die Geschwister Köhler sahen sich fragend an. Ihre Gesichter verloren die Wutröte, die sich in eine ratlose Blässe verwandelte. Stumm folgten sie der Anweisung.

Brauer gab den Hundeführern das Zeichen für ihren Einsatz. Zwei von ihnen führten ihre Hunde daraufhin in das Gebäude. Der Dritte blieb als Ablösung draußen, falls einer der beiden anderen eine Pause benötigte.

Gespannt warteten die Beamten auf ihre Rückkehr und das Resultat.

Die Zeit verging. Brauer schaute hin und wieder auf die Uhr. Er hoffte inständig, sie würden etwas finden, was seinen lang gehegten Verdacht endlich bestätigte. Und wenn, dann war Köhler mitschuldig an Annikas Vergiftung, die sie nur knapp überlebte. Bei dieser Vorstellung spürte er Wut und Hass in sich aufsteigen. Am liebsten hätte er jetzt Felix Köhler die Fresse poliert. Unbewusst krampften sich seine Hände zu Fäusten.

»Ist alles okay, Ralf?«, hörte er Beate wie von weit weg fragen.

Verdattert sah er sie an. »Ja, ja. Ich dachte gerade an Annika«, stotterte er und beendete den absurden Gedanken.

Die Eingangstür schwenkte in dem Moment auf und die beiden Hunde liefen bellend voraus. Brauer ging einige Schritte auf die Hundeführer zu.

»Und?«, fragte er ungeduldig.

Die beiden Polizisten schüttelten nur den Kopf und belohnten ihre Vierbeiner mit einem Leckerli.

»Verdammt! Das gibts doch nicht«, fluchte Brauer und stapfte wie im Stechschritt hin und her. Dann blieb er stehen. »Los, die Werkstatt, das Außengelände, jede Maschine, jede Ecke, jeder Zentimeter wird abgesucht!« Mit forderndem Blick sah er die Umstehenden an. »Worauf wartet ihr?«, brüllte er über den Platz.

»Die Hunde brauchen eine Pause, Herr Brauer, sonst verweigern sie sich«, gab einer der Führer kleinlaut zu bedenken.

»Wie lange?«, fragte er unwirsch.

»Eine viertel Stunde«, antwortete der Beamte. »Okay, hilft ja nichts«, lenkte Brauer ein und hielt auf den Polizeibus zu, in dem Felix und Sandra Köhler festgehalten wurden. Beate folgte ihm. Er riss die Schiebetür auf, setzte sich ihnen gegenüber und fixierte sie eine Weile. Felix Köhler spielte nervös an seinen Fingern herum, während seine Schwester den Blicken standhielt.

»Sie haben eine Menge Probleme am Hals«, begann Brauer das Verhör. »Sie werden von Unbekannten bedroht und attackiert, Ihr Vater wurde ermordet und Sie stehen im Verdacht, mit Rauschgift zu handeln. Sie sollten endlich kooperieren, um sich selbst zu schützen und zur Aufklärung beizutragen. Das wird sich strafmildernd auswirken.« Er starrte beide abwartend an.

»Mit Rauschgift haben wir nichts zu tun. Wir sind ehrbare Bürger und werden von irgendeinem Idioten tyrannisiert. Anstatt uns festzuhalten, sollten Sie lieber nach diesem Geisteskranken fahnden«, beschwerte sich Felix Köhler.

»Kennen Sie Marc Locke und Alexandra Teifel?«, fragte Brauer als Nächstes und glaubte ein Zucken in Köhlers Augen zu erkennen, als er die Namen aussprach.

Felix fummelte erneut an den Fingern. »Nie gehört«, erwiderte er.

»Könnte sein, dass die beiden von unseren Göttinger Kollegen gerade festgenommen werden«, sagte Brauer cool. »Die haben denen bestimmt eine Menge zu erzählen, glauben Sie nicht?«, versuchte er, ihn aus der Reserve zu locken.

Köhler wirkte zunehmend angespannt. »Nein, das glaube ich nicht«, wehrte er die Frage ab und suchte mit Blicken Hilfe von seiner Schwester.

»Hören Sie, Herr Brauer«, intervenierte Sandra Köhler. »Was Sie hier treiben, ist grotesk. Sie machen sich lächerlich. Gehen Sie und lassen Sie uns in Frieden.«

Brauer kochte innerlich. Er hatte bisher kein Beweisstück gegen die Köhlers in der Hand. Wenn die Hunde nichts erschnüffeln würden, musste er Felix und Sandra Köhler wohl oder übel frei lassen.

»Ich kriege Sie«, fauchte Brauer zurück und stand auf. Er stieg mit Beate aus dem VW-Bus.

Inzwischen waren die Spürhunde für einen weiteren Einsatz bereit. Einer der Hundeführer nahm sich die Werkstatt vor, während die beiden anderen das Freigelände und die Baumaschinen inspizierten. Fünf Raupenbagger, zwei Radlader und drei Planierraupen standen in Reih und Glied neben der Werkstatthalle. Brauer stellte sich mit Beate in einigem Abstand vor die Maschinen und beobachtete, wie die Hunde um sie herumschnüffelten. Keiner der Hunde schlug an. Nach einer Weile blickten die Hundeführer zu ihm herüber und zuckten mit den Schultern. *Das gibts doch nicht. Hier muss Rauschgift sein,* dachte er entmutigt. Der andere Kollege kam jetzt aus der Werkstatt heraus. »Negativ«, sagte er knapp.

»Das kann nicht sein«, behauptete Brauer. »Schickt die Hunde noch einmal durch!«

»Herr Brauer, das macht keinen Sinn. Außerdem sind die Tiere für heute nicht mehr zu motivieren«, lehnte der Staffelführer einen zusätzlichen Einsatz ab.

Brauer brauchte einen Moment, um zu begreifen, dass er verloren hatte. »Okay. Abbruch!«, befahl er enttäuscht. Verärgert starrte er auf die Maschinen, die wie an der Schnur ausgerichtet vor ihm standen. Nur etwas störte den ordentlichen Eindruck. »Fällt dir was auf?«, fragte er Beate.

»Nee, was denn?«

»Schau doch mal genau hin.«

»Ich hab jetzt keine Lust auf Quizfragen«, wich Beate ihm aus.

»An einigen Maschinen fehlen sämtliche Hydraulikzylinder.« Brauer zeigte auf die Bagger und Radlader.

»Ja und?«, fragte Beate unverständlich.

»Finde ich ungewöhnlich«, meinte Brauer. »Wo sind die?«

»Weiß ich doch nicht. Frag Köhler«, riet Beate.

»Mach ich auch«, bestätigte Brauer, ging zu dem Bus rüber und stieg ein.

»Na? Sind Sie fündig geworden, Herr Hauptkommissar?«, empfing ihn Felix Köhler bissig.

»Noch nicht. Aber glauben Sie nicht, dass Sie aus dem Schneider sind«, konterte Brauer. »Warum sind von den Baggern und Radladern die Hydraulikzylinder abmontiert?«, wollte er wissen.

»Herr Brauer«, begann Köhler voller Genugtuung in der Stimme, »wir prüfen alle Geräte auf Herz und Nieren, bevor wir sie weiterverkaufen. Die Zylinder werden auf Dichtigkeit geprüft und gereinigt. Zufrieden?«

»Das bin ich erst, wenn ich Sie hinter Gittern gebracht habe«, entgegnete er. »Sie können gehen.«

~~~

Das raumgreifende Gemurmel verstummte, als Martin Neumann und Staatsanwalt Doktor Henrik den großen Besprechungsraum betraten. Gleich hinterher kam noch jemand, mit dem Brauer nicht gerechnet hatte. Er sah den Mann missfällig an, als er in der Tür stand. Groß, hageres Gesicht, kahl geschorener Schädel. Kriminalrat Karsten Trüter, der Polizist mit dem Killergesicht. *Als wenn wir nicht schon genug Probleme hätten,* schoss es Brauer durch den Kopf. *Dieser selbstgefällige Großkotz war uns beim letzten Fall mehr im Wege als nützlich.* Steffen stupste seinen Chef mit dem Fuß an. Er dachte scheinbar dasselbe.

»Guten Morgen zusammen«, begrüßte Neumann die Runde, um die Doktor Henrik ihn vor einigen Tagen gebeten hatte. Er hielt es für angebracht, sich über den Stand der Ermittlungen in diesen verwirrenden Fällen informieren zu lassen und das weitere Vorgehen abzustimmen, hatte Martin Neumann ihn im Vorfeld informiert.

»Ich denke, das Vorstellungsprozedere können wir uns sparen«, fuhr Neumann fort, »Sie kennen sich ja noch von unserer letzten Zusammenarbeit. Kriminalrat Trüter möchte sich über die Drogenaktivitäten im Kreis erkundigen und bietet die Unterstützung des LKA an.«

Das hat uns gerade noch gefehlt, dachte Brauer in dem Moment. Neumann und Henrik setzten sich an die vordere Außenkante des Tisches, gegenüber von Ralf Brauer, Beate Jakobi und Steffen Richter. Trüter bevorzugte den Platz an der hinteren Stirnseite.

»Guten Morgen, meine Damen und Herren«, grüßte der Staatsanwalt und legte einen Notizblock vor sich ab. Brauer glaubte, in seiner Stimme etwas Unmut herauszuhören.

Trüter lehnte sich mit verschränkten Armen und überschlagenem Bein zurück, als hüte er wohlwollend die Sitzung. »Mich interessieren hauptsächlich die Verdachtsmomente des Drogenhandels gegen Wolfgang Köhler«, warf er vorlaut in den Raum.

»Darauf kommen wir noch zu sprechen«, erklärte Henrik und fuhr fort: »Zwei skelettierte Leichen, eine Anschlagserie gegen die

Familie Köhler, die offenbar in dem Mord an Wolfgang Köhler gipfelt. Drogenhandel, in den sogar die Tochter von Ralf Brauer hineingezogen und fast getötet wurde, sowie Wohnungseinbrüche als Ablenkungsmanöver. Ich vermisse Ergebnisse, um es mal moderat auszudrücken. Womit wollen wir beginnen?«, stellte er in den Raum und blickte erwartungsvoll in die verunsicherten Gesichter der Anwesenden.

»Genau in der Reihenfolge«, antwortete Brauer selbstbewusst. »Ich möchte zu bedenken geben«, sprach er weiter, »dass die Ermordung der beiden Personen, die in der Höhle beim Schickert-Gelände gefunden wurden, mehr als siebzig Jahre zurückliegt. Einer der Toten konnte dennoch identifiziert werden. Es handelt sich um den ehemaligen Elektrolysemeister des Werkes, Uwe Morich. Der zweite ist höchstwahrscheinlich Alfred Bleß, der als Lagerbuchhalter bei den Schickert-Werken gearbeitet hatte. Das Motiv dieser Morde liegt offenbar in der Begehrlichkeit wertvoller Platinelektroden, die für den Produktionsprozess gebraucht wurden. Um unsere Annahme beweisen zu können, ist die Exhumierung der Leiche von Olaf Köhler unabdingbar, um seine DNA mit der des Fingers, der bei den Überresten von Bleß gefunden wurde, zu vergleichen. Sollte die DNA übereinstimmen, war Olaf Köhler mit ziemlicher Sicherheit der Mörder von Alfred Bleß und Uwe Morich. Soweit wir bisher wissen, hatte Köhler die Platinanoden unterschlagen und wurde dabei von Morich und Bleß entdeckt. Bleß wurden Flugblätter untergeschoben, die ihn als Staatsfeind denunzierten und ins KZ brachten. Er hatte die Strapazen offenbar überlebt, aber seine Frau und sein Haus verloren. Er muss voller Hass auf Köhler gewesen sein. Nach seiner Rückkehr kam es wahrscheinlich zu der fatalen Begegnung mit ihm.« Brauer machte eine Pause und nahm einen Schluck Kaffee. »Um diese These zu untermauern, müssen wir die Frage klären: Wo ist das Platin?« Brauer wandte sich Steffen zu. »Was hast du in Widnes herausgefunden?«

»Das Platin habe ich leider nicht gefunden«, begann er schmunzelnd, »aber Beweise dafür, dass solche Elektroden unterschlagen wurden.«

Steffen legte die gefälschten Bestandslisten sowie die handschriftlichen Aufzeichnungen von Uwe Morich auf den Tisch.

»Köhler hat damals Stückzahlen auf Liefer- und Ausgabescheinen manipuliert und die Differenzstückzahl verschwinden lassen. Das hat sich bis 1943 auf circa 45 kg summiert. Heutiger Wert: etwa 1,5 Millionen Euro.«

»Wow«, staunte Neumann. »Habt ihr Ideen, wo er das Metall versteckt haben könnte?«

»Wenn ich es wüsste, würde ich es euch nicht verraten«, scherzte Steffen. »Nee, ohne Spaß«, berichtete er weiter, »Morich schrieb in seinen Notizen von Abschnitt 3 der unterirdischen Anlagen. Wo immer das auch sein mag.«

Karsten Trüter hob den Finger. »Wenn ich mich mal einmischen darf«, sagte er mit seiner unverkennbaren Fistelstimme, die gar nicht zu seinem Erscheinungsbild passte. Man würde bei ihm eher eine tiefe oder raue Stimme vermuten.

Brauer schielte zu ihm hinüber. *Was kommt denn jetzt für ein Spruch?*, dachte er.

»Das liegt doch auf der Hand«, sagte Trüter wichtigtuerisch. »Damit können doch nur die Untertage-Anlagen der Schickert-Werke gemeint sein.«

»Danke, Herr Kriminalrat«, sagte Brauer mit einem sarkastischen Zwischenton, »aber daran haben wir auch schon gedacht.«

»Ja und?«, bohrte Trüter weiter.

»Das ist ein Labyrinth von Gängen und Schächten, die den Berg zu einem Schweizer Käse machen. Wo sollen wir da anfangen?«, erwiderte Brauer.

»Wo, weiß ich auch nicht, aber anfangen sollten Sie«, konterte Trüter.

»Wir gehen lieber geordnet vor und suchen zuerst nach den Plänen des Gängesystems, um den Abschnitt 3 zu identifizieren«, wehrte sich Brauer.

»Wenn es denn welche gibt«, setzte Trüter nach.

»Niemand baut ein solch kompliziertes System ohne Plan«, gab Brauer zurück.

»Und wo ist ihr Plan?« Trüters Tonlage hangelte sich eine Oktave höher.

»Wenn alle Informationen zur rechten Zeit auf dem Tisch liegen würden, wozu bräuchte man dann noch Ermittler?« Brauer kochte innerlich, aber zwang sich, ruhig zu bleiben. Dieser Mann war für ihn eine einzige Provokation.

»Wir sollten sachlich weitermachen«, ging Neumann dazwischen und beendete den Schlagabtausch. Dann wandte er sich an

Doktor Henrik. »Würden Sie beim Amtsrichter eine Genehmigung zur Exhumierung der Leiche von Olaf Köhler beantragen?«

»Natürlich, ich werde es dringend machen«, versprach der Staatsanwalt.

»Also Leute, ich fasse mal kurz zusammen«, ergriff Neumann nochmals das Wort. »Die Morde an Uwe Morich und Alfred Bleß können nach der langen Zeit nur anhand von Indizien bewiesen werden. Richtig?« Alle nickten. »Wir brauchen noch die DNA-Analyse und ...«, er unterbrach kurz, »... die Platinelektroden.«

»Warum?«, intervenierte Steffen. »Den Beweis für die Unterschlagung haben wir doch.«

»Willst du 1,5 Millionen Euro einfach im Berg liegen lassen? Das ist staatliches Eigentum«, gab Neumann zu bedenken.

»Hoffentlich zahlt uns der Staat einen angemessenen Finderlohn«, bemerkte Steffen.

»Ich möchte jetzt bitte zum Thema Drogen übergehen«, drängelte Trüter erneut.

»Keine Sorge, das werden wir in Kürze behandeln«, wiegelte Neumann kurzerhand ab. »Also, wir haben zwei Morde, bei denen Olaf Köhler als Täter infrage kommt. Heute, siebzig Jahre später, werden seine Nachkommen tyrannisiert und attackiert. Jedes Mal taucht der Begriff Anlage Z als Hinweis auf. Inzwischen wissen wir, dass das der Tarnname der Schickert-Werke war. Auch hier der Zusammenhang mit dem Werk. Wer könnte die Familie Köhler bedrohen? Und warum?«

»Das liegt doch auf der Hand«, meldete sich Beate nun zu Wort. »Die Nachkommen von Alfred Bleß sowie Uwe Morich sind durch den Medienrummel um den Skelettfund erneut auf das Schicksal ihrer Angehörigen aufmerksam geworden. Sie hätten allemal ein Rachemotiv.«

»Richtig«, schloss sich Brauer ihrer Meinung an. »Allerdings traue ich der Tochter von Uwe Morich und deren Sohn Ingo eine solche Tat kaum zu. Sie glaubten bisher an eine Verschleppung durch die Nazis, und mal ehrlich, eine Drohkampagne wie diese braucht eine gute Planung. Dazu hatten sie überhaupt keine Zeit.«

»Bleibt nur Bleß«, meinte Beate. »Er hat das KZ überlebt und stellt nach seiner Rückkehr fest, dass seine Frau in Sippenhaft genommen und im KZ ermordet wurde. Es muss für ihn schockierend gewesen sein, als er erfuhr, dass man ihm sogar sein Haus enteignet und auf Olaf Köhler umgeschrieben hatte, dem Mann, der quasi sein Leben zerstörte.« Beate unterbrach, weil sie schlucken musste. »Also, wenn ihr mich fragt, ich würde ausrasten.«

»Das ist Bleß wohl auch«, stimmte Brauer ihr zu, »allerdings scheint er bei der Auseinandersetzung unterlegen gewesen zu sein und deshalb brauchen wir dringend seine DNA.«

»Sein Sohn Karl verlor durch Köhler seine Eltern. Für die Enteignung hat er eine lächerliche Entschädigung von 15.000 Mark bekommen. Er muss geahnt haben, dass sein Vater unter den Skeletten ist. Diese Motive würden jeden Richter überzeugen. Wir sollten Karl und Marco Bleß observieren«, schlug Steffen vor.

»Gut«, stimmte Neumann zu. »Und wer recherchiert nach den Plänen der unterirdischen Anlagen?«, fragte er weiter.

»Ich werde Ina bitten, beim Bergamt in Clausthal-Zellerfeld nachzufragen«, antwortete Ralf Brauer.

»Können wir nun endlich zum Drogendelikt kommen?«, quengelte Trüter sichtlich genervt.

»Sofort«, wiegelte Neumann erneut seinen Wunsch ab. »Lassen Sie uns noch kurz den Mord an Wolfgang Köhler behandeln. Der Fall scheint ja geklärt zu sein, nicht wahr Beate?«

»Allerdings«, antwortete sie. »Es liegen genügend Beweise vor, die Enrico Morelli als Täter überführen. Er ist ein bekannter Kleinkrimineller, der sich hin und wieder auch in der Drogenszene bewegt. Man traut ihm eigentlich keinen Mord zu, aber während des Wohnungseinbruches bei Wolfgang Köhler wurde er offenbar ertappt und hat in Panik mit einem Brieföffner zugestoßen. Und das alles wegen einer lächerlichen Armbanduhr.«

Beate blickte zu Ulrike Pleschke, die unter anderem die Asservatenkammer verwaltete. Ulrike Pleschke legte mehrere Plastikbeutel mit Beweisstücken auf den Tisch. Darunter die Beuteuhr.

Doktor Henrik griff nach der Uhr und betrachtete sie sorgfältig. »Oh, sogar eine Breitling. Die ist einiges wert«, staunte er. »Allerdings braucht sie dringend eine neue Batterie.« Er guckte auf seine Uhr und zurück auf die Breitling. »Die Zeiger sind auf 11:15 Uhr stehen geblieben, wir haben jetzt genau 10:15 Uhr.«

»Darf ich mal sehen?«, fragte Brauer und streckte dem Staatsanwalt die Hand entgegen. Der reichte ihm den Plastikbeutel über den Tisch. Brauer schaute auf das Zifferblatt. »Wieso? Die tickt doch noch«, stellte er fest und augenblicklich durchzuckte ihn ein erschreckender

Gedanke – *sie hatten einen Fehler gemacht*. Er schielte unauffällig zu Beate und sah ihr eine leichte Röte an – sie hatte es ebenfalls begriffen. *Bloß vor Trüter keine Schwäche zugeben*, war sein nächster Gedanke. Das würde er gnadenlos ausnutzen, um sich als unfehlbaren Superhelden dazustellen.

»Okay, nun wisst ihr, was die Stunde geschlagen hat«, versuchte Trüter zu scherzen. Niemand lachte. »Wie lange wollen Sie noch rumeiern, bis wir endlich zum wichtigen Thema kommen?«, quengelte er abermals.

Neumann warf ihm einen missbilligenden Blick zu. »So lange, bis alle Fragen abgehandelt sind, die wir für bedeutsam erachten, Herr Polizeirat«, erwiderte er. »Gibt es zum Mordfall weitere Punkte?«, fragte er in die Runde. Beate meldete sich.

»Wir haben in Köhlers Wohnung eine Blutspur mit Haaren gefunden. Jemand hat sich offensichtlich an der scharfen Kante der Türzarge den Kopf aufgeschlagen. Die DNA ist in unseren Datenbanken nicht gespeichert.«

»Ich werde den Gedanken nicht los, dass Köhler irgendetwas mit Drogen zu tun hat.«

»Na endlich«, rief Trüter befreit.

Brauer ignorierte den Zwischenruf und sprach unbeirrt weiter: »Die Razzia hat leider keine Beweise erbracht.«

»Das hätte ich Ihnen prophezeien können«, unterbrach Trüter erneut. »Dieser Köhler ist höchstens ein Junkie, aber kein Händler. Wir vom LKA wissen, dass das Zeug über verschiedene Wege in die Drogenzentren Hamburg, Berlin und München gelangt. Von dort wird es über Zwischenhändler gestreut. Glauben Sie wirklich, die Mafia gibt sich mit einem Provinznest wie Osterode ab?«

»Nein, das glaube ich nicht«, entgegnete Brauer, »das weiß ich.« Er zog eine Visitenkarte aus der Innentasche seiner Jacke, stand auf und legte sie Trüter auf den Tisch. »Kennen Sie Petr Koci?«, fragte ihn Brauer. Trüter blickte erstaunt zu ihm auf.

»Ja, ich habe mit ihm hin und wieder Kontakt. Er ist ein knochenharter Polizist aus Prag und nennt sich selbst Drogenjäger. Seine Tochter war abhängig von Crystal Meth. Jahrelang musste er mit ansehen, wie das Mädchen innerlich und äußerlich zerfiel, bis sie wie ein Zombie aussah und schließlich starb. Seitdem hat er es sich zur Lebensaufgabe gemacht, Drogendealer zur Strecke zu bringen, und er fackelt nicht lange.«

Trüters Blick schien ins Leere zu gehen, während er sprach. Brauer ging zu seinem Platz zurück.

»Schicken Sie ihm die DNA-Daten der Blut- und Haarspur aus Köhlers Wohnung. Vielleicht findet er in seiner Datenbank eine Übereinstimmung«, schlug Brauer vor.

»Obwohl ich das für Zeitverschwendung halte, werde ich Ihnen den Gefallen tun. Aber nur, um zu zeigen, dass Sie sich irren und endlich aufhören, sich in Angelegenheiten einzumischen, die eine Nummer zu groß für Sie sind«, antwortete er großspurig.

Für seine Arroganz wäre Brauer ihm am liebsten an die Gurgel gesprungen, aber diese Genugtuung sollte Trüter keineswegs mitnehmen. »Danke«, sagte Brauer abgeklärt, »und Koci soll Lieferungen gebrauchter Baumaschinen nach Deutschland beobachten.«

Trüter griente überheblich. »Von mir aus auch das«, sagte er.

»Gibt es noch Fragen oder Anmerkungen?«, wollte Neumann zum Abschluss wissen und schaute in die Runde. Niemand meldete sich. »Gut, dann hätte ich noch eine Mitteilung«, sagte er. »Die Presse hat mich um Informationen über den aktuellen Stand unserer Ermittlungen in all diesen Fällen gebeten. Deswegen werde ich nächste Woche zu einer Pressekonferenz einladen und bitte euch um entsprechende Vorbereitung.« Neumann erhob sich. Gemurmel wallte abermals auf. »Augenblick bitte«, hielt Neumann die Teilnehmer zurück. »Bevor ihr alle verschwindet, fasse ich die Aufgaben kurz zusammen: Staatsanwalt Doktor Henrik beantragt die Exhumierung von Olaf Köhlers Leiche. Steffen kümmert sich darum, dass Karl und Marco Bleß observiert werden, und Kriminalrat Trüter wird mit Petr Koci in Prag Kontakt aufnehmen. Alles klar?«

Zustimmendes Nicken beendete die Besprechung. Langsam leerte sich der Sitzungsraum.

*

Brauer sackte auf seinen Bürostuhl und ließ die Arme baumeln. Beate und Steffen setzten sich vor seinen Schreibtisch. Alle drei sahen sich für Sekunden stumm an.

»Schöne Scheiße«, kommentierte Brauer den Ermittlungsfehler gegen Enrico Morelli, alias Piccolo.

»Der Chronograf hat ihn vom Mordverdacht rehabilitiert. Ich habe echt verpeilt, dass in der Nacht vom 29. auf den 30. Oktober die

Sommerzeit geendet hatte. Alle Uhren eine Stunde zurück.« Steffen klatschte sich mit der flachen Hand an die Stirn.

»Köhler konnte seine Breitling allerdings nicht mehr zurückdrehen«, stellte Brauer fest.

»Ich bin in der Rückrechnung des Todeszeitpunktes weiterhin von der Sommerzeit ausgegangen. Das heißt, Morelli war längst unterwegs nach Hause, als Köhler getötet wurde«, wandte Beate ein. »Da habe ich wohl einen Fehler gemacht«, gestand sie ein.

»Nicht nur du«, meinte Brauer.

»Was machen wir jetzt?«, fragte Beate.

»Wir schaffen die Sommerzeit ab«, flachste Steffen dazwischen.

Brauer machte eine abweisende Handbewegung. »Als Erstes werde ich es Martin beichten, dann kann Piccolo nach Hause gehen und wir suchen den richtigen Mörder«, antwortete er.

»Was ist in der Nacht tatsächlich passiert?«, sinnierte Beate.

Herzberg / Bad Lauterberg / Göttingen
Montag, 6. November 2017

∿

»Ich gehe ab heute wieder zur Schule«, sagte Annika, als sie ihr Geschirr vom Frühstück in die Spülmaschine geräumt hatte.

»Solltest du dir nicht noch ein paar Tage Ruhe gönnen?«, riet Elke ihrer Tochter, die vorgestern, am Samstag, aus dem Klinikum Göttingen entlassen worden war.

»Ich fühl mich okay, Mama, und außerdem habe ich einiges an Stoff nachzuholen«, entgegnete Annika.

»Stoff?«, erhob Patrick seine Stimme gespielt entrüstet. »Also doch! Du bist bei den Junkies gelandet, gib's zu.«

»Blödmann«, erwiderte Annika scharf, »Unterrichtsstoff, was hast du denn gedacht?« Patrick griente. »Brauche ich noch diese lästigen Bodyguards, Papa?«, fragte sie und verdrehte die Augen dabei.

»Meiner Meinung nach, ja. Aber unser oberschlauer Kriminalrat Trüter meint, durch die Festnahme von Alexandra Teifel und Marc Locke bestünde kein Grund mehr dazu«, antwortete Ralf Brauer.

Annika zog den Mund schief. »Keine Sorge, Papa, ich kann selbst auf mich aufpassen. Das Gefühl, ständig beschattet zu werden, nervt einfach.«

»Unterschätze diese Typen nicht und versprich mir, vorsichtig zu sein. Vertraue niemandem. Sowie dir irgendetwas nicht geheuer ist, ruf mich sofort an. Versprochen?«, redete er auf sie ein.

»Versprochen«, antwortete sie und machte sich auf den Weg nach oben, um ihre Schulsachen zu holen.

»Alexandra und dieser Marc sitzen zwar in Untersuchungshaft, aber wir wissen nicht, wer im Hintergrund die Fäden zieht«, rief er Annika nach.

Elke warf Ralf einen sorgenvollen Blick zu. »Wann ist das endlich vorbei?«, beklagte sie die bedrohliche Situation. »Diese ständige Angst zehrt an den Nerven.«

»Beruhige dich.« Ralf legte seine Hand auf ihre. »Wir werden dieses Drogennest bald ausgenommen haben, dann ist es vorbei.«

Ralf Brauer sollte sich irren.

*

Eine unangenehme Pflicht hatte er an diesem Morgen zu erfüllen, bevor er ins Büro fuhr. Er musste zu Carola Köhler, um ihr den gerichtlichen Exhumierungsbeschluss für das Grab ihres Schwiegervaters vorzulegen.

»Sei vorsichtig«, sagte Elke, rückte die karierte Fliege zurecht und gab ihm einen Kuss, heute intensiver als gewöhnlich. Brauer war nicht abergläubig, aber dieses morgendliche Ritual gab ihm jedes Mal ein gutes Gefühl für den Tag. Wie sehr er das liebte, und wie sehr er seine Frau liebte.

Er zog seine Regenjacke über und trat vor die Haustür. Nasskaltes Novemberwetter empfing ihn. Er eilte zur Garage und steuerte sein Auto wenig später in Richtung Bad Lauterberg. Als er gerade in die Dr.-Frössel-Allee eingebogen war, klingelte sein Handy.

»Ja, bitte«, meldete er sich über die Freisprechanlage.

»Herr Hauptkommissar Brauer?«, versicherte sich die Stimme im Lautsprecher, richtig verbunden zu sein.

»Ja, richtig«, antwortete er.

»Mein Name ist Milos Zajak«, gab sich der Mann zu erkennen. »Ich müsste Sie einmal sprechen.«

Er klang unfreundlich und Brauer glaubte, einen polnischen Akzent herauszuhören. Milos Zajak, der Name war ihm noch nie begegnet. »In welcher Angelegenheit bitte?«, wollte er wissen.

»Mein Vater, Jakub Zajak, und Alfred Bleß haben während der Nazidiktatur zwei Jahre zusammen im KZ Mittelbau Dora verbracht.«

Brauer, augenblicklich geplättet, als er den Namen Bleß hörte, ließ das Gaspedal etwas nach und fuhr links auf den Parkplatz des EDEKA-Marktes, um konzentrierter reden zu können.

»Sie kennen doch Alfred Bleß?«, fragte Milos Zajak.

»Der Name sagt mit etwas. Allerdings ist er lange tot, aber sprechen Sie weiter«, forderte Brauer den Mann auf, nachdem er den Motor abgeschaltet hatte.

»Ich habe etwas für Sie, das Sie sich abholen sollten«, sagte Milos Zajak.

»Und was ist das?«, fragte Brauer.

»Ein Stück Ölpapier.«

Brauer wunderte sich über diese seltsame Antwort. *Das wird zum Verpacken von Gütern verwendet, die vor Feuchtigkeit geschützt werden sollen, wie zum Beispiel blanke Maschinenteile,* wusste er. *Was hatte es damit auf sich?* »Ölpapier? Weiter nichts?«, fragte Brauer noch einmal nach.

»Nein«, antwortete Zajak knapp.

»Entschuldigung, Herr Zajak, aber was soll ich damit? Das müssen Sie mir schon genauer erklären«, forderte Brauer.

»Das ist etwas zu kompliziert fürs Telefon. Ich erzähle Ihnen die ganze Geschichte gerne, wenn Sie mich besuchen kommen. Ich bin leider nicht mobil«, sagte Milos Zajak.

»Wann und wo?«, fragte Brauer.

»Ich wohne in Göttingen, Liebrechtstraße. Gleich hinter der Firma Novelis rechts rein. Ich bin immer zu Hause«, antwortete er und legte auf.

Brauer, ein wenig erstaunt über das abrupte Gesprächsende, war neugierig geworden und nahm sich vor, heute noch dorthin zu fahren. Aber zuerst musste er nach Bad Lauterberg zu Carola Köhler. Er startete den Motor.

Bad Lauterberg

Fünfzehn Minuten später klingelte er an der Haustür in der Hauptstraße in Bad Lauterberg, wo sich Carola Köhler seit dem Mord an ihrem Mann bei ihrer Tochter aufhielt. Sie öffnete die Tür und sah Brauer abwartend an.

»Guten Morgen, Frau Köhler, darf ich kurz reinkommen?«

»Bitte«, sagte sie knapp und trat zur Seite. »Sie haben keine guten Nachrichten, nehme ich an.« Sie ging zum Wohnzimmer voraus. Am Esstisch saß Sandra Köhler beim Frühstück.

»Was wollen Sie jetzt noch von uns?«, fragte sie in einem genervten Tonfall.

»Es tut mir leid, Frau Köhler, aber wir müssen das Grab ihres Großvaters exhumieren«, sagte Brauer direkt.

Sandra Köhler legte das Besteckmesser ab und strafte Brauer mit einem scharfen Blick ab. »Das kommt überhaupt nicht infrage!«, zischte sie.

Brauer fühlte sich in der Rolle als Überbringer schlechter Nachrichten unwohl, aber auch das gehörte zu seinem Job. Er griff in seine Jackeninnentasche, zog den gerichtlichen Beschluss hervor und übergab ihn wortlos an Sandra Köhler. Sie überflog das Papier und reichte es abfällig zurück.

»Was soll das bringen? Warum lassen Sie ihm nicht seinen Frieden?« Carola Köhler begann leise zu weinen.

»Ihr Schwiegervater steht im Verdacht, etwas mit dem Tod einer oder beider Personen, deren Skelette auf dem Schickert-Gelände gefunden wurden, zu tun zu haben. Leider können wir nur auf diese Weise die Wahrheit erfahren«, erklärte Brauer.

»Was nützt Ihnen die Wahrheit? Sie können einen Toten nicht mehr belangen«, erwiderte Sandra Köhler. »Haben Sie keinen Respekt vor unserer Trauer?«

»Doch, glauben Sie mir, Frau Köhler«, antwortete Brauer mit fester Stimme, »aber ich habe auch Respekt vor den Hinterbliebenen, die mehr als siebzig Jahre mit der Ungewissheit über das Schicksal ihrer Angehörigen leben mussten. Sie haben ein Recht darauf, die Wahrheit zu erfahren.«

Sandra Köhler kämpfte schluchzend gegen die aufkommenden

Tränen, verlor aber nach kurzer Zeit die Beherrschung.

»Sie sollten jetzt besser gehen«, sagte Carola Köhler und geleitete Brauer an die Tür.

Er wollte sich gerade verabschieden, aber sie zögerte, die Tür zu öffnen. Etwas schien ihr auf der Seele zu brennen.

»Möchten Sie mir noch etwas sagen?«, versuchte er, es aus ihr rauszukriegen.

»Nun ja«, begann sie zaghaft, »wissen Sie, mein Schwiegervater war im Krieg ein stolzer Jagdflieger. Damals nahmen fast alle Kampfpiloten ein Aufputschmittel namens Pervitin, um die draufgängerische Kampflust zu stärken. Das Zeug machte allerdings süchtig. Als er über Frankreich abgeschossen wurde und nicht mehr fliegen durfte, hat ihn das charakterlich verändert. Es blieb von ihm nur die Sucht nach diesem Teufelszeug.«

»Warum erzählen Sie mir das?«, fragte Brauer.

»Damit Sie es verstehen«, erklärte sie und öffnete die Tür. »Auf Wiedersehen.«

Brauer verließ das Haus. Auf dem Gehweg verharrte er einen Moment und blickte ins Leere. *Was soll ich verstehen?*, überlegte er. *Sollte das vielleicht ein versteckter Hinweis sein?* Ein Lkw fuhr vorüber und schepperte ohrenbetäubend über einen zu tief liegenden Gullydeckel, was Brauer aus seinen Gedanken schreckte. Er blickte dem Lastwagen ärgerlich nach, stieg ins Auto und startete den Motor. Dann schob er den Schalthebel nach vorn und fuhr los. Sein Ziel war Göttingen.

Göttingen

Die Liebrechtstraße war leicht zu finden gewesen. Brauer stand vor dem Eingang des Wohnblocks und suchte die Klingelschilder nach dem Namen Zajak ab. Jakub und Milos Zajak fand er auf einem der Schilder. Er drückte auf den Klingelknopf und wartete.

»Ja?«, ertönte die unfreundliche Stimme aus der Gegensprechanlage. Brauer war sicher, sie gehörte zu dem Mann, mit dem er heute Morgen telefoniert hatte.

»Hauptkommissar Brauer. Sie hatten mich um einen Besuch gebeten«, sagte er.

»Ach, Sie sind schon da. Erdgeschoss links.«

Kurz darauf summte der Türöffner. Brauer schob die Tür auf und betrat ein kaltes, graues Treppenhaus, das ihn an seine Wehrpflichtzeit in Bückeburg erinnerte.

Eine Stufe höher, in der Wohnungstür, stand ein Mann mit einem Krückstock und sah Brauer mit hölzerner Mine an. Brauer taxierte ihn auf Anfang siebzig.

»Kommen Sie rein«, sagte er knapp und schlug die Tür laut ins Schloss, nachdem Brauer eingetreten war.

Die Wohnung roch nach Krankenhaus. Es schien, als wenn eine pflegebedürftige Person hier lebte. Milos Zajak zog beim Gehen das linke Bein etwas nach. Er führte Brauer ins Wohnzimmer, das überladen plüschig wirkte. Am Fenster, in einem gepolsterten Lehnstuhl, saß ein alter Mann mit schütteren Haaren und glasigem Blick. Neben dem Stuhl stand ein Rollator. Ein runder Beistelltisch war mit Medikamentenschachteln, Tuben und Fläschchen überladen.

»Vater? Hauptkommissar Brauer ist hier«, sagte Zajak und bot Brauer mit einer Handbewegung in einem der Sessel Platz an.

»Herr Brauer, gut, gut«, sagte der Alte mit kratziger Stimme.

»Mein Vater ist sechsundneunzig Jahre alt und nach der Flucht aus dem KZ durch eine Augenkrankheit erblindet«, erklärte Milos Zajak.

»Das tut mir leid«, sagte Brauer.

»Wir sind zusammen der Hölle im Kohnstein entkommen. Ich habe nie wieder etwas von ihm gehört. Lebt Alfred Bleß noch?«, fragte der Alte.

Jakub Zajak war körperlich zwar gebrechlich, aber geistig offenbar absolut fit.

»Nein«, antwortete Brauer, »er ist tot – ermordet.« Betroffene Stille erfasste die beiden Männer.

»Ermordet?« Jakub Zajaks blinde Augen schienen ihn anzustarren. »Wir haben das schlimmste Martyrium, was man sich vorstellen kann, überlebt. Und dann wird er ermordet?« Zajak schüttelte fassungslos den Kopf und erklärte weiter: »Er sprach damals von einem Millionenschatz, den er sich holen wollte, und von Vergeltung für eine Intrige, die ihn ins KZ gebracht hatte. Er war voller Hass und Rachegedanken.« Jakub Zajak hielt eine Weile inne. »Ist ihm das zum Verhängnis geworden?«, fragte er.

»Möglicherweise, aber uns fehlen schlüssige Beweise«, sagte Brauer. »Können Sie sich erinnern, was er mit *Millionenschatz* meinte?«, fragte Brauer nach.

»Nicht genau, er sprach von wertvollen Betriebsmitteln, die unterschlagen wurden. Am Tag unserer Flucht gab er mir dieses zusammengerollte Ölpapier.« Er tastete im Ladekorb seines Rollators herum und zog eine dünne Rolle rötliches Papier heraus, das mit einer Schleife zusammengebunden war. »Alfred bat mich, es an seine Familie zu schicken, falls ihm etwas zustoßen sollte.« Zajak musste unterbrechen, weil sein Sohn ihn auf polnisch ansprach.

»Mein Vater muss jetzt seine Tabletten nehmen«, übersetzte er für Brauer, dann griff er eine Medikamentenbox von dem runden Tischchen und schüttete seinem Vater etwa ein halbes Dutzend bunter Pillen in die Hand. Während der sie schluckte, holte sein Sohn ein Glas Wasser. »Seine Organe funktionieren nur noch mit chemischer Keule«, sagte er erklärend.

Jakub Zajak spülte die Medizin hinunter und hustete sich die Kehle frei, bevor er weitersprach. »Ich habe Monate gebraucht, um mich nach Polen durchzuschlagen. Dabei ist mir unglaublich viel Elend begegnet. Das KZ hat nicht ausgereicht, um Deutsche zu hassen, aber dieses Leid, diese Zerstörung und diese endlosen Flüchtlingstrecks haben mich verändert.« Er hustete erneut. »Mein Zuhause und meine Familie wurden von Deutschen vernichtet. Ich habe fortan alles, was deutsch ist, verflucht – auch Alfred Bleß.« Jakub Zajak ließ den Kopf sinken.

»Vater, du solltest dich jetzt ausruhen«, riet sein Sohn, aber der Alte wies ihn mit einer ausladenden Armbewegung ab.

»Bald darauf habe ich mich ausgerechnet in eine deutsche Frau verliebt«, fuhr er fort, »und bin mit ihr hierhergezogen.« Sein Mund verzog sich zu einem angedeuteten Lächeln. »Liebe kann alles verändern, und mein Hass verblasste, wie leider auch mein Augenlicht. Alfred Bleß hatte ich längst vergessen. Erst als mir mein Sohn von dem Zeitungsbericht erzählte, kam mir die Erinnerung an ihn und mein Versprechen zurück.« Er reichte Brauer die Ölpapierrolle. »Wenn noch jemand aus seiner Familie existiert, übergeben Sie ihm bitte diese Nachricht von Alfred Bleß.« Er richtete seinen Kopf wieder auf. »Damit ist mein Ehrenwort eingelöst und mein Gewissen erleichtert.«

Brauer nahm das Papier entgegen. »Haben Sie eine Idee, was Alfred Bleß seiner Familie mitteilen wollte?«, fragte Brauer.

»Wahrscheinlich wo der Schatz liegt, von dem er gesprochen hatte«, vermutete der Alte.

»Ja, das könnte sein«, stimmte Brauer zu, »allerdings müssen wir in dem Fall das Papier zunächst untersuchen. Bei dem Schatz handelt es sich höchstwahrscheinlich um unterschlagenes Edelmetall, das ein wichtiges Beweismittel darstellt und dem Staat gehört.«

»Machen Sie vorher damit, was Sie wollen«, kommentierte Zajak den Einwand.

Milos Zajak begleitete Brauer vor die Haustür. »Mein Vater hat die letzten Wochen im Krankenhaus gelegen, deswegen habe ich mich erst jetzt gemeldet«, erklärte er.

»Gut, dass Sie mich überhaupt angerufen haben. Sicher bringt das unsere Ermittlungen weiter«, antwortete Brauer und verabschiedete sich.

Im Auto sitzend schaute er auf die seltsam anmutende Ölpapierrolle. *Was hatte Steffen gesagt? Der Wert des unterschlagenen Platins beträgt circa 1,5 Millionen. Eine Stange Geld, die man nicht so einfach liegen lässt. Halte ich hier eine echte Schatzkarte in den Händen?*, fragte er sich. *Aber warum hatte Olaf Köhler nach dem Krieg den Schatz nicht gleich gehoben? Oder war er durch die Sprengungen der Amis nicht mehr zugängig?*

Brauer legte die Rolle auf den Beifahrersitz und fuhr zurück ins Präsidium.

Großes Langental
Montag, 6. November 2017

Obwohl die beiden Männer, die gerade aus der grünen Haustür des Hauses in der Bremkestraße herauskamen, ihre Beobachter offensichtlich nicht bemerkten, rutschte Polizeiobermeister Frank Becker ein wenig tiefer in den Beifahrersitz, ohne das Fernglas abzusetzen.

Da kommen sie«, sagte Kommissar Steffen Richter und duckte sich hinter das Lenkrad des Passats, der an der Ecke Bremkestraße-Steingasse geparkt war. Karl und Marco Bleß gingen zielstrebig auf den rostroten Skoda Yeti zu, der neben dem Haus in der Einfahrt stand, und stiegen ein.

Steffen startete den Motor des Passats und wartete. Der Yeti fuhr die Straße hinunter, bog links in die Harzstraße ein, die Scharzfeld durchquerte und weiter nach Barbis und Bad Lauterberg führte. Steffen Richter verfolgte den Wagen in unauffälligem Abstand.

»Was haben die nur vor?«, wunderte sich Becker, als sie bereits Bad Lauterberg hinter sich gelassen hatten. Der Skoda fuhr weiter in Richtung Norden. Kurz vor der Firma Exide blinkte er links und bog in die L 520 nach St. Andreasberg ein. Richter ging vom Gaspedal, um den Abstand zu wahren, ließ zwei entgegenkommende Fahrzeuge passieren und nahm die Verfolgung wieder auf. In der kurvigen und hügeligen Landstraße verloren sie den Verfolgten zeitweise aus den Augen. Als sie den nächsten Buckel überquerten, war der Skoda plötzlich wie vom Asphalt verschluckt.

»Hat der was gemerkt und ist links in den Forstweg reingefahren?«, mutmaßte Steffen.

»Fahr ein Stück weiter, da hinten geht noch eine andere Forststraße ab. Da können wir warten, ohne dass er uns im Vorbeifahren sieht«, schlug Becker vor.

Steffen Richter lenkte den Passat in den geschotterten Weg hinein, der leicht anstieg und hinter eine Buschreihe führte. Er stoppte und stellte den Motor ab. Frank Becker schaute durch das Fernglas zur Landstraße hinunter.

»Wo bleiben die, oder haben die uns ausgetrickst?«, befürchtete Steffen.

Einige Autos fuhren vorüber, aber ein rostroter Skoda war nicht darunter. Zu allem Übel begann es jetzt auch noch zu regnen und die nassen Seitenscheiben behinderten zunehmend die Sicht.

»Mir reichts«, meinte Becker genervt, »wir fahren jetzt den anderen Forstweg rein. Der führt durchs Große Langental, ich kenn die Strecke. Entweder wir finden sie dort, oder die haben uns verarscht.«

»Woher kennst du dich hier aus?«, wunderte sich Steffen über die Ortskenntnisse seines Kollegen.

»Tja, wer Mountainbike fährt, kennt nicht nur den Asphaltharz«, frotzelte Becker.

»Na, dann zeig mal deinen Naturharz«, witzelte Steffen und rollte den Wagen rückwärts aus dem Waldweg heraus. Unten drehte er, fuhr die Landstraße zurück und bog rechts in den Forstweg ein, wo sie Karl und Marco Bleß vermuteten. Die Piste war gut befestigt und ließ sich mit dem Pkw problemlos befahren. Es ging ordentlich bergan. Nach ungefähr einem Kilometer stoppte Steffen. Von dem Skoda keine Spur. »Ich glaube, wir haben sie verloren«, sagte er resigniert.

»Nur wer aufgibt, hat verloren. Ein Stück noch. Weiter oben ist eine Wegekreuzung, da kannst du auch besser wenden«, versuchte Becker seinen Kollegen zu überreden.

Steffen legte den Gang ein und fuhr langsam weiter. An der Kreuzung angekommen, hielt er an.

»So, du Mountainrowdy, welche Richtung?«, fragte er.

»Moment.«

Becker stieg aus und sah sich um. An der Ecke des Waldweges, der nach links abzweigte, lag ein hoch aufgestapelter Holzstoß. Gleich dahinter, vom Gestrüpp fast verdeckt, stand der Skoda. Von den beiden Männern war niemand zu sehen. Becker stieg ins Auto.

»Siehst du den Holzstapel da drüben?«, fragte er seinen Kollegen.

»Ja, was ist damit?«

»Dahinter steht der Skoda«, sagte Becker. »Fahr geradeaus weiter bis hinter die Kurve, wo uns von hier keiner sieht.«

Steffen ließ den Wagen mit wenig Gas, um unnötigen Lärm zu vermeiden, bis dorthin rollen. Dann stiegen sie aus.

»Was will Bleß bei diesem Sauwetter im Wald?«, fragte Becker.

»Das werden wir hoffentlich gleich herausfinden«, antwortete Steffen.

»Wir müssen aufpassen, Brauer hat von einer Jagdflinte gesprochen«, mahnte Becker zur Vorsicht.

Sie lösten die Sicherungsklappen vom Halfter ihrer Dienstwaffen und gingen auf den Holzstapel zu, hinter dem der Skoda stand. Steffen blieb einige Schritte hinter seinem Kollegen und sicherte, während Becker mit der Taschenlampe ins Auto leuchtete. Er drehte sich um und schüttelte den Kopf. Dann suchten sie auf der anderen Seite des Stapels Deckung, um zu überlegen, was sie tun sollten. Der Regenschauer hatte inzwischen aufgehört, aber es war empfindlich kalt geworden.

»Wer weiß, wo die stecken«, meinte Frank Becker.

»Wir warten noch eine Weile. Sie müssen ja irgendwann zurückkommen«, schlug Steffen vor.

»Ich möchte zu gerne wissen, was die hier im Wald zu suchen haben?«, fragte Becker.

»Oder zu verstecken«, ergänzte Steffen Richter. Plötzlich fasste er seinen Kollegen am Arm. »Hörst du das auch?«, fragte er flüsternd. Beide lauschten in die Stille. Das Geräusch brechender Zweigen und raschelndem Laub, wie es von Schritten auf Waldboden verursacht wurde, kam langsam näher. »Die dürfen uns nicht sehen«, sagte Steffen und blickte sich um. »Los, da rüber«, sagte er.

Beide überquerten den Weg, zwängten sich durch das dichte Gebüsch am Wegrand gegenüber und duckten sich. Aus dem Gestrüpp auf der anderen Seite erschienen zwei Gestalten. Bevor sie aus dem Dickicht hervortraten, sahen sie sich um. Frank Becker konnte sie in der einsetzenden Dämmerung nicht genau erkennen, nur soviel, dass sie unterschiedlichen Alters waren. Sie stiegen in den Skoda und fuhren davon.

Richter und Becker krochen aus ihrem Versteck hervor und klopften ihre Uniform frei von Blättern und Zweigen.

»Sollen wir ihnen folgen?«, fragte Becker seinen Polizeikollegen, der offiziell den Einsatz leitete.

»Ich will wissen, was die hier im Wald gemacht haben«, antwortete Steffen.

»Ich auch«, sagte Becker, »also los.«

Sie prüften ihre Taschenlampen und drängten sich durch das Buschwerk an der Stelle hindurch, wo die beiden Männer herausgekommen waren. Ein schmaler Trampelpfad zeichnete sich auf dem Waldboden ab. Sie folgten ihm und gelangten nach etwa dreihundert Metern an eine Lichtung, die mit Hecken und Gebüsch überwuchert war. Aus diesem Dickicht ragte mittendrin eine Blockhütte hervor. Dem dornigen Gestrüpp ausweichend, näherten sich die beiden Beamten der Hütte und leuchteten sie ab. Das Dach war von Moos und Flechten überzogen. An den Wänden hangelte sich wilder Efeu hoch. Sie umrundeten das Gebäude. Die Fenster waren mit Brettern vernagelt, die Tür mit einem Riegelschloss gesichert. Es zeigte weder Rost noch Korrosion und war in gebrauchsfähigem Zustand.

»Kriegst du das auf?«, fragte Steffen.

Becker prüfte den Verschluss. »Dürfte kein Problem sein«, sagte er und fingerte ein Schweizer Messer aus seiner Hosentasche. Er klappte ein hakenförmiges Werkzeug aus dem Griff und pulte damit in der Schlüsselöffnung herum. Augenblicklich sprang der Bügel hoch. Becker hing das Vorhängeschloss aus, schob den Riegel zurück und öffnete die Tür. »Bitteschön«, sagte er einladend und ging vor.

Im Licht der Taschenlampen erschien ein Tisch mit vier Stühlen. Links stand eine Art Sideboard, und an der Rückwand ein rostiger Kanonenofen. Mit Ausnahme des Ofens machte der Innenraum den Eindruck, dass er genutzt wurde. Auf dem niedrigen Schrank sah Becker eine Akkulampe. Er stellte sie auf den Tisch und spürte dabei die Restwärme des Glaszylinders. Die Lampe war also bis vor Kurzem eingeschaltet gewesen, ein Beweis, dass sich die Männer aus dem Skoda hier aufgehalten hatten. Die Lichtquelle reichte aus, um die Hütte einigermaßen auszuleuchten. Auf dem Tisch lagen zwei Zeichenblätter und mehrere Kladden herum.

Steffen Richter beugte sich über die Tischplatte. »Was ist das?«, fragte er erstaunt.

Becker richtete seine Taschenlampe zusätzlich auf das Papier und erkannte ein Liniengewirr, das ihn an einen Schnittmusterbogen erinnerte.

»Sieht nach einem Wegeplan aus«, meinte er. »Guck mal, was hier steht.« Er wies mit dem Finger darauf. »Anlage Z, Abschnitt 3«, las Becker laut vor. »Bingo, darüber wird Brauer sicher hocherfreut sein.«

»Also für mich sieht das nach einem unfertigen Plan aus, der wahrscheinlich das Platin-Versteck zeigen soll«, sagte Steffen.

»Ich denke, das reicht aus, um Vater und Sohn Bleß festzunehmen. Das Motiv für Einschüchterungsanschläge und Erpressung gegen Köhler kann zwingender kaum sein«, meinte Frank Becker. »Wir sollten nichts weiter anfassen und Brauer informieren. Die Spurensicherung muss her.«

Steffen rief Brauer an.

Osterode
Dienstagnacht, 7. November 2017

~~

Kommissar Brauer hatte etwas gut bei ihm. Nicht nur wegen der Jalousie, die er bei dem gescheiterten Einbruchversuch demoliert hatte, sondern vor allem, weil der Commissario den Verdachtsirrtum gegen ihn aufgeklärt und ihn aus der Untersuchungshaft geholt hatte. Brauer sollte nicht denken, Piccolo sei undankbar. Er wollte etwas für ihn tun und wusste auch schon, was.

Enrico Morelli fuhr die B 498 in Richtung Sösetalsperre. Gleich nach dem Ortsteil Scheerenberg drosselte er das Tempo. Ein Stück weiter vorne musste die Stelle kommen, wo der schmale Feldweg rechts abging. Dort wollte er abbiegen und den Polo in der Dunkelheit verbergen. Ein Stück voraus sah er schon die Lücke in der Baumreihe. Er schaute in den Rückspiegel und geradeaus. Kein anderes Auto war um diese nächtliche Stunde unterwegs. Ohne den Blinker zu setzen, bog er ab und rollte langsam den holperigen Weg entlang, bis man den Wagen von der Straße nicht mehr sehen konnte. Niemand durfte sein Vorhaben bemerken. Enrico leuchtete mit seiner Maglite auf die Armbanduhr – zwei Uhr fünfunddreißig. Er stieg aus und ging auf den Bachlauf der Söse zu, der sich abseits der Bundesstraße zwischen Bäumen und Sträuchern in Richtung Osterode schlängelte. Es war stockdunkel. Zwischendurch ließ er immer wieder kurz die Taschenlampe aufleuchten, um den Weg zu finden. Bald hörte er den Fluss in seinem steinigen Bett rauschen, der offenbar reichlich Wasser führte. Enricos Ziel lag noch ein paar hundert Meter weiter flussaufwärts. Um unbemerkt dorthin zu gelangen, musste er sich mühsam durch das dichte Kraut und die wilden Rhabarberstauden am Ufer hindurchkämpfen. An einigen Stellen ragte freigespültes Wurzelwerk aus dem Kies, das er in der Dunkelheit meist zu spät bemerkte. Nachdem er zweimal fast gestürzt war, entschied er sich, die Lampe eingeschaltet zu lassen. Trotzdem glitt er von einem der glitschigen Steine ab und landete mit einem Fuß im Wasser. Es war eisig kalt. »Scheiße!«, rutschte ihm heraus. Am liebsten wäre er umgekehrt, aber er wollte das jetzt durchziehen. Also weiter.

Nahezu unwirklich anmutend tauchte endlich im Schatten der Nacht die Werkshalle vor ihm auf, die nah an das Ufer des Baches gebaut war. Enrico schaltete die Taschenlampe aus und schlich an der Mauer entlang bis zu der Fensterreihe. Ein fahles Licht schien hindurch. Er reckte sich hoch, um einen Blick hinein zu werfen, aber enttäuscht stellte er fest, dass die Fenster mit Ornamentscheiben verglast waren, durch die man nicht durchgucken konnte. Hatte er sich am Ende umsonst nasse Füße geholt? *Egal*, dachte er, *ich muss herauskriegen, was in der Halle passiert. Wenn jemand um diese nächtliche Zeit noch umtriebig war, hatte er etwas zu verbergen, und das würde Commissario Brauer brennend interessieren.* Er musste grinsen, denn er selbst war zu dieser Stunde unterwegs und sollte besser im Bett liegen.

Enrico duckte sich und tapste weiter unter der Fensterreihe entlang, in der Hoffnung, einen offenen oder angekippten Flügel zu finden. Doch diese Fabrikfenster konnte man nicht öffnen. Aber dann entdeckte er eine kaputte Scheibe. Ein Stück war herausgebrochen, wahrscheinlich durch einen Ast, der bei starkem Wind dagegengeschlagen war. Leider lag das Loch viel zu hoch für ihn. Nicht umsonst hatte er den Spitznamen Piccolo weg. Er ließ die LED-Lampe kurz aufleuchten und sah den Baum am Ufer. Wenn er darauf kletterte, könnte er in die Halle reingucken, die Lücke in der Scheibe war groß genug.

Er steckte die Lampe ein, hangelte sich auf die erste Astgabel und dann weiter hinauf. Zwei Äste höher blickte er etwa auf gleicher Höhe mit der ausgebrochenen Scheibenöffnung in die Halle hinein. Er suchte zunächst festen Halt auf dem Ast und lugte in das Gebäude. Es schien niemand da zu sein. Auf einer Werkbank lag der mächtige Hydraulikzylinder eines Baggers, und in der Seilschlaufe des Hallenkranes hing ein weiterer. Plötzlich sah er auf dem Hallenboden den Schatten einer Person. Kurz darauf erschien ein Mann in einem Schlosser-Overall aus der Tiefe der Halle und blieb vor der Werkbank stehen. Er begann, den Dichtungsdeckel des Zylinders abzuschrauben. Piccolo konnte den Overallmann nicht erkennen, denn er stand mit dem Rücken zu ihm. Als der den Deckel gelöst hatte, zog er mit sichtlichem Kraftaufwand den Kolben aus dem Rohr. Enrico glaubte, dass jetzt Hydrauliköl ausfließen müsste, aber nur wenige Tropfen landeten auf der Tischplatte. Stattdessen griff der Mann in den Zylinder hinein, zog eine lange, in Folie eingewickelte Rolle, heraus und verstaute sie sorgsam in einer Sporttasche, die auf der benachbarten Werkbank stand. Dann fügte er die Teile des Hydraulikzylinders wieder zusammen und nahm sich den anderen vor, der im Kran hing. Dabei drehte sich der Mann kurzzeitig dem Fenster zu. Enrico erkannte ihn sofort – Felix Köhler.

Was treibt dieser Hundesohn mitten in der Nacht?, ging Enrico durch den Kopf.

Aus dem zweiten Zylinder kam ebenfalls eine gerollte Kunststoffverpackung zum Vorschein. Enrico verstand nichts von Hydraulik, aber das fand er mehr als merkwürdig. *Was ist das?*, fragte er sich. Nachdem Köhler auch diesen Zylinder wieder zusammengeschraubt hatte, streifte er den Overall ab, griff nach der Tasche und verließ die Halle. Kurz darauf erlosch das Licht.

Enrico kletterte aus dem Baum und eilte zu seinem Auto zurück. Vielleicht konnte er Felix Köhler in seinem Ford Mustang noch folgen und sehen, wo er das Zeug hinbrachte. Doch er wartete vergeblich, Köhler war längst über alle Berge.

Enrico fuhr schmutzig und mit nassen Füßen nach Hause. *Was würde Commissario Brauer zu seinen Beobachtungen sagen?*

Polizeiinspektion Northeim
Mittwoch, 8. November 2017

Vor Brauers Glaskasten gab es an diesem Morgen dichtes Gedränge. Steffen, Beate, Frank Becker, Matthias Nolte und Ina belagerten ihn und redeten ungeordnet auf ihn ein. Brauer stand auf und stellte sich in die Türöffnung.

»Leute, Leute!«, rief er mit übertönender Lautstärke, »was soll dieser Aufstand? Das grenzt ja an Meuterei.« Das Stimmengewirr flaute ab und sie formierten sich vor ihm im Halbkreis. »Okay, ich weiß, wir haben viel zu besprechen, aber bitte einer nach dem anderen. Wer fängst an?«, fragte er.

»Immer der, der fragt«, antwortete Steffen.

»Also gut«, begann Brauer, »Punkt eins: Wie ihr wisst, bin ich am Montag in Göttingen bei diesem Milas Zajak gewesen. Sein Vater

Jakub, der inzwischen fünfundneunzig ist, war von 1943 bis 45 mit Alfred Bleß im KZ Mittelbau Dora interniert gewesen. Beide haben das Durcheinander beim Bombenangriff auf Nordhausen zur Flucht genutzt. Alfred Bleß hatte Zajak zuvor eine Rolle Ölpapier zugesteckt, mit der Bitte, sie nach dem Krieg seiner Familie zu schicken.«

Brauer ging zwei Schritte zu seinem Schreibtisch zurück, holte das Papier und reichte es Beate Jakobi. Eine Weile betrachtete sie verwundert die Rolle, streifte das Gummiband ab und rollte sie auf. Ein Papierbogen, fast so groß wie zwei DIN A4-Blätter, entfaltete sich in ihren Händen.

»Du musst es gegen das Licht halten«, erklärte Brauer.

Beate richtete den Bogen zum Fenster. Alle Augen blickten auf das Ölpapier. Ein Muster aus winzigen Löchern, als sei es von Nadeln durchstoßen worden, zeichnete sich auf dem rötlich schimmernden Papier ab.

Beate sah Brauer skeptisch an. »Was ist das?«, fragte sie.

»Das Labor hat es untersucht und eine Art Lichtpause davon angefertigt.« Er ging erneut zum Schreibtisch und kam mit einem weißen Blatt zurück. »Es ist die Skizze eines Stollensystems. Seht hier.« Er heftete das Blatt mit zwei Klebestreifen an die Glaswand, die seinen Arbeitsplatz von restlichen Büro abteilte. Dann wies er mit dem Finger auf eine kleine Kaverne, die vom Hauptstollen durchquert wurde. Dieser Höhlenteil war mit der Beschriftung *Anlage Z, Abschnitt 3* gekennzeichnet. »Dort hat Köhler damals die unterschlagenen Platinanoden versteckt.«

»Krass eh. Und die liegen da noch rum?«, staunte Ina.

»Das müssen wir klären«, antwortete Brauer und führ fort. »Steffen hat vom Oberbergamt in Clausthal-Zellerfeld einen Stollenplan von den unterirdischen Anlagen der Schickert-Werke bekommen.« Brauer holte erneut einen Papierbogen und heftete ihn daneben. »Wie ihr seht, ist die Skizze von Bleß fast identisch mit der amtlichen Zeichnung, bis auf diesen ominösen Abschnitt 3. Die Kaverne existiert im offiziellen Plan scheinbar nicht.«

»Welcher Grundriss ist nun richtig?«, fragte Frank Becker. Alle schauten Brauer fragend an.

»Beide«, warf Steffen ein und erntete staunende Blicke. »Hier«, er zeigte auf eine Darstellung links neben dem Grundplan. »Das ist der zugehörige Seigerriss«, erklärte er, »das heißt, der Höhlenraum liegt oberhalb des Stollens, quasi ein Stockwerk höher.«

»Wow, was du alles weißt«, sagte Ina mit sarkastischen Unterton. »Du bist nicht nur Polizist und Autoexperte, sondern auch noch Höhlenforscher.«

Steffen sah sie grimmig an. »Und wenn du dein Lästermaul nicht zügelst, werde ich demnächst auch Frauenmörder, und rate mal, wer mein erstes Opfer ist.«

Ohne Worte blickte Brauer beide scharf an.

»Entschuldigung«, sagte Steffen.

»Schuldigung«, schloss sich Ina sofort an.

»Also weiter«, fuhr Brauer im Thema fort. »Ich kenne einen Geologen von der TU Clausthal, der mit anderen Bergleuten im Lehrbergwerk *Roter Bär* in St. Andreasberg Stollen vorantreibt. Er wird uns unterstützen und mit seinen Kollegen unter Tage gehen und ...«

Steffen ließ ihn nicht ausreden »Einfahren. Bergleute gehen nicht, sie fahren«, verbesserte Steffen seinen Chef.

»Von mir aus können sie auch fahren«, erwiderte Brauer. »Auf jeden Fall werden sie die Anlage nach dem Platin absuchen. Sie haben die Erfahrung und die Ausrüstung dazu.« Brauer blickte abwartend in die Runde.

»Und dein zweiter Punkt?«, fragte Beate.

»Freitag um zehn ist Pressekonferenz. Wir treffen uns alle eine Stunde vorher und stimmen uns ab.« Er übergab ihr das Wort.

»Die Exhumierung von Köhlers Grab hat unseren Verdacht bestätigt. Seine DNA und die des Fingers, der bei den Skeletten gefunden wurde, sind identisch«, berichtete sie in ihrer gefühlskalten Manier. »Man beißt jemanden nur einen Finger in Notwehr ab. Das bedeutet, zwischen Olaf Köhler und dem Opfer, höchstwahrscheinlich Alfred Bleß, muss es einen Kampf gegeben haben. Von Mord zu sprechen, wäre allerdings voreilig, weil wir den Grund dieses Streits nicht kennen. Für mich sieht das eher nach Totschlag aus.«

»Danke Beate«, sagte Brauer und wandte sich an Steffen. »Was hat eure Observierung von Karl und Marco Bleß denn ergeben?«

»Beide haben eine abgelegene und verlassene Forsthütte im großen Langental als Unterschlupf genommen. Wir haben darin einen Brief, Tagebücher und Skizzen gefunden, die die Spurensicherung sichergestellt hat. Der Brief ist datiert auf den 2. Dezember 1947 und von Alfred Bleß an seinen Sohn Karl gerichtet. In ihm schreibt er von seinem Hass auf Olaf Köhler, der bei den Schickert-Werken

Platinelektroden unterschlagen hat. Bleß habe über den auffälligen Verbrauch dieser wertvollen Teile mit Uwe Morich gesprochen, der sich das nicht erklären konnte und die Augen offen halten wollte. Eines Nachts, so schreibt Bleß, beobachtete er Köhler, wie er mit einer Kiste in das unterirdische Tanklager ging, obwohl der dort als Lagerverwalter nichts zu suchen hatte. Morich unterrichtete Bleß, dass er ihm nächstes mal folgen wolle. Einige Tage später verschwand Uwe Morich spurlos.« Steffen unterbrach und sah in die Runde.

»Und weiter?«, fragte Brauer.

Frank Becker berichtete weiter: »Bleß hatte einen furchtbaren Verdacht. Dann entdeckte er gefälschte Liefer- und Ausgabescheine. Als er Olaf Köhler direkt auf die verschwundenen Elektroden ansprach, kam zwei Tage später die Gestapo, fand die Flugblätter und verhaftete ihn. Sie brachten ihn ins KZ Mittelbau Dora bei Nordhausen. Im April 1945 gelang ihm die Flucht, er wurde aber von den Amis aufgegriffen und verhört. Erst im Dezember 1947 kam er nach Hause zurück und erfuhr, dass Karls Mutter im KZ Dachau ermordet worden war. Köhler hatte ihm alles genommen, seine Frau, seine Zukunft und sogar sein Haus in der Hauptstraße. Er schreibt: *Dieser Mensch hat unser Leben zerstört und muss dafür bezahlen. Er wird keine Ruhe mehr finden, solange ich lebe. Der Name Bleß soll wie ein Dolch in seiner Brust und der seiner Nachkommen stecken. Ich werde ihn nicht mehr aus den Augen lassen und bald zur Rede stellen. Falls mir etwas zustößt, musst du es zu Ende bringen. Hol dir das Platin, es ist die Entschädigung für all das Leid. Dein Vater.«*

Kurzzeitig wurde es still im Büro. Man spürte die Betroffenheit.

»Ja, ich verstehe seine Hassgefühle«, unterbrach Brauer die Stille, »aber man darf sie nicht auf seine Kinder übertragen.« Brauer machte eine Gedankenpause. »Was steht in den Tagebüchern?«, wollte er weiter wissen.

»Sie geben im Detail wieder, was zusammengefasst in dem Brief steht. Er hat die gefälschten Papiere heimlich gekennzeichnet und die Nummern aufgeschrieben, um den Beweis führen zu können. Sie decken sich mit denen, die ich aus Widnes mitgebracht habe. An einer Stelle schreibt er: *Ich weiß nicht, wie es nach dem Krieg weitergeht. Ich hoffe, dass alles bald ein Ende hat. Falls es auch mein Ende ist, sucht in der Anlage Z nach dem Platin.«*

»Ich denke, das genügt für eine vorläufige Festnahme«, unterbrach ihn Brauer. »Karl Bleß und sein Sohn haben mit den Anschlägen versucht, bei den Köhlers eine Botschaft der Angst zu verbreiten, um sie später zu erpressen. Sie sind zu weit gegangen. Steffen, Frank und Matthias, wenn wir hier durch sind, erledigt ihr das!«

Brauer setzte sich auf einen der Besprechungsstühle und streckte die Beine aus. »Leute, setzt euch«, forderte er die anderen auf, es ihm gleich zu tun. Sie rückten die Stühle und bildeten einen Sitzkreis.

»Weiterhin haben wir die Identität der Skelette, deren Todesursache sowie mögliche Mordmotive geklärt. Und wir kennen den dringend Tatverdächtigen, dessen Schuld wir allerdings kaum zweifelsfrei beweisen und den wir sowieso nicht mehr belangen können.« Brauer verschränkte die Hände hinter dem Kopf. »Gute Arbeit bisher«, lobte er die Mannschaft. »Was gibt es Neues im Fall Wolfgang Köhler?«

Beate meldete sich zu Wort. »Polizeirat Trüter hat mich heute früh angerufen. Sein Kontaktmann in Prag, dieser Petr Koci, hat die DNA durch seine Datenbank laufen lassen und – haltet euch fest – eine Übereinstimmung festgestellt.«

Brauer setzte sich aufrecht. »Jetzt bin ich aber gespannt«, warf er ein.

»Lucas Ducek. Er und ein gewisser Jiri Jelinek sind zwei üble Typen, die er seit Langem im Visier hat, aber bisher nichts nachweisen konnte. Handeln offiziell mit Nutzfahrzeugen und Baumaschinen, aber im Hintergrund mit Drogen und Waffen. Sie sind äußerst gefährlich, aalglatt und gerissen. Beide sollen sich nach seinen Informationen noch in Deutschland aufhalten. Hier die Phantombilder.«

Sie zog zwei Blätter aus einem A4-Umschlag heraus und heftete sie ebenfalls an die Glaswand.

»Die sehen doch recht manierlich aus«, bemerkte Ina.

»Sollen wir eine Fahndung rausgeben?«, fragte Steffen.

»Ja, aber nur Ducek ergreifen. Gegen Jelinek liegt nichts vor. Trotzdem, wenn wir ihn haben, nicht mehr aus den Augen lassen«, machte Brauer klar.

»Baumaschinen aus Tschechien. Das bestärkt doch den Verdacht, dass der ganze Köhlerclan mit Drogen handelt«, meinte Matthias Nolte.

»Sicher, aber selbst bei dem Drogenfund in dem ausgebrannten Lkw konnten wir keine Mittäterschaft nachweisen. Die Papiere waren in Ordnung. Hätte der nicht gebrannt, wären wir heute noch ahnungslos. Und unsere Razzia? Eine große Blamage.«

Brauer ließ sich zurück in den Stuhl sinken. Erneutes Schweigen im Raum.

Ein zaghaftes Türklopfen drang unverhofft durch die Stille. »Herein!«, rief Brauer in einem ärgerlichen Tonfall, der keineswegs dem Besucher, sondern seiner Enttäuschung über den Misserfolg bei Köhler galt. Ein schmaler Kopf mit schwarzen, krausen Haaren lugte schüchtern um die Türkante. »Piccolo, was willst du denn hier? Ich hab jetzt keine Zeit für dich«, wies Brauer ihn ab.

Piccolo trat zaghaft zwei Schritte vor. »Commissario, wenn Sie wüssten, was ich weiß, würden Sie sich Zeit nehmen«, entgegnete er.

Brauer sah in schief an. »Was weißt du schon?«

»Ich war bei Köhler«, begann er.

»Schon wieder? Du lernst es wohl nicht mehr«, erwiderte Brauer.

»Gestern Nacht, in Osterode, an seinem Firmengelände.« Enrico Morelli griente verschmitzt dabei.

»Du bist doch hoffentlich nicht wieder eingebrochen, sonst müsste ich dich jetzt und hier festnehmen«, sagte Brauer.

»Nein, nur draußen von einem Baum reingeguckt, und das ist keine Straftat«, verteidigte sich Morelli.

Brauer schüttelte unverständlich den Kopf. »Was treibst du dich nachts auf Bäumen rum? Wolltest du Tarzan spielen?«

»Felix Köhler hat einen Hydraulikzylinder auseinandergebaut, und raten Sie mal, was da drin war?«

Brauer verdrehte die Augen. »Öl, du Quizmaster, Buttermilch bestimmt nicht.«

»Falso, Commissario.« Piccolo kam einen Schritt näher. »Köhler zog eine Plastikrolle aus dem Zylinderrohr, und aus dem zweiten ebenfalls.«

»Was für Plastikrollen?«, fragte Brauer erstaunt.

»Weiß ich doch nicht. Aber wer versteckt so was in einem Hydraulikzylinder?«, gab Morelli zu überlegen. Brauer sah seine umstehenden Leute nachdenklich an.

»Rauschgift?«, mutmaßte Beate. Brauer katapultierte sich vom Stuhl. »Deshalb haben die Spürhunde nichts gerochen. Das perfekte Versteck.«

Brauer klatschte sich die Hand an die Stirn. »Mann, da wär ich nie drauf gekommen. Beate, besorg uns von der Staatsanwaltschaft einen Durchsuchungsbeschluss! Mach es dringend!« Sie eilte aus dem Büro.

»Hab ich jetzt etwas gut bei Ihnen, Commissario?«, fragte Morelli.

»Das könnte dir so passen. Bestenfalls sind wir quitt, und jetzt fahr nach Hause und warte, bis wir dich zur Befragung rufen.«

Morelli drehte sich um und ging zur Tür.

»Piccolo!«, rief Brauer ihm nach. Morelli wandte sich zurück. »Cosa?«

»Und wehe dir, du hast uns verascht«, drohte Brauer. Morelli verschwand, ohne zu antworten.

Kurze Zeit später kam Beate zurück und wedelte mit einem Faxpapier. »Der Durchsuchungsbeschluss«, sagte sie.

»Okay, Leute. Steffen, Frank und Matthias, ihr fahrt nach Bad Lauterberg und nehmt Vater und Sohn Bleß fest. Beate und ich werden mit vier weiteren Beamten bei Köhler eine Betriebsbesichtigung machen. Alles klar?« Sie nickten. »Dann Abmarsch!«

Firmengelände Köhler Baumaschinen, Osterode
Mittwoch, 8. November 2017

〜

Steffen stoppte den Dienst-Mercedes direkt vor dem Eingang des Verwaltungsgebäudes der Köhler Baumaschinen GmbH & Co. KG. Der Polizeiwagen blockierte die Zufahrtsstraße. Brauer, Steffen und die vier uniformierten Beamten stiegen aus. Bevor sie den Klingelknopf am Eingang drücken konnten, wurde die Tür aufgerissen. Sandra Köhler versperrte breitbeinig und mit verschränkten Armen den Zugang.

»Das glaube ich jetzt nicht«, fauchte sie Brauer ins Gesicht, »Sie tun sich wohl schwer, Ihre Niederlage zu verkraften. Was wollen Sie uns diesmal anhängen?«

»Niemand will Ihnen etwas anhängen, aber es ist nun mal unser Job, jedem Verdacht einer Straftat nachzugehen«, entgegnete Brauer.

»Ist Baumaschinenhandel neuerdings eine Straftat?«, gab sie schnippisch zurück und lachte gekünstelt.

Brauer ging nicht weiter darauf ein, aber ihm war klar, wenn er auch diesmal keine Drogen fände, wäre das eine Blamage, die ihm noch lange anhaften würde. Um Neumanns Büro müsste er eine Zeit lang einen großen Bogen machen und Karsten Trüter würde wie eine hungrige Hyäne über ihn herfallen. Brauer kamen mit einem Mal Zweifel. *War er zu gutgläubig gewesen? Wie konnte er diesem Gauner Piccolo nur trauen? Wenn der mich verarscht hat, drehe ich ihm den Hals um,* dachte er, aber alle Vorbehalte kamen zu spät, es gab kein Zurück, er musste das jetzt durchziehen.

Brauer übergab Sandra Köhler den Durchsuchungsbeschluss. Sie schaute flüchtig drüber und trat zur Seite.

»Sie werden während der Durchsuchung das Gebäude nicht verlassen«, bestimmte Brauer. »Wo ist ihr Bruder?«, fragte er dann.

»Auf dem Freigelände. Er muss sich um die Bagger kümmern, die demnächst ausgeliefert werden sollen«, antwortete sie.

Einer der Uniformierten blieb zurück. Die anderen gingen zum Freigelände. Felix Köhler, im Blaumann, schraubte auf einer Bühne stehend an einem der Bagger herum und blickte auf, als sich die Männer näherten.

»Hauptkommissar Brauer«, rief er herunter, »Sie geben wohl nie auf?«

»Niemals«, erwiderte Brauer. »Was machen Sie gerade?«, fragte er.

»Das sehen Sie doch, ich baue die Hydraulikzylinder wieder an. Die Maschine wird übermorgen abgeholt.«

»Wohin geht der?«, wollte Brauer wissen.

»Der Liebherr hier geht nach Holland, und der rote Orenstein & Koppel da drüben ist für Polen bestimmt«, erklärte er.

»Wo sind die restlichen Zylinder?«, fragte Steffen.

»In der Werkstatt. Sie wissen doch, bei uns geht kein Gerät ohne Inspektion raus«, antwortete Köhler.

»Tatsächlich?«, sagte Brauer anerkennend, »dann wollen wir uns das mal ansehen. Kommen Sie bitte herunter!«

Köhler zögerte. »Interessieren Sie sich neuerdings für Hydraulikzylinder?«, spöttelte er.

»Ja, ich habe noch nie einen von innen gesehen. Würden Sie mir das einmal zeigen?«, fragte Brauer.

Köhler schaute skeptisch, dann sagte er: »Wenn ich Ihnen damit einen Gefallen tun kann, bitteschön.«

Er stieg von der Montagebühne herunter und führte die Polizisten in die Werkstatthalle. Brauer sah sich um. Die Fensterreihe an der

Längsseite bestand aus Ornamentglas und ließ keinen Einblick von draußen zu. *Wie will Piccolo hier etwas gesehen haben?*, dachte Brauer, und ein flaues Gefühl breitete sich in seiner Magengegend aus. Auf einer langen Werkbank lagen mehrere Zylinder, einer von ihnen war demontiert, die Kolbenstange lag daneben.

»Wenn Sie in die Röhre gucken wollen, hier«, sagte Köhler und hob den Zylinder einseitig ein Stück hoch. Brauer nahm sein Handy aus der Jackentasche und leuchtete mit der Taschenlampenfunktion hinein. Nichts als polierter Stahl spiegelte im Licht der LED.

»In den dort würde ich auch gern einen Blick hineinwerfen.«

Brauer zeigte auf den Zylinder, der auf der anderen Werkbank lag. Köhler ließ das Zylinderrohr auf die Werkbank fallen, dass es krachte.

»Was soll das werden?«, fragte er verärgert.

Brauer blieb äußerlich gelassen, aber er spürte seine Nervosität. »Aufmachen!«, befahl er.

Köhler holte Werkzeug und Zellstoff. Dann begann er den Deckel abzuschrauben. Zum Schluss zog er vorsichtig die Kolbenstange heraus. Ein Schwall Öl ergoss sich aus der Öffnung und wurde von dem Stoff aufgesaugt. Brauer leuchtete hinein. Nichts. Er sah Steffen an, der leicht mit der Schulter zuckte.

»Endlich zufrieden?«, fragte Köhler mit hämischem Zwischenton.

»Nein«, sagte Brauer. »Den da hinten noch.«

Köhler lief rot an. »Wissen Sie, wie viel Zeit es braucht, um einen Zylinder zu montieren?«, wetterte er los. »Man muss sehr sorgsam dabei vorgehen, um die Dichtungen nicht zu beschädigen. Ich werde Ihre Dienststelle auf Schadenersatz verklagen, wenn ich die Maschinen wegen dieser lächerlichen Aktion erst zu spät ausliefern kann.«

»Tun Sie das, aber vorher bauen Sie den Zylinder auseinander!«, sagte Brauer mit Nachdruck.

»Ich weigere mich«, murrte Köhler.

»Wenn das so ist, müssen wir das machen lassen, und ich nehme Sie so lange in Gewahrsam«, sagte Brauer beherrscht ruhig. »Steffen, Handschellen anlegen!«

»Moment«, rief Köhler, »okay, aber dann muss Schluss sein.«

»Wann Schluss ist, bestimmen wir«, machte Steffen klar. Köhler ging zeternd zu Werke und schraubte das Teil auseinander. Als er fertig war, schmiss er den Ringschlüssel beiseite. »Hier, sehen Sie nach«, blaffte er Brauer an und trat einige Schritte zurück.

Brauer leuchtete in das Rohr. In der Tiefe sah er etwas, was in den anderen Zylindern nicht zu sehen gewesen war, als hätte man was hineingestopft. »Was ist das?«, fragte er.

»Das ist eine Transportsicherung, die die Kolben schonen soll«, erklärte Köhler.

»Holen Sie es heraus!«, forderte Brauer ihn auf.

Sichtlich widerwillig griff Köhler in die Öffnung und zog das Teil ans Licht. Es hatte eine ähnliche Form, wie Piccolo es beschrieben hatte. Brauer holte sein Taschenmesser hervor, klappte es auf und schnitt die Folienverpackung ein Stück ein. Weiße Kristalle rieselten auf die Werkbank. Brauer richtete seine Augen auf Köhler.

»Ich verstehe nicht viel von Transportsicherungen, aber das hier ist mit Sicherheit keine«, zischte er, »das ist Crystal Meth. Und erzählen Sie mir nicht, Sie hätten keine Ahnung, wie das dort hineingekommen ist.« Brauer legte das Paket ab. »Felix Köhler, Sie sind vorläufig festgenommen, wegen des Verdachts …«

Brauer konnte nicht zu Ende sprechen. Köhler stieß ihn urplötzlich mit beiden Händen gegen die Brust, dass er mit dem Rücken an die Kante eines Stahlschrankes prallte. Ein stechender Schmerz nahm ihm kurzzeitig die Luft. Köhler nutzte die Gelegenheit und rannte aus der Halle. Steffen preschte wie ein aufgeschrecktes Reh hinterher. Mit dem Gefühl, einen Dolch im Rücken zu haben, quälte sich Brauer nach draußen. Er sah, wie Köhler auf seinen Ford Mustang zulief, der neben dem Verwaltungsgebäude parkte. Steffen dicht hinter ihm. Als Köhler die Autotür aufriss, sprang geistesgegenwärtig der Polizist herbei, der als Wachposten eingeteilt war, packte Felix Köhler am Arm und legte ihm von hinten Handschellen an.

»… wegen des Verdachtes auf Rauschgifthandel«, beendete Steffen Brauers Festnahmeformel. Felix und Sandra Köhler wurden abgeführt und das Betriebsgelände gesichert.

Polizeiinspektion Northeim
Freitag, 10. November 2017

~~~

Der große Besprechungsraum im Erdgeschoss war für die Pressekonferenz vorbereitet. Ralf Brauer prüfte ein letztes Mal die Sitzordnung. Vor der Wand mit der Projektionsfläche hatte er mit Steffen drei Tische aneinandergestellt und die Plätze mit Namensschildern versehen. Dahinter würden er, Steffen, Beate Jakobi, Martin Neumann, Staatsanwalt Dr. Henrik und Polizeirat Karsten Trüter vom LKA Braunschweig Platz nehmen. An dem langen Besprechungstisch gab es für die Journalisten der Zeitungen und Radiosender genügend Sitzgelegenheiten.

Ina stellte zwei Wasserflaschen und Gläser auf die Tische. »Soll ich auch Kaffee machen?«, fragte sie, nachdem sie die Kaltgetränke platziert hatte.

»Nein danke, Wasser reicht«, antwortete Brauer. »Wir wollen die Zeitungsleute nicht verwöhnen, sonst werden die noch sesshaft bei uns.« Ina kicherte und ging.

Brauer schaute auf die Uhr. Es war Viertel vor zehn. Um zehn sollte der Spuk beginnen. Er hatte den Gedanken kaum zu Ende gedacht, als es auf dem Flur tumultartig laut wurde, dann schlug die Tür auf und eine Traube Menschen drängte in den Raum. An ihren Hälsen baumelten an bunten Bändern die Presseausweise sowie professionell anmutende Fotoapparate. Die Radioleute hatten Aufnahmegeräte mit Mikrofonen über der Schulter hängen. Es schien, als hätten sich alle zu diesem Ansturm verabredet. Brauer schaute sich die Gesichter an und erkannte im Gedränge Melanie Moor vom Harzkurier. Sie lächelte ihm zu. Neben ihr fiel ihm ein Mann auf, den er zu kennen glaubte, aber nicht wusste woher. Er trug ebenfalls einen Presseausweis.

»Nehmen Sie doch Platz, meine Damen und Herren«, forderte er die Pressevertreter lautstark auf. Nachdem alle einen Stuhl gefunden hatten, legte sich eine erwartungsvolle Spannung über die Anwesenden.

Pünktlich um zehn betraten Martin Neumann, Beate Jakobi, Staatsanwalt Dr. Henrik und Polizeirat Karsten Trüter den Besprechungsraum und setzten sich an die ausgewiesenen Plätze.

»Guten Morgen, meine Damen und Herren, ich begrüße Sie

zu dieser Pressekonferenz«, eröffnete Neumann die Veranstaltung. »Als Gäste auf unserer Seite heiße ich Staatsanwalt Dr. Henrik und Polizeirat Trüter vom LKA Braunschweig herzlich willkommen, die ebenfalls Ihre Fragen beantworten werden.« Neumann machte eine Sprechpause und rückte seine Schreibmappe zurecht. Dann blickte er Ralf Brauer an. »Hauptkommissar Brauer wird Ihnen zunächst über den Stand der Ermittlungen zu mehreren Verbrechen berichten, die auf eigenartige Weise miteinander verwoben sind.« Er nickte Brauer zu und übergab ihm damit das Wort.

Brauer erklärte mit wenigen Sätzen den Fortgang der Untersuchungen, die mit dem Fund der Skelette begannen. Parallel dazu wurden Wohnungseinbrüche, Anschläge mit Erpressungsversuchen gegen die Inhaberfamilie der Firma Köhler, die Ermordung des Firmenchefs Wolfgang Köhler sowie organisierter Drogenhandel untersucht. Alle diese Straftaten konzentrierten sich auf die Familie Köhler, verdeutlichte Brauer. Sie stünden offensichtlich mit der Unterschlagung von wertvollen Platinanoden in den ehemaligen Schickert-Werken im Zusammenhang, die in den unterirdischen Anlagen versteckt wurden.

Die Medienvertreter lauschten den Worten, kritzelten hastig Notizen, und ab und zu zuckte ein Fotoblitz durch den Raum.

Nachdem Brauer seine Erläuterungen beendet hatte, schauten ihn die Zeitungs- und Radioleute staunend an. Dann, nach einer kurzen Pause, schnellten ihre Hände nach oben und die Fragen prasselten wie Maschinengewehrfeuer auf ihn ein.

»Bitte nicht alle durcheinander«, übertönte Brauer das Stimmengewitter. Dann zeigte er auf Melanie Moor. »Frau Moor, bitte«, sagte er.

»Melanie Moor, Harzkurier«, stellte sie sich den anderen vor. »Herr Brauer, Sie sagten, dass die Familie Köhler erpresst wird. Ist eine konkrete Geldsumme gefordert worden?«

»Nein. Die Erpresser haben sich bei jedem der Anschläge mit dem Hinweis *Anlage Z* zu erkennen gegeben. Sie haben vorerst nur mit einem Zahltag gedroht, ohne Geldbeträge zu nennen. Wir gehen davon aus, dass die Familie vorab eingeschüchtert werden sollte. Inzwischen haben wir zwei Tatverdächtige ermittelt und festgenommen.«

Die Hände gingen erneut hoch. Brauer zeigte auf einen Herrn mit Glatze und schwarzer Hornbrille.

»Rainer Kalisch, HNA. Sie sagten, hinsichtlich der Wohnungseinbrüche gab es Festnahmen. Sind alle Täter gefasst?«

Staatsanwalt Dr. Henrik antwortete diesmal: »Nein, nicht alle, aber die Drahtzieher sind in Untersuchungshaft. Sie hatten ein völlig Neues ...«, er schrieb mit den Fingern Anführungszeichen in die Luft, »Geschäftsmodell entwickelt und Drogenabhängige zu diesen Diebstählen animiert. Damit verfolgten sie einen doppelten Zweck. Einmal zur Geldbeschaffung der Süchtigen und zum anderen, um die Polizei zu beschäftigen und vom Drogenhandel abzulenken. Was ihnen auch bis bis dato gelungen war. Einer der Rädelsführer hatte früher bei einem Sicherheitsdienst gearbeitet und regelrechte Einbruch-Seminare für Abhängige gegeben.«

Jetzt konnte sich Trüter nicht länger zurückhalten. »Wir haben es hier mit der mächtigen Drogenmafia aus Tschechien zu tun, die sich auf Crystal Meth spezialisiert hat. Sie schreckten nicht einmal davor zurück, die Tochter von Hauptkommissar Brauer ins Visier zu nehmen. Deshalb habe ich mich direkt eingeschaltet, um gemeinsam mit einem Kollegen in Prag diesen Sumpf endlich trocken zu legen. Zum Glück ist Brauers Tochter wieder wohlauf.«

Brauer wäre diesem Großkotz Trüter am liebsten an den Kragen gegangen. *Warum musste er Annika jetzt erwähnen. Wenn das morgen in allen Zeitungen stünde, könnte das die Aufmerksamkeit der Drogenmafia erneut auf sie lenken.* Die Augen der Journalisten waren erwartungsvoll auf Brauer gerichtet.

»Sie hatten durch sie vergeblich versucht, etwas über die Ermittlungen herauszubekommen, denn meine Tochter kann ihren Mund halten, im Gegensatz zu anderen.« Brauer schielte dabei zu Trüter, der diesen Seitenhieb in seiner Arroganz offensichtlich nicht begriff.

Als Nächstes meldete sich der Mann, den Brauer zu kennen glaubte, und fragte in einem osteuropäischen Akzent: »Sind die Platinanoden bereits geborgen worden?«

»Entschuldigung«, sagte Brauer, »ich sehe Sie hier zum ersten Mal. Darf ich fragen, welche Zeitung sie vertreten?«

»Oh, natürlich, tut mir leid! Ich bin Karel Tusar aus Prag von der *Mlada fronta Dnes.* Wir berichten fortlaufend über den europäischen Drogenhandel und recherchieren zur aktuellen Berichterstattung.«

»Ja«, antwortete Brauer, »inzwischen sind die Elektroden von einem Spezialistenteam gefunden und geborgen worden.«

»Wie hoch ist ihr Wert?«, wollte Tusar noch wissen.

»Etwa 1,5 Millionen Euro«, sagte Brauer und zerbrach sich erneut den Kopf, wo er dieses Gesicht schon einmal gesehen hatte.

Seine Gedanken wurden unterbrochen, als Brauers Schreibkraft Ina hereinkam, direkt auf ihren Chef zusteuerte und ihm einen Notizzettel auf den Platz legte. Brauer las und sah Ina bestürzt an, dann schob er die Notiz seitlich weiter an Martin Neumannn, der blickte erschrocken auf Brauer und reichte den Zettel neben sich zu Steffen. Als die Mitteilung die Reihe durchlaufen hatte, ergriff Neumann das Wort. »Meine Damen und Herren, aus dringendem Grund müssen Hautkommissar Brauer und Kommissar Richter die Konferenz leider verlassen, aber wir stehen Ihnen weiterhin zur Verfügung.« Brauer, Steffen und Ina verließen den Raum.

»Das Haus von Sandra Köhler brennt?«, wiederholte er verblüfft die Nachricht, als er die Tür hinter sich zugezogen hatte. »Das müssen wir uns ansehen.«

*

Vierzig Minuten später erreichten sie Bad Lauterberg. Vom Postplatz ab hatten die Kollegen der örtlichen Dienststelle die Hauptstraße in Richtung Odertal gesperrt.

»Sieh mal, wer da auf dich wartet«, sagte Brauer mit einen spitzen Unterton. Vor der Barke stand die hübsche Polizistin, die vor einigen Wochen auch die Zufahrt des Schickert-Geländes bewacht hatte. Steffen stoppte und ließ die Seitenscheibe herunter. »

Hallo Steffen«, grüßte sie und blinzelte ihn bewundernd an.

»Hi«, erwiderte Steffen.

»Guten Tag«, grüßte Brauer ungeduldig vom Beifahrersitz, »würden Sie uns bitte durchlassen. Ihr könnt ja später eure Fotos austauschen.«

»Entschuldigung. Guten Tag, Herr Brauer. Natürlich, sofort«, stotterte sie und schwenkte eilig die Absperrung beiseite.

Steffen fuhr an und winkte ihr im Vorbeifahren zu. Sie winkte schüchtern zurück.

»Na, da läuft doch was, oder irre ich mich?«, bemerkte Brauer.

»Da läuft gar nichts«, echauffierte sich Steffen, »sie ist eine nette Kollegin, und außerdem, was geht das dich an?«

»Ist ja schon gut«, beschwichtigte Brauer und griente vor sich hin. *Volltreffer,* ging ihm durch den Kopf. *Aber wie würde Ina reagieren,*

*wenn sie davon erfährt? Die würde vor Eifersucht einen Rosenkrieg an-
zetteln. Das fehlte gerade noch,* dachte er.

Eine schwarze Rauchsäule stand über der Häuserzeile der obe-
ren Hauptstraße und hüllte den Hang des Kummel-Höhenzuges fast
vollständig ein. Blaulicht wohin man sah. Kurz vor dem Autohaus
Blume ging es nicht weiter. Die Straße war mit einem Geflecht von
Schläuchen durchzogen. Steffen stoppte hinter dem Fahrzeug der
Einsatzleitung, das an der Einfahrt zum Ausstellungsfreigelände des
Opelhauses stand. Sie stiegen aus und zeigten bei der Einsatzfüh-
rung ihre Ausweise vor.

»Wo finden wir Rudolph Schneeberg?«, fragte Brauer den Feuerwehrmann. Brauer kannte Schneeberg von anderen Einsätzen, er war
Ortsbrandmeister und leitete die meisten Großeinsätze persönlich.

»Der ist am Brandherd«, sagte der Mann.

»Ist jemand zu Schaden gekommen?«, wollte Brauer wissen.

»Nein. Die Bewohnerin war nicht zu Hause.«

»Gut«, antwortete Brauer und machte sich mit Steffen sogleich
auf den Weg. »Aber seien Sie vorsichtig, es ist verdammt heiß da
vorne«, rief der Mann ihnen nach.

So etwas hatte Brauer noch nicht gesehen. Das Haus stand komplett in Flammen, als hätte das Feuer in allen Räumen gleichzeitig
begonnen. Die Wehrleute waren offenbar ausschließlich bemüht, die
angrenzenden Häuser zu schützen. Das Wohnhaus war nicht mehr
zu retten.
An der Rückenaufschrift erkannten Brauer den Leiter des Einsatzes
bereits von Weitem. Er gestikulierte gerade vor einigen Feuerwehr-
leuten und gab ihnen scheinbar Anweisungen. Als seine Leute sich
entfernten, schaute er sich um und sah Brauer und Steffen.

»Herr Brauer, Herr Richter«, rief er und kam ihnen entgegen.
»Kommen Sie, hier stehen wir den Leuten nur im Wege.« Er führte
sie ein Stück die Straße zurück. »Eindeutig Brandstiftung, als hätte man das Haus mit Benzin übergossen«, sagte er und schüttelte
ungläubig den Kopf. »Da bleibt nicht viel übrig. Ich hoffe nur, wir
können das Übergreifen des Feuers verhindern.«

»Wo ist Carola Köhler?«, fragte Brauer.

»Sie wird in dem Polizeibus da drüben von einem Notfallseelsorger betreut.« Er zeigte auf das Fahrzeug, das auf dem Hof der
Firma Blume stand. Brauer und Steffen wollten gerade losgehen,

als Rudolph Schneeberg sagte: »Moment, Herr Brauer, da ist noch etwas, dass Sie wissen sollten.« Brauer und Steffen blieben stehen. »Am Vorgartenzaun des Hauses hing ein Aluminiumblech mit einem Schriftzug, vielleicht ist das von Belang.«

»Was für ein Schriftzug?«, fragte Steffen.

»Anlage Z, glaub ich. Ich hab das Teil im Wagen.«

Brauer und Steffen blickten sich überrascht an. Wie konnte das jetzt sein? Karl und Marco Bleß saßen gerade deswegen in U-Haft. Hatten sie am Ende doch nichts mit den Anschlägen zu tun? Schneeberg nahm beide zum Einsatzleitwagen mit und übergab ihnen das Blech. Die Schrift war offenbar mit einer Körnerspitze in die Oberfläche getrieben worden.

»Wir werden das untersuchen«, sagte Brauer, nahm das Blechstück und ging mit Steffen zu dem Polizeiwagen. Carola Köhler machte einen völlig verstörten Eindruck. Ihr Gesicht glich einer Steinbüste.

»Sind Sie in der Lage, einige Fragen zu beantworten?«, fragte Brauer manierlich.

Carola Köhler sah ihn strafend an, als wolle sie ihm eine feurige Abfuhr erteilen, aber sie unterdrückte scheinbar dieses Bedürfnis und nickte stumm.

»Wie haben Sie das Feuer bemerkt?«, fragte Brauer.

»Ich war nicht im Haus. Einer ihrer Kollegen hatte mich angerufen, ich solle die Krankenversicherungskarte meiner Tochter bringen, Sandra bräuchte einen Arzt«, antwortete sie.

Brauer sah Steffen erneut an, der offensichtlich das Gleiche dachte. »Wann war das?«, fragte Brauer nach.

»Etwa gegen zehn Uhr«, antwortete sie.

»Was geschah dann?«, fragte Brauer.

»Als ich in Northeim bei der Polizei eintraf, wusste niemand etwas davon. Sandra sei gesund, versicherte man mir.« Sie schluchzte. »Als ich zurückkam, brannte das Haus, und am Zaun hing dieses Schild ... Anlage Z.« Sie weinte laut auf. »Ich kann nicht mehr, Herr Brauer. Ich muss mein Gewissen erleichtern, sonst zerbreche ich unter der Last.« Sie heulte und schnäuzte sich die Nase. Dann sah sie den Notfallseelsorger an, der ihren Blick anscheinend verstand.

»Ich warte dann draußen«, sagte er und verließ das Fahrzeug. Brauer ließ der Frau Zeit, sich zu sammeln.

»Wie Sie wissen, war mein Schwiegervater im Zweiten Weltkrieg Jagdflieger. Dass er nach seinem Absturz nicht mehr fliegen konnte, hatte er nie überwunden. Er war zunehmend vergrämt und verschlossen. Das Pervitin hatte ihn süchtig gemacht, und mein Mann musste bereits als Schuljunge Hilfsarbeiten machen und sich als Taschendieb betätigen, um seinem Vater zusätzlich Geld zu beschaffen. Die Droge hatte im Laufe der Zeit seine Sinne vernebelt. Im Rausch redete er oft von dem Märchen *Ali Baba und die vierzig Räuber* und wiederholte immer wieder *Sesam, öffne dich!*« Frau Köhler musste sich erneut die Nase putzen, dann fuhr sie fort: »Nach dem Krieg begann er mit Maurerwerkzeugen zu handeln. Schaufeln, Schubkarren und so'n Zeug. Lief gut. Bald kamen Maschinen dazu, und er verdiente ein Vermögen. Doch die Drogen zogen ihn in einen Sumpf, aus dem er nicht mehr herauskam. Mein Mann hatte mir später erzählt, dass sein Vater in den Schickert-Werken Platin unterschlagen hatte. Damit sollten seine Kinder später ein besseres Leben haben. Er konnte sich jedoch nicht mehr erinnern, wo er das Metall versteckt hatte, die Drogen nagten an seinem Gedächtnis. Auf dem Sterbebett hatte er gestanden, schwere Schuld auf sich geladen zu haben.« Sie heulte schluchzend auf.

»Ich verstehe«, sagte Brauer, »die Baumaschinen dienten dann einzig zur Tarnung des Drogenhandels.« Carola Köhler schwieg. »Halten Sie sich zu unserer Verfügung, und melden Sie sich täglich in der Polizeidienststelle hier in Bad Lauterberg«, ordnete Brauer an und stieg mit Steffen aus dem Bus. Sie entfernten sich ein Stück, um den Wehrmännern nicht im Weg zu sein.

»Was hältst du von diesem erneuten Anschlag?«, fragte Brauer.

»Vater und Sohn Bleß sitzen in U-Haft. Die können es unmöglich gewesen sein. Wie konnten wir uns dermaßen irren?«, meinte Steffen.

Brauer blieb stehen. »Frau Morich hätte zwar das gleiche Motiv, aber mit ihrer Geh- und Sehbehinderung wäre sie wohl kaum im Stande dazu«, überlegte er.

»Ingo Morich«, schoss es aus Steffen heraus.

Brauer nickte nachdenklich. »Erinnerst du dich an die kleine Anekdote, die Frau Morich erzählte?«, fragte Brauer hintergründig.

»Du meinst den Vergleich zwischen Goldesel und Platinochse, über den wir so lachen mussten?«, meinte Steffen.

»Er kannte mit Sicherheit auch den Brief, den seine Mutter beim

Markttreff in Bad Lauterberg ausgestellt hatte«, ergänzte Brauer.

»Das könnte ihn auf den Plan gebracht haben«, kombinierte Steffen.

»Fragen wir ihn doch mal«, schlug Brauer vor.

*

Eine Viertelstunde später bogen sie, vom Butterberg kommend, in die Osterhagener Straße ein, die mittig durchs Dorf führte.

»Fahr mal langsam«, forderte Brauer seinen Kollegen auf, der ihm oft zu schnell fuhr.

»Ich fahre fünfzig, Herr Hauptkommissar. Wenn das zu schnell ist, können wir auch laufen«, verteidigte sich Steffen.

»Ich meine ja nur, weil wir auf den Schwerspatbrocken achten müssen, der bei Morich im Vorgarten liegt.«

»An dem sind wir schon vorbeigefahren«, wusste Steffen.

»Vorbeigerast«, setzte Brauer nach.

»Mann, du solltest zur Schneckenpolizei gehen«, frotzelte Steffen und wendete in der nächsten Einfahrt.

Ein Weg aus vermoosten Waschbetonplatten führte zum Hauseingang. Steffen klingelte. Sie warteten eine Weile, dann drückte Steffen den Knopf erneut. Brauer glaubte, ein Gesicht hinter der Gardine in dem seitlichen Fenster zu sehen, aber niemand öffnete. Steffen klingelte mehrmals hintereinander. Dann wurde geöffnet. Ingo Morich erschien im Pyjama mit zerzauster Frisur in der Haustür. Gähnend sagte er: »Ach Sie sind es, ich hatte Nachtschicht. Sie haben mich aus dem Bett geklingelt. Was gibts denn?«

»Das tut mir leid«, entschuldigte sich Brauer, »können wir einen Augenblick hereinkommen?«

Morich gab die Tür frei. »Bitte.«

Er führte sie in sein Wohnzimmer. Es war unaufgeräumt und muffig. Auf dem Tisch lagen mehrere Ausgaben vom Harzkurier herum.

»Herr Morich, wo waren Sie heute Morgen zwischen zehn und zwölf Uhr?«, fragte Brauer.

»Im Bett. Ich sagte doch, ich hatte Nachtschicht«, antwortete er und zeigte sich überrascht. »Warum wollen Sie das wissen? Werfen Sie mir etwas vor?«

»Darf sich mein Kollege bei Ihnen etwas umsehen?«, fragte Brauer weiter.

»Ja, ja. Ich habe nichts zu verbergen«, sagte Morich.

Steffen schlenderte durch die Wohnung.

»Sind Sie allein im Haus?«, wollte Brauer wissen.

»Ja, ich lebe allein. Aber nun sagen Sie endlich, weshalb Sie hier sind?«

»Sie haben sicher mitbekommen, dass es mehrere Anschläge gegen die Unternehmerfamilie Köhler gegeben hat.« Brauer zeigte auf die Zeitungen. »Wir vermuten, dass es sich um einen Racheakt der Hinterbliebenen der gefundenen Opfer handelt, unter denen auch ihr Großvater ist.«

Morich fuhr sich mit der Hand durchs Haar. »Das ist ja lächerlich, was sollte mir das bringen?«

»Nun ja, immerhin lagern Platinelektroden im Wert von 1,5 Millionen im Berg, die seinerzeit von Olaf Köhler unterschlagen und versteckt wurden. Ihr Großvater hatte mit ihm zusammengearbeitet. Daran kann sich Hass und kriminelle Energie leicht entzünden«, sagte Brauer.

»Aber nicht bei mir«, versicherte Morich.

»Wir müssen in alle Richtungen ermitteln«, erklärte Brauer. Steffen kehrte ins Wohnzimmer zurück.

»Halten Sie sich bitte zu unserer Verfügung.«

Brauer reichte ihm seine Karte und ging mit Steffen hinaus.

Als sie im Auto saßen, sagte Steffen: »Ich bin das komplette Haus abgegangen, auch Garage und Schuppen. Zwei Dinge sind mir aufgefallen: Sein Bett sah benutzt aus, war aber kalt, und seine Klamotten rochen stark nach Spiritus. Der hat uns gelinkt.«

»Langsam, das beweist nichts. Wir sollten seine Mutter noch einmal besuchen, um mehr über ihn herauszufinden.«

Steffen startete den Motor und fuhr nach Bad Lauterberg in den Steinweg. Sie mussten wieder ihre Schuhe ausziehen, bevor sie die Wohnung von Brigitte Morich betreten durften.

»Darf ich Ihnen einen Kaffee anbieten?«, fragte sie auf dem Weg ins Wohnzimmer.

»Nein, vielen Dank. Wir wollen auch nicht lange bleiben«, lehnte Brauer ab. Sie setzten sich. »Sagen Sie, Frau Morich, wie würden Sie ihr Verhältnis zu Ihrem Sohn beschreiben?«

»Er ist ein guter Junge und hilft mir, wo er kann. Ich bin leider wenig mobil und auf seine Hilfe angewiesen. Er macht fast alle Besorgungen und wäscht sogar die Wäsche. Er ist wirklich ein guter Junge«, lobte sie ihren Sohn.

»Geht er irgendeinem Hobby nach?«, fragte Brauer weiter.

»Er ist beim Roten Kreuz engagiert und hat sogar eine Ausbildung zum Rettungssanitäter«, sagte sie stolz.

»Wie hat er die Nachricht aufgenommen, dass sein Großvater als Zeuge einer Unterschlagung ermordet wurde?«

Brauer beobachtete, wie sie nach dieser Frage nervös mit den Fingern spielte.

»Ich habe ihn noch nie so wütend gesehen. Er fluchte laut vor sich hin und redete von Wiedergutmachung. Ich brauchte lange, um ihn zu beruhigen.« Frau Morich seufzte und antwortete weiter: »Dann nahm er mich in die Arme und sagte: Du wolltest immer nach Italien. Bald werden wir beide eine große Rundreise durch ganz Italien machen. Ich verspreche es dir.« Frau Morich schmunzelte ein wenig und sprach dann weiter: »Woher willst du denn das Geld nehmen, habe ich ihn gefragt, und er sagte: Das lass mal meine Sorge sein. Ja, das hat er gesagt.«

»Ist Ihnen in letzter Zeit eine Veränderung an ihrem Sohn aufgefallen?«, fragte Brauer.

»Wie meinen Sie das?« Brigitte Morich sah ihn unverständlich an.

»Wirkte er unruhiger, abwesend oder umsichtiger als normal?«

Sie überlegte einen Augenblick. »Nein, ist mir nicht aufgefallen. Er liest seit einigen Wochen regelmäßig die Zeitung und ist öfters unterwegs als sonst. Aber warum fragen Sie das?«

»Nur Routine, Frau Morich. Wir wollen nur jeden Verdacht ausschließen«, versuchte Brauer ihre Bedenken zu zerstreuen. Er erhob sich. »Das war's schon, Frau Morich. Vielen Dank!«

Brigitte Morich stützte sich auf ihren Rollator und begleitete die beiden Kriminalbeamten zur Tür. »Ach«, sagte sie im Korridor manierlich, »dürfte ich Sie um einen Gefallen bitten. Ich bin nicht gut zu Fuß, würden Sie mir ein Paket Spülmaschinensalz aus dem Keller holen. Steht im Regal.« Sie fingerte einen Schlüssel vom Haken neben der Tür.

»Natürlich, gern. Steffen, machst du das?«

Steffen nahm den Kellerschlüssel entgegen und verließ die Wohnung. Brauer und Brigitte Morich warteten im Flur.

»Hoffentlich findet ihr Kollege das Salz«, sagte sie nach einer Weile. »Er müsste längst zurück sein.«

Nach endlosen Minuten kam Steffen mit einem Päckchen Spülmaschinensalz zurück und überreichte es der alten Dame.

»Wie lange waren Sie nicht mehr in ihrem Keller, Frau Morich?«, fragte Steffen unverhofft. Brauer überraschte diese Frage.

»Oh, das weiß ich gar nicht. Ist schon eine Ewigkeit her. Ich trau mich nicht allein die Treppen hinunter«, antwortete sie.

»Entschuldigung, ich muss meinen Chef mal eben unter vier Augen sprechen«, sagte er und deutete Brauer mit einem Blick an, ihm in den Korridor zu folgen.

»Was gibt's denn?«, fragte Brauer verwundert.

»Im Keller ist eine kleine Werkstatt eingerichtet. Ich habe Alublechabfälle gefunden, einige Pullen Spiritus und eine Flasche Kunstblut. Na, dämmert's?«, flüsterte Steffen ihm zu.

»Ruf die Spurensicherung!«, wies Brauer Steffen an und ging ins Wohnzimmer zurück.

»Es tut mir leid, Frau Morich. Den Kellerschlüssel müssen wir vorerst behalten. Gleich werden weitere Polizeibeamte kommen und Ihren Keller untersuchen«, gab ihr Brauer Bescheid.

Brigitte Morich sah ihn erschrocken an. »Ich versteh nicht«, stotterte sie.

»Wir müssen leider Ihren Sohn abholen und verhören. Regen Sie sich nicht auf, vielleicht klärt sich alles bald«, sagte Brauer in ruhigem Ton.

Sie weinte auf und schluchzte. »Er ist ein guter Junge.«

Nachdem die Spurensicherung eingetroffen war, fuhren Ralf Brauer und Steffen Richter zurück nach Osterhagen zu Ingo Morich.

»Ich konnte nicht anders«, sagte er, und es klang wie eine Entschuldigung. Seinem Blick war zu entnehmen, dass er wusste, was die beiden Kripo-Beamten von ihm wollten. Steffen legte ihm Handschellen an. Er leistete keinen Widerstand.

»Warum?«, fragte Brauer. Ingo Morich senkte den Kopf.

»Das Verschwinden meines Großvaters war ständig beherrschendes Thema in unserer Familie. Für mich seit frühester Kindheit ein Mysterium, was meine Neugier weckte. Heimlich versuchte ich mehr über ihn herauszufinden. Bereits als Jugendlicher habe ich die alten Unterlagen meiner Mutter durchgesehen, die sie hinter der Wäsche im Kleiderschrank aufbewahrte. Als über den Skelettfund in der Zeitung berichtet wurde, wusste ich sofort, das er einer der

Toten sein musste. Im Stadtarchiv habe ich den Namen Bleß, der in dem Brief erwähnt wurde, gefunden und die beiden beobachtet.« Er blickte auf. »Kennen Sie die verlassene Hütte im Großen Langental?«, fragte er.

»Ja, wir haben Bleß ebenfalls observiert«, gestand Brauer.

»Ich bin den Zweien gefolgt und auf das Blockhaus gestoßen. Was ich dort erfahren habe, hat tiefe Wut und Rachegefühle in mir ausgelöst. Die Nachkommen vom alten Köhler mussten von dessen Verbrechen gewusst haben. Jetzt, nach dem Fund der Opfer, wäre Zeit gewesen, endlich für Aufklärung zu sorgen. Aber sie schwiegen. Das hat meine Wut nur noch gesteigert.« Er ließ den Kopf wieder fallen. »Ich konnte nicht anders«, murmelte er und ließ sich abführen.

Polizeiinspektion Northeim
Freitag, 10. November 2017

Beate saß mit bei Ina am PC und warf Brauer einen kritischen Blick zu, als er zusammen mit Steffen am späten Nachmittag das Büro betrat.

»Was ist dir denn über die Leber gelaufen?«, fragte Brauer.

»Karsten Trüter.« Sie machte eine kurze Pause, um den Namen bei ihm wirken zu lassen. »MANN«, schoss es plötzlich wütend aus ihr heraus. Brauer war leicht erschrocken, so aufbrausend kannte er sie gar nicht. Beate hatte sich immer unter Kontrolle und zeigte kaum ihre Gefühle. »Gegen den ist James Bond nur ein kleiner Streifenpolizist. So ein A...«

»Beate!«, rief Brauer sie zur Räson.

»So ein Angeber wollte ich sagen«, verteidigte sie sich und zwinkerte ihrem Kollegen zu.

»Ich erkenne dich nicht wieder. Was hat dich dermaßen verärgert?«, fragte Brauer.

»Nachdem ihr weg wart, hat der sich ausschweifend über den Mordversuch an Annika ausgelassen, dieser ... dieser, na du weißt schon. Zum Glück haben Martin Neumann und Dr. Henrik auf die

Presseleute eingeredet, mit Rücksicht auf Annika, ihren Namen in ihren Berichten nicht zu erwähnen.«

»Gut. Ich hoffe, der Appell ist bei denen angekommen«, sagte Brauer, »sonst lass ich die nächstes Mal abblitzen.« Brauer ging in seinen Glaskasten, streifte die Jacke aus und ließ sich auf den Stuhl fallen.

»Übrigens«, ergänzte Beate, »dieser Journalist aus Prag bohrte mit seinen Fragen weiter um das Thema herum. Er schien sich auffällig für dich und Annika zu interessieren.«

Brauer setzte sich aufrecht. »Karel Tusar, den Namen konnte ich mir merken, weil mir sein Gesicht bekannt vorkam. Aber woher?« Er zuckte mit den Schultern.

Plötzlich katapultierte er sich aus seinem Bürostuhl, stürmte aus seinem Glaskasten heraus und betrachtete die Bilder, die von außen an der Glaswand hingen.

»Hier«, er tippte auf das Phantombild von Jiri Jelinek, »daher kam er mir bekannt vor. Karel Tusar ist Jiri Jelinek. Der hat uns verarscht.« Brauer wandte sich um. »Beate, bitte die Fahndung nach Jelinek mit sofortiger Festnahme ändern. Steffen, sorg du bitte dafür, dass Karl und Marco Bleß freikommen.«

Herzberg
Samstag, 11. November 2017

Er hatte entspannt geschlafen wie lange nicht mehr. Die gelösten Rätsel um die Toten auf dem Schickert-Gelände erfüllten ihn mit Befriedigung. Ebenso die Festnahme von Felix und Sandra Köhler wegen Drogenhandels, womit auch die Wohnungseinbrüche zusammenhingen. Endlich fühlte er sich besser, obwohl die Fahndung nach dem Mörder von Wolfgang Köhler noch nicht abgeschlossen war. Aber sie hatten eine heiße Spur. Über die Grenzübergänge und Flughäfen kämen Lucas Ducek und Jiri Jelinek nicht mehr aus Deutschland heraus.

Durch die verschlafenen Augen erschien sein unrasiertes Gesicht im Spiegel leicht verschwommen. Er fand sein Aussehen grässlich, fast wie das eines Penners, der gerade unter einer Brücke aus dem Karton gekrochen war. Rasch griff er zum Rasierapparat.

»Guten Morgen, du Langschläfer«, grüßte ihn Elke, als er sich an den Esstisch gesellte. Er sah auf die Uhr – kurz nach halb neun. Elke reichte ihm den Brötchenkorb über den Tisch. Patricks Freundin saß ebenfalls in der Runde.

»Ich hoffe, Sie haben beide nichts dagegen, wenn ich ab und zu bei Patrick übernachte«, fragte Kim, die Brauer bisher nur zweimal gesehen hatte. Von dieser Frage überrascht, sah er Elke an, die ihm mit ihrem Blick zu verstehen gab, dass sie keine Einwände hatte.

»Nein, aber ich muss dich fragen, wie alt du bist, andernfalls machen wir uns womöglich strafbar«, sagte er.

»Ich bin achtzehn«, antwortete sie, »es ist auch nur noch für kurz.«

Ralf Brauer stutzte. »Wieso, ist eure Beziehung schon bald beendet?«

Kim sah Patrick jetzt auffordernd an.

»Nein, ähh«, druckste Patrick, »es ist nur so, ich werde demnächst ausziehen.« Es wurde augenblicklich still am Tisch.

»Das kommt jetzt aber sehr überraschend«, sagte Elke sichtlich getroffen. »Gefällt es dir zu Hause nicht mehr?«

»Mama, was hat das damit zu tun?«, rechtfertigte sich Patrick. »Ich bin neunzehn.«

»Ihr wollt zusammenziehen«, schaltete sich Brauer ein, um die Situation zu entspannen.

»Nein, vorerst nicht. Ich habe eine möblierte Zweizimmer-Wohnung in Osterode gefunden, die für mich bezahlbar ist. Von dort kann ich sogar zu Fuß zur Arbeit laufen«, erklärte er.

»Apropos Laufen. Ist unsere Tochter schon wieder im Trainingslager?«, erkundigte sich Brauer.

»Sie ist ganz früh los und müsste jeden Augenblick zurück sein«, stellte Elke fest und blickte zur Uhr.

Brauer schnitt sein Brötchen auf. »Sie läuft doch hoffentlich nicht allein durch die Botanik.«

»Ich denke schon«, meinte Patrick lächelnd, »ihre Freundin sitzt ja nun im Knast.«

»Das ist nicht komisch«, entgegnete Brauer.

»So war das auch nicht gemeint«, beschwichtigte Patrick. »Sie läuft über den Radweg bis Lonau und retour. Was soll groß passieren?«

»Mir ist trotzdem nicht wohl dabei«, sagte Brauer.

»Verschweigst du uns etwas?« Elke blickte ihn beunruhigt an.

»Entschuldige, ich wollte dich nicht verängstigen«, sagte er. »Es ist nur meine Sorge wegen des Zwischenfalls in Göttingen.« Seine Augen schielten verstohlen zur Uhr und die Ohren konzentrierten sich auf die Haustür. Eine innere Spannung erfasste ihn, der er sich nicht erwehren konnte. *Bloß keine Panik aufkommen lassen,* dachte er, biss ins Brötchen und spülte mit einem Schluck Kaffee nach. »Wann ist sie losgelaufen?«, fragte er noch kauend.

»Gegen halb acht«, antwortete Elke.

Er kaute weiter und die Uhr zog seinen Blick magnetisch an. »Sie hat doch hoffentlich ihr Handy mitgenommen«, bemerkte er beiläufig.

»Sie geht nie ohne aus dem Haus. Ruf sie bitte an«, drängte Elke.

Sie hatte kaum ausgesprochen, da suchte er bereits auf seinem Smartphone den gespeicherten Kontakt und drückte das Handy ans Ohr. »Der Teilnehmer ist zur Zeit nicht erreichbar«, kam als Meldung. »Scheiße!«, keine Verbindung. »Also, ich fahr ihr entgegen«, sagte er spontan und sprang auf. »Ich muss wissen, wo sie ist.« Er warf sich die Jacke über und verließ das Haus.

Im zweiten Gang, mit wenig Gas, ließ er seinen BMW über die Straße rollen und hielt Ausschau nach seiner Tochter. Bis Lonau begegneten ihm nur drei Autos und auf dem Radweg war keine Menschenseele zu sehen. Bei diesem nasskalten und diesigen Herbstwetter wagten sich auch nur hart gesottene Jogger aus dem Haus. *Wo steckt sie bloß?*, dachte er. Er hätte auf weiteren Personenschutz bestehen sollen, warf er sich vor.

Am Ortseingang von Lonau werkelte ein Mann im Vorgarten. Brauer hielt an und senkte die Seitenscheibe ab. »Entschuldigung«, rief er dem Mann zu. Der blickte überrascht herüber und kam an den Zaun. »Guten Morgen«, grüßte Brauer, »haben Sie vielleicht eine junge Frau in einer rot-blauen Joggingjacke gesehen?«

Er nickte. »Ja, aber die ist schon wieder in Richtung Herzberg unterwegs.« Er zeigte mit ausgestrecktem Arm zum Ortsausgang.

»Wie lang ist das her?«, fragte Brauer nach.

»Zwanzig Minuten oder so«, antwortete der Mann.

»Danke«, sagte Brauer und schloss die Seitenscheibe. Am Kreisel vor dem Dorfgemeinschaftshaus wendete er und fuhr zurück. Warum hatte er sie nicht gesehen? Die Spannung in seinem Kopf verstärkte sich und ein Gefühl von Panik machte sich breit. Sein Puls beschleunigte. Er war wütend auf sie. *Musste sie unbedingt so früh losrennen, und dazu noch allein? Hatte sie den Verstand verloren?*, ging ihm durch den Kopf. *Vielleicht war sie gestürzt und lag verletzt am Straßenrand.* Brauer fuhr noch langsamer und suchte die Gegend ab. Nichts. Wahrscheinlich stand sie längst zu Hause unter der Dusche und griente sich einen über ihren überängstlichen Vater. *Na, die kann sich was anhören,* nahm er sich vor und gab Gas.

Elke, Patrick und Kim saßen noch am Tisch und sahen ihn erwartungsvoll an, als er hereinkam.

»Na, hast du sie getroffen?«, fragte Elke.

»Nein. Ich dachte, sie sei längst zu Hause«, sagte er. Ratloses Schweigen erfasste alle. Elkes Gesicht verlor zusehends an Farbe.

»Ich fahre die Strecke noch einmal ab«, sagte Patrick auf einmal.

»Ich komme mit«, bot Kim an, »vier Augen sehen mehr als zwei.«

»Und sechs noch mehr«, meinte Elke und stand ebenfalls auf.

»Kann nicht schaden«, stimmte Brauer zu. Die drei eilten aus dem Haus.

Brauer hörte sie davonfahren. Kurz danach war es still im Haus. Sein Handy läutete. Das Display zeigte keine Rufnummer an.

»Ja, Brauer.«

»Hören Sie mir gut zu und unterbrechen mich nicht. Ich sage es nur einmal«, forderte eine Männerstimme, deren osteuropäischer Akzent ihm bekannt vorkam. Sie klang ähnlich wie die von Jiri Jelinek, der sich gestern mit falschem Namen unter die Presseleute geschmuggelt hatte.

»Ihre Tochter ist ja erstaunlich fit, und der rot-blaue Joggingdress steht ihr gut.«

Brauers Gedanken wirbelten augenblicklich wie Blätter im Sturm durch seinen Kopf. *War das jetzt ein schlechter Traum oder Wirklichkeit?* »Was haben Sie mit meiner Tochter ...?«, fragte Brauer aufgebracht.

»Sie sollen mich nicht unterbrechen!«, brüllte ihm der Mann ins Ohr. Nach einer kurzen Pause sprach er normal weiter: »Sie werden sich mit Ihrem Auto auf die A7 begeben und in Richtung Süden fahren. Vorher tanken sie voll und laden das Platin in den Kofferraum. Unterwegs bekommen Sie weitere Anweisungen. Und damit Sie auf keine falschen Gedanken kommen – nur ich weiß, wo Ihre Tochter ist. Dummerweise hat sie nichts zu essen und zu trinken, und es ist kalt. Wie lange kann ein Mensch unter diesen Umständen überleben? Zwei Tage ... drei Tage? Haben Sie eine Ahnung? Sie müssen sich also beeilen. Sollte die Übergabe nicht stattfinden oder sehe ich etwas Verdächtiges, hören Sie nie wieder von mir. Verstanden?« Er schwieg und wartete scheinbar auf eine Reaktion.

»Verstanden«, wiederholte Brauer, »aber woher weiß ich, dass Sie Wort halten?«

»Überhaupt nicht, nur haben Sie eine andere Chance?«, sagte der Mann.

Brauer musste sich eingestehen, dass dieser Kerl leider recht hatte. »Trotzdem möchte ich meine Tochter sprechen«, verlangte er.

»Das geht im Moment nicht, sie schläft«, kam als Antwort.

»Ich will vorher ein Lebenszeichen von ihr!«, beharrte er mit Nachdruck.

»Wie ich bereits sagte, sie schläft. Wenn sie aufwacht, wird Sie mit Ihnen sprechen. Sie können auch so lange warten, aber die Zeit läuft, und Sie haben noch eine weite Autofahrt vor sich.«

»Das Platin kann ich nicht einfach so in den Kofferraum laden, das muss ich ... Hallo? ... hallo.« Der Mann hatte die Verbindung unterbrochen.

Brauer bemühte sich, die Erregung in den Griff zu bekommen. *Jetzt nur nicht durchdrehen.* Er richtete seine Gedanken auf das Wesentliche. Das Platin lag inzwischen in der Asservatenkammer in Northeim, und da kam er nur mit Genehmigung von Martin Neumann dran. Ihn musste er einweihen, ansonsten durfte niemand etwas erfahren, um Annika nicht zu gefährden. Er rief seinen Chef an und bat ihn, in einer wichtigen Angelegenheit ins Büro zu kommen. Dann ging er zum Wohnzimmerschrank, um seine Dienstwaffe zu holen, die er dort in einem kleinen Tresor aufbewahrte. Als er ihn gerade öffnen wollte, kamen Elke, Patrick und Kim herein. Er wandte sich zu ihnen um. Elke starrte ihn an. Sie wusste, wenn er zur Waffe griff, lag Gefahr in der Luft.

»Ralf, was ist los?«, fragte sie mit fast weinerlicher Stimme.

»Ich muss zu einem dringenden Einsatz. Es kann eine Weile dauern, wartet nicht auf mich«, sagte er kurz angebunden und schnallte sich das Schulterhalfter mit der Pistole um.

»Wir haben Annika nicht gefunden.« Elke begann zu weinen.

Ralf zog sie an sich. »Ich hole sie zurück«, flüsterte er ihr ins Ohr.

»Ralf, wo ist unsere Tochter?«, schluchzte sie.

Ralf nahm ihren Kopf zwischen beide Hände und sah in ihre tränengefüllten Augen. Dann legte er seine Stirn an ihre. »Zu niemandem ein Wort, auch nicht zur Polizei. Bitte, vertrau mir. Ich hole sie zurück«, hauchte er ihr zu und gab ihr einen Kuss.

»Papa?«, sagte Patrick irritiert. »Kann ich etwas tun?«

»Pass auf deine Mutter auf. Ich bin bald zurück.« Er zog seine Jacke über, lief aus dem Haus und sprang ins Auto. Nachdem er an der Osteroder Straße getankt hatte, fuhr er ungeachtet aller Geschwindigkeitsbeschränkungen nach Northeim.

Auf dem Parkstreifen vor der Inspektion sah er Neumanns Audi A6. Er parkte seinen BMW daneben, rannte in das Gebäude und stürmte in Neumanns Büro, ohne anzuklopfen. Der stand an der Fensterbank und zupfte an seinen Orchideen. Er drehte sich sogleich um.

»Was ist denn los, Ralf?«, fragte er unverständlich.

Ralf Brauer berichtete im Telegrammstil, dass Annika entführt worden war und welche Forderung der Kidnapper gestellt hatte.

»Ralf, du musst eine Vermisstenmeldung machen, dann werden wir sofort eine Großfahndung einleiten«, widersprach Neumann der Forderung des Entführers.

»Auf keinen Fall, Martin. Du weißt, wie lange das dauern kann, und Annika hat diese Zeit nicht. Wir haben es hier mit der Drogenmafia zu tun, und die machen kurzen Prozess. Ich muss mich darauf einlassen, es ist Annikas beste Chance«, entgegnete Brauer.

»Mensch, Ralf«, redete Neumann auf ihn ein, »ich muss das LKA informieren, sonst komme ich in Teufels Küche, wenn es schief geht.«

»Halt mir bloß Trüter vom Hals, wenigstens drei Tage. Bitte! Ich übernehme die volle Verantwortung«, versicherte er seinem Chef.

Martin Neumann sah ihm eine Weile in die Augen und Brauer spürte, wie Vernunft und Vorschrift in Martins Kopf miteinander rangen.

»Aber wir bleiben in Verbindung, das ist meine Bedingung«, sagte Neumann schließlich.

»Danke, Martin, versprochen«, sagte Brauer erleichtert. Sie gingen in den Keller, wo alle Beweismittel gelagert wurden. Neumann half die Kiste mit dem Platin, die fast einen Zentner wog, nach oben ins Auto zu tragen.

»Sei vorsichtig Ralf«, sagte er, dann ließ er Brauer mit einem Klaps auf das Autodach losfahren.

*

Im Kopf hämmerte es wie ein Pumpwerk. Jeder Hub verursachte einen krampfhaften Schmerz, der durch den ganzen Körper zuckte. Darüber brannte ihr Hinterkopf, als läge ein glühendes Stück Kohle darauf. *Woher nur dieser Schmerz,* dachte sie und versuchte danach zu tasten, aber sie konnte die Hände nicht bewegen. Sie zerrte mit Kraft daran, doch die Hand ließ sich nicht heben. Es war, als hinge ein Bleibarren daran. Was war mit ihr geschehen, und warum konnte sie ihre Augen nicht öffnen? Oder doch? Sie blinzelte ein paar Mal bewusst mit den Lidern, aber nichts als undurchdringliche Schwärze umgab sie. Sie erschrak. War sie am Ende blind geworden? *Nein, bitte nicht,* schoss es ihr durch den Kopf. Sie wollte schreien, brachte jedoch nur einen gewürgten Summton hervor. Irgendetwas steckte tief in ihrem Mund, was sie nicht ausspucken konnte, so sehr sie sich auch anstrengte. *Du musst hier weg,* sagte ihre innere Stimme, doch selbst die Beine waren wie angekettet. Mit aller Kraft wand sie sich gegen ihre Unbeweglichkeit – vergeblich. *Was war denn nur passiert?* Sie grub angestrengt in den Tiefen ihrer Erinnerung, fand jedoch keine Erklärung. Wenn nur diese Dunkelheit nicht wäre. Panik keimte in ihr auf. Mit letzter Hoffnung sortierte sie ihre quälenden Gedanken, und auf einmal wurde ihr klar: Sie war gefesselt und geknebelt. Aber warum nur, und wie war sie hierher gekommen? Sie musste sich konzentrieren und fragte ihre Sinne nacheinander ab. Es war kalt hier, absolut finster und still. Sie saß auf einer Kiste oder etwas Ähnlichem, es fühlte sich jedenfalls wie Holz an. Manchmal vernahm sie ein leises Plätschern, als fiele ein Tropfen in eine Pfütze, und ab und zu hörte sie in der Ferne ein metallisches Scheppern – unregelmäßig – mal lauter, mal leiser. Dann, wie ein Blitz, erlangte sie die bittere Gewissheit: *Ich bin in einer Höhle,* wurde ihr bewusst. Daher die Kühle und die Tropfen, die aus dem feuchten Gestein fielen und diese totale Dunkelheit. Ich bin nicht blind, stellte sie erleichtert fest. *Aber warum bin ich in einer Höhle gefangen?* Sie wollte ihre Angst herausschreien, aber den herausgewürgten Laut würde draußen sowieso niemand hören. Sie lauschte. Woher kam dieses blecherne Poltern? Da musste doch jemand sein. Wenn nur diese erdrückende Dunkelheit nicht wäre.

*

Auf der Autobahn A7

Er war jetzt seit etwas mehr als einer Stunde auf der A7 unterwegs und hatte eben die Abfahrt Bad Hersfeld-West hinter sich gelassen. Was hatte der Mann gesagt? Er, Brauer, hätte noch eine weite Fahrt vor sich. Wo sollte die Übergabe stattfinden? Womöglich in Bayern oder gar jenseits der Grenze, in Österreich, der Schweiz oder Frankreich? Er musste sich beeilen, die Zeit drängte. Plötzlich zog ein Wohnwagengespann vor ihn auf die Überholspur. Brauer trat in die Bremse und bestrafte diesen Verkehrsrowdy mit wilder Lichthupe und bösen Beschimpfungen. »Blödes Arschloch«, entfuhr es ihm. Alles ging ihm zu langsam, jedes andere Fahrzeug auf der Autobahn war hinderlich und brachte ihn in Rage. Wenn das so weiterging, würde er noch einen Unfall bauen, und das konnte er nun gar nicht gebrauchen. Er bemühte sich, seine Aggressivität in den Griff bekommen, auch wenn es schwerfiel. Er dachte an Annika.

Warum meldete sich der Entführer nicht? Die Ungewissheit, was als Nächstes passieren würde, zerrte an den Nerven. Wo hielt dieser Typ sie gefangen? In einem Keller oder Erdloch, in einer verlassenen Fabrikhalle oder Feldscheune, vielleicht im Kofferraum eines Autos? Würde dieser Verbrecher das Risiko eingehen, nach der Übergabe Annikas Versteck preiszugeben? Sie wäre sicher in der Lage, der Polizei wichtige Hinweise zu geben. Brauer konnte sich keineswegs auf solche Versprechen verlassen. Annika befand sich in höchster Gefahr und die Zeit lief davon. Hätte er doch besser der Großfahndung zustimmen sollen, die Martin Neumann vorgeschlagen hatte?

Ein Hupkonzert, böse Blicke rechts überholender Autofahrer sowie ein Stinkefinger, der aus dem Führerhaus eines vorbeiziehenden Lkws gezeigt wurde, brachten Brauer aus seinen bedrückenden Gedanken zurück auf die Autobahn. Er schaute auf den Tacho: etwas über sechzig und das auf der linken Spur. Kein Wunder, dass die alle sauer reagierten. Er trat aufs Gas und wechselte auf die rechte Seite.

Der Verkehrsfunk auf HR3 warnte vor einem Stau am Kirchheimer Dreieck aufgrund einer Baustelle. Wenige Minuten später sah er bereits die Warnblinker am Stauende. Das hatte ihm gerade noch gefehlt, wertvolle Zeit würde dadurch verschwendet. »Scheiß Baustellen. Dass das nie aufhört«, fluchte er laut vor sich hin, wohlwissentlich, dass es ihm nichts nützen würde. Er musste seinem Ärger Luft machen. Niemand war in der Nähe, mit dem er reden konnte, der seine Angst mit ihm teilte und ihm Mut zusprechen konnte. Er fühlte sich einsam. Wie es Annika wohl erging? Sie musste gewiss ebenfalls vor Angst Höllenqualen erleiden.

»Ich hol dich da raus«, rief Brauer und schlug mit der Hand aufs Lenkrad.

*

Einige Stunden später

Wie lange saß sie jetzt in diesem kalten Gefängnis? War es draußen bereits dunkel oder noch hell, oder schon wieder hell? Sie hatte jegliches Zeitgefühl verloren. Es war Samstag gewesen, als sie frühmorgens zum Joggen aufgebrochen war. Ja, jetzt fiel es ihr wieder ein. Sie war durch Lonau bis zum Auerhuhngehege gelaufen. Endlich kam die Erinnerung zurück. Als sie auf dem Heimweg war, sprang hinter ihr plötzlich jemand aus dem Gebüsch hervor und packte sie. Bevor sie begriff, was geschah, spürte sie einen heftigen Schlag auf den Kopf. Als sie aufwachte, befand sie sich in dieser finsteren Höhle. Die Zeit dazwischen fehlte in ihrem Gedächtnis.

Im Kopf hämmerte es nach wie vor im Rhythmus des Herzschlages. Zusätzlich schmerzten Arme und Beine und besonders ihr Po. Sie hatte einen unbändigen Drang, sich zu recken, um die Muskeln von der Verkrampfung zu lockern. Aber mit jeder Bewegung scheuerten sich die Fesseln an Händen und Füßen wie Draht in die Haut. *Kabelbinder*, vermutete sie. Es tat höllisch weh.

Warum hielt man sie hier fest? Würde sie jemals hier wieder herauskommen? Es war nur eine Frage der Zeit, glaubte sie fest. Ihr Vater hatte längst alle Kräfte der Polizei alarmiert, um nach ihr suchen zu lassen. Sicherlich war eine Hundertschaft mit Suchhunden unterwegs und durchstreiften die Gegend, und Hubschrauber kreisten über den Bergen rings um Herzberg.

Sie schloss die Augen und lauschte. Da war wieder das leichte Plätschern der Wassertropfen. Platsch – platsch. Plötzlich verspürte sie ein dringendes Verlangen nach Wasser, ein Glas oder wenigstens einen Schluck. Ihr Mund war von dem Knebeltuch völlig ausgetrocknet. Begierig lauschte sie den Tropfen und mit jedem Ton war ihr, als schmeckte sie das kühle Nass auf der Zunge. *Wie lange kann man ohne Trinken überleben?*, dachte sie in diesem Moment, und die Sorge, nicht rechtzeitig gefunden zu werden, nagte unaufhaltsam an ihrer Zuversicht.

Und die Kälte nagte sich durch ihre Kleidung, dann unter die Haut bis auf die Knochen. Wenn man ihr wenigstens eine Decke gelassen hätte. Dann schoss es ihr wie ein Blitz durch den Kopf: Wer immer sie hier gefangen hielt, nahm ihren Tod in Kauf. Sie zitterte. War es wegen der Kälte oder der Angst?

Sie atmete bewusst gleichmäßig und dachte an zu Hause, um sich zu beruhigen. Auf einmal glaubte sie Schritte zu hören. *Waren das erste Anzeichen von Fantasien?* Die Geräusche näherten sich. Schlagartig zuckte sie zusammen, als plötzlich ein grelles Licht ihre Augen blendete. Sie hatte das Gefühl, in die Sonne zu gucken, und drückte die Lider fest zu. Jemand stand vor ihr, sie hörte das Atmen. Dann spürte sie ein kühles Metallstück an ihrer Schläfe. *Eine Pistole,* vermutete sie.

»Ich nehme dir jetzt den Knebel raus. Wenn du schreist, drücke ich ab. Wirst du schreien?«, fragte eine Männerstimme mit einem Akzent, den sie nicht zuordnen konnte. Polnisch vielleicht. Sie schüttelte den Kopf. Der Mann löste den Knebel, nahm ihn heraus und drückte ihr danach ein Handy ans Ohr. »Du hast zehn Sekunden, um deinem Vater zu sagen, dass es dir gut geht. Kein Wort mehr, sonst ...«

Er presste den Lauf der Waffe fester an ihren Kopf, sodass es wehtat.

*

Auf der A7, am Kirchheimer Dreieck

Brauers Handy läutete. Er drückte am Lenkrad die Gesprächstaste der Freisprechanlage. »Ja«

»Wo sind Sie jetzt?«, fragte der Mann.

»Am Kirchheimer Dreieck. Ich stecke im Stau.«

»Das ist schlecht für Annika. Sie müssen die verlorene Zeit irgendwie rausholen.«

»Darauf können Sie wetten, Jelinek«, antwortete Brauer und betonte besonders den Namen, um seine Reaktion testen. Er hörte seinen Gesprächspartner förmlich grübeln. *Hab ich dich erkannt, du Dreckskerl.* Brauer genoss die Genugtuung.

»Nach dem Hattenbacher Dreieck fahren Sie auf den Rastplatz Strampen. Dort warten Sie, bis Sie weitere Instruktionen erhalten«, sagte er unbeeindruckt des genannten Namens.

»Wann kann ich mit meiner Tochter sprechen?«, fragte Brauer, aber Jelinek hatte das Gespräch bereits unterbrochen. »Du Schwein, ich krieg dich und dann ...«, brüllte er außer sich. *Ruhig bleiben, ich muss ruhig bleiben,* versuchte er sich zu entspannen. Wutanfälle halfen Annika überhaupt nicht.

Im Stau ging es allenfalls im Schritttempo vorwärts. Eine ewig lange halbe Stunde dauerte es, bis er die Baustelle durchquert hatte. Brauer sah auf die Uhr – kurz nach vier. Er beschleunigte, achtete jedoch penibel auf die blauen Hinweisschilder, um den Rastplatz nicht zu verpassen.

Na endlich, dachte Brauer, als das Schild ›Rastplatz Strampen‹ vor ihm auftauchte. In 500 Metern. Er ging vom Gas und wechselte auf die rechte Spur. Noch 200 Meter. Er setzte den Blinker und bog wenig später von der Autobahn ab. Im Schneckentempo rollte er die Parkspur entlang, hielt an und wartete auf den Anruf. Eine halbe Stunde war vergangen. Nichts geschah.

Hoffentlich hatte Neumann nicht doch die Fahndung eingeleitet, und Jelinek hatte es mitbekommen und die Aktion abgebrochen. Brauer wischte sich den Schweiß von der Stirn. *Was sollte er jetzt machen? Zu Hause anrufen, oder Neumann? Nein, die Leitung musste frei bleiben, falls Jelinek sich meldete. Wie es Annika wohl ging? Sie hatte bestimmt großen Durst und zitterte vor Kälte.* Brauer stellte sich vor, wie sie gefesselt, allein in einem abgelegenen, verfallenen Gebäude auf Hilfe hoffte.

Brauer stieg aus und lehnte sich ans Auto. Vor ihm, auf der Autobahn, huschten die Fahrzeuge unablässig vorüber. Er wartete. Dann kam ein Renault auf den Parkplatz gefahren und hielt mit großem Abstand zu ihm an. Der Fahrer stieg aus, überquerte die Wiese mit den Rastbänken und verschwand in den angrenzenden Büschen. Einige Minuten danach kam er zurück und fuhr weiter. Die Zeit verging. Ab und zu kamen Fahrzeuge. Einige Fahrer mussten ebenfalls pinkeln, andere ruhten sich ein wenig aus.

Brauer schaute auf die Uhr. Zwei Stunden wartete er nun schon vergebens. Es war bereits dunkel geworden. Hatte er den Namen des Rastplatzes richtig verstanden? Er war sich nicht sicher und zog einen Autoatlas aus der Türablage. Mit dem Zeigefinger folgte er der A7. *Hier: Rastplatz Strampen, südlich vom Hattenbacher Dreieck. Will der mich verarschen, oder was?*, ging ihm durch den Kopf.

Etwa eine halbe Stunde lang kam kein Auto mehr hereingefahren. Dann tauchten unverhofft zwei Scheinwerfer in der Einfahrt auf. Der Wagen kam langsam auf ihn zugerollt. Ein schwarzer Mercedes stoppte direkt neben Brauers BMW. Die Scheiben der Limousine waren dunkel getönt und von außen nicht einsehbar. Die Beifahrerscheibe senkte sich ein Stück. Eine Frauenhand erschien und winkte ihn heran. »Dein Handy!«, sagte die Frau. Brauer zögerte einen Augenblick. »Na, wird's bald«, drängte sie. Brauer übergab ihr sein Smartphone und versuchte, ein Gesicht im Wagen zu erkennen, aber vergeblich. Die Frau ließ sein Handy im Innenraum verschwinden und reichte ihm ein anderes heraus. Sogleich schoss sich die Scheibe und der Wagen fuhr ab. Brauer merkte sich die Nummer. Es war ein Hamburger Kennzeichen. Er sah dem Mercedes nach, bis er im dichten Verkehrsfluss der Autobahn eintauchte und verschwand. Brauer war erstaunt über das gute Netzwerk dieser Drogenbande, das es ihr ermöglichte, eine Entführung in so kurzer Zeit zu organisieren.

Unmittelbar darauf klingelte das Handy. Er strich über das Display und drückte es sich ans Ohr.

»Hier möchte Sie jemand sprechen«, sagte eine Männerstimme, die einen ähnlichen Akzent wie den von Jelinek besaß.

Es folgte eine kurze Pause. Er hörte im Hintergrund ein leises metallisches Scheppern, dann Annikas Stimme. »Papa?«, rief sie laut und ließ sich Zeit, bevor sie weitersprach. »Es geht mir gut«, schluchzte sie.

»Annika, mein Kleines, hab keine Angst, ich hole ...«

Er wurde von Jelinek unterbrochen. »Fahr jetzt weiter bis zum Rastplatz Dornbusch. Fast am Ende parkt ein silbergrauer Passat Kombi. Der Schlüssel steckt. Laden Sie die Fracht um und fahren damit weiter, bis Sie neue Anweisungen erhalten.«

Das Gespräch wurde abgebrochen. Brauer stieg sofort in ein und fuhr los. Er schoss gleich auf die linke Spur und erntete ein Hupkonzert der Fahrzeuge, die seinetwegen abbremsen mussten.

Brauer spürte, wie seine Nervosität die Konzentration zum Autofahren schwächte. Allmählich knurrte ihm der Magen, und getrunken hatte er auch schon lange nichts mehr. Er drosselte die Geschwindigkeit und dachte über das Gespräch mit Annika nach. Als sie laut »Papa« rief, hallte ihre Stimme wie in einem Tunnel. Sie wurde offenbar in einem großen, leeren Raum oder in einer Halle mit harten Wänden gefangen gehalten. *Dieser Raum kann sonstwo sein,* überlegte er enttäuscht. Das brachte ihn kein Stück weiter. *Aber woher kam das metallische Klappern, das gedämpft im Hintergrund zu hören war? Es klang, als wenn eine Stahlplatte zu Boden fiele. Er kannte dieses Geräusch, aber woher?* Er grübelte eine Weile darüber. *Verdammt, wo war das?*

»Scheiße, ja!«, schrie er mit einem mal los und schlug auf das Lenkrad, wodurch das Auto ins Schlingern geriet. Erneut ertönte wütendes Hupen. Brauer hatte Mühe, das Fahrzeug unter Kontrolle zu kriegen. Er bremste sanft ab und lenkte es zurück auf die rechte Fahrbahn. Jetzt war er hellwach und Adrenalin strömte in seinen Körper. *Dieses Scheppern hatte er schon einmal gehört, von einem zu tief liegenden Gullydeckel, über den ein schwerer Lkw-Reifen rollte. Wie neulich, vor dem Haus von Sandra Köhler. Genau, in Bad Lauterberg bei Sandra Köhler. Sollte er Annika im Keller des ausgebrannten Hauses versteckt haben? Das würde jedoch nicht zu dem Raumecho passen, denn so klingt kein Kellerraum – aber ein Stollen,* fiel ihm ein. Hinter dem Haus, im Hang des Kummel, führte ein alter Gang in den Berg. Er musste schnellstens Neumann informieren, aber nicht von diesem Handy, womöglich wurde es überwacht.

Brauer trat fester auf das Gaspedal. Bis zum Rastplatz Dornbusch konnte es nicht mehr weit sein. Nach etwa einer viertel Stunde tauchte das erste Hinweisschild auf. Noch 1000 Meter. Wie Jelinek gesagt hatte, befand sich am Ende des Parkstreifens der silbergraue Passat. Brauer stellte seinen Wagen dahinter ab und begann sofort die Kiste umzuladen. Hoffentlich würde bald jemand kommen, den er um das Handy bitten konnte. Er musste nicht lange warten, ein VW-Golf kam hereingefahren und stoppte in einigem Abstand. Brauer lief sogleich auf den Wagen zu und klopfte sanft an die Seitenscheibe. Sie wurde heruntergelassen. Zwei Frauen saßen im Auto.

»Entschuldigung«, sagte er, »ich bin Hauptkommissar Brauer.« Er zeigte den Frauen seinen Ausweis. »Meine Handybatterie hat kaum noch Saft und ich muss dringend telefonieren.« Die beiden Frauen sahen ihn skeptisch an. »Bitte, es ist dringend«, versicherte er. Zögerlich reichte die Beifahrerin ihr Handy raus. Brauer stellte sich einige Schritte abseits und wählte Neumanns Mobilnummer.

»Neumann«, meldete sich sein Chef.

»Ralf hier«, sagte Brauer.

»Mensch Ralf, wo steckst du?«, unterbrach ihn Neumann.

»Hör zu, Martin, und unterbrich mich nicht. Ich hab's eilig. Annika ist in einem Stollen in Bad Lauterberg gefangen. Hinter dem Haus von Sandra Köhler ist ein alter Bergwerksstollen.«

Brauer drückte das Gespräch weg und gab das Handy zurück. Die Frauen guckten irritiert und fuhren ab. Brauer stieg in den Passat, der Hamburger Kennzeichen trug, und wollte gerade den Motor starten, als das Handy läutete.

»Ja«, rief er hastig.

»Telefonieren Sie mit keinem fremden Handy, versuchen Sie es nicht einmal. Wir haben Sie im Auge«, sagte Jelinek. Brauer stutzte und sein Herz raste. *Hatten die etwas mitbekommen? Gehörten die beiden Frauen am Ende zu der Drogenbande.* Er wurde also permanent überwacht und durfte niemandem mehr trauen.

»Nein, ich werde doch meine Tochter nicht gefährden,« sagte er fügsam.

»Gut. Fahren sie weiter die A7, bis Sie neue Anweisungen bekommen.«

Das Gespräch wurde abrupt unterbrochen. Er musste wohl oder übel den Anweisungen weiterhin Folge leisten und konnte keineswegs sicher sein, dass Annika in dem Stollen gefunden wurde. Vielleicht hatte er sich geirrt. Klappernde Gullydeckel gab es schließlich vielerorts. Brauer stieg in den silbergrauen Passat und fädelte sich abermals in den Autobahnverkehr ein.

Fast vier Stunden war er nun mit dem Passat unterwegs gewesen, ohne dass sich Jelinek gemeldet hatte. Bis zur österreichischen Grenze waren es nur noch wenige Kilometer. Die Abfahrt Füssen lag bereits hinter ihm. Voller Sorge um Annika blickte er auf die Uhr. Es war inzwischen dreiundzwanzig Uhr. *Hoffentlich hat Neumann sie gefunden.* Die Ungewissheit fraß sich immer tiefer in sein Bewusstsein.

Vor ihm lag der Grenztunnel Füssen, der auf die österreichische Seite führte. Davor standen zwei Polizeibeamte und kontrollierten die Pässe der Fahrzeuginsassen. Die bayerischen Behörden hatten wegen des Flüchtlingsstromes die Grenzkontrollen wieder eingeführt, wusste Brauer. Er zeigte seinen Personalausweis, den der Polizist mit der Anzeige auf seinem Tablet verglich.

»Gute Fahrt, Herr Brauer«, sagte der Beamte und winkte ihn durch.

Als er den Tunnel durchquert hatte, läutete das Handy.

Endlich, dachte er. »Ja, Brauer.«

»Fahren Sie auf den Autohof Huter und stellen Sie den Wagen dort ab. Gehen Sie zu Fuß in die Ortschaft Vils zum Bahnhof. Wenn alles in Ordnung ist, rufe ich Sie in etwa einer Stunde an, dann erfahren Sie, wo Ihre Tochter ist.«

Danach blieb das Handy stumm. Brauer sah bereits das Hinweisschild zum Autohof. Er lenkte den Passat auf die Parkfläche vor dem Gastronomiegebäude und stellte ihn in eine Haltebucht ab. Er stieg aus und sah sich um. Es herrschte der normale Betrieb einer Raststätte. An der Zufahrtsstraße stand ein Wegweiser nach Vils – 2,5 km. Er machte sich sogleich auf den Weg. In jedem Auto, das vorüberfuhr, befürchtete er Jelineks Leute, die ihn beschatten sollten. Nach gut dreißig Minuten erreichte er den Stadtbahnhof, der nur aus einem Bahnsteig bestand, und ließ sich kraftlos auf einer Bank nieder.

Wie ein Fall ins Bodenlose spürte er mit einem Mal die Erschöpfung. Sein Magen rebellierte mit Krämpfen. Seit dem Frühstück hatte er nichts mehr gegessen und getrunken. Zudem quälte ihn die Sorge um Annika mit jeder Minute mehr. Er hielt das Mobiltelefon fest in der Hand und wartete gebannt auf den Klingelton.

Die Zeit verstrich. Eine Stunde – eineinhalb Stunden. Das Handy blieb stumm. Irgendetwas war schiefgelaufen. Sollte er zum Rastplatz zurückgehen und nachsehen? Ein Audi A6 hielt auf der schmalen Straße, die über die Gleise führte. Zwei Männer stiegen aus, blickten sich um, sahen ihn und kamen zielstrebig auf ihn zu. Misstrauisch und alarmiert stand er auf und schob bedächtig seine Hand unter die Jacke zum Schulterhalfter mit der Pistole.

Die Männer stellten sich vor ihn. »Herr Brauer?«, fragte einer von ihnen, ebenfalls in einem Akzent, den er von Jelinek kannte.

»Wer sind Sie, dass Sie mich um diese Zeit ungebeten ansprechen?«, entgegnete Brauer.

»Entschuldigung«, sagte der Mann, »mein Name ist Petr Koci und das ist mein Kollege Michal.« Er hielt Brauer seinen Ausweis vor. »Wir sind von der Drogenfahndung in Prag.«

Brauer zog seine Hand aus der Jacke hervor und reichte sie ihm. »Freut mich, Sie kennenzulernen. Wissen Sie etwas von meiner Tochter?«

»Es geht ihr den Umständen entsprechend gut. Sie war stark unterkühlt und dehydriert, als Ihre Kollegen sie fanden. Sie liegt im Krankenhaus.«

Brauer ließ sich zurück auf die Bank fallen. »Gott sei Dank.«

»Sie haben uns zu einem der meistgesuchten Mitglieder der tschechischen Drogenmafia geführt, dafür bin ich Ihnen sehr dankbar. Jelineks Komplize, Lucas Ducek, wurde von Ihren Leuten festgenommen. Aber das kann Ihnen Ihr Chef alles selber erzählen. Kommen Sie, wir bringen Sie nach Hause.«

Polizeiinspektion Northeim
Montag, 13. November 2017

〜〜

Mit gemischten Gefühlen betrat Brauer am Montagmorgen das Inspektionsgebäude. Einerseits war er heilfroh, dass Annika rechtzeitig befreit werden konnte, andererseits wurmte ihn Trüters Oberschlaumeierei, die Annika schutzlos in die Hände ihrer Entführer laufen ließ. Er würde ihn zur Rede stellen, möglichst gleich.

»Guten Morgen, Herr Brauer«, grüßte ihn der diensthabende Polizist an der Eingangswache mit einem wertschätzenden Lächeln.

»Morgen«, grüßte Brauer zurück. »Ist Trüter im Hause?«

»Ja, der hat bereits nach Ihnen gefragt«, sagte er.

Brauer gab nur ein Murren von sich und stiefelte schnurstracks auf den kleinen Besprechungsraum zu, der Trüter immer dann als Büro zur Verfügung gestellt wurde, wenn er sich in Northeim aufhielt. Er klopfte flüchtig an und betrat den Raum, ohne eine Aufforderung dazu abzuwarten. Kriminalrat Trüter saß vor seinem Laptop und starrte auf den Bildschirm.

»Moment«, sagte er, ohne aufzublicken, »ich will nur diesen Gedanken zu Ende bringen.« Seinen Besucher missachtend, klapperte er weiter auf der Tastatur.

Brauer hasste es, wie ein Schuljunge behandelt zu werden, und hätte ihm am liebsten »Du selbstgefälliger Kotzbrocken« entgegengeschleudert. »Hoffentlich fehlerfrei«, bemerkte er stattdessen mit bissigem Unterton.

»Was sagten Sie?«, fragte Trüter, während er weiter tippte.

Brauer kochte innerlich und trat einen Schritt heran. »Sehen Sie mich gefälligst an, wenn Sie mit mir reden«, entgegnete er mit fester Stimme.

Trüter hob seine Habichtsnase über den Bildschirm, riss die Augen auf und sprang hoch, als hätte ihn Brauers Anblick erschreckt.

»Herr Brauer, Sie sind es!« Seine Fistelstimme schien sich zu überschlagen. »Ich bin froh, dass wir Sie und Ihre Tochter heile aus dieser gefährlichen Lage herausbekommen haben.«

»Wir«, rief Brauer entsetzt, »SIE ja wohl am allerwenigsten. Sie haben sie mit ihrer Starrköpfigkeit erst in diese Situation hineingebracht. Jetzt wäre der Zeitpunkt gewesen, den Personenschutz aufzuheben und keine Minute eher. Sie ... Sie ...« Brauer würgte das Schimpfwort runter, dass ihm auf der Zunge lag.

Trüter baute sich wie ein Gockel auf und strich seine Krawatte glatt. »Herr Brauer, nun regen Sie sich mal nicht künstlich auf. Es ist niemandem etwas passiert. Ende gut, alles gut.«

Brauer lachte gekünstelt. »Für mich ist das Ende noch lange nicht gut und für Sie auch nicht«, erwiderte er. »Ich behalte mir vor, eine Dienstaufsichtsbeschwerde gegen Sie einreichen.«

Trüters Augen verzogen sich zu Schlitzen. »Machen Sie sich doch nicht lächerlich. Wie wollen Sie die begründen?«, fragte er hämisch.

»Verwehrter Schutz einer gefährdeten Person wider besseren

Wissens«, antwortete Brauer und wandte sich zum Gehen. An der Tür drehte er sich noch einmal um. »Ich denke, das wird eine weitere Beförderung verzögern, wenn nicht sogar verhindern.«

»Wir sprechen uns noch, Brauer«, drohte Trüter mit hochrotem Kopf.

»Darauf können Sie wetten«, entgegnete Brauer und ließ ihn achtlos stehen.

*

»Mann, du siehst echt runtergekommen aus. Wo treibst du dich nur rum?«, begrüßte ihn Steffen mit einem verschmitzten Grinsen im Gesicht, als Brauer sein Büro betrat.

Ina stellte ihm sogleich einen Pott Kaffee auf den Schreibtisch und lächelte breit. »Herzlichen Glückwunsch, Herr Hauptkommissar. Du bist im Moment in aller Munde, selbst Trüter hat sich anerkennend geäußert.«

»Darauf kann ich verzichten. Mit dem hab ich noch ein paar Hühnchen zu rupfen«, sagte er und schlürfte einen Schluck von dem heißen Kaffee.

»Mit wem?« Martin Neumann stand urplötzlich im Büro.

»Mit dir auch«, fauchte Brauer ihn überspitzt an. »Wie kommst du dazu, entgegen unserer Abmachung eine Großfahndung einzuleiten.«

»Moment, mein Lieber«, entgegnete Neumann, »wir haben nicht nach Jelinek gefahndet.«

»Nach wem sonst?«, fragte Brauer überrascht.

»Nach dir natürlich. Alle Grenzübergänge, alle Dienststellen, alle Streifenwagen kennen nun deinen Steckbrief. Wir haben dich ständig im Visier gehabt, oder was glaubst du, wer die beiden Frauen auf der Raststätte Dornbusch waren? Du hast uns zielgenau zur Beute geführt.«

»Ich fass es nicht, ihr habt mich als Köder benutzt.« Brauer schüttelte grinsend den Kopf. »Was ist mit Jelineks Kumpan, Ducek? Ist der ebenfalls ins Netz gegangen?«

»Wir brauchten kein Netz, der ist uns im Stollen quasi direkt in die Handschellen gelaufen. Und jede Menge Stoff haben wir dort auch noch gefunden«, sagte Steffen mit geschwollener Brust.

Brauer griente. »Plustert euch ja nicht so auf. Ich komme gerade von Trüter. Nach seiner Version hat ER den Einsatz zum glücklichen Ende geführt.« Er zwinkerte ihnen mit einem Auge zu.

»Dass ich nicht lache«, sagte Neumann, »wir hatten Mühe, ihn davon abzuhalten, Rundfunk und Fernsehen in die Fahndung einzubeziehen. Du kannst dir sicher vorstellen, wie das ausgegangen wäre.«

Brauer schüttelte verständnislos den Kopf. »Fernsehen«, sagte er dann, als wäre ihm eine Erleuchtung gekommen, »wir sollten ihn bei ›Aktenzeichen XY... ungelöst‹ als Moderator vorschlagen.«

»Ich weiß nicht«, mischte sich Ina jetzt ein, »dann wären wir ihn zwar los, aber die Sendung würde bald zur Comedyshow abrutschen. Das sollten wir keinesfalls riskieren.«

Neumann, Brauer und Steffen sahen Ina nachdenklich an. Neumann konnte sich als Erster das Lachen nicht länger verkneifen und bald schallte lautes Gelächter durch das Büro bis auf alle Flure der Polizeiinspektion hinaus.

– Ende –

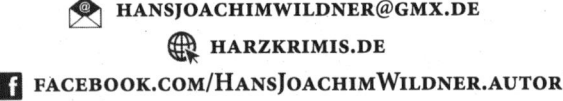

Sie erreichen den Autor über:

HANSJOACHIMWILDNER@GMX.DE
HARZKRIMIS.DE
FACEBOOK.COM/HANSJOACHIMWILDNER.AUTOR

ÜBER DEN AUTOR

Hans-Joachim Wildner wurde 1949 in Bad Lauterberg im Harz geboren, wo er heute noch mit seiner Frau lebt. Nach dem Ende seiner beruflichen Tätigkeit als Konstrukteur im Maschinenbau fand er die Muße, sich intensiv dem Schreiben zu widmen und hat darin eine neue Erfüllung gefunden.

Von seinen drei Enkelkindern wurde Wildner zunächst als Vorleser gebucht und begann später mit dem Schreiben von Kinderbüchern. Zusammen mit dem syrischen Künstler Ayman Aldarwich, der mit seiner Familie nach Deutschland geflohen war, entstand *Ali und die Schneeflocke* – ein sehr bewegendes Buch, das von der Flüchtlingshilfe Bad Lauterberg gefördert wurde.

Urwüchsige Natur, Bergbau und Mythen haben den Harz und seine Menschen geprägt und bieten eine ideale Kulisse für Fantasy, aber auch für Krimis und historische Romane. Vor diesem Hintergrund hat Hans-Joachim Wildner zwei Jugend-Fantasyromane geschrieben, die das Hexenwesen als einen mittelalterlichen Fluch entlarven, gegen den sich ein junges Mädchen wehren muss.

Mit *Endstation Brocken* gibt er seinen Einstand im Krimigenre. Mit *Erzfeuer* hat sich Wildner einen Herzenswunsch erfüllt und einen historischen Roman geschrieben, der im Umfeld der Lauterberger Königshütte spielt.

Hans-Joachim Wildner hat 2018 mit seinem Beitrag »*Wo ist Palmyra?*« in der Kategorie Prosa den 1. Platz belegt und den Literaturpreis Harz gewonnen.

MEHR VON HANS-JOACHIM WILDNER

2. Aufl. 01/2019, 288 Seiten
Taschenbuch 12,5 x 19 cm
ISBN 978-3-947167-39-5
€ 12,95 (inkl. 7% MwSt.)
auch als eBook erhältlich

1. Aufl. 05/2018, 332 Seiten
Taschenbuch 12 x 18,5 cm
ISBN 978-3-947167-21-0
€ 12,95 (inkl. 7% MwSt.)
auch als eBook erhältlich

1. Aufl. 05/2019, 298 Seiten
Taschenbuch 12 x 18,5 cm
ISBN 978-3-947167-56-2
€ 12,95 (inkl. 7% MwSt.)
auch als eBook erhältlich

1. Aufl. 03/2020, 412 Seiten
Taschenbuch 12,5 x 19 cm
ISBN 978-3-947167-82-1
€ 16,00 (inkl. 7% MwSt.)
auch als eBook erhältlich

1. Aufl. 10/2021, 428 Seiten
Taschenbuch 13,5 x 21,5 cm
ISBN 978-3-96901-025-9
€ 16,00 (inkl. 7% MwSt.)
auch als eBook erhältlich